テクノロジー犯罪被害者による被害報告集 2

遠隔技術悪用を
告発する29名による
実態報告

NPOテクノロジー犯罪被害ネットワーク
内山治樹 編

講談社エディトリアル

はじめに

特定非営利活動法人テクノロジー犯罪被害ネットワーク　理事長　石橋輝勝

33名の有志により『テクノロジー犯罪被害者による被害報告集』を上梓してからまもなく3年が経過します。出版後1年もたたずに増刷し、第3刷も計画しなければならなくなっていることから、本書を必要としている人がいかに多いかが分かります。しかしこの間に有志の2名がお亡くなりになりました。一人は自殺で一人は病死であります。このようにいつ命を落とすか分からない恐ろしい犯罪に遭遇している被害者が、必死に記録に残そうとしているのが、この被害報告集であります。その第2巻を出すにあたり、まずお二人のご冥福を心よりお祈り申し上げます。

嫌がらせ犯罪主体の強固な意思と描く構図、そして世相との合致

第1巻では、「嫌がらせ犯罪」に認められる11の特徴を明らかにして、11番目の非常識性で全てをくくることができることをお話ししました（注1）。非常識な嫌がらせであればあるほど、被害者の訴えを誰も聞かなくなり、孤立させることができます。言い換えれば、常識の範疇の嫌がらせでは被害者を助ける人が必ず現れますので、犯罪主体に危害が及ぶ恐れがあります。そのことをよく知っていて、非常識に徹するという犯罪主体の強固な意思を読み取ることができるようになりました。しかも一糸乱れぬように意思統一して行っており、それは詳細な打ち合わせがなければできないことから、組織犯罪であることは間違いありません。そして一気に畳みかけることによって人がパニックに陥ることもよく理解して行っていることが窺えます。そのパニック状態の受け皿としてあるのが精神病院であります。本来犯罪として対処されるべきことが、

精神疾患として扱われるのですから、それに満足する被害者はおりません。敵意の集中攻撃に加えて周囲の無理解に苦しめられて行き着く先は、自殺か、自己防衛的対処であります。そしてこれが犯罪主体の描く構図であることも明らかにしてまいりました。このことを理解して今の社会をみますと、精神疾患の増加、自殺者の増加、考えられない凶悪犯罪の増加が著しく、犯罪主体が描く構図と一致していることから、犯罪主体は世相をも演出していると考えられるようになったのです。このようなことを看破できたことが当会15年間の活動の成果であります。この点は極めて重要ですので冒頭に再記して次に進めることに致します。

注1．嫌がらせ犯罪の11の特徴：①集団性、②継続・反復性、③ストーカー性、④タイミング性、⑤監視性、⑥システム性、⑦ネットワーク性、⑧組織性、⑨マニュアル性、⑩歴史性、⑪非常識性

テクノロジー犯罪を可能にする技術（人間コントロール・テクノロジー）

当ＮＰＯが取り組んでいるもう一つの犯罪は「テクノロジー犯罪」であります。それには次のような技術が不可欠であることが分かってまいりました。

①特定個人を認識して24時間３６５日追尾できる技術
②遠隔から見えない媒体を用いて特定個人の各部位までピンポイントで狙える技術
③特定個人とコンピューターをつなぐ技術（ブレイン・マシン・インターフェイス）
④スイッチのオン・オフ感覚で被害状況を変化させられる技術
⑤聴覚・視覚機能を迂回して直接脳内に音声・映像を送信する技術

⑥思考に介入し、思考を読み取り、思考に応える技術
⑦記憶を操作する技術
⑧感情を操作する技術
⑨生理機能を操作する技術
⑩三欲を操作する技術
⑪五感（視覚・聴覚・味覚・嗅覚・触覚）を操作する技術
⑫運動機能を操作する技術
⑬痛みやかゆみを操作する技術
⑭疑似疾病を演出する技術
⑮身体や周囲に震動を起こす技術

等々であります。一般には知らされていない技術ばかりですが、人間のあらゆる機能が操作されてしまうことから、当ＮＰＯではそれらを「人間コントロール・テクノロジー」と総称して、その悪用を訴えている次第です。

人間コントロール・テクノロジーとサイバー技術の合致

人間コントロール・テクノロジーの完成度が高いことは多くの被害者が日々経験していることですが、一般には信じ難いことと思われます。そのような技術開発があったことは知らされていませんし、万が一発表されようものなら大批判を浴びてしかるべきであります。前著で紹介したデルガド博士が『Physical

Control of the Mind（心の物理的操作）』を出版した際にも、人間の心を物理的に操作するという非倫理的な内容に顰蹙《ひんしゅく》を買ったことが伝えられています。しかしデルガドの研究をはるかに凌ぐ技術がなければ起こり得ない被害を１１００名を超える被害者が証言しているのです。これは無視できる数ではありません。そこで起こっている現実と認識とのギャップを埋めなければならないわけですが、それには「サイバー（サイバネティクス）」という言葉が重要な意味を持っていることが分かってまいりました。

「サイバーという言葉は、１９４７年夏、プリンストンにおいて、科学者の間で造語され、コントロールとコミュニケーション技術、特に人間の脳・生物学的システムとコンピューターの連結に関する技術のあらゆる物事を表す言葉となった（注２）」ということで、人間とコンピューターをつなぐブレイン・マシン・インターフェイスに関連する技術が中心になっていると考えられます。そこに通信技術（コミュニケーション技術）を使った制御（コントロール）と読める文言が謳われていたことは重要であります。有能な研究者によって考案されたサイバーという言葉の意味内容に沿って、それから60年以上、延々とその開発が続けられてきたのです。その結果人間コントロール・テクノロジーと表現できるレベルに達したものと思われます。デルガドの研究もサイバー技術の一つと考えられますので、その中で前著でも紹介したスティモシーバーと呼ばれる治療方法をみることで、サイバー技術の一端をみることができると考えます。

スティモシーバーからみるサイバー技術

デルガドが考案したスティモシーバーは、てんかん患者や行動障害の患者の脳に電極を装着して、電極で捉えた脳波を無線で発信してディスプレイに表示し、異常波が確認されたら矯正する電波を飛ばして治療する装置であります。病院内でしたらどこでも受信できるように工夫されていたということであります。これには、①脳波を探知する電極の開発、②電極を頭部に装着する技術、③電極で探知した脳波を無線送信する技術、④それを受信してディスプレイに表示する技術、⑤表示された脳波のなかで異常波を判断する技術、⑥その判断に基づいて矯正する電波を送信する技術、⑦それを受信して電気信号に変えて患部を電気刺激する技術がなければなりません。以上の技術開発があってできる治療方法でありますから、医工学・脳外科・脳神経科・通信技術者等の協力がなければできない装置であります。また人間の脳に電極を装着するという実験的医療に取り組む医者とそれを受け入れる患者、またそれを正当と認めて実施させる医療環境もなければできないことであります。全ての環境がそろって、サイバーという言葉が造語されて20年後に、てんかんや行動障害の症状を、遠隔から無線で制御する、サイバー技術が実用段階に達したのです。

光の点滅とてんかん症状、それは電磁波テロ？（規制法の必要性）

てんかん症状の治療とは逆にそれを誘発したポケモン事件についてここで言及せざるを得ません（１９９７年12月16日）。ＴＶのアニメ番組中の赤の点滅を観て７５０名以上の子供がてんかん症状を引き起こして治療を受けた事件であります。赤の強烈な点滅は電磁波ですので、電磁波が大衆に同時に影響を及ぼすものであることを一般が知った大事な事例であります。これは大変恐ろしいことで、特殊な光の点滅が人間に甚大な影響を及ぼすことが明らかになったのですから、それが悪用された場合を想定して、規制する法が速やかに制定されてしかるべきでありました。ロシアでは、２００１年ですが、光だけでなく、マイクロ波、超低周波、超音波が武器に相当することを認める法を制定しているのです。日本ではそれよりも早く制定されるべきであったのです。とにかくこの事件は電磁波が人間にてんかん症状を誘発できる媒体であることを一般に知らしめた最初の事例であります。

ポケモン事件はスティモシーバーを知ることで別の見方ができるようになります。デルガドはてんかん症状の脳波を知っていましたし、それを矯正する電波も知っていたのです。そのてんかん症状の電波を特定個人に送信したらてんかんを引き起こすことが考えられます。そのようなテクノロジーの悪用が背後にあって、アニメはカムフラージュであったという見方ができるのです。ポケモンがどれほどの範囲で放映されたのか、その範囲での被害者の発生状況を確認する必要があります。地域の偏りがあった場合、アニメ以外の要因、電磁波テロの可能性ありとして、真剣に検討されるべきだと思います。そのようなこともあり規制法の制定は不可欠であります。

サイバー技術あれこれ

サイバーという言葉が造語されて65年が経過してそれに関連する技術が発展してまいりました。デルガドの研究に加えて以下の技術が挙げられます。

①電極のマイクロ化・ナノ化、非侵襲化、電極自体にプログラム化
②生体電気信号の研究
③脳磁場の探究とデジタル辞書化
④脳科学・脳情報通信技術の発展
⑤人工衛星を経由しての生体情報の送受信

⑥コンピューター科学の発展
⑦マイクロ波聴覚効果・テレパシー通信

最後のマイクロ波聴覚効果はテクノロジー犯罪の代表的被害である音声送信被害に関連する技術であります。これも半世紀以上前に発表されたもので研究者の名前を取ってフレイ効果と呼ばれることもあります。周波数の違った電磁波を二方向から発して、被験者の頭部で交わるようにして、その交わった場所で干渉を起こして可聴音に変わるという技術であります。これに軍部が関心を示して開発が続けられたことが知られています。サイバー技術もその点は同じで、軍事面で必要とされたことが現実と認識との大きなギャップを生む要因となっていると考えます。軍事面で最も必要とされるのが情報収集技術で、特に指導者の思考の読破、コントロールは必然的に開発せざるを得ない技術となるのです。

人間の思考も含めて遠隔から何者かに操作（コントロール）されてしまう、これは究極の人権侵害で、言葉では表し難い恐ろしいことですが、現実であります。これまでに確認した１１００名を超える被害者がそれを証言しており、その数は増える一方であります。今のところこれを訴えるのは被害者ばかりで、一般には怪しげな話であるように思われて、社会認識が進む様子がみられません。しかしこれだけの技術は国家が最高の頭脳を投入して資金もふんだんに使わなければできないものであります。サイバーが人間を対象として、またそのコントロールを目指した研究であることにも公にできない理由があると考えます。本来これが科学技術開発の奔流でありながら、秘さなければ進められない開発であったのです。そのため実験過程で生じる現象を内的要因・疑似科学と思わせる演出も必要とされたのだと思います。そのような情報操作もあって現実と認識との大きなギャップが生じているものと考えます。本書がその差を埋めることになることを大いに期待して世に出すことに致します。

注2．「サイバーという言葉は、1947年夏、プリンストンにおいて、科学者の間で造語され、コントロールとコミュニケーション技術、特に人間の脳・生物学的システムとコンピューターの連結に関する技術のあらゆる物事を表す言葉となった。1948年、ノーバート・ウィーナーは想像もつかないコンピューターの可能性と、その新しい技術が持つ人間の精神を精査する潜在能力を初めて扱った書物を世に送り出した。著書名は『サイバネティクス』。ギリシャ語の〝操舵手〟に由来する言葉である。サイバーは科学的コントロールを表す言葉として一般化しており、同書はオーウェルの『1984年』と同年に出版された。ノーバート・ウィーナーはアメリカの数学者であり、最初のコンピューターの開発にも携わっていた。数年後、同氏は『サイバネティクス』の第2版の発行にあたって、その序文の中で技術の発展を次のように警告した。――情報の役割と、情報を測定し伝送する技術は、技術者、生理学者、そして社会学者に対する全く新しい規律を意味する。本書の初版ではほとんど予測できなかった自動装置はすでに相応の評価を受けており、それに伴う社会的な危険性は、本書のみならず、小冊子『人間機械論』の中でも警告しているが、すでに十分に認識されている。――この技術は、バイオメディカルテレメトリ、ブレインコンピューター相互作用、あるいはマインドコントロールの名前で知られている」GRUPPEN 発行『SAVAGES, SCIENCE and Citations of Brain-Computer Technology』p.2より引用。

寄稿　電磁波を用いた無辜の市民への加害防止と取り締まりに関する質問主意書

行政ウォッチャー　山本節子

電磁波による人体被害は、電磁波過敏症などの訴えや携帯電話局設置への反対運動などを通じて、少しずつ社会的認識が広がりつつある。この件に関しては、政府も、電波防護のための基準を設けるなどして、国民の過剰な電磁波を回避する取り組みを始めているが、無数の電磁波が飛び交う現代社会において、電磁波を完全に避けることはほとんど不可能であり、国にあっては、これまで以上に電磁波使用機器およびその身体影響を把握し、速やかに必要な規制を行うことが求められている。

特に、早急に何らかの対策が必要なのは、これまで国がまったく目を向けてこなかった電磁波利用の分野、「電磁波を用いた武器等による無辜の市民の被害」である。脳は常時、微弱電波を出していることが知られているが、これらの「武器」は、他人の脳波に働きかけて対象者に苦痛を与え、あるいは、対象者の思考・行動を変えることを目的に開発・使用されてきた。

脳の活動は人間の存在そのものといえるが、その最もプライベートな器官を直接攻撃することによる被害は陰湿きわまりなく、人道に反する第一級の犯罪として、即刻、刑法に罪名を規定すべきだ。しかも、その被害を訴える声はかなりの数にのぼり、その数も増え続けているところから、すでに相当数の電磁波武器が社会に拡散していると推測でき、これを厳しく取り締まらない限り、さらに多くの無辜の市民が、いわれなき加害を受けることになるだろう。

なお、これらの武器は、「指向性エネルギー武器」、「マイクロ波武器」、「電子兵器」、「高周波武器」など、多様な呼称があるが、本質問主意書では、便宜上、「電磁波武器」で統一した（翻訳の場合は原文のままとする）。

一、電磁波武器の蔓延

「電磁波武器」の開発が始まったのは、第二次大戦のころにさかのぼり、1970年代にはその有効性が確かめられていた。人権侵害につながることから、この武器に関する情報は隠蔽されてきたが、被害者たちは、自分たちを苦しめている「電子拷問」が、武器によって行われていること、軍・企業・犯罪団体が関与していることを早くから認識していた。

ドイツ人の人権活動家、ラインハルト・ムンザール博士は、電磁波武器が社会に蔓延していることを憂慮し、以下のように警鐘を鳴らしている。

「新型武器は奇妙なやり方で人々の生命を脅かしている。ハイテク武器の中でも、指向性エネルギー武器は、電磁波で人を殺傷する。マイクロ波武器はコンピューターも、電子機器も人も狙うことができる。それらは強い身体的心理的な効果をもち、軍事用にもテロ活動にも使える」

同博士によると、電磁波武器は非常に「成熟した」軍事技術であり、①マグネトロン、②マイクロ波発生器、③アンプ、④アンテナ、⑤トランスミッターなどから構成されている。この装置は、二つ以上のトランスミッターからパルス波を出してターゲットに当て、そこで干渉作用を起こして効果を強めるように設計されている。

懸念されるのは、それらの部品はすべて合法的に市場で入手できるものばかりだということだ。日本でもこれらの部品は調達できるし、ネット上には主要機器の作り方を説明しているサイトさえあるといわれている。開発された科学技術が、遅かれ早かれ、さまざまなルートで社会に流れてゆくものであり、今では、「電子工学の基本知識さえあれば、犯罪者もテロリストも、軍と同じくらいのハイテク兵器を簡単に手に入れることができる」状況にある、と博士は指摘する。

電磁波武器の被害者は自分に対する襲撃者を目撃することもなく、なぜ体に奇妙な傷跡が残るのかもわからない。電磁波武器は姿なき襲撃者であり、ムンザール博士は次のように述べている。

「人々は『撃たれる』のではなく、住居ごと（高周波の）電磁波に侵されるのだ。ドイツでは、そのようなハイテク・ギャングが、長時間、パルス波を出し続けられる高出力マイクロ波武器を用いて人々を襲い、実験台にしている……これらの電磁波武器は、被害者に、頭痛、不整脈、性器の痛み、火傷、眼の障害、がんを引き起こすことができる」

また、その機器は、巨大なものである必要さえないという。

「受信アンテナは大きなものである必要はなく、小さいものを、ターゲット（被害者）宅の近くに停めた車か、近くのビルに設置すればいい」

対人電磁波武器としては、米軍が２０１０年から実戦配備しているアクティブ・ディナイアル・システム（Active Denial System：ADS）が有名だ。これはミリ波を敵に向けて照射し、誘電加熱によって皮膚の表面温度を上昇させて強い火傷のような感覚を与え、相手の戦闘能力を失わせることを狙った指向性エネルギー兵器である。しかし、「非致死性武器（ノン・リーサル・ウェポン）」として開発された電磁波武器は、実際は、身体にだけでなく、「強い心理的効果」を与えることもでき、ターゲットを錯乱させて死に追いやることもできる兵器だ。

二、電磁波武器による被害とは

電磁波武器の被害者が訴える現象は、実に多岐にわたっている。

１　頭痛、不眠、痛み、耐えられないかゆみ、火傷などの身体被害

2　生理機能・運動機能の操作
3　五感（視覚・聴覚・味覚・嗅覚・触覚）の操作
4　記憶が改変される、記憶できない
5　感情が操作される。自殺願望、破壊願望などが突然起きる
6　直接、脳内に音声・映像が送信される
7　思考に介入し、思考を読み取り、脳内で「侵入者」と会話が成り立つ

電磁波による身体被害は、体内器官がすべて特定の周波数を出していることを利用したもので、その器官と同調する周波数の電磁波を送って「共振現象」を起こし、炎症から火傷、がんに至る疾患をもたらすことができる。しかしその他の被害――感覚操作、感情操作、整理・運動機能障害、記憶操作――は、すべて「脳」をターゲットとしている。現在は、脳のどの部分がどのような機能を司っているかほぼ解明されており、脳機能マッピングを行う機器も開発されている。これらの最先端テクノロジーを組み合わせれば、加害者は、遠隔地から被害者の脳の異なる部位を勝手に刺激し、被害者を「コントロール」することができるのだ。

電磁波武器の非人間性を最もよく表すのが、直接脳に影響を与える「心理攻撃」だ。これは、被害者の脳波を分析してその思考を読み取り、特定の脳波に合わせた信号を送り返し、被害者にのみ音声を聞かせたり（脳内音声）、画像を見せたり（脳内画像）することによって、被害者を恐怖で追い詰め、望まない行動を強制しようとするものだ。被害者がそのような「脳内指示」に抵抗すると、身体攻撃が始まり、それが際限なく続く。

「加害者らは、被害者を弱らせ、痛めつけ、拷問し、怖れさせるが、被害者の方は、誰も信じられないような極端なことを経験し、誰かに話しても妄想だと言われてしまうのだ」

ムンザール博士が述べるように、被害者らは誰からの助けも得られないまま、常時、「電子拷問」にさらされており、緊急に救済が必要だ。

三、思考読み取りと行動操作

人の思考を読み取り、それを操作して行動を変えることは、新奇な話ではなく、ニューロサイエンスの分野ではすでに実用化段階にある。たとえば、ブレイン・マシン・インターフェイス（Brain-machine Interface：BMI）は、脳が発する微弱電流を解析して人の思念を読み取り、電気信号に変換して機器に情報を伝達する技術であり、言語障害や、身体欠損の患者などへの応用が試みられている。医療の場合、情報伝達は、患者から機械への一方向で済むが、実際はすでに双方向の情報伝達が可能になっている。つまり、人の思考は、外部から覗き込まれ、読み取られるだけでなく、外部から「書き込む」ことも、「書き換える」ことも可能だ。また、人の思考を言葉に置き換える、「可視化」技術も急速に進んでいる。

人間の思考を外部と接続する試みは、アメリカ軍が秘密裏に開発してきた「心理戦用武器」に端を発しているとの指摘は多い。アメリカ国防高等研究計画局（DARPA）の、念じるだけで機器を操作できる「ロボット兵士」養成の研究や、敵の戦力を一瞬に喪失させる「マインド・コントロール」武器の開発は有名だ。これらの武器はすでに実戦に使われており、米軍は１９９０年、湾岸戦争で初めて「サイコロジカル武器」を使用したところ、敵の精兵が突如、戦意を喪失し、すべての武器を捨てて投降したという「事件」が報道された。この時に使われたのが、人間の耳には聞こえない電磁波を利用した「サイレント・サウンド」武器であり、敵兵は突然頭の中に響いた「脳内音声」をアラーの声と思い、怖れて降参した、というのが大方の識者の見方である。

電磁波被害はその後、アメリカの軍事政策と共に拡大しているが、米軍が保有する武器の一部が社会に流れたり、そのアイデアを利用した武器が違法に製造・開発され、犯罪者集団に流れている、という疑いは捨てきれない。

四、プライバシー・人権侵害の電磁波武器犯罪

被害者は異口同音に、自分たちの日常を、加害者は完全に把握し、監視していると訴え、いつどこで起きるかわからない「拷問」に、四六時中おびえて暮らしている。中には、24時間、365日、頭の中で響き続ける「声」に苦しめられている被害者もあり、異常な被害に苦しみ抜き、自殺をとげた被害者も少なくない。問題は、これらの被害が本人にしか知覚できないという点だ。そのため、被害者は相談する相手もおらず、証拠を得られないため、警察に訴えても対処してもらえない。それどころか、被害を強く訴えると、精神病院に送り込まれることさえある。被害者はまさに逃げ場のない状況におかれている。

このような異常な犯罪の被害者が、すでに1000人を超しているという事実には驚愕せざるを得ない。「特定非営利活動法人テクノロジー犯罪被害ネットワーク」（東京都千代田区）が確認した被害者は1100人を超える。同様の団体は他にもあり、潜在的被害者（電磁波武器による被害を自覚していない人）を加えると、被害者はさらに多いだろう。上記ＮＰＯは、街頭アピールや、関係省庁（総理大臣、総務・法務・防衛・

文部科学・厚生労働・外務各大臣、警察庁長官・国家公安委員長）に要望を出すなど、この犯罪撲滅をくりかえし訴えているが、これまで、何の返事も得られていない。政府がこのような悪質な犯罪を放置するのは不作為であり、まずは実態の把握から始めなければならない。

なお、同様の電磁波犯罪は世界中に広がっており、しかもその数は急増している。アメリカでは生命倫理に関する大統領諮問委員会でこの問題が取り上げられたし、国連へ人権擁護の申し立てを行う動きも進められており、日本の団体も協力を求められている。

人間の最もプライベートな「思考」まで操作され、いわれのない電磁波攻撃を浴びせられながら、誰の助けも得られないまま放置されている被害者は、「健康で文化的な最低限度の生活」とはほど遠い生活を送っている。これは深刻な人権侵害であり、人格破壊から、自殺、犯罪にまで駆り立てられている被害者も多いはずで、一刻も早い被害者保護・救済の手立てが必要だ。

そこで、以下のように質問する。

一、電磁波武器の被害者の存在について、認識しているか。

二、上記被害者が毎年出している要望書や訴えを、どのように処理してきたか。

三、電磁波武器の犯罪被害者を扱うための最も妥当な窓口はどこか。

四、電磁波武器の存在を認識しているか。

五、電磁波武器の種類、用途、製造国、おおよその輸入台数などを、できるだけ詳細に説明されたい。

六、電磁波武器を用いて活動している組織、あるいは個人を把握しているか。

もくじ

テクノロジー犯罪被害者による被害報告集２

――遠隔技術悪用を告発する29名による実態報告

1 「人体に反応する遠隔技術」について（体験者だからこそ残せる報告文）

内山治樹　東京都豊島区　51歳　男性（当NPO副理事長）

共感覚という言葉をご存知だろうか。英語読みをすると「シネスシージア（syn·es·the·sia）」と言って、ギリシア語ではsynは「共に」aisthesisは「感覚」という意味である。synesthesiaは「いっしょに感じる」でシンクロニー（syn·chro·ny）が「同時」という意味なのと一緒である。その他、シンセシス（syn·the·sis）は「ひとまとめにする」、シノプシス（syn·op·sis）は「ひとまとめに見ること」となるらしい。

共感覚保持者にとっての世界の感じ方は、通常の大多数の人々とはかなり異なるところがあって、その異なり方は保持者同士でも少しずつ違うらしい。彼等は五感が通常のように五つに分化していず、それぞれが絡み合ってしまっている。それはどういうことなのかといえば、音を聞くと色が見えてしまったり、ものを食べると指先に形を感じてしまったり……。それらを言葉でこのように解説することができ、知識として受け入れたとしても、感覚的に実感することは不可能だろう。

一昔前までは、この五感が絡み合ってしまっている人の数は10万人に一人と言われていたのが、調査が進み、現在では2万５０００人に一人ということになっているとのこと。調査実績によっても事実はこれだけ異なってしまうのだ。

さらに彼等の大多数は自分が共感覚保持者であることをなかなか口外しないのだそうだ。何故なら頭のおかしい人だと思われてしまうという不安があるからである。つまり誰にも言えない悩みや孤独を日常レベルで絶えず背負っていなければいけないということである。

現在では世間の認識も進み、共感覚保持者＝頭のおかしい人という見解は成り立たなくなってきているが、この事実、何かと実にシンクロしていないだろうか。

こういう立場に人を移行させてしまうことが、技術の力によって可能な世の中になっていることは、まだ大多数の人たちが知らない。

私は人体に反応する遠隔技術により、その技術と無断で繋がれてしまった者の一人である。名前を内山治樹といい、１９６１年の12月に東京都に生まれ、今年で52歳になる。性別は男性。職業は管理業と自営業。美術大学を卒業し、フリーのグラフィックデザイナーとして自宅の管理業と並行して、社会に参加・貢献している。２０１３年の時点ではまだ特殊なこの事態に対しての実態報告を、すでに２００８年12月に、この報告集と同じ出版社から執筆・制作している（『早すぎる？おはなし』）。

人体に反応する遠隔技術？　それが一体どんなものかについては順を追って述べていくが、じゃあ一体誰が？　何のために？　どうやって？　と思われることだろう。その全ては不明である。誰によってと聞かれれば、その技術を使える人と答える以外にない。それ以外については答えようがない。しかし短くはない被害キャリアから、それなりの推測を打ち立てることだけはできる。これも順に述べていく。

寄生する技術？

寄生ということばの対象を皆さんはどこに求めるであろう。やはり自然界に存在する生物であるのが普通である。明らかなのは有機体同士の間で「寄生する」「寄生される」の関係が築き上げられ、展開され、続いていくという見解であろう。間違ってはいない、その通りである。しかし、ここで私は、その従来の見解に新たに加えなければいけない事態を知っているだけでなく、体験してしまっている。となるとどういうことか。有機体と無機体？　実はそうなのだ。大体それ以前に無機（体）ということばは一般化しているだろうか？

そもそも寄生ができる要因とは何か？　それを寄生虫を例に考えてみれば、本来はいるはずのない所に適応できるかどうかということになる。可能ならば寄生するわけだが、そのために必要な要因を分かりやすく身近な表現を選ぶとすれば「居心地の良さ」ということになる。できるだけ居心地の良い宿主の場での寄生を求めるのも自然なことである。

有機体と無機（体）との間における寄生は従来の有機体と有機体との間の寄生とは、その居心地の良さという要因で異なりがある。その異なりとは何かといえば、有機体同士では生命活動に密接に関わっているところでの物理的、具体的なレベルにおける居心地の良さなのだが、有機体と無機体との間では、心理的、抽象的なそれになる。一体何で心理的、抽象的等という言葉がここで登場するのか？

さて、有機体と無機体との間における寄生関係とはどのようにして築き上げることができるのか。当然その大前提として、「繋がり」と「反応」を発生させなければならない。でなければ何事も起きない、寄生ももちろんである。

ここら辺で「有機」と「無機」という表現に換え、「自然」と「技術」という表現を取ることにしよう。決して不自然で乱暴な変換ではないだろう。本来この両者は独立したものであって、別個な扱いの上に相互の存在が明確化していた。現在でもそれは正論であるし、私もまったく異論はない。しかし今までにない見解をここに付け加えなければならなくなったのである。

本来「技術」というものは何だったのだろう。それは人間の手足の延長から始まったとする見解が主流だろうか。特別な武器や道具を持たない人間は、外敵から身を守る必要があったわけだし、肉をタンパク源とした体を持った以上は、動物を狩らないわけにはいかなくなった。そのためには道具が必要であって、人間にはそれをつくる頭脳があったのである。そこに「技術」というものの源があるといえる。要するに生態系のトップに君臨している人間が、その生存の必要性からつくりあげたのが技術であるわけだが、進化の過程において、それは必ずしも生存とは密接に関わらずとも構わないものになり、その横幅は限りなく拡大していった。その縦横への進化は継続中であり、現在もその進行途上にある。

様々な民族が出現して共存していくために、国家が生まれ、その優劣を決定づける最も根本的な行為として「戦」が生じた。長い切磋琢磨の結果がそれぞれの時代なのだが、２０１３年の世の中には相応の結果があって、それが現在の現実なのだが、いつの時代においても「戦」に直接関わる軍事技術は国の存続と人命と直接関わる技術であって、どの国家でも最優先される技術であった点において、最大限の叡智と労苦が費やされることになった。

現在では世界単位での切磋琢磨にはほぼ決着が付き、最先端の軍事大国がどこの国であるのかは、誰の目にも明らかになった。要するに軍事技術という人命に直接関わる技術での大国が決定している以上は、大きな側面で世界は一つになったようなものである。

軍事技術は前記したように技術というものの根源を担っているのであって、その基準になると結論付けて差し支えない。

マキシマムな方向への技術

軍事技術で誰もが思い浮かべる大きな影響力のある技術といえば「核技術」があろう。現在からおよそ1

世紀前に世に登場し、１９４５年の8月には2度に亘り、現実世界で実用されることにより、その力の凄まじさを思い知らされた事実は、歴史上でも大変な出来事として、誰もが記憶できるほどのものである。以降、核技術は当時の二大国間で急速に進歩を遂げ、マキシマムな方向へとスケールを拡大していった。世界の保有国が世界を数回壊滅させることのできる核を保有することにより、その拡大は頂点に達した。そこで現在では軍縮が進んでいることも周知のことだ。要するに過剰に作ってしまったものを従来の必要量に戻しているのであろう。

という事実から軍事技術の軸となる核技術の進歩は到達点に達したとして間違いはないであろう。即ちマキシマムな方向への進歩が終わったということである。

さてそこで軍事技術の発展は終わりであろうか？　「軍事技術」、即ち世界を統轄する技術のことである。世界を統轄する技術の在り方は強力なエネルギーを一気に燃焼させ、焼き払うことだけでしかないのだろうか？　焼き払うという、集団殺戮的側面からの開発しか行っていないと考える方が不自然ではないだろうか。もっとさまざまな側面からの統轄手段も開発されていると考える方が自然ではないだろうか。一気に大量に殺戮するという方法があるならば、それとは全く対照的な方向からの統轄手段を開発しようとする動きがあるとする方が、歴史的観点から推測して当然のことではないか。

核技術をマキシマムな方向への技術とするならば、それとは対照的なミニマムな方向への、そういう技術があったとしても決して不自然なことではないと思わないか。

ミニマムな方向への技術

ミニマムな方向への技術？　それは一体どういうものだろう。世界人類を統轄できるだけの大きな影響力のある、核技術とは対極の技術とは一体どういうものなのだろう。核技術が一都市や一国家単位でのひとまとめのための技術なら、それと対極というならば、一個人に影響力のある技術ということになってしまう。その通りなのだ。ここで初めてこの技術の輪郭が現れ始める。

大多数という単位（マキシマム）から、一人一人の個人単位（ミニマム）へ。いよいよ統轄技術は完全なものになろうとしているのである。

その最終目的が世界の統轄とするならば、目的として自然に成立するし、世界の誰もが認めて当たり前の事実ということになる。それがマキシマムとミニマムの両側で実現するとすればどうだろうか。その流れは不自然なことであろうか。

二つの専門領域

さて、いよいよここでそのミニマムな技術について触れることにする。最初に寄生という手段についてあれこれと考察したが、まさに人間の体に同調し、寄生する技術なのである。それを何と遠隔で実現してしまうということが革新的なのだ。それを信じられないとするのが、この技術を知らない人々であって、それを信じざるを得ないのが、体に反応させられている人々ということになる。たったそれだけのことである。こういう成りゆきは過去の歴史にいくらでもあったことで、何ら珍奇なことではない。

私内山はこの技術を知っていて、体に寄生されている者の一人だ。だからその経験から、この技術がどういうものであって、どういう手段で利用できるものなのかを解説することができる。そういう立場にいるのだから当然のことであろう。その立場に立ってしまえば、何ら「超」的なことでも何でもない。出るべくして出た技術、必然の波に乗って現れた、過去に革新と称された技術群とまったく同様のものなのだ。

私がこの技術を体で知った体験記を1冊の本にし2008年12月に出版したわけだが、その際に未公開の技術を利用されたマイノリティの立場にあるということから、その書籍を読んだマジョリティの立場の人々から異常者扱いされることが予測できたので、自分から神経外科の先生のところに出向き、心理テストを依頼した。結果はもちろん正常である。当然、その医師には私が陥っている状況についての説明をしなければいけなかったわけだが、その担当医師も私を異常とは判断せずに、私には何らかの技術が利用されていると判断してくれたらしく、「分子生物学」と「電気生理学」の2つの専門領域の名を提示して下さった。この技術を可能にするには、この2つの専門領域の知識が必要なのだと言う。私はもちろん素人だし、美大出で、理数系とは対極の適性を持った者であって、とても理解できないとも思ったが、実際に体に反応させられている事実から、逆算的に調べていくうちに、その礎《いしずえ》となるものが大体どういうものであるのかを感じ取ることができたのだ。体験というものは知識や理屈を平然と飛び越えてしまう。それはこの事実に限ったことではないだろう。百聞は一見にしかずと言うではないか。

人間も電動で機能する

まずその時点でピンときたのは、「電気生理学」という高尚な学問で唱えている、生体における電気活動というもの、これにより人体というものが、自然発生する電気活動により機能するということ、心臓というポンプが鼓動するのは自然発生する電気エネルギーによるもので、鼓動するから人間は生存できるのだ。いわゆる電化製品の「電池」と同様のはたらきを心臓はしているということ。電気の自然発生など何ら珍しいものではない、身近に多数ある。まず静電気、それと空に響き渡る雷など。摩擦が生じる所には電気（熱も）は自然に発生してしまう。

まず一般的に「電気」というと、資源として人間が火力や原子力で作っているものを思い浮かべてしまう。「電気」というのは一般電化製品を機能させるためのエネルギーであるという固定観念に、いつの間にか多くの人たちが囚われてしまっている。ところがそれだけではないのだ。前記したように人間も電化製品同様、電動なのである。その発生源が自然か人工かというだけだ。

さらに固定観念を推し進めてしまう要因としては、電化製品を機能させる電力というものが、人間を機能させる電力よりも遥かに多量なために、電気というものがビリビリと感電するものと捉えてしまっているということ、こんなありきたりなことも人間が電動という事実を認めにくくしてしまっている。人間は一般の電化製品よりも、遥かに少ない電力で機能する大変に効率の良い自然生命体なのである。だから当然ビリビリとした感電感などあったりはしない。そんなものがあったら不快でたまったものではないのだ。あの感電感というのは、必要以上の電気が通電してしまっていることを、体が不快感で警告を発してくれているのだ。電化製品に同様のことをしたら途端に故障である。適度な量の通電が発生しているのなら、いちいちそれを感じないのはあらゆる生存活動と一緒である。心臓の鼓動や呼吸が不快だと思うようになったら、とても生きてなどいけない。だから普段から気にならない。

電気活動的側面からの人体とは

さらにそういった側面から人体というものを俯瞰するのが当たり前になると、人体そのものの構造が、また全然今までとは違った捉え方ができるようになってくる。自然発生している電気により機能している心臓は、身体に必要な血液を隅々にまで循環させているだけではなく、外界認識を伝達させるための電気活動もやはり全身に発生させ続けている。電気が流れる速度は光の速度と一緒。1秒で地球を7周半するという高速度だ。

そういうものすごい速度での運動が私たちの外界からの認識活動にも大いに役立っている。見れば見える、聞けば聞こえる、味わえば味わえる、臭えば臭う、触れば感じる、この認識速度がいかに速いものであるかを我々は毎日当たり前のこととして生活している。人体を駆け巡る電流が、ありとあらゆる外界認識を高速で可能にさせてくれているのだ。そういう側面から推察した人体とはどういうものだろう。想像したくならないだろうか。

これら2つの、従来の骨、筋肉、臓器、皮などの生体組織と、外界認識を伝達する信号からなる生体組織が組み合わさったのが人体であるという見解が必要になり、後者の認識が急速に進んでいるのが、現在の状況であると言ってよいだろう。それを視覚的に表したのが下図である。もちろん推測の領域ではあるし、かなり荒っぽい表現だが、このくらいに違いを明確化した方がよいであろう。

この見解を見事に伝えることのできる視覚作品がある。シュールレアリスムを代表するスペインの画家にサルバドール・ダリがいる。彼が1952年に描いた素描に「微粒子の聖母（次ページ参照）」という作品があるが、これはまさに電気活動的側面からみた人体そのものであるように思う。微粒子が無数に高速で聖母の身体のある場所で、その身体の形状と全く同様に飛び回っているのである。ここでのマリアの体は階層的な皮・肉・骨といった構造ではなく、同一のエネルギーが必然性を持っ

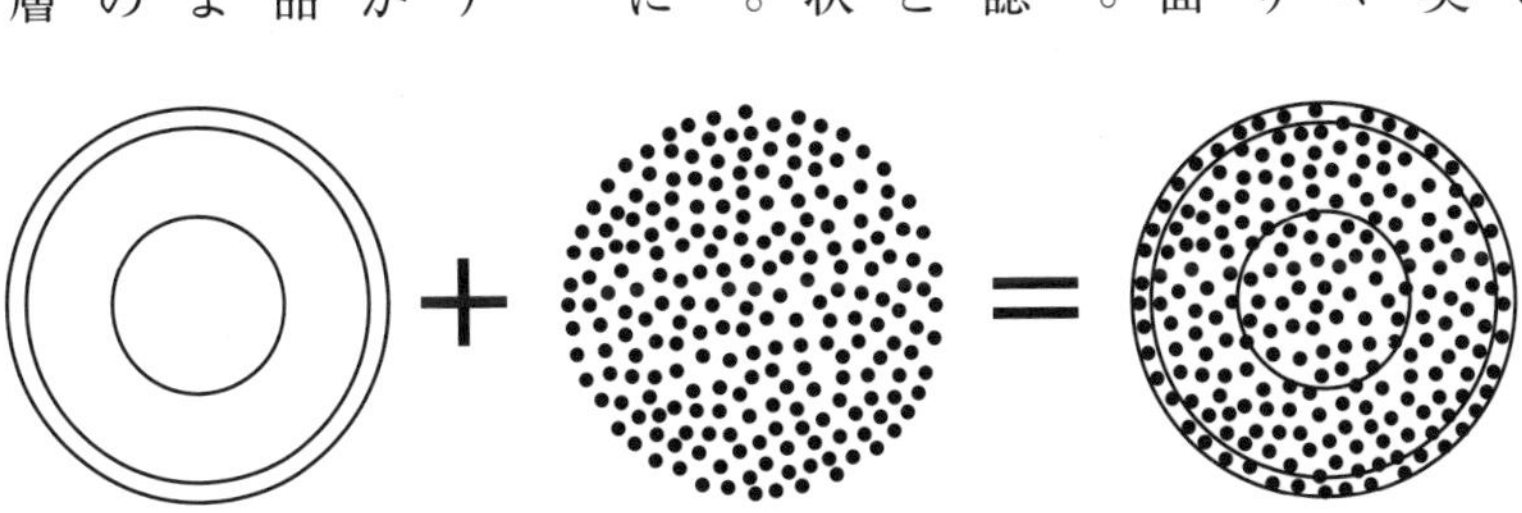

従来の人体の構造
皮、肉、骨という階層構造

電気活動的側面からの
人体の構造
電気活動を促すために
同一の組成で外部にも
開かれている

この２つが
合わさったのが人体

サルバドール・ダリ 「微粒子の聖母」 1952年　インキ・クレヨン

微粒子エネルギーの運動的側面から推測した際の人体のイメージ図として、適格と思われる視覚作品。このように光速同様の速さで、絶えず電気エネルギーが各個の人体では反応し続けている。ここでは皮・肉・骨といった階層的な、 従来の人体構造ではない、もう一つの見解がある。　

て高速に移動し続けているそれなのである。一目この素描作品を目にすれば、ピンとくるものがあると思う。

体の隅々にまで血液は循環している、その証拠に体のどこを切っても出血することを私たちは経験から知っている。心臓はこの血液の循環を促しているポンプと同じものであり、その運動としての循環がある場所には、循環しない部分との「摩擦」が生じる。そこに電気と熱が発生するのである。これらの事実から身体の全ての部分に電気と熱が発生していることが分かる。それを裏付ける事実として、激しい運動等で心臓の運動を高め、血流を速めると、その分摩擦も激しくなり、身体は熱くなり、体温を一定に保とうと発汗が起こる。また逆に血液の循環が失われてしまった場所では電気も熱も発生しないために、筋肉等の生体組織が死ぬだけではなく、認識活動も完全に停止してしまう。壊死という状態がそれである。凍傷などを例にとってみれば分かるがその場所は触ってもなにも感じないし、電気も熱（体温）もない。

人体はアンテナと同じ

近年「物体」を組成する分子・細胞レベルで物事を解析、分析する次元にまで到達しているのは周知のことだが、まさにその視点からの眺め方が、一般にも求められるときが訪れようとしているように思われる。従来の骨、肉、皮という階層的な捉え方に加えて、光速と同様の電気信号が絶え間なく流れ続けている分子構造的人体である。分子云々と言うと難解なようだが、そうではなく、経験則に則り、触覚を例に取れば容易に分かることで、誰でも全身どこでも均一に、触られれば感じるのだ。この「感じる」を伝達する機能的な側面から眺めた人体ということである。この点が把握できなければ、ここで主題となっている「人体に反応する遠隔技術」はいつまで経っても把握は無理である。

人の身体は通電することも周知のことだが、誰もが感電の経験はあるであろう。感電で体に人工資源としての強い電気が同化し体内を流れる際に、人体のどこの部分だから流れが速かったり、遅かったり、鋭かったり、鈍かったりするだろうか。全身に均一に人工電気は同化し、流れてはいないだろうか。また、ここで一つ見落としてはいけないのは、人工技術としての電気が体内に流れるという事実。これは人工と自然が同化しているという事実でもある。これについては後に記述する。なかなか重要なことなのだ。即ち体内に自然発生している電気と、人工資源としての電気が共通であるということがここで証明できるのだ（最近ではあえてこの部分に着眼し、軽度の感電を利用したマッサージ医療技術もある。医療で容認されているということである）。要するに必要量以上の電気が流れた際に、感電感が警戒信号を発するのだ。それが強すぎる場合は心臓がダメージを受け、最悪の場合その機能を停止することになる。同化が為せる業《わざ》である。

さて、人体内の電気活動により、分子同士が反応し合い、熱（体温）も発生するわけだが、両者に共通しているのは、発散性があるということ。即ち、電気も熱も体内だけでなく、体外にも発散されている。結果、人体そのものがアンテナと同様ということになる。

これで通信が成立してしまうことは、一目瞭然であろう。何ら難しいことではない。遠隔技術の対象としての人体の登場である。

特定個人と繋ぐための技術が正解

さて、ここで次の疑問だが、何故特定個人だけなのだろう。ここで登場するのが「分子生物学」なのである。これについても体験から、それに基づいて結果からたどり着けたわけであって、前記したように、体験というものは知識と理屈を平然と飛び越えてしまうのだ。これを改めて了解していただきたい。私のこの分析らしきものというのは、何らすごいことでも何でもない。経験に基づき、それを結果から逆方向に理屈を組み立てているだけである。当たりまえのことを当たりまえに捉えているだけだ。

「個」を「個」と決定づける要因とは何かについては長い時間をかけ追究されてきたのだろう。それが2013年においては当然その年の分だけ、解明は進んでいるのだろうが、その核心となるものに、相当近寄っていることを、この遠隔技術の存在は私に身体で教え続けてくれている。私内山という「個」が何故「個」として特定できるのか、それは私にしかない組成があって、それが私という「個」を決定づけていると言えば当然なのだ。じゃあそれをどのように物理的、具体的に説明できるのかといえば、現在では遺伝子（DNA）という解明事実から説明できるようになっている。「個」を「個」として決定づける要因が集合し、成立しているのが個人ということになる。当然それは生命体なので、その「個」を生存・機能させるための生命活動がその個体では発生していて、生命活動といえば、電気活動でもあるわけである。

その「個」を決定づけるためには独自性は当然あるわけであって、そうでなければ物理的に自他が混同してしまう。それこそSFの世界だ。電気活動で「個」であることを識別するとするなら、何を調べればよいのか。それは周波数である。電気には周波数というものが存在する。

現在4兆7000億分の1の割合で、自分と同じ組成の人間が地球上に存在するということが解明されている。2013年においてはそれ以上に分析が進んでいる可能性もある。要するに地球上に自分は一人しかいないということが、より確実に確信を持って解明されているということだ。世界の総人口以上の数にまで解明が達しているということにも着眼していただきたい（個を個として決定づけるよりも先の世界が確認されているということになる。その先には一体何があるのか）。

「個」を「個」として決定づけている最も身近で、誰もがすぐに実現できる従来の識別法は何か、それは指紋識別法である。地球上に自分と同じ指紋を持った人間は存在しないのだ。それと同様に自分と同じ周波数の電気信号を発散している者はいないのである。

以上からこの遠隔技術は特定個人と繋ぐための技術なのであって、「何故特定個人にだけ？」という疑問はまさに観念に囚われた疑問ということになる。クローンが実現したとしよう。同室してもらえばどういうことが起きるか。全く同じ遠隔技術反応が自分とクローンの間で起きるということだ。

身近な電化製品の例として携帯電話を挙げよう。まず遠隔技術を利用し、個々の特定番号があり、そこにダイヤルすれば、その特定個人と繋がる、そして一度繋げれば、どちらかが切るまでは繋がり続ける。

この技術の無断乱用の非道さは、受け手の側に切る権限が無いということ。だから、送信者側に繋がれれば、以降の主導権はすべて送信者側にあるということ。丁度その携帯電話に相当するのが人体、ここでは私、内山という個体から発散されている電気信号に反応する信号で一方的に繋げているということである。携帯電話が会話とメールという聴覚と視覚の二感の機能を持った、道具（技術）であるのと同様に、人間は五感の機能を持った電動生命体なのである。そこにこの人体に反応する遠隔技術は実に見事に依存しているのだ。

要するにここで強く求められる見解は、電化製品を人工生命体、人体を自然電化製品と見ることができるとするものである。即ち技術というものは、人間の手足や感覚器官を外部に頭脳で造り上げたものなわけだから、人間の体の一部（延長）と判断してよいのだ。そしてそれは同じエネルギーで機能している。

私たちが無断でなにものかに利用されている技術とはこういうものなのだ。

進化というのは過程に過ぎない

この技術を体に反応させられ、キャリアーになると、この見出しがより鮮明に感じられる。何せこちらは体に公開前の技術を直接寄生され反応させられているのだ。何もかもダイレクトである。私の体に反応させられているこの技術とて当然過程の一つに過ぎない。線の上の点ということだ。

となるとさらに先には一体何があって、何を目的としているのか、そしてどこに向かっているのかが疑問になってくるし、普通ならそのくらい考えるだろう。

となると普通は、過去を振り返り現在までの過程を想起し、その延長線上には？　という経路立てた考え方が最も自然である。私もそのように考えた。

技術というものが前記したとおり、人の手足の延長から始まり、現在の世界の現実レベルにまで縦横無尽に進化をしたわけであるが、その「技術」というものの本道における最終的な目的とは一体何なのだろうか？目的あっての過程なわけだからそれは当然存在するのである。これについては賛否云々の問題ではないと思われる。そのくらいに強力に向かわざるを得ない目的であるように思える。

それは何だろう。言葉では簡単に記すことができるが、「自然を技術で造ること」である。もう少し限定すれば生態系のトップに存在する自然の究極的な存在でもある「**人体を技術で造る**」ことではないか。兆候はすでに至るところに見受けられる。これこそ、人類の究極的な夢ではなかったではないだろうか。

ずっと昔から人造人間、人工人間という存在はサイエンスフィクションの世界では存在し、善悪のドラマを展開させ、私たち人間の世界にも身近にいくつでも存在し続けている。いわゆるあこがれとしての象徴的事実であり続けていたわけだし、未だそれは進行中なのである。しかしそれはもう相当のところまで実現しているいることを私を始めとした「被害者」たちは自動的に体を通して知ら**さ**れ**て**しまっている。

自然と技術の合体？

そもそもこの人体に反応する遠隔技術というものはどういうものか。遠隔より特定電気信号で機械と人間を繋ぎ、信号化されたさまざまなデータを空気中で運び、それを傍受できる装置で受信、データは当然保存が可能で、保存されたデータを選出し、再生も可能である。何てことない、技術によって造られた同じ機能を持つもう一人の特定個人が存在するようなものだ。でなければ送受信ができないからだ。もうすでにこの時点で実体の有無を問わなければ、ほぼクローンといって良い存在がどこかに実在することになる。この技術を利用されている「被害者」はすでにもう一人の技術上の自分が存在していることになり、その両者の間で絶えず送受信の循環が成立していることになるのだ。

これはひとえにどういうことかといえば、人体（自然）と疑似人体（技術）の合体ということになるのだ。もちろん人工内耳や筋電義手なども近親的存在だが、我々「被害者」は脳そのものを、その機能の全てかどうかまでは不明ではあるが、その認識範囲内で技術と合体、或いは同化させられていると判断して間違いない。可視下ではどうか、少し身辺を見渡して欲しい、人間に酷似した表面を持ったロボット、最近、話題なだけでなく実用直前の人工細胞、人体に埋め込みが可能な、失った器官と同一に機能する再生技術（ＢＭＩ等）、もう人造人間の存在が見え隠れし始めているではないか。

これらのことからさまざまなことが応用できると思わないだろうか、この事実から分かることは、資源と称されるものが、自然界に即ち外界に存在していて、それをいかに効率よく活用するのかに人類は叡智を結集し続けていたわけだが、実はその資源と称されるものは、私たち人間の体内にも存在することがすでに立証されてしまっているのだ。心臓で自然発生している電気は今のところ体外に無駄に発散されているだけだが、この電気を利用することによって、資源利用が可能なのではないか。

熱、即ち体温はすでに人類がこの世に登場してから、日常レベルで我々は熱資源とし、有効利用しているではないか、寒い時に赤子が寒がっていれば母親の体温で暖をとらせる、これは人間に限らない、さまざまな哺乳類の母子においても今でも普通に見られることである。しかし熱と一緒に発散されている電気はどうだろう、これとていずれは、人間の叡智により、日常レベルで活用できるときがくるのではないか。電化製品を機能させるための消費電力が年々低下してきているのは周知のことだが、どこまで低下するだろうか、案外人間が発散している電気を利用できるほどにまで低下することはないと言い切れるだろうか。とすれば、資源活用を外界だけに依存することはなくなるのではないか、我々は遠隔でこの技術で繋がれているのだ、そしてそれはもう事実なのである。ということは遠隔にて自分が在室している室内における電化製品を機能させることも、予測可能なことになってしまうのだ。その電化製品を動かすエネルギーは、それを利用する人間の心臓から発生しているのである。そんなバカなと思われるかもしれないが、我々被害者には別に驚くことではなく、大いに予想できることなのだ。理論的には当然と言い切れるほどのことなのだ。車も電気自動車が今では珍しくない、一切地球資源を消費することなく、元祖自家発電で車を動かせる時が訪れるのかもしれない。この人体に反応する遠隔技術を夢や希望のある方向から、その近未来を予測したときには、こういう素晴らしい現実も見えてくるのである。

太古に人体の延長線として独立し、分離していった技術、それが再び人体と合致したときにこういう展開が実現するのである。

ダ・ヴィンチの「人体図」に見いだしたもの

言葉だけでは伝わりにくいかもしれない、ならば実に見事な視覚対象があるので、紹介させて頂こう。さ

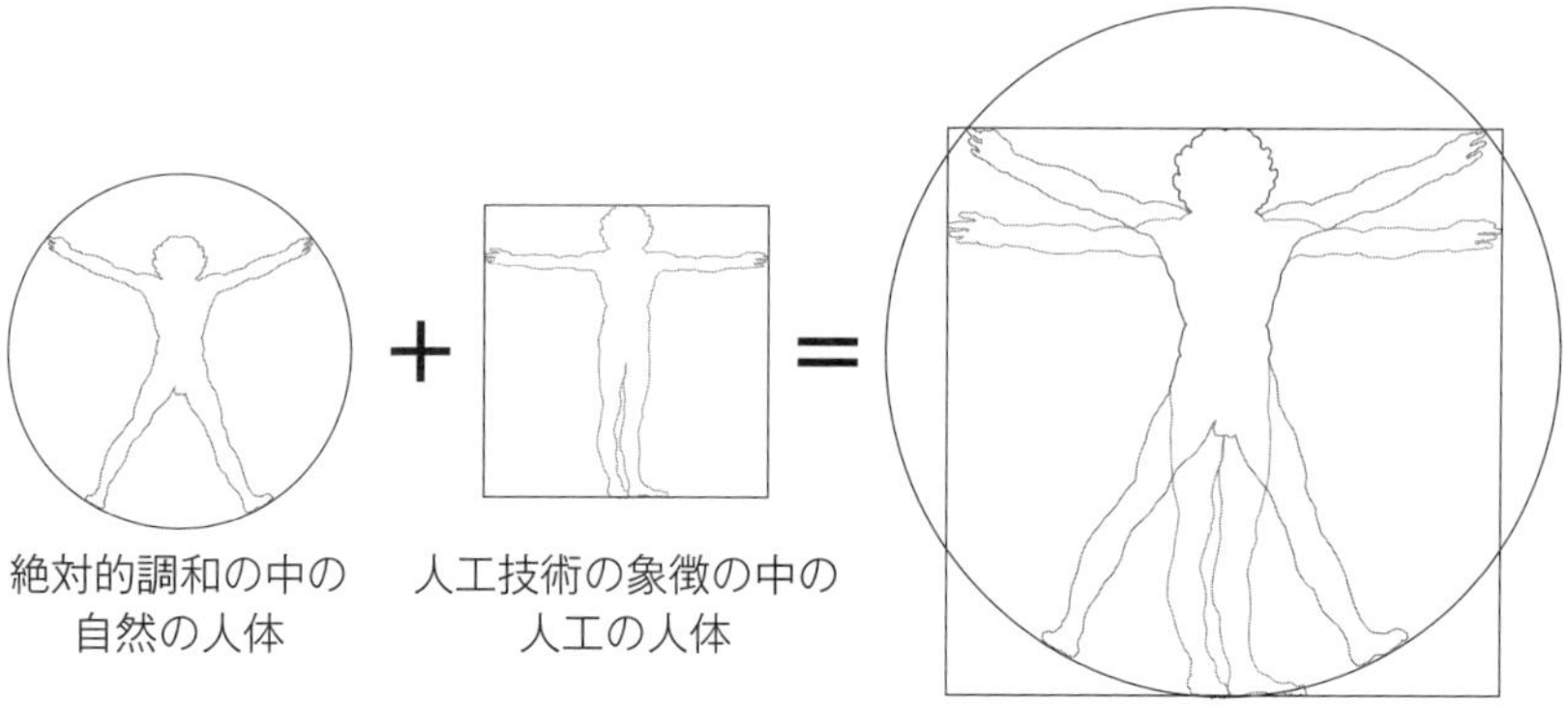

きほどのダリの作品と同様、視覚芸術界の巨匠の作品の中に私はそれを見つけた。ダリ以上に有名で誰もがご存知のイタリア・ルネサンス期の巨匠、レオナルド・ダ・ヴィンチが１４９０年頃に描いた素描作品の「人体図」である。

そのままの掲載よりも解説がしやすいトレース画で説明してみよう。ご覧のとおり、２つの人体が合体している。片や正円に囲まれた動的姿勢の男性、片や正方形に囲まれた静的姿勢の男性である。

まず正円と正方形である。これはそのまま自然と人工に置き換えられる。円が自然界に存在する絶対的調和の象徴である形状。それが立証されたかは私には分からないが、分子であるとか粒子であるとかの、いわゆる根本的な物質の形状だが、一般的にはそのモデルは正円でつくられているのが普通。それと水。これも外界に全く影響を受けない場所に放せば正円の形状になる、さらにもっと身近なところだと無風状態でシャボン玉を飛ばしてみればいい、正円になるはずだ。さらにもっと身近なところでは魚卵等の生き物の生命を育む卵の形状、さらにもっともっと身近なところでは、我々の生存している地球である。これも自転運動による遠心力で少しだけ横幅が広いが、何の影響もなければ正円であることは確実なところだろう。そういう客観的事実から円は自然を象徴するのである。

それに対し、正方形はどうか。自然界には直線も直角も存在しない。これは人間という生き物が必然性と必要性から産み出した人工的な形状なのだ。この直線と直角の恩恵を我々人間は相当受けていると断定してよい。この発明こそ、根本的なものであり人工技術の象徴といえる。

その両者が重なり合体しているのが、この「人体図」なのだ。この2つの図版で重なっていない、腕と脚の部分もそれぞれに置かれた背景を象徴しているのである。円内は斜めで動的、正方形内は水平で静的。そして重要な頭部と胴体は完全に合体しているのである。近い将来、この技術の認識がもう少し進んだ際には、もっと積極的にこの視覚作品をアピールしようと思っている。

以上のことから人体に反応する遠隔技術というものがいかなる必然の下に誕生し、それがどんなものであって、それがすでに存在していて、すでに機能し始めているという事実、そしてそれがどういう将来を展開させるのかということを、少しでもご理解頂ければと思っている。それとてまだ発展途上中であり、果てには有機＝無機、自然＝技術という到達点があり、その終着点あるいは大きな分岐点に向かって進行中なのである。

これでもまだ突飛な技術だろうか？　必然的な流れに沿って登場した、過去の画期的な数々の技術群と何ら変わることはない。少しも驚くことではない。「核技術」とて、出るべくして出てきた技術なのだ。それを少し早く無断で利用されてしまったのが、私を始めとした被害者と称する人々なのである。

客観的な実態報告

しかし私たちは「被害者」なのだ。相互の許可の下で利用されたならば被験者だが、無断で利用されたという点に於いて、「犯罪」に該当するのでやはり「被害者」である。

この人体に反応する遠隔技術のいくつかの恐るべき機能について、長年の被害者からの実体験に基づいて記させて頂く。前記したとおり、マキシマムな方向へ大変な力を発揮する「核」技術に匹敵する技術なわけだから、そのスケールはやはりただ事ではない。ミニマムな方向へ「核」技術並みのスケールでさまざまな事態を引き起こす。

「核」技術なら、すでに公開されているので例えにしやすいが、核兵器一つを乱用した罪業はどれだけに匹敵するだろうか。現在制定されている法律をいくつ無視することになるだろうか？　これはもう通常のレベルではない。いちいち考えるまでもないだろう。

この人体に反応する遠隔技術の悪用も逆方向にそうである。ミニマムな方向にだ。これは間違いなく被害者の全員が認めるところだろう。

とりあえず私内山の場合はどうかを記してみよう。五感に反応させられ、さまざまな反応を受信させられているわけだが、特にひどいのが聴覚と触覚である。聴覚はこの技術の真骨頂ともいえる人の声と言葉を使用した音声送信、他さまざまな音、我々が普通に日常で認識する音の全てをこの技術でも確認できる。触覚に関しては主なところでは、人の手で撫で回されたり、掴まれたり、まさぐられたりの猥褻な触覚が主である。臓器や骨、歯等への痛みや、冷たい熱い等のもの、これも日常で普通に感じている触感の大部分を反応させることができる。

ということでいかに法規制を無視しているかである。まずは人権というものを完璧に無視しているという点から「**人権の侵害**」である。次に遠隔技術ということであらゆる境界線を平然と乗り越える。もちろん国境もだ。しかし個人レベルの場合は「**家宅侵入**」、それも敷地内などという生易しいものではない。家屋内、通信で繋がってしまっている以上被害者のいる場所すべてに侵入してくる。そしてここがすごいのだが、電気信号を介して体内、そして内面にまで侵入・干渉可能（我々は透明人間のようなものだ）ということで、前代未聞のスケールでのプライバシーの侵害、さらに人の声や言葉をやはり受信可能ということで、精神的苦痛の強要、さらにデマを喋ったりすることで偽証、被害者の家族や周囲の人々の固有名詞を好き勝手に乱用したり、中傷セリフも乱用するということから名誉毀損、それと殺す等の威し送信も多発することから脅迫、しつこい音声行為反復によるマインドコントロール、耳障りな音を延々と聞かせる騒音妨害、触覚被害による強制猥褻、さまざまな痛みや苦痛を強要するということで身体的苦痛、生業である仕事を妨害することで業務妨害、睡眠を好き勝手にコントロールされる睡眠妨害等々、ざっと挙げただけで、これだけの法律違反をいともたやすく犯すことができるのだ。それも別個ではない、並列して犯せるのだ。

携帯電話の逆探知は一般レベルでは事実上不可能なのと同様に、これを犯している者の特定は不可能、それ以前に技術そのものは公開されていないが故に規制も法律もまったくなし、即ち加害者は身元を明かさずに済む上に犯罪のやりたい放題の状態が２０１３年の現状なのである。

これだけの人権の踏みつけ行為がまだ平然とまかり通っていることを知っているのが、被害者とほんの一握りにも満たない理解者だけである。

冒頭に私はこの技術を「寄生」という観点から述べたが、加害者側もこの技術でなければできない醍醐味を感じたい、使用したい、あるいは顕示したいために、時間をかけ大変な苦痛と侵害を被害者の内面にやりたい放題で利用してくるのだ。する側とされる側の快楽と苦痛のギャップがここまで明確なことはあっただろうか？　恐らく前代未聞だろう。

この人体に反応する遠隔技術の醍醐味は電気信号をキャッチできるところにある。その中にはさまざまな種類の信号が存在するわけで、人の声や言語はもちろん、それ以外のありとあらゆる感覚情報等も含まれる。前記したように人間は五感を認識できる機能を持った電動生命体なのである。

加害者は被害者の思考や意識、想像の全てに言語をもって介入してくる。そして何よりも被害者の精神状態に同調してしまうために、安定状態が常の人間の基本的な精神コンディションに同調し、さらに通常の人間が自動的に明るく健全に機嫌良くいようとする精神作用にまで同調し、寄生虫の如き居候をするのである。これはまさに寄生虫と宿主の関係が潤滑であるということになり、となると寄生虫が居座り続けるのと同様なのである。

同調や共鳴が神経信号を通して体内に入り込む際に物理的に必要なだけでなく、入り込んでからも別の領域で必要であり、それすらも非常に要領よく得てしまうのだ。当然好きで寄生虫を体内に保存しておく者などいない。通常は厄介者として扱われ、これが虫ならば薬物でケリを付けることができるが、私たちにはその薬物に相当するものがない。退治することができないのである。これがどれだけ厄介なことか、想像つかないだろうか。それに対し加害者にとっては実に上手くできた技術であろうか。

私たち被害者が、差別に近い対象として扱われることになって迷惑を被っているのは、精神疾患関連の分野である。これについてはまだしばらくは慎重に振る舞う必要があるのだが、この技術がいかなる経路であるかは分からないが、公になった際に一騒動あるのが、この分野であることは間違いない。

これはすでに私自身には起きてしまった問題であって、相当の緊張を強いられた。この人体に反応する遠隔技術悪用を告発する実態報告集である、自著『早すぎる？おはなし』が発行されて数ヵ月後に関西の某団体より出版社の編集部にクレームが入ったのである。精神疾患と診断された若い患者さんが私の著書を読み、自分がこちらの被害者だと主張したらしい、それが診断の妨げになるというのである。これも想定内のことで、「やはり」とは思ったものの、当然素通りはできず、その団体の会長さんに直接電話をかけ、私が関西まで出向き、広報も兼ね、自著を制作発行するまでの経緯を説明しようと申し出たところ、丁寧にお断りされたのである。

被害者であるのに、周囲の人々の理解を得られず通院・入院されている方は私の周囲にも結構いらっしゃる。となると相当数の人が同様の立場に立たされていることは容易に察しがつく。出費する必要のないお金、服用する必要のない薬、必要のない入院。それらがどれだけ被害者の方々の人生を浪費させているか、こういう大きな損失を背負ってしまった方々が黙っているだろうか。一斉に訴えることになったらこれも大変なことだが、訴えられた医療の側にしてみれば、その技術の存在を知らなかったわけだから、仕方がないということになろう。しかし、彼らとて不名誉であることは間違いないわけだし、これほど大規模に紛らわしい事実を発生させた対象を放っておくだろうか。知らなかったとはいえ、被害者が大なり小なりの損害を被ったことは事実なのだ。となると被害者と医療界の間で繋がり、訴訟を起こす対象を見つけなければならないのだ。結果については推測に頼る以外にないので記さないが、このあたりのことは至るところで発生するであろう。それも世界規模でである。わが国だけのことではないのだ。

世界規模で発生している、人体に反応する遠隔技術の悪用

当然アメリカ合衆国でも被害者の間では格闘の日々が続いているのだが、わが国のＮＰＯに相当する団体はすでに設立されており、やはり被害者を孤立から救済し、連携を結び、その規模の拡大と実績を積み重ねていっている。

やることが大きいのは国民性なのか、被害を訴える大看板を国道沿いに設置し、市民に注意を呼びかけているわけだが、その看板の中の情報にアメリカ全土で40万人の被害者が確認されていると表示されている。これをあまり率直に受け取ってしまうのもどうかとは思うが、受け入れることにし、わが国の総人口に同率換算すると17万人以上の被害者が存在することになってしまうのだ。NPOテクノロジー犯罪被害ネットワークでは現在急増している被害者の対応に追われているが、２０１３年3月現在１２００名近い被害者を確認している。現在の増加の勢いからすると、それがすぐに緩慢になることは到底考えられず、むしろさらに勾配は急になるように思える。

アメリカの対応はやはり進んでいて、すでに政府が調査を開始し始めている。大統領生命倫理諮問委員会を組織し、その調査項目に集団ストーキングとこの人体に反応する遠隔技術が含まれている。社会的地位と実績のある被害者（弁護士、大学教授、女優等）28名を集め、被害者による公聴会もすでに開催され、YouTube等のメディアでも公開されている。

過剰に働かされている細胞についての疑問

これについては結論を出せずにいるのだが、私たちの人体に反応する遠隔技術を無断利用されている人々は、そうでない人々よりも感覚機能を、加害者に浪費され続けていることは間違いない。それだけでももちろん相当の重犯罪であり、未だかつて無いスケールの人権の踏みつけ行為なのだが、この技術によっても反応させられていることで、通常の倍、私たちの体を形成している細胞が浪費されていることで人工的にも機能させられ、代謝が早まり、早く老化しているということは考えられないだろうか。これも一考の価値があるように思える。もしそうだとしたら、私たち被害者は本来の寿命を、この技術を利用された分だけ短くされている可能性があるのだ。

匿名性についての問題

これはこの被害だけに限らず、ネット社会が宿命的に背負ってしまった問題であり、課題であろう。かなり広い問題であり、世界各国の政府が検討していくべき問題である。すでにこの匿名性が原因でのトラブルが大なり小なり頻繁に報道されているではないか。この人体に反応する遠隔技術が何故加害者によって恐ろしいほど悪用・乱用できるのかといえば、これはもうこの技術力により絶対的な「匿名性」の殻に守られているからである。自分の身元をここまで完全に隠蔽できて、やりたい放題できた前例は絶対にない。これも前代未聞である。被害者の立場に置かれると、この「殻」に毎日毎日苦しめられているといってよい。ブログやホームページを荒らす目的での嫌がらせコメントも社会問題であるし、人的嫌がらせに十分なるが、スケールが違う。

語るに語れない女性たちの被害について

ここでは生々しい悪用実態を述べさせていただく。短くはない被害キャリアから、当然周囲には同様の状況にある被害者の方が多くいらっしゃるし、私個人でもメールや手紙等で被害者であると訴える方々と、主に喫茶店で面談も数多く行ってきたが、女性の被害者の方が多く、若い方も珍しくない。さらに第1巻、第2巻ともにさまざまな事情から参加を辞退された方がいたわけだが、ほとんどが女性の方だった。やはり境遇や、環境等の理由から男性よりもデリケートな立場にならざるを得ないのは仕方がないようである。

この技術の被害についての話になるが、身体攻撃で女性の多くが狙われるのが、性の象徴である、乳房や性器である。特に下半身への性器刺激は執拗であることが多く、最も典型的な被害の一つである。自らの実体を一切明かさずに他人に対して、好き勝手なことができるとすれば、例えば男性なら女性に何をするだろうか。この辺りは誰もがすぐに思い浮かべるのが、猥褻行為ではないだろうか。他ならぬ私自身もそういう触感被害が日常になっているせいで、余計に身近なものとして、代弁できるような境遇にいると言ってよい。私は男性でありながら、この技術の加害者に胸や股間や尻に対して頻繁に執拗に触覚攻撃を受ける。この場ではあえて股間の電気刺激について述べるが、あれを女性が強要されれば相当のダメージになると思う。そういうジリジリとした刺激や、ひどい場合は舐められるような触感すら強要されることがあるのだ。

ここでこの被害報告集へ参加を辞退された方の報告の概要を公開したいと思う。相当おぞましいものだ。

その女性は主婦の方であり、それほど年配の方ではない。その方の被害も音声送信と映像送信と身体攻撃、即ち触覚送信である。

数年前のある日会社から帰宅したところ、すぐに下腹部が熱くなり、お尻の筋肉が硬直、それと同時に男性のペニスが勃起している映像を送信させられ、すぐに音声送信が「お前が勃起している」と言ってきた。下腹部に血液が集中してくるような感覚になり、女でありながらペニスがあって、それがまさに勃起しているような錯覚に陥る、すると音声送信が「お前ふたなり（両性具有）」という声を送信し、彼女の陰部に電気的な刺激を伴い、何かが入り込んでくる感覚が加わった。そして音声送信が「自分で犯しているぞ」とさらに送信してきたのである。

それで終わりではない、さらにその挿入感を伴う電気刺激は肛門へと移動。電気の強弱調節に連動しながら、肛門に何かを抜き差しされているような感覚が走り、そしてまた陰部へ戻り同様のことを強要されたのである。当然だが、その直後パニックに陥る。自分で自分を犯しているという錯覚に陥り、自分が自分でない恐怖と気持ち悪さで理性を失い、暴れ、壁や廊下を傷つけ、自失状態になり、悲鳴とともに「助けて〜」と騒いだ。近所の方が管理人さんを呼び、救急車を呼ばれてしまったそうである。

そういう状況下においてもまだ挿入感覚が続いていたらしいが、当人はもうその頃には放心状態になっていて、何も感じず、瞬きすらしなかったというのである。

以上だが、いかがだろうか。これ以降もこの方が強要された生々しい被害記録が続くが、その主たるものはさまざまな猥褻刺激の強要であり、それに対し、彼女がどう反応しようとも、断固として被害が終わることはなかったという。

こういう報告を、こういう書籍で公開するということが、特に女性にとってどれだけの辛さを強いるだろうか。猥褻触覚被害の被害者である私だから、あえて代弁させていただいたが、この方の場合、３つの感覚を連動させた、強烈な被害事例だったとはいえる。女性の性器へのこの技術による攻撃が、いかに女性を苦しめ、さらに羞恥心から、闇から闇へと葬られ続けているかという事実を、ここで読者の方々に知っていただきたいのだ。過激な事例はまだ他にも多数あるが、とりあえずここではこのくらいにしておく。我々被害者は法整備が為されていないという状況をここぞと利用され、あらゆる目に遭遇させられるのだ。

そして最後にプライベートな領域のことになるが、私個人の日常・社会生活の致命的な進行の妨げをこの犯罪は犯し続けている。２０００年以降から徐々に人体に反応する遠隔技術を無断利用される以前にも、重度の集団ストーカー被害により人生を大きく狂わされたのはまったくの事実だ。苦労して大学を卒業し、最初の就職で勤めたデザイン事務所での社会活動も順調だったのである。そのまま行けば、異性と交際し、結婚、育児と通常の人生を歩めていたと思う。それらが全て水の泡となったのもこの技術の的にされたせいであり、それがまだ平然と継続中なのだ。おかげで、いまだに独り者なうえに、本業のデザイン業務も重度の触覚被害のために、積極的な営業活動が行えず、ただでさえ景気が滞っている上に、事業としてほとんど成立していない状態だ。現在では被害者救済のための視覚伝達物の無償制作に、ほとんど時間も金銭も持っていかれてしまっている。このままでいけばいずれは破綻だ。そんな悲惨な現実を生きていかざるを得ない状態に人間を追い込むことなど、この技術にはたやすいことなのだ。一体どれだけの何の罪もない善良な庶民が人生をメチャクチャにされているのだろうかと思うと、黙ってはいられない。私の周辺には老若男女を問わず、相当数の被害者の方がいらっしゃる。一体今まで何名の方と対面し、どれだけの方が落涙し、怒りの矛先をどこに向ければよいのかと問うてこられたことか。もちろん返答などできない。私も同じ立場なのだ。ということもあり、私の人生破壊行為はそのまま他の被害者の方々の被害にも当てはまる。

冒頭で例示した共感覚保持者の世間の認識同様、私たちに対する認識も確実に変化していくであろうし、何よりもこの技術の公開を強く望む。体験してしまえば、私のような素人ですらこんな大変な記述ができるのである。

そして細胞・遺伝子・生体電気という側面から、人体を認識するという流れをメディアや世論はもっと認識し宣伝すべきであろう。ここには人体を完全に再認識させる大きな要因が存在し、そこには大きな発展や希望が埋没しているのである。悪用・乱用されてしまってはいるが、この人体に反応する遠隔技術もその一つである。

またこれだけの技術を単一国家や企業単位で利用できるものではない。ネットが世界を瞬時に一つにしてしまうように、世界の製造側の立場にある者、国家+企業+ブレインの連合体が、国家等という単位を早々と越え、開発・利用していると考えた方が、同時代的であろう。

マキシマムにもミニマムにも世界を統轄する技術が存在するという事実を、人類が知ることになるのは、もうすぐのことである。

私の被害についての紹介

ということでこの人体に反応する遠隔技術とその客観的な悪用実態について記してきたが、私個人の被害実態についてはほとんど触れていない。それは私の自著『早すぎる?おはなし』を読んで下さってもよろしいし、私自身2008年2月5日より、ネット上で被害日誌を一日も休まずに記録更新し続けているので、そちらもお読み頂ければと思う。ブログ名：バッカス&ミューズ（http://johannes0507.cocolog-nifty.com/）

補足　集団ストーキング被害を含めた人体に反応する遠隔技術の進化過程について

私がこの技術に狙われ、それまでの人生とはっきりと境界線を引かれたことを自覚したのが1992年5月のある日である。当時麹町にある大学の先輩が経営するデザイン事務所に勤務していた。それまでは何もかもが普通。特に身辺におかしいと思えることは一切発生しなかった。

しかし5月のある日を境にこの技術の的にされ、身辺が一変してしまう。これはまるで、見た目は今までと同じ世界であるのに、認識がまったくおかしな世界に拉致されたかのようなものと言えばよいのか。まるで周囲のあらゆる事象が、関連性を持って、意味を為しているかのような、絵画でいえば沢山の箴言がモチーフの中に秘められているかのような、そんな世界になってしまうのである。

さらに強引に自分が中心になって世界があるかのような、そういう周囲との強引な関連性の枠にはめ込まれたかのような感じもある。周囲は奇妙な符合や偶然に溢れ、その中でひたすら混乱し続ける。今まで信頼関係を築いていた周囲の人々も、それを境に、それまでとは全然違った存在になってしまう。周囲の人々が全て監視要員のように思えてしまうのだ。さらにある行為を行うことにより、周囲の日常音がやけに大きく聞こえてしまったり、明らかに感覚的な異常が当事者の身体に発生する。こういう異常な変化に満ちた世界認識の中に拉致されるかのような状況を「集団ストーキング（組織的ストーキング）」と称している。被害者の数は世界的に膨大で、増加の一途を辿り、最近ではその解決を営業項目にしている興信所や、TV等においても放映される名称となっていて、その認識は急速に進んでいる。この異常事態については、この報告集においてもさまざまな報告が寄せられている。その過程において被害者同士の間で異なっているものもあるが、共通しているところも多く見受けられる。その辺りはかなり参考になるところであろう。そういう方面からもこの報告集は役立てることができる。

海外にまで避難した被害者の方々も相当いらっしゃるようだが、奇妙なことに、国内とまったく同じ人々（監視要員）と巡り合ってしまったりする報告も多い。多くの被害者の方々がこの異常事態を仕切っているのが、宗教団体と指摘されるが、確かに信仰で人を操る方法ほど、合理的な手段はないかもしれない。ビジネスではギャランティが発生してしまう分、巨額な資金が必要になる。そうなると宗教の利用は非常に合理的だ。6年以上被害者でいて、さらに東京都に認証された被害者団体の運営に携わり、実名を公開して活動していると、自然に周囲には多数の被害者の方々が現れることになる。すると私個人単位でも、自然に統計的な事実というものも積み重なってくる。

その中でいくつかの目立った共通項がある。その一つに、ここで宗教のことが出てきたということで、話が少々横道に逸れるが、キリスト教信者も含めた、それと関連のある立場にある方が被害者というケースが結構見受けられるということ。多くの被害者の方々が加害側と指摘される宗教団体があるが、当然ある一つ

人体に反応する遠隔技術の進化過程

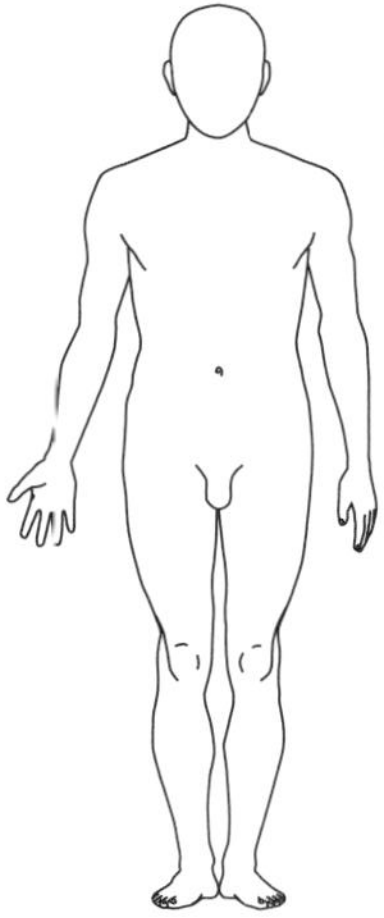

従来の監視レベル

監視技術 **100**% 外部に依存

物的操作＝**盗聴器・盗撮カメラ**
人的操作＝**尾行要員**

第 1 段階

生体情報の搾取率 **0** %

悪用例
無言電話、投げ込み、付きまとい、騒音など

盗聴器等の具体的な監視装置等に依存するため物的証拠が被監視者の付近に存在してしまう。

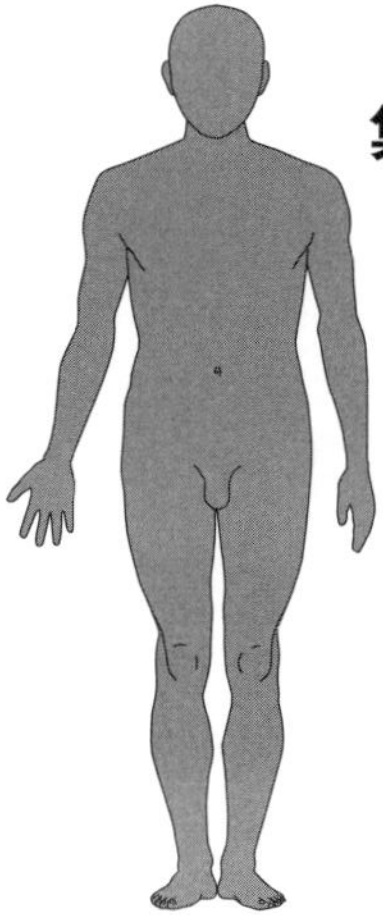

集団ストーカーレベル

監視技術 **50**% 外部に依存

物的操作＝**遠隔可能な監視装置**
人的操作＝**（ほのめかし）監視要員**

第 2 段階

生体情報の搾取率 **50** %

悪用例
ほのめかし、偶然の多発、奇妙な一致の多発
限定的感覚操作（音が大きく聞こえる等）

生体情報を中途までキャッチされているためにある程度の感覚操作が為される。また、ほのめかし要員等に頼る部分もあり、まだ外部に具体的に依存しなければならない部分が残っている。

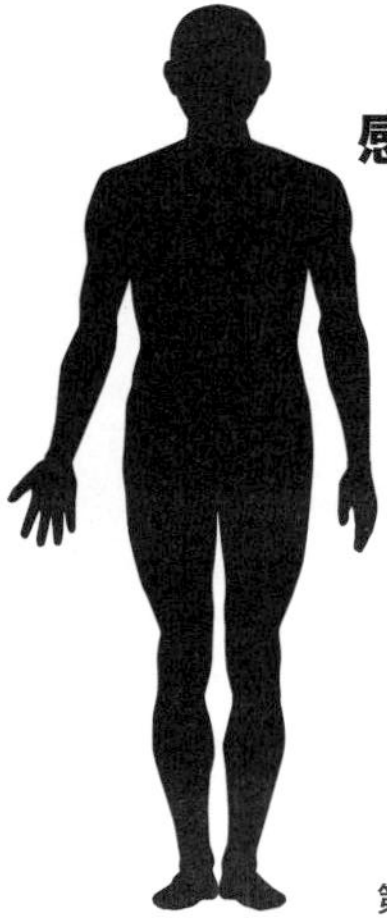

感覚送信レベル

監視技術 **0**% 外部に依存

物的操作＝**遠隔可能な監視装置**
人的操作＝**最低 1 人の監視（送信）要員**

第 3 段階

生体情報の搾取率 **100** %

悪用例
五感・身体に対する意識操作
（音声送信、思考盗聴、匂い、映像、味覚に対する操作、痛み、眠気、血圧の変化、寒気、熱気、下痢、他のあらゆる身体に対する人工操作）

生体情報をほぼ完全にキャッチ、五感や身体に対しあらゆる操作が可能となる。また外部に一切依存することなく、監視が可能になるため、物的証拠を残さずに済む。最も合理的な監視方法といえる。

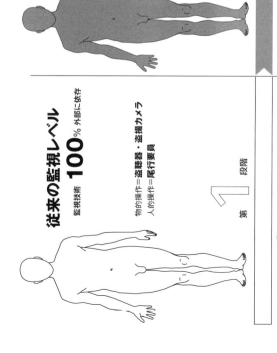

の信仰に基づいて成立していることは間違いない。ということは、それ以外の宗教は異教ということになる。団体にもなれば、その中でタカとハトが分かれるのは、どこでも見受けられる現象で、いわゆるタカの側がそれらしく、異教徒を差別するような志向を持ってもそれは十分有り得ることである。ということから、宗教上の理由から被害者にされるということも大いに有り得るのではないか。キリスト教とは言っても恐らく東洋人である者が何故西洋の宗教を信仰するのかという立脚点から、被害者にされている可能性を疑いたくなる。即ち実態を調べたわけではないが、西洋人のキリスト教信者は被害者として選ばれてはいないと思う。となると膨大な数になってしまう。

話を元に戻し、私自身も1992年5月から2000年までの約8年間ほど、この集団ストーキングには相当に苦しめられ、会社を転々とし、安定状態を得ることができなかった。収入面においてもである。ということから無事な社会人生活が営めなかったのである。2000年を境に、今度は身辺では異常を感じなくなってきて、1992年5月以前の世界に戻れるのかと思ったのも束の間、今度は感覚送信が始まった。まずは音声の送信から始まり出し、6年の長い時間をかけ、それが身体に対し、完全なものになっていったのである。ここで前記したこの技術との完全な合致が2006年10月に成立してしまったのだ。

その過程を次ページに図示してみた。この図の第1段階から第3段階に私の場合約14年の時間がかかったのである。これは飽くまで私の過程であり、被害者の方々が同様の経過を辿るわけではないと思う。しかし進むに従って技術と身体が同化すればするほど、さまざまな要求を遠隔技術で、さらに外部依存せずに、可能になっていくことが、お解り頂けるのではないか。監視技術としても相当の力を発揮することが一目瞭然である。もうこういう技術が密かに実用されているという事実がここにあるわけだし、そういう者たちが集まり、告発しているのが、この書籍なのである。いかなる形式でかは分からないが、公開されることはそれほど先のことではないだろう。

しかし、この技術による、一種の拉致状態はまだ続いており、通常の世界に戻れないでいる。その原因も目的も不明のまま、普通の生活を一方的に強奪されながらの人生が21年継続しているのだ。

参考として

近年、この技術に関連していると思われる書籍も発行され始めており、その紹介をここでしても良いのだが、他の被害者の方の紹介と重複しないようにあえてそれは避け、私の方からは硬軟の「軟」の方から二つほど紹介しておこう。被害者の方々が被害者でない人々に被害についてその概要を伝えたいときの参考として役立てていただけたらと思う。いずれも取っ付きやすい視覚作品である。どちらも公開され、少し経過しているので、新品で購入しなくとも中古品で安価に購入できるし、レンタルも可能だ。

マルコヴィッチの穴

1999年にアメリカで制作された映画。監督はスパイク・ジョーンズ、脚本はチャーリー・カウフマン。キャストはジョン・キューザック、キャメロン・ディアス、ジョン・マルコヴィッチ他。

作品中でも有名俳優であるジョン・マルコヴィッチに脳を通して同化できてしまうという奇想天外なストーリー。それが実現可能な部屋があり、その部屋には洞窟のような穴があり、その急勾配の穴に落ちていくと、15分だけ有名人であるマルコヴィッチになれてしまう。当然一心同体が実現してしまうのだ。なる側は無数、なられる側は一人、私たち被害者には、至る所でうなずける部分、感心する部分を見いだすことができ、何だか謎であったことがそうでなくなってしまったように思える映画。もちろん娯楽作品なので、気楽に楽しめる。後半では、無名で怠惰な人生を生きている人形使いの男が、マルコヴィッチに長期間同化し続け、自分の夢をマルコヴィッチの体と知名度を利用し実現してしまう。しかしその後には、相応の代償を支払う羽目に陥るというストーリー。

同化する側とされる側の表現にもリアリティがあり、さらに人の脳内に侵入した際の五感反応の違いであるとかまで、精一杯再現されていて、そんな点も注目できる。キャストも設定も脚本も優れていて、娯楽鑑賞のついでに人体に反応する遠隔技術についてのとっかかりが得られるのではないかと思う。

寄生獣

こちらは漫画家岩明均によるコミック（漫画）である。１９９０年から１９９５年にかけて、講談社発行月刊アフタヌーンに連載された（全10巻）。

ある日謎の寄生生物が飛来する。その寄生生物は人間の耳や鼻から侵入し、脳を中心とした顔面から首にかけてを瞬時に食べるという行為で独占し、その身体能力で本来の主人と瓜二つに化けることができるため、見かけは一切変わらず。その状態で身体部と同居し、他の人間を捕食していくというホラーストーリー。

主人公の高校生の「新一」は、ひょんなことから寄生される部分が脳ではなく右腕の肘から下の部分になってしまう。これによりこの生物に寄生されても、脳は従来の人間のままなのでコントロールされることなく、その右腕に寄生した生物と共存していくことになる。この寄生生物も独自の知性があり、侵入した主の日常・社会レベルに相応した知性を持っていく。ということから主人公に寄生した生物との、内外面の会話、さらに寄生生物による、宿主である主人公の心身の状態から、何もかもに同調し反応するところなどが非常に上手く描写されている。この感覚は私たち人体に反応する遠隔技術に寄生された、あるいは無断利用された者と感覚的にまったく一緒であり、この感覚を上手く伝えることができない被害者の方にとって、それを伝えるのに実に適した資料となると思う。

2 テクノロジー犯罪観察記

T・I　神奈川県　45歳　男性

【不審な幻聴に悩まされる人々】

話の始まりは今から二〇年以上も前、まだ私が学生だったころに遡ります。

当時のアルバイト先の上司から変な話を聞かされました。何でもその人はある組織に所属しており、その組織に私を勧誘したいというのです。

マルチ商法やカルト宗教がマスコミを賑わせていた当時ですので、恐らくはその類かと思い、そのような代物は嫌いだし興味も無いとはっきりお断りしましたが、そのような事ではないのでとにかく頼むと、やけに執拗です。勧誘ならばその詳細を説明すべきなのに一切説明がありません。事情を説明せよと一〇回ほども迫った頃でしょうか、不承不承と言う感じで訳を話してくれました。

それによるとその人はやたらとリアルな幻聴に悩まされており、その幻聴の命令だ、その命令を聞かなければ自分の身が危ういと言うのです。大の大人が一体何を考えているのでしょう？　そんなものを頼りに他人を勧誘する以前に病院にいくべきではないのかと思っていたのですが、それからいくらも間が空かないうちに奇妙に符合する出来事に学内でも遭遇することになります。

初めは教授から、次に学友から、次々に同様のケースに見舞われているという相談を受けたのです。おかしなことが続くものだと思いながらも、その時はあまり重要視しませんでした。

その後社会人となってからはそのような事も無く平穏無事に、とはいかなかったのです。

やはり折に触れ同僚から、上司から、取引先から同じような話を聞かされることになりました。

その話をまとめてみると、このような共通点が見られます。①突然リアルな幻聴が聞こえてくる　②その幻聴は色々と命令してくる　③その幻聴は人集めをしている　④幻聴のくせに自分の知らないことまで言い当ててくる　⑤幻聴なのに幻聴の不都合な発言内容の口止めを強要してくる。

私は学生時代の記憶と重ね合わせ一抹の不安にとらわれたものの、まだ事態を重要視していませんでした。都市伝説の類だろうと高をくくっていたのです。

ところが、二〇〇七年から二〇〇九年にかけて私の周囲を取り巻く状況が一変します。

二〇〇七年のことだったでしょうか、当時勤めていた先の同僚達の様子が次第におかしくなっていきました。朗らかに勤めていた人たちが次第に沈みがちになり、あたかも見えない何かに脅えるかのように自分の周囲を異常なまでに気にするようになっていったのです。

一人また一人と同様の状態になっていきますと、さすがにその異常性に気がつかないわけにはいきません。特に状態が悪いと思われる一人に事情を聞いてみたところ、またもや「例の」状況です。

はて？　うちの会社はそこまで社員を虐げるような所ではないはずなのにおかしいな。などとまだ呑気なことを考えていた私は、ほどなく彼らの苦しみを我が身に思い知らされることになります。

幻聴がどのようなことを言ってくるかという点に関してはくどくどと申しませんが、どうも心因的なものではなさそうだという根拠を文末の【まとめ・心の病との違いとは】に記しておきました。

さて、幻聴と四六時中暮らす生活と言うのは、自分の一挙手一投足、考え思いついたことの全てにいたるまで容赦なく突っ込みが入る状態と言うのでしょうか、プライベートが全く無くなったようなものです。

同様の主張をなさっている方も多いとは思いますが、今思えばこれが洗脳されつつあった状態と言えるのかもしれません。人の価値観道徳観を言葉の暴力で全否定し異なる考えを刷り込んでいくという手法からしてそうなのではなかったかと睨んでいます。

朦朧とした意識の中で私は直感します、これは「パブロフの犬」だと。私は正体不明の声に対して条件反射的に従順になるまで仕込まれている実験動物さながらでないかと。そういった意図が明確に感じ取れるような実にユニークな幻聴だったわけです。

【ささやかに反撃】

それからの私は敬虔な信者の方には失礼かもしれませんが、さながら荒野で悪魔に試される仏陀かキリストのような心境となりました。もっとも私は彼らのような高邁な志の持ち主ではありませんから、もっぱら自我を守るための闘いです。

彼らがどのようにして悪魔を退けていたかと言えば、信仰心もさることながら、かなりの部分は頓知によってではなかったかと記憶しています。私もそれに倣って幻聴をやりこめることにしました。漫才で言うところの「逆つっこみ」ですね。

相手が自分の心の声であったとするならば思えばこれほど滑稽なことはないわけですが、だいたいは頭の中で行われていたことですので誰の迷惑にもならなかったと思います。そしてこれがなんとそれなりの効果を発揮したのですけれど、その方法をここではいちいち申し上げません。個人差はあるでしょうし、まるで哲学書か禅問答のようになってしまうからです。

ただ、それほど上品なやり取りでなく、やり込められた幻聴が気分を害したかのように黙りこむというような、極めて面白い現象も見られたことを申し添えておきます。

【まとめ・心の病との違いとは】

しかし、これが人為的に行われていることだとすれば、その理由は一体何なのでしょう。

これは単なる陰謀論にすぎないのかもしれませんが、私のような一般大衆を対象にその行動や思想の制御を試みるなどという計画が大真面目で進行しつつあるとすれば、由々しき大事態だと考えられます。こればかりは私の気の迷いだと信じたいのが本心ですが、否定するにも世の中にはそれが「ある」と指し示す情報があまりにも多すぎるのです。

私は被害を被っていない皆さんに、自らの経験をもって警告を発したいと思います。特に精神科医の皆さん、これはお薬だけでは到底防げるものではありませんよ？

長々と書き連ねてまいりましたが、このままでは精神疾患の発症報告と何ら変わるところがありません。最後に何故これが人為的に行われている事と確信したかをお話しして筆を擱きたいと思います。

①統合失調症が短期連鎖的に発症するという事例はあまりに不自然である。

②幻聴ならば自らの経験を超える知識は持ち合わせていないはずだが、それがある。例えば天文学にまるで興味の無かった人の幻聴が土星の衛星の名前全てを言い当てることなど不可能である。

また、幻聴が先々発生することを言い当てるのも不可能であるにもかかわらず、そのような事例が発生する。例えば次の角を曲がると誰それに出会うなど、自分に予知能力が備わったなどと考えるより、性質の悪い犯行が行われているものと考える方が自然だからである。

3 防犯とは名ばかりの悪質な人権侵犯集団

C・I　愛知県　47歳　女性

中部地方にあるA県K郡では、防犯活動費を悪用した人権侵犯が罷り通っている。10年以上も前から、男も女も無い覗き・盗み聞き、風説の流布、付きまとい、犯罪の捏造まで！　家の中にも車の中にもプライバシーや人権、人間の尊厳すらも一切無く、私生活の全ては見世物。夫婦の会話や野菜の切り方ひとつにもケチをつけられ、覗き・盗み聞きしたことを聞こえよがしに喋って羞恥心を煽る虐待も日常茶飯事、殺人脅迫は2回。排泄や入浴や性行為をまるで実況中継のように喋る♂♀、性行為ノゾキを自慢のように吹聴する♂♀、体のアソコがどうだココがどうだという会話は数知れず！

こんな虐待・人権侵犯を受けるうち、衣服を脱ぐことに恐怖を感じるようになった。普通に着替えも出来なくなり、入浴なんか全く不可能になってもう6年。家の中にもかかわらず更衣室も作ったが、その中で体を拭いても着替えても指の動きまでリアルタイムに奴等に言われる！　奴等はX線を使っているから、更衣室内で着替えようが、布団に潜って抱き合っていようが、全て丸見えなのだ！　毎日身に着けている衣服さえ無意味で、どんなに厚着していても、家事の最中にも眠っている時にも服の中・下着の中を♂♀に覗かれ人間としての尊厳を剝ぎ取られ踏みにじられる！　文句を言うと、聞こえよがしに、

『じゃあレントゲンはイヤラシイのかぁ』

と笑った♂がいた！　裁判所の許可もなく勝手にやっているというのも奴等のお喋りから知った。〝普通は気付かん〟〝今まで気付いた奴はおらん〟という会話から、同じ目に遭わされた被害者が何人もいるのは確か！

こうした24時間体制での人権侵犯は、住居侵入して家や家具や車などあらゆるものに何かを埋め込むとい

う器物損壊による。夫の実家にまでもだ。元県職員の家主も共犯者で、保身・隠蔽を謀って、

『単独でやったことにしてくれんと』

等と共犯者に言っている。住まいに関わる各業者も共犯。子供同士が同級生の電気工事業者も！

これら住居侵入や器物損壊は非破壊検査で一目瞭然となる。6年以上前に私が非破壊検査について調べるまでは、埋め込んであるので取り出せないから大丈夫だ、バレないと高を括っていた犯人ども。バレるとわかると騒ぎだし、以降は隠蔽工作や口裏合わせに精を出すようになった。

『防犯協会に買い取ってもらわんと……』

『町の予算で……』

という会話もあった。最近は、〝削り取るしかない〟〝壊すしかない〟〝焼くしかない〟〝燃やすしかない〟〝建物まで燃やすわけにいかん〟と密談を繰り返す。隠蔽不可能と知るや、

『ブン殴って取り上げろ！』

『盗んだろっかぁ』

『脅せばいいじゃーん！』

『オナッとるとこ撮ってやりゃあいいじゃん！』

『ヤッとるとこを撮って脅せ！』

『もう殺した方がいいんじゃなぁい？』

『後ろから口塞いでぇー』

『事故に見せかけてぇ』

等と、鬼畜♂♀が更なる犯罪を謀る。思い通りにするためなら犯罪も人権侵犯も平気！　県警本部や県防

犯協会連合会によると、このS町防犯協会は地元S警察署生活安全課がやっているとの事。また近隣住民達が、

『役場、酷いもーん！』

『職員が酷過ぎる！』

等とも喋っている。布団の中で夫が勃起しているのを変態仲間とX線を使って眺めて、

『おチンチンがぁ！』

と笑った初老の女の長男は町役場職員で教育委員会にいたこともある。

奴等によると、うちは奴等と〝繋がっとる〟のだそうだ。その繋がりを一切物理的に切れと言うと、

『切ったら取り出せんくなる』

『切ったら中に残っちゃう！』

『切ったら買わなあかんのだよー！』

『貸与だもーん！』

等と奴等が何度も喋っている。それに、

『切ったら先生がクビになるぅ！』

と奴等が何度も言っているのは地元公立学校の教員のことだ。また、うちから徒歩数分の県立T高校では教師が生徒達にX線盗撮を自由にやらせていた。生徒達は親達と一緒に裸や性行為を覗き・盗み聞きして大騒ぎ！　私が何度も怒ると、近隣住民がT高校に苦情を言って、モニター等を片付けさせた。つまり、町・防犯協会・学校・教育委員会・役場などの職員やその家族あるいはOB、近隣住民による人権侵犯だ。

加害者♂が仲間と〝ロック・オン！〟と喋っていたことがあるが、私はまさにロック・オンされているらしく、出かけた先のトイレの個室の中にさえプライバシーも人権もない状態！　こんな非人道的な人権侵犯

のどこが防犯活動なのか！　防犯活動と言いながら、なぜ、

『警察にバレんときゃいい』

『内緒でやればいい』

となるのか。私が県警本部に連絡したら、なぜ、

『なんで地元の警察に電話せーん⁉』

『本部に電話しとるもーん！』

と騒ぐのか。法務局に連絡したら、なぜ、

『いつ法務局に電話したんだ⁉　昨日か、じゃあ今日はまだ大丈夫だな』

『調べが入る！』

『タレ込むとはっ！』

『悪口すら言っとらんことにしとかなあかん』

と慌てるのか。私が違法な物を持っていると嘘を吹聴している奴等は、徹底的に調べてくれと長年一貫して言い続けているのになぜ調べないのか。そして、本人に無断で体をスキャンしたりモニタリングして、何処を触っている・何処が濡れている・眠っているかどうか・膣の膨らみ方・肛門からの排泄・絶頂・体重・血圧等を無断で知られる状態も続いている！　調べが入ったら、切ればいい・消しとけばいい・モニターのケーブルを抜いとけばいい、と、何度も喋りながら犯行を重ねる犯人ども！　〝防犯とは名ばかり〟〝国民の非難は免れない〟〝非難の嵐だよぉ！〟〝前代未聞だ〟〝歴史に残る〟等と、奴等自身が喋っている通りの、恐ろしい組織犯罪だ！

　長年に亘る詳細（出来る限り年月日時間まで）な記録を、http://nozokarenikki.blog43.fc2.com/ に順次過去にも遡ってアップしていく。

4 書いたら殺すぞ！

leo　千葉県　62歳　男性

私の現在の状況について

私は、国と地方のある機関を通算して38年間勤続し、数年前に定年退職をしました。現在は、公的年金と個人年金で生活をしています。また、定年退職直後に発症させられた心臓の疾病により1級の身体障害者となりました。複数の男女の声を頭の中で聞かされ２０１２年で11年になります。

タイトルの「書いたら殺すぞ！」は、この犯罪被害報告書の文案を考えている時に、いつも話しかけてくる「犯罪組織」の女の声（以下、話しかけてくる人間を「声の主・オペレーター」と言います）が、私にブスッと言った言葉です。その後、２０１２年9月12日午前中に母親が入居している特別養護老人ホームから突然電話があり、母がトイレで朝食を勢いよく吐いたとたん、みるみる顔色が蒼白になったそうで、今、自室で看護師が付き添って安静にしているとのことでした。それを聞いて「声の主・オペレーター」が言った「書いたら殺すぞ！」という言葉が脳裏によみがえり、無念な気持ちでいっぱいになりました。その後、施設専属の医師に診てもらいましたが、原因は不明でした。

犯罪被害の内容について

私は、町の雑踏の中で、すれ違う人々の顔を見ながら、この人達は、世の中がいま大変なことになっているのを知らないんだなと、しみじみ思います。被害は２００1年5月の連休中の昼間、自分の部屋にいるときに、突然、女の声で頭の中に話しかけられたのが始まりでした。今の私には、誰がどのような機械・装置を使って、何の目的でこのようなことをしているのか証拠を示して皆様に説明することはできません。しかし、私や家族が何をされたのかを皆様にお示しすることはできます。私を含めて被害者一人一人が何をされたのか犯罪被害の内容を記録し、公表することが、彼等「犯罪組織」が使用している機械・装置の種類や性能を割り出す助けとなり、やがてはこの「犯罪組織」の正体が暴かれることにつながると確信します。それでは、私及び家族が受けた犯罪被害の内容を皆様に報告します。

1．事象別の列挙

まず、この「犯罪組織」ができること、私及び家族に対してしたことを事象別に列挙します。

◎声を聞かせる

２００１年5月、女の声で初めて話しかけが始まりました。その声は聴覚を通して聞こえるのではなく、頭の中に直接聞こえる感じがしました。以来、11年間、四六時中、男女の声（大部分が女の声で、たまに男の声）で執拗な話しかけが続いています。常に話しかけていないと私が機械から逃れてしまうかのようにです。話の内容としては、加害意志の表明（脅迫）、あざけり、高度な技術を所有しそれを駆使することができる彼等「犯罪組織」への畏怖・屈服の強要、また、出勤すること、車を運転すること、風呂へ入ること、眠ることなど日常の様々な行動についての禁止などが主になります。それを無視するとだんだん実力行使をするようになります。定年退職をする1年前頃から、夜通し話しかけられるようになり睡眠時間が極端に少なくなりました。結果、朝起きるのが遅くなり、通勤時に最寄りの駅までタクシーを利用する毎日が続きました。

◎見る

「声の主・オペレーター」は、私に話しかけながら私が何を考えているのか、何をしているのか、また、私の視野の中に何があるのかリアルタイムに分かるようです。後年、私が文庫本の細かい文字をあまり明るくない場所で読んでいるときに、目の動きに沿ってその文章を音読したことがあります。色も正確に分かるようです。即、会話に取り入れてきます。

◎聞く

私が聞いていることを「声の主・オペレーター」は聞いているようです。そのことをリアルタイムに話に取り入れてきます。

◎会話が成立する

私が口の中でつぶやくこと、小さい声で話すこと、内言語系でつぶやくことを「声の主・オペレーター」はリアルタイムに了解することができるようです。そのことにより「声の主・オペレーター」と会話が成立します。以前、「声の主・オペレーター」が2人同時に話しかけてきたことがあります。ステレオのように左右に分かれて声が聞こえました。更にその少し後方で別の「声の主・オペレーター」が笑い声をあげているのを聞いたことがあります。「声の主・オペレーター」は私に対して複数付いています。時間の経過とともに交代で話しかけてきます。以前、「声の主・オペレーター」から「お前には5人付いてる。ただし他に複数の人間（被害者）を同時に見ている」と言われたことがあります。

◎声をまねる

最初の頃、私が知っている人物の声をまねて話しかけてくることがありました。３００人程度いる機関の職員のうち、20人位の人物の声をまねて、その声で話しかけてきました。10人程度のタレントの声をまねて話しかけてくることもありました。また、即興で電話の相手の声をまねることがありました。その人の声色はボイスチェンジャーなどの機械を使ってまねているのだと思いますが、私が感じるに「声の主・オペレーター」は声優のような「声」のプロではないかと思います。最近は人の声色を使うことはなくなりました。何かの実験が終わったのでしょう。話の内容としては、自分のアドリブで話しかけてくることもあり、機械が介在して台詞回しのとおり話すこともあるようです。「声の主・オペレーター」は過去11年間、台詞を噛んだり、詰まったりしたことは一度もありませんでした。感心します。

◎記憶を操作する

私の小さいときから最近までの記憶を「声の主・オペレーター」は取り出し、解析しているようです。アトランダムに私の視野内の物に関連してそれにまつわる記憶の内容を正確に「声の主・オペレーター」は言及します。また、さりげない微細な記憶について言及したとき、「声の主・オペレーター」はその記憶の取り出し技術、及び関連した微細な記憶に言及できる技術を自慢することがたびたびあります（ここまで書いてきて「声の主・オペレーター」から記憶の取り出し・解析は、別に専門のオペレーターがいるとの声かけが今ありました）。

記憶に関しては、逆に無くしてしまうことができます。過去に、私が職場で10年前の職務執行上の事柄について不正があったと嫌疑をかけられ、人事管理者から処分を受けた時、嫌疑を晴らすため、その当時、直接の上司から指示された際のいきさつと内容、その上司と協議をして彼の了承を得たうえで行った事務処理の内容等について必死に思い出そうとしましたが、それに関して細かいことまで記憶を奪われてしまったことがあります。結果としてこの件ではろくな弁明ができませんでした。このように彼等は特定の事柄についてすっぽりと記憶を消してしまうことができます。また、私の母親のように認知症と診断されるほど完全に直前の体験記憶まで消してしまうことができます。私が定年退職直後に心臓の疾病に罹らされたとき、通常は機器を埋め込んで10日程度で退院できるところを、「声の主・オペレーター」達が綿密に計画したうえで緑膿菌に感染するように仕組まれ、4ヵ月もかかってやっと退院したときには、母親は、私が自分の息子であることを忘れてしまうよう記憶を操作されていました。また、外出時に玄関の鍵をかけ忘れるよう誘導されたことが何回かあります（こういうときは、いつも、確かに鍵をかけたつもりだけれど、という気持ちが残ります）。

◎痛みを感じさせる

身体の任意の場所に痛みを感じさせることができます。太腿の内側を千枚通しで骨まで達するほど深く刺して、ぐりぐりと動かすような猛烈な痛みを長時間、連続して与えることができます。通勤の途中、神経痛のような強い痛みを臀筋に感じ、休み休み駅までたどりついたことがあります。帰り支度をし、キャビネットの扉を閉めたとたん強い胸痛と頻脈が始まり、タクシーで病院へ駆け込んだことがあります。職場の新年会で、新年のあいさつを済ませ、乾杯の後、料理に箸をつけたとたんに強い胸痛が始まり、同時に脈が触れないほどの頻脈になり、貧血のときのように辺りが青みを帯びてきて脂汗が出てきたことがあります。この時はじっと我慢をしていたら、しばらくして治まりました。このように拷問のようなことをするときは「声の主・オペレーター」は何も話しかけず、黙ってやります。

◎排便・排尿をコントロールする

通勤の途中、会議中、お客様を応対しているときなどトイレに行けない状態にあるときをねらって便意を強制的に催させられ、「声の主・オペレーター」が嘲りながら「便を漏らすぞ」と脅されたことがたびたびあります。また、ほぼ毎日、嫌がらせで3～4回、便意を催させられ、排便を強要させられます。車で出張すると、途中で猛烈な尿意に襲われ、運転している部下にコンビニへ何度も寄ってもらうなど傍から見て不自然な状態にさせられたことがたびたびあります。また、逆に、「声の主・オペレーター」から「排尿させない、腎臓をだめにする、人工透析患者にする」などと脅しを受けながら、何日も尿の量を極端に少なくされ、顔を浮腫《むく》むようにされ、命の危険を感じたことが何度もあります。

◎視野・映像をコントロールする

目が開いている或いは閉じている状態にかかわらず、私の視野内に映像を見せることができます。職場にいるとき、亡くなった父親が私に手招きをしているのを見せられたことがあります。また、同じく職場で、兄が壁に寄りかかってこちらをじっと見ている姿を見せられたことがあります。色はカラーで、父親の姿はやや薄めでしたがリアルでした。また、兄の姿も自然に人が立っているようにリアルに見えました。即興で歩行時にすれ違った人の顔を写真のように映し出されたことがあります。また、視野の明暗のコントロールができ、職場からの帰り道に、あたりが見える程度の月夜のとき、バスに間に合うように精神的にせかされ、小走りをしたとたん視野を真っ暗にされて、本来、道に沿って直角に曲がるべきところを直進させられ、用水路に転落させられたことがあります。幸い、落ちたところは腰まで水があるところでしたが、横に10ｍずれていれば水が首の上ほど深くなっていて溺死させられるところでした。この転落によって足を怪我し、病院へ行くはめになりました。このときも「声の主・オペレーター」は転落させた後、しばらく黙っていました。おそらく数人のオペレーターが役割を分担して共同でやったのでしょう。このときは、賞与が支給された日で、後で「声の主・オペレーター」が面白くないので（計画して）やったと言いました。

◎思考・感情をコントロールする

私は、24時間、３６５日、自覚できた期間だけでも11年間に亘って正体不明の「犯罪者集団」の機械・装置に、未知のテクノロジー（電磁波・超音波等見えない媒体を用いる技術）を使って繋がれています。そして、私に直接接触してくるのは「声の主・オペレーター」です。彼女・彼等は日常的には私の視野に入っているものを材料にして話しかけてくることが多いですが、大体４日程度はおだやかに、或いはすこし乱暴に話しかけてきます。そして定期的にそのあと1～2日くらいの間、連続して私を猛烈に怒らせ、彼等と対立するよう仕掛けてきます。そのときは、「てめえ、この野郎」と猛烈に怒鳴り合いますが、それらを通じて分かってきたことは、もう一人の「オペレーター」がいつも無言で私の思考、感情を操っているということです。また、夜間、明け方などは「私の意識」に機械を繋げて気持ちの悪い夢を見せます。つまり、日常、「声の主・オペレーター」が私に話しかけてきますが、その場合、もう一人の「オペレーター」または機械が「私という意識」に介入しながら私の思考・感情を操っているのです。その役割のことを「オペレーター仲間」では、「私に入る」と言うそうです。

◎行動を誘導する・または行動をさせない

「私に入っているオペレーター」が五感に訴えて、食べたい、眠りたい、風呂に入りたいなど、○○したいと行動を誘導します。買い物をするときなど、サイズを間違えさせたり、無駄な買い物をさせます。また、「誘い込んでそれをさせない」という嫌がらせを日常的に行います。

◎音をたてる・声を聞かせる

1998年2月に現在の家を新築し、母と移り住んで来ましたが、その3年後に私の頭に直接話しかけが始まりました。それと同時に、2階の私の部屋の天井あたりにドンドンと棒か何か堅いもので叩くような音がし始めました。また、1階の茶の間で母と夕食をとっているときにも時折、天井あたりにドンドンと音がし始めました。私がうかつだったのは、きっといつものように頭の中に直接音を送信していると思い、母にも聞こえているとは気づかなかったことです。この音はICレコーダーで録音できる可聴音だったのです。母は黙っていましたが、さぞ恐怖心にとらわれたことでしょう。昼間は私が勤めに出るので母が一人になります。脳梗塞を2度起こし、左半身麻痺となり、物忘れがひどくなって2005年に特養に入居しましたが、家で母の部屋の引き出しを整理していたらノートに走り書きしたものが出てきました。「廊下の右手の方でうなり声が聞こえる。馬鹿野郎め。負けるものかと思い寝る。廊下の右の方でうなり声がする」と走り書きしたものが出てきました。私が知らないところでしっかり攻撃を受けていたんだなと思い、思わず涙が出ました。いつも電気を消して眠ろうとすると大きな「ガン」という打撃音を出して嫌がらせをします。併せて、ご丁寧に人工で驚いた状態をつくるために私の心臓付近の胸の筋肉をぎくんと痙攣させます。その後、調子づいて断続的に「ガン」、「ガン」と10分間隔位で鳴らすのが通例ですが、1000円程度の小さなパラボラ型マイクを枕元にやや上向きにセットして、オリンパスのＩＣレコーダーで録音をし出すとピタッとやめます。録音されるのがいやなようです。最近、「声の主・オペレーター」が「お前がいやがると思ってやっているんだよ」と初めて音立てをする理由を言いました（これを書いているとき、別の「声の主・オペレーター」から、これは「追い立て・追い出し」なんだよねと声がかかりました）。私は戸建てに住んでいるので「奴等」がやっているのだとすぐ分かりますが、天井、壁、床からの打撃音などの音立ては、公団住宅・マンションなどの集合住宅では、即近所トラブルに発展します。音を立てるメカニズムは不明ですが「犯罪組織」の常套手段ですので、注意して近所トラブルに巻き込まれないようにしましょう。

◎重い・軽いの感じを変えることができる・臭いをさせる

ビニールの手提げ袋、バッグなど手に持ったものを異様に重く感じさせることができます。また、軽く感じさせることもできます。糞便の臭い、整髪料・化粧品の匂いなどをあたかも実際に嗅いだように感じさせることができます。お彼岸の墓参りに行くなと命令され、それを無視して行ったところ、「声の主・オペレーター」の女に「ぶっ殺す」と脅された後、糞便の臭いと火葬場の臭いを嗅がされたことがあります。

◎物理的に力を及ぼすことができる

この「犯罪組織」は、買ったばかりのブラウン管テレビを壊したり、オイルヒーターなどの暖房器具・風呂ガス釜のリモコンのスイッチを入れたり、電子レンジのダイヤルを動かしたりして電気器具への介入を常時します。パソコンでＷｏｒｄを使用中に文字変換へ介入したり、ＢＳ放送のテレビ画面を乱れさせたり、デジタルカメラのＳＤカードの画像を全部消したり、携帯電話を任意に圏外にして使えなくします。また、銀行の

ATMを操作中、勝手に数字を入れたりできます。部屋の隅に積み重ねてあった本や書類をばさっと動かしたり、ときには人間まで倒すことができます。母親が玄関にいたとき、2度ほど回転するように不自然に倒されたことがありました。私もタクシーから降りるとき見事にひっくり返されるように転倒させられたことがあります。このように何かのエネルギーを使って転倒させられたときは、不思議に怪我をしませんでした。また、金属に限らず、物を急に固定することが任意にできます。車の運転中にハンドルを固定されたことがあり、以降、事故を起こす前に運転はやめました。玄関の鍵についても力を誇示するようにキーを回せないように任意に固定して、やめてやるよと言わんばかりに再び正常に解錠できるようにすることがたびたびあります。金属に限らず、物に摩擦の力を任意に加えることができます。電動自転車に乗るときゼイゼイ息が切れるほどペダルを重くされるので、今は乗れなくなりました。また、コードレス電話機の受話器を使用中、見る見るうちに充電した電気を抜かれたことがあります。携帯電話やICレコーダーの電池も充電してもすぐに使えなくなります。このように何かのテクノロジーを使って遠隔で物理的にものに力を及ぼすことができます。

◎病気にする・怪我をさせる

被害者を病気の状態にするのは「犯罪組織のオペレーター」の主な仕事のひとつと思われます。長い間継続して被害者を苦しませ、必要に応じて死亡させる（殺す）ことができるからです。病気のタイプは大まかに2つに分けられます。咳、発熱、風邪、腹痛、湿疹、関節炎などは何かのテクノロジーを使って本物と同じように症状を合成して作り出すことができます。例えば、湿疹では肌の荒れ、赤く変色させること、皮膚組織の代謝を促進していつも大量に表皮が剝がれ落ちるようにします。最後に付け加えるのは猛烈なかゆみです。かゆみで苦しめるのは彼等「犯罪組織」の常套手段で、大得意な分野です。熱心に力を入れて長期間・

何年にも亘ってやります。湯船に浸かって足や体を擦ると湯船の湯の表面に、剝がれた表皮が集まって薄い膜の島がいくつもできます。何故、合成症状だと分かるかというと「声の主・オペレーター」が話しかけながらかゆみの場所を変えたり、皮膚の状態は同じなのにかゆみを急に取ってみたり、自在に変化させることができるからです。私の母親は脳梗塞で2度入院したのですが、ＭＲＩで撮っても梗塞の箇所が2度ともはっきりとは分かりませんでした。しかし、左上下肢の重い麻痺は症状としてあります。関節炎も左足首はいつの間にか太く変形させられ、痛みを自在に出して歩行困難にしたり、痛みを取ったりします。もうひとつの病気のタイプは、特定の臓器や組織を未知のテクノロジーを使って損傷・変性（癌化）させたり、発症を誘導するように行動を操作して実際に病気に罹らせます。私は、高血圧症、鼠蹊ヘルニアや心臓疾患にさせられています。怪我については、骨折、創傷などが多いです。骨折は、柱か家具の脇を通ろうとして、「声の主・オペレーター」が私の足の方向を少し外側にさせ、思い切り足の指をそれらにぶつけるという方法で、足の指を3度ほど骨折させられています。また、出勤時の忙しいとき、床に置いた携帯電話を取ろうとベッドの端を右手でついて上体を支えたとたんに滑り、右脇腹をベッド脇に軽い感じでぶつけさせられたことがあります。痛みが1週間に亘って段々強くなり、整形外科を受診したところ肋骨が3本骨折していました。「声の主・オペレーター」が私の視野内を見ながら物に手足をぶつけたり、バランスを崩させたりする技は名人芸と言えます。２００6年3月に母の入居している特養から早朝に電話があり、母が室内で転倒し、怪我をしたとのことでした。行ってみると床に横になっていました。救急車で近くの総合病院で診てもらったところ大腿部を骨折していました。病院で「声の主・オペレーター」が笑いながら「狙いを定めて引き倒してやった」と私に言いました。創傷の場合は、同じ方法で夜中、柱の脇を通り過ぎようとして足をすこし外側に向けさせられて膝を思い切りぶつけ、膝がパックリと割れ、病院で6針縫ったことがありました。また、朝、出勤時に駐輪場で、自分の意志に反して右膝が急に上がり、自転車の荷台の金具に膝を勢いよくぶつけ、同じく膝がパックリと割れて出血し、病院に行って傷を5針縫ってもらったことがあります。身体や脳・神経系も常時、未知のテクノロジーを使って「犯罪組織」の機械・装置に繋がれているようです。私は呼吸器系の持病があり、点滴を受けることが多いのですが、ベテランの婦長さんが静脈に針を刺そうとしても「あら、おかしい。入らない」と首を傾げることがたびたびあります。交感神経に作用して血管を見えなく、細くさせるようです。注射が苦手な私には、人為的に、何度も静脈に針を刺されるようにされることは、一種の拷問になります。このようなことから外出時には健康保険証、診察券、大小のバンドエイド、強い鎮痛剤、タクシー用の1000円札と意識を失わされたとき用に、身元・連絡先が分かるようにした自作の緊急用カードを必ず持つようにしています。

◎脅迫する

「声の主・オペレーター」はたびたび加害予告をして脅迫します。2001年に声を頭の中に聞かされ始めてから5～6年は私が慣れないのをいいことに陰惨な脅しを受け続けました。今も時折脅迫されます。「腹をナイフで切れ」「おまえを自殺に追い込んでやる」「おまえを殺して、そのあと多額の借金をでっちあげて家や土地を取ってやる」「我々をなめると承知しないぞ。まずはおふくろを絞めてやろうか」「働けない身体にして失職させてやる」「おまえの家の2階は我々が住むので立ち入るな」「2～3ヵ月先の計画をしているようだが、その頃おまえはいないよ」「家の中で腐るより道端で死んだ方がおまえにとってはいいのかな」などです。脅迫する目的は、私にストレスを与え、精神的に追い詰め、「声の主・オペレーター」が優位に立つこと、彼らにとって面白くないこと、都合が悪いことを私にさせないために行うようです。

◎拷問する

拷問は、複数の「声の主・オペレーター」、「その他のオペレーター」が共同でやるようで、いきなりその場で、身動きできないような痛みを半日から1日程度与え続けて、それで治まる場合と、拷問をきっかけに身体の機能に障害を起こさせ続ける場合があります。また、「今度、殺されるよ」と「声の主・オペレーター」が静かに言い渡した後、1〜2日たってから猛烈な腹部の痛みなどで苦しめられる予告つきの場合がありました。ある日、出勤前にいつものとおりトイレに行き、排便時に便が肛門を通過している途中で止められたことがあります。ひどい腹痛もしだして急に身動きが取れなくなりました。知らない間に、何やら大量の便がいつの間にか直腸に溜められていたみたいで、脂汗が出てきました。かといって排便を切り上げて出勤することもできません。この日は、私が窓口に出て業務を行い、部下がバックヤードで翌日の会議の資料を印刷・袋詰めする予定となっていました。どうしても出勤しなければならない日でした。この状態が半日以上続き、とうとう無理矢理、その日は休まざるを得なくなりました。その日以来、その部下との信頼関係が無くなりました。拷問と職場での不和を同時に狙ったものでした。２００９年9月、職場で会議が終わって17時頃から右太腿の内側が猛烈に痛みだし、タクシーに乗って夕診を行っている病院で診てもらいました。強い鎮痛剤を出してもらい、水をもらってその場で飲みましたが痛みは治まりません。松葉杖を借りて帰ろうとしましたが待合室で身動きができなくなりました。精神操作を同時にされて周りの人に声をかけることもできません。その病院は大きな病院で、夜間、患者の家族が手術待ちなどのために待合室のベンチで横になって過ごすことが許されています。職員の見回りはありません。私は一晩中、痛みでベンチに横になり苦しみ続けました。精神操作をされて助けを呼ぶこともできません。同時に頻繁に尿意を催させられ、松葉杖にすがってトイレへ必死になって何度も行きましたが、何度目かに右膝がガクンと折れて転倒しました。夜中に何度も転倒を繰り返しました。「声の主・オペレーター」はその間中、無言で拷問を続けました。そのときは、2週間入院することになりました。当時は勤めていましたので両手で、肘まで支えるロフストランドクラッチという杖をついて勤務を続けました。通勤時、電車の中で熱心に歩行困難にさせる「声の主・オペレーター」の悪意と、私の腕をふいに摑んで、シートに座るよう案内してくれる女子高校生のはっとするような善意が、鮮やかに対照的でした。杖つき歩行のお蔭で多くの人の善意に出会うことができました。この下肢への攻撃は現在まで続いていて、足をつくとフワフワした麻痺感や、膝崩れを「声の主・オペレーター」によって任意に起こされるおそれがあるため、外出時には、右手にロフストランドクラッチを、左手にバランスステッキを持ってリュックサックを背負って出かけています。

「犯罪組織」について考えられること（私の推測）

小出エリーナ著『アメリカのマインドコントロール・テクノロジーの進化』（東京図書出版会）を2004年1月18日にAmazonで購入し、読みましたが、「マインド・コントロール兵器」の各国への拡散については、『①冷戦下、「マインド・コントロール兵器」は、旧ソ連で開発、進化し、アメリカ大使館員マイクロウェーブ照射事件を経て、アメリカで1965年にパンドラ計画が行われ、これらの兵器と威力に関する研究・評価が始まり、先発の旧ソ連、後発のアメリカの兵器開発競争により本来の機能に加えて充分な殺傷性を持つようになった。②1991年12月に旧ソ連は崩壊し、これらの兵器はロシアを始め、東欧諸国へ拡散し、一部が左翼団体を通じて日本へ流入した。また、一方、アメリカはイギリス等へこれらの「マインド・コントロール兵器」の技術供与を行い、台湾軍部はこれらを購入した。』とまとめることができます。それでは、現在、日本全国に広がった「マインド・コントロール兵器」と思われるものを使用した一般市民に対する攻撃は、誰が行っているのでしょうか。この攻撃を行っている組織が「犯罪組織」の正体となるのですが、考えられるのは①アメリカから技術供与を受けた日本国政府の機関（自衛隊も含む）及びその関連団体、②旧ソ連経由で流入した兵器・技術を所有する左翼団体、③米軍（日本国政府は了承）などが考えられます。全国をカバーするだけのシステム化された機器・装置の購入費用・運営費用及びオペレーター等の人件費等を賄うだけの潤沢な資金量と技術力を考えれば、自ずと対象は絞られてくるのではないでしょうか。また、世界各国には、当然、種々の国家機密、軍事機密、行政機密が有り、どこかの機関が政府職員等を私のように「機械・装置」に繋げて、無言で本人には分からないようにすれば、これらの機密は易々と漏れてしまうことは自明の理です。したがって、現在、各国は、政府職員等が「機械・装置」に繋げられているか否かを判別する技術を持っているのは当然と思われます。私と家族を24時間、一年365日、11年間苦しめ続け、傷害を与え続けた実行行為者、ここでいう「声の主・オペレーター」の行動規範ははっきりしています。私たちを肉体的・精神的に苦しめ続けること、経済的な損失を与え続けること、そして殺すことです。2012年9月12日に「声の主・オペレーター」が私にこう話しかけました。「お前の苦しみは我々の喜び、お前の不幸は、我々の幸福。我々はそのように生きてきたのだ」と。多くの被害者のこのような過程を経て「犯罪組織」は、「兵器」の進化に必要なデータをコンピューターに集積し続けるのでしょう。いずれにしても人道に反したグロテスクな「兵器」とそれを操る「犯罪組織」を早急に見つけ出し、破壊すべきでしょう。

まとめ

1989年6月に父親を大腸ガンで亡くしました。享年70でした。ガンに罹っている兆候は今思うといくつもありましたが、「犯罪組織」の思考・意識介入により家族として早く気付いてあげることができませんでした。また、晩年の父の不自然な言動を今思うと「犯罪組織」の浸透が既にあったのではないかと思える節がありました。２００１年５月に女の声で頭に直接話しかけがありました。２００１年７月に複数の「声の主・オペレーター」から精神と身体操作を受けて、職場で、猛烈な胸痛と父親の手招きをする映像を見せられて、錯乱状態にさせられました。そのときは、幸いにも数日休んだだけで職場に復帰することができました。兄のとりなし、所属長、庶務課長の尽力により、役職の解任など人事上の不利益な扱いは免れました。以降、定年退職までの９年間、「声の主・オペレーター」による信用失墜攻撃、彼等の言う「失職モード」を撥ね除け、勤務中の執拗な話しかけも無視し、一心不乱に働きました。定年退職というゴールに向かって必死でした。私は、周りには犯罪組織に話しかけられていること、いろいろな攻撃を受けていることは一切言いませんでした。兄に、「声が聞こえる。話しかけられている」と言うと精神科を受診するよう勧められましたが、精神科受診の情報は保険請求の関係で、やがて職場の管理者に知られてしまうので行かないと言いました。今考えると苦しい９年間でしたが、それで正解だったと思います。

２０１２年10月18日の夜中に「声の主・オペレーター」の女の声でこう告げられました。

「いまお前に行われていることは実験ではない。我々が行う強制的終末の一過程である。これを書いたら母親を殺すよ。覚えておけ」

これを聞いて私は言いました。「お前なあ、そういうことを言うなよ。殺すんなら俺を殺せよ。それが筋と言うもんだろ」と。

5　マインドコントロール被害者の被害ステージというレール

月山紀子　鳥取県　30代　女性

「第5ステージの始まりだ！」音声送信にそう言われたのは、２０１０年の夏の事だった。何の事かさっぱり分からなかった。

10月2日（土）の午後、心理学者を名乗る女性が私と、私の口から話をした。人間コントロールにより、自分の意思とは関係なく喋らされる被害が始まったのだ。その時、私の口から私と会話をした加害者は『自称心理学者』で、それまで低俗な内容を送っていた加害者とは違うと感じていた。その人と上層部の年配男性という人物を含む数名は、10月初旬、1週間くらいで帰らなければならないと、音声送信からいなくなった。私の脳内音声は無声音声で、加害者の違いは分かりにくい。自分が喋らされる被害にしても、加害者の特徴は分かりにくい。無声音声とは、自分の思考に成り済ます事の出来る声でない声である。ブレインジャック状態では、加害者が私を遠隔操作し、私という媒体を通して、他の方と会話をすることがある。

10月2日、脳内会話が成立するのに加害者と意思疎通をする手段として、自分もいちいち喋るだろうか？と思いながら、しばらく加害者と私は喋り続けていた。この日、喋らされるだけでなく、走っていると、止まろうとしても止まれず、自分の意思とは関係なく走らされ続けるなどの身体コントロールも認識した。そして、10月3日の夜から朝方4時頃まで、一人会議状態で、4人くらいの加害者に喋らされ続けた。

加害者によると、私の人生は現在第5ステージにあるそうだが、1～4までの段階の話を聞くと、私の被害が本格化したのは、第2ステージだ。この時期、被害で起こせる現象で、不自然な事がいくつか起きている。第2ステージは4年間で、人生で初めて死にたいと思った。人の五感や生理作用が操作できるなど思ってもみないので、この頃すでにテクノロジー犯罪被害を受けていたと気が付いたのは、２０１０年、そうした事がこの被害で可能だと知った時だった。

第3ステージは6年間で、この期間は一度死にかけたり、その次の年、人生で初めて絶望感を味わっていた。そこから立ち直るが、また不幸の連鎖により転がるように第４ステージに突入する。

第４ステージは5年程で、この間に被害認識となる。そして、人間コントロールを認識させられる２０１０年10月より、第5ステージ、というのが加害者の説明だ。どういう被害状況の違いで区切られているのか分からないけれど、これも踏まえて私の被害体験を一部書こうと思う。

私の被害認識は、２００７年10月だ。ある職場に入職した4日目くらい。毎日自分のアパートの中での出来事を仄めかす人が現れた。仄めかすというのは、私に直接言うのではなく、聞こえるように他の人に話すのである。それまでもそうした事が数回あったものの、気のせいだと思って気にしていなかった。しかし、この時は気のせいでは済まないほど継続する事になる。同時に頭痛を感じるようになった。私は頭痛持ちではなかったため、なぜこんなに頭が痛くなるのだろうと不思議だった。

半月後、突然、職場の上層部の方に険しい顔で、

「月山さん、仕事がそんなにめんどくさいですか」

と言われた。この時の驚きと言ったらなかった。当時、脳内で「めんどくせーめんどくせー」という言葉が回っていたのだ。誰にも話したことがない自分の脳内情報について、直接質問された。

当時はその「めんどくせー」が無声音声だとは知らなかった。実際、めんどくささを感じていたので、自分の思考のように感じつつも、以前の職場の同僚がよく「めんどくせー」と言っていたので、それが頭の中を回っているように思ってもいた。私は人生で「めんどくせー」という言葉を発した事はない。私が言うな

ら「めんどくさ」といった言葉になるだろう。そもそも、仕事は好きで、けっこう仕事人間だったので、頭の中にそうした言葉が回っている事自体、それまでない事だった。この脳内情報を仄めかした職場の上層部の方は、1年半後に突然、心臓麻痺で亡くなる事になる。心疾患の既往症はなかった。

第4ステージにあたるこの時期に、私の周りでは病気、火事、交通事故等で人が何名も亡くなっている。この間、鳥取の連続不審死事件の報道があり、自分も連続死の加害者に仕立て上げられるのではないかという恐怖心があった。被害により孤立させられており、大勢で寄って集ってレッテルを貼られるなど、ガスライティング被害を受けていたので、とても気が気ではなかった。もちろん、当時、ガスライティングという言葉は知らない。

入社してすぐ、上司との関係も芳しくなかった。それは単に誤解だったので、1～2年程で解消されたが、入社後、職場でのみ体調不良が起こるようになった。状況が状況だったので、ストレスだと思っていた。頭痛の他に喘息のように呼吸が苦しくなったり、吐き気がして、空えずきをする事が多かったものの、胃の内容物が出てくる事はなかった。それが徐々に職場だけでなく、家でも体調不良になっていく。入社から2年後には、脳卒中を起こすのではないかと思ったほどひどい頭痛が継続するようになっていた。思考もままならない。

被害はどれも苦しいのだが、この第4ステージで一番苦しむことになるのは、思考の伝播被害である。入社半月で脳内情報について直接話しかけられたように、脳内情報が筒抜けとなり、自分の領域がなくなった。人は感じた事から言葉にする事とそうではない事の取捨選択を自分の意思で行う。ところが、感じた事が瞬時にその場に伝わるのだ。この苦しみが分かるだろうか。

最初は、何が起きているのか分からなかった。脳内情報は周りの人達に中傷され、私の人格は否定をされた。

話が前後するが、入社から半年、異性関係で上司と少し問題が起きた後、被害の激化というストーリーが展開した。一気に追い込みをかけられた。思考操作もあったのかもしれないけれど、私が自分を責めるように仕向けられ、自殺企図まで追い込まれた。周りからの脳内情報への中傷により、こんなに悪い人間になってしまった私は生きていてはいけないと思い、自殺しようと決める。

その反面、周りの行う脳内ストーカーという人権侵害への抗議の気持ちもあり、こんな事をされては、された人が自殺してしまうという危機感から、当時私はテレビ局にメールを送っている。自分は生きていてはいけないと遺書を書き、自殺の準備をした。

正気で死ねるとは思わなかったので、アルコールと睡眠導入剤を飲み、包丁で刺そうと思った。服薬自殺を考えたが、薬での自殺で助かった事があった為、一思いに刺さなければいけないと思っていた。1回目の自殺未遂は第3ステージの出来事で、それも書かなくてはいけない被害である。

1年前に亡くなった叔母のお墓の前で死のうとした。ところが、その場で眠ってしまった。強制的に眠らせる事も覚醒させる事もできる被害である。加害者は私を殺さなかった。目が覚めたのは遺書を見た父からの電話だった。これも加害者に起こされたのかもしれない。

「紀子、死ぬなよ」

その震えた声で、以前の自殺未遂の時の記憶が蘇る。家族を悲しませてはいけないと、死ぬのを諦めた。この後、地獄のような数年間を過ごすのだが、ただただ死んではいけないという意思のみで生きる事になる。そこには生き甲斐も何もなかった。それでも働き続けたのは、厳しい経済状況のためだった。働き続けるか死ぬかの選択肢しか考えていなかった。

このお墓から一人暮らしのアパートまで、どうやって帰ったか記憶がない。

それから高熱で数日寝込み、それ以降は自殺を考えなかった。脳内情報を仄めかされる毎日を送る。脳内情報が周りに漏れるという、個人の領域も持たない地獄。ただ、生きているだけだった。自尊心など木っ端微塵になった。人は最低限の自負がなければ生きてはいけないという言葉を聞いた。脳の完全な開放により人として生きる事を阻害された。言葉にしなくても頭に浮かんだ事への返事が、目の前の人の口から出てくる。もう、自分の口で話す必要もない状態だった。何も感じたくない。何も考えたくない。自分という人格を守るには、それしかない。

脳内情報を見ている名目は、私がコミュニケーションのとれない人間だからという事になっていた。周りの人は、病気の治療のように考えているのだが、脳内に土足で踏み込まれ、意見される事がどれだけ人格を破壊する行為か、全く理解していない。脳内情報だけでなく、プライベートに関しての仄めかしも続いていた。この状態では、もうプライドもプライバシーもなかった。意地も見栄もない。どれだけ人格を傷付けられたか。とてつもない恨みにかられていた。憎しみに身を呑みこまれそうだった。どんなに苦しんでも、加害行為は継続された。

当時、テレビを見ているとテレビ画面からも私の思考へ返事が来た。毎日テレビ画面に向かって話しかけていたのだが、リアルタイムにテレビの生放送と会話が成立した。

私は被害と闘いながら、「私は逃げない」と思っていた。その後、ほぼ同時期に当時の総理大臣も「私は逃げない」と言う。そんな事が続いた事もある。マインドコントロールにより、自分がテレビの中の世界とつながっているように思えていた。

私の好きな映画に「いたわりと友愛」というセリフがある。また当時の総理大臣が「友愛」と発言された事に対し、味方になってもらっているように感じていた。被害と闘っている自分が時代の転換期にいる坂本竜馬のように感じていると、元総務大臣が「自分は坂本竜馬」と言った。作られた偶然の一致現象もあり、自分に関係あるように思い込まされるマインドコントロールを受けた。政治家と同じ思考送信を受けていたのだろうか。

この被害のマインドコントロールに、注目されているという喜びを感じさせるものがある。当時の私は、プライバシーの侵害に苦しみながら、中傷に苦しみながら、監視されている事に喜びを感じるという両極端の感情を持っていた。今思えば、苦しんでいるのは私で、喜んでいるのは、遠隔操作を行っている加害者ではないかと思う。優越感を感じる感情操作などにより、時に誰かが味方になってくれているというマインドコントロールも受けた。当然、そんな事実はなく、期待しては裏切られ、期待しては裏切られと、精神的な虐待が繰り返された。

思考の伝播被害については、今でこそ分かるが、自分の思考に成り済ます音声送信と、同じ内容の音声送信が周りに聞かされていた。周りへの送信内容は私自身の脳内情報もあるが、その情報を取得した加害者が都合のいい内容で送っていただろう。時に私には聞こえない音声送信もあり、前文なしに周りの人が急に「そんな事言われたって、どうしろって言う」などと何かの語りかけに返事をするような場面もあった。

周りの人達に声が聞こえ始めただろう初期に「誰の声？」などと疑問を口にしていたが、それがいつの間にか、私の心の声という事に決まってしまっていた。音声送信被害者が音声送信の声の主を加害者と特定してしまうのと同じで、私の声で音声送信されていたのだろうか。私も私で、同じ内容の脳内の無声音声を自分の思考だと思っていた。私の脳内で「あらっ」と言うと、周りの人が「あらっだって。これ誰の声？」とリアルタイムに返事をする。脳内で子供の頃のテレビ番組のテーマソングが流れれば、突然笑いだし、「やめてよ。私○○○○○○（番組名）見た事ないのに」と言い出す。

ターゲットである私と共に大衆コントロールもしていたハイテク加害者は、「しもべたちよ」という音声送信をした。「しもべだって。私らの事（笑）」と笑っていた人達は、私がその人達をそう思っていると思い込んでいたが、実際は、ハイテク加害者にとって私を傷付ける為のしもべだという事が分かる。ハイテク加害者に話しかけられていたとも知らず、私をバカにし、中傷した。私にとっては、周りの人達に自分の思考を大音量で聞かせているような感覚だった。私も完全なマインドコントロール状態だった。

自分の思考だと思わされていた私だが、こんな事を考えるわけないと思った事が何度もある。「しもべたちよ」もそうだが、脳内に「オナニー」「一発やりたい」などという言葉が浮かんだ。また、人と話している途中で「デブ」「死ね」など、私が相手に向かってそう思っているという無声音声もあり、それが聞こえる人は気を悪くした。脳内に言葉が浮かぶ事が怖かった。他人に対する悪い言葉が頭に浮かび、周りからの批判と共に、自分はなんて悪い人間になってしまったのだろうと自分を責めた。今となってみれば、頭に浮かぶ人への悪い思考は、私を追い込むための思考操作なのだが、そんな技術があるなど思ってもみない。この会社に入社するまでこんな事が頭に浮かぶことはなく、「私じゃない」と何度思っただろう。そう頭に浮かぶと、「騙されんで」と目の前にいる人が言う。聞こえてくるものが私の思考だという考えは固かった。私は悪い人間扱いをされた。

当時のマインドコントロールは他にもある。加害者の選んだ相手との恋愛だ。当時は仲の良かった人達とは離間があり、疎遠になっていった。どんどん人とのつながりがなくなっていく中で、1～2年ほど、離間がなかった人がいる。その男性だけが私の理解者だった。その関係も周りの人達へ筒抜けで、依存心が強く、弱い人間扱いをされた。思考の伝播被害で心はズタズタにされ、その人だけが唯一の拠り所だった。離間がなかったのは加害側の都合で、私の人物像をでっち上げるためのマインドコントロールを使った演出だった。

弱い人間というレッテルを貼られていたが、この被害から逃げなかった私は、だったら代わってみてよと思っていた。こんな事に耐えられるわけがないと思っていた。私自身、壊れてしまいそうだった。

その男性の身内が交通事故で亡くなった後、疎遠になっていった。独り追い込まれ、2010年5月にインターネットに被害を訴えるようになる。それまで「死にたい」と私のフリをしていた無声音声がいきなり、「死ね!」と話しかけてきた事で、それが自分の思考ではない事を知った。その直後は、テクノロジー攻撃で一気に追い込みをかけられる。1週間ほど、激しい睡眠妨害。少しでも眠れば人工夢による脅迫。その夢の続きが職場に待っているというバーチャルリアリティだったように思う。眠れないが、眠るのも怖かった。死ぬつもりはなかったものの、もういつまで持つか分からないというギリギリの状態だった。

この頃、被害者の方とインターネット上でのつながりができ始め、テクノロジー犯罪を知る事となった。SNSで被害を訴え始めた事がきっかけで、孤立状態だった私はこの被害の情報を取得していく。NPOテクノロジー犯罪被害ネットワークも紹介していただき、入会した。

また、2009年くらいから1年間ほど、何十回も見ていた映画が何本かある。ひたすらそれにのめり込むのだが、その世界に取り込まれているようだった。感情移入も被害だというのは分かる。当時のマインドコントロール状態で書いたプライベート日記を見る度に、酷い内容だと思う。

被害認識後、自分のプライベート情報などを仄めかされた中に、高校時代の話が出ていた。第3ステージの時期に勤めていた会社の話も出ていた。この人達は、いったいどういうルートで情報を得ているのだろうか。以前の職場とつながりがあるのかなど、いろいろな事を考えた。

この被害に使われている技術が、人の生理現象まで操作できることを知った時、高校生の頃、すでにテクノロジー犯罪被害を受けていた事を知った。

第2ステージのある年の9月である。試験中に急に手が震えだし、異常に脂汗が出てきた。テスト用紙は濡れて、震える手で文字を書くのは大変だった。そして、下痢をした。その日ではなかったが、「臭い」と言われるようになった。お腹にガスを溜められる操作を受けた。おならが出てしまう操作も受けた。自分ではコントロールができない。でも、実際におならが出ているという感覚はないのに、臭くなった。今考えれば、嗅覚操作だ。また、膣口から空気が出る被害もあり、当時はそれが臭うのかと思った事もあったが、膣口から空気が出る事があると知らなかったため、体の器官がおかしくなって、ここからもおならが出ているのかと思い悩んだ。ここ数年の被害者の方とのやり取りで、膣口から空気が出る被害を言われる方がおられ、高校時代の膣口からの空気も被害だと分かった。それから、肛門から出る感覚はなかったが、膣口にかけて空気が走るような感覚もあり、臭いはしなくとも、それもおならかと思わずにはいられなかった。嗅覚・触覚操作と生理作用の操作で、バーチャルリアリティの世界へ連れ込まれた。

当時、病院でいろいろな検査を受けたが、どこも悪くなかった。自分では出ている感覚がないのに、勝手におならが出ていると言っても、まだ若いのにそんなことはないと、心療内科へ回された。

余談だが、当時見ていた漫画に『D・N・A²』というものがあり、その主人公の幼なじみの親友は、緊張するとおならが出てしまう体質だったのを読んで、自分もそうなのだろうかと考えた。でも、実際は緊張していなくても臭いがしてきた。傷付いた高校生の私を心療内科で待っていたのは、信じられない出来事だった。そこで初対面の医師に、いきなり、

「あなたが悪い子だったから、こんな事になったんじゃないのか」

と言われた。涙が出た。その診察室には知っている人がいた。その人は次の診察の時にはおらず、医師も普通だった。その人が何かを吹き込んだのかとも思える。自分が分からないうちにおならが出て、臭くなっ

て、周りに迷惑をかけると思うと、死にたくなった。第2ステージで、人生で初めて自殺を考えた。

なんとか大学入学が決まり、引っ越す事になった時、心療内科の医師は、私に精神科の紹介状を渡した。そこへは何回か通ったものの、何も変わらないのでお金の無駄だと思い、通うのをやめた。20代以後は、受診はしていない。

その当時の事を知っているとと思わずにはいられないほど、被害認識後の孤立していた頃の職場で「臭い」という言葉をよく言われた。今は言われない。何が変わったのか？　私が被害を理解した事。被害について書いている事。実際、そう言っていた人達が、嗅覚操作を受けていた可能性も否定できない。

先に書いた第3ステージの自殺未遂は、その前3日間の記憶がほとんどなく、気がついたら病院のベッドの上だった。余った向精神薬を持っていたので、その多量の向精神薬を服用したのだが、彼氏が来て救急車を呼んでくれて助かった。当時は1ヵ月半～2ヵ月くらいは毎日3時間しか眠れていなかった。それでもとても元気だった。救急隊が来た時の様子が断片的に浮かぶのだが、それが自分の目線ではなく、第三者の目線の映像だ。

この第三者目線の映像は、22歳の時と小学校3年生の時、いずれも部屋に自分しかいない時の映像も映像送信として送られている為、ずっと私を監視していた加害者が送った映像であれば、加害者は私が自殺未遂をするように遠隔操作し、それを眺めていた事になる。この自殺未遂の日の映像は、服薬前の映像、彼がアパートに入ってくる映像、救急隊員に運び出される時の上からの映像だった。一つだけ自分の記憶だと思うのは、胃洗浄の時に思いっきり吐いた瞬間である。一瞬、目の前に医師の姿が見えた。目が覚めたのは翌朝、そこは病室で家族が泣いていた。

この後、何事もなかったかのように日常生活を送っている。自殺未遂自体が自分の意思ではなく、死にたかったわけではなかったからだろう。全く死など考えなかった。

翌年、私はさらに不可解な行動をとっている。ありもしない自分の悪評を周りに伝えているのだ。自分で自分の悪口をメールで送っている。当時の上司は「私は人の考えている事が分かるのよ」という人で、とても怖い思いをして、その恐怖心と恨みはその後、5年間引きずる事になった。私をハメた同僚には、

「ごめんね。紀子が羨ましかったの」

と泣きながら言われた。加害側に利用されたのだろう。当時、友達にこの話をすると、「そんな人いるの？」と言われた。ずっと私の周りには、常識では考えられない人生破壊をする被害があった。

これまでどれだけ苦しんだだろう。被害認識後は、思考の伝播被害に苦しみながら、第3ステージの経験から、とにかく我慢しなければならないと学んでいた。しかし、なぜあの時死ななかったのか、死んでおけばこんなにつらい思いをしなくて済んだのに……とは何度も思った。

この被害は、簡単に人を殺せる。私は、なぜ生かされたのか分からない。殺そうと思えば、いくらでもチャンスはあった。亡くなっている方の事を考えると、何が目的でやっているのだろうと思う。ここに書いたのは、ほんの一部。この被害の内容というのは多種多様である。それだけできる事が多い。なぜ、こんな目に合わなければいけないのか。自分の人生を取り戻したい。この被害をなくして普通の生活がしたいと願いながら、毎日が過ぎていく。被害を被害と知らずに亡くなっていく人もいるだろう。早期解決を望んでいる。

6　侵蝕されてゆく日々

内島健治　大阪府寝屋川市点野《しめの》　47歳　男性

思考を完全に抑制されて自分の考えが浮かんできません。そのうえで、音声送信を脳内に送信されてテクノロジー加害者のいいなりの状態で生活を続けています。

拷問

２０１１年9月某日、両親の墓があるお寺からの帰り、雨が降り始めました。加害行為を受け、体が思うように動かない状態で家路につきました。

家にたどりつくと、脳内映像送信と脳内音声送信を組み合わせた拷問を受けました。フラッシュしたり、点滅したりする早回しの映像と切れ目なく呪文のように繰り返される脳内音声送信を組み合わせた脳や精神に深いダメージを受ける拷問です。この拷問を受け、パニック状態になり土下座を何度もさせられました。

思考をテクノロジー加害者に抑制されて過去に起こったことを思い出せません。どんなに恐ろしい拷問を受け、そのときは苦痛を感じても、後になってそのときの苦痛は思い出せません。そして、また次の拷問を受けます。それを何度も、日常的に受け続けています。

加害のはじまり

２００８年12月頃から、会社から帰宅した私の動きにあわせて雨戸を閉めるものすごく大きな音が聞こえてくるようになりました。

左向かいの家から私の行動にあわせて「ドスン」という音が響き始めました。裏の家は、私が移動すると灯りを消します。また私が入浴し、古い湯沸かし器を「カチッ」と音をさせてまわすと子供が手を叩きます。

何かが変わり始めました。

当時、私は実家に継母と2人で住んでいました。継母は私が中学1年生のときに父と結婚した人です。その継母も年をとり、介護を受けるようになって2〜3年が過ぎていました。

ある日、自分の部屋がある2階から降りると継母が玄関口に倒れていました。助け起こしベッドへ連れて行きました。

違う日の朝に2階から降り、継母の様子を見に行くと継母がベッドから落ちて、うつむけの状態で倒れていました。助け起こしベッドに寝かせました。

当時は知るよしもなかったのですが、継母の衰えとテクノロジーによる加害が重なって起きていたのかもしれません。

私へのクレームのような左向かいからの嫌がらせの騒音はどんどんエスカレートしていきました。また、右向かいの家からも私や継母に向けた嫌がらせの何かを叩く音が鳴るようになりました。夜中は裏の家から私に向けた嫌がらせの音が一晩中鳴ります。

会社から家に帰るのがつらくなり、家にいる時間も少なくなりました。家にいるときは、周りの家々からの剝き出しの敵意にさらされ、引っ越しを考えるようになりました。

マンションへ引っ越し

２０１０年３月20日、東大阪市のマンションへ引っ越しました。継母のことをどうするかは、兄に相談し、実家に残すように決まりました。兄には加害のことを話しても理解は得られませんでした。

マンションに移ってからもおかしなことが起こり始めました。上階から子供の走り回る音や「ドスン」という衝撃音が響き出しました。私を挑発するような上階からの音が続きました。ＩＣレコーダーを買い、上階からの騒音を記録するようになりました。

上階からの挑発するような音が執拗なので、東大阪市の警察署へ相談しに行きました。相談を聞いてもらった警察官は「上階の人があなたの行動に対して騒音を立てるのは、無理でないですか。上階の人がどうやってあなたの立てる音やあなたの行動を知るのですか」と言われました。相談した警察官は、半信半疑でしたが、マンションへ他の警察官をよこしてもらうよう手配してもらいました。

夜になり、警察官に来てもらったのですが、その警察官は頭から私の被害のことを信じず、上階に気付かれないように静かに来てくださいという忠告も無視して無線で本部と大きな声で連絡を取り合っていました。結局、上階からの挑発するような音はせず、警察官には帰ってもらいました。

警察はあまりあてにならないので「大阪弁護士会総合法律相談センター」へ相談をしに行きました。相談した弁護士は「裁判で証明するのは難しいし、長期化し、お金もかかるかもしれない」と言いました。私は、裁判で対決するのかマンションを引っ越すのか悩むようになりました。

マンションに引っ越してから半年もしない内にトラブルが起きました。できれば、マンションでずっと過ごしたかったのですが、長期化するであろう裁判でお金を使い、神経をすり減らすより、他へ移り住むことにしました。

2010年9月頃より、不動産会社のM社のS氏と引っ越し場所を探すようになりました。S氏は親切でしたが、彼と移動中の車内での会話が、後に私がテクノロジー犯罪を認識するようになってから通勤時や会社でのほのめかしに使われました。また、私とS氏が不動産をみているときに、傍にいた子供たちが私に聞こえるように「殺すぞ」と言うことがありました。

寝屋川市へ引っ越し

2011年1月30日、寝屋川市へ引っ越しました。マンションでは、隣接した上階などからの嫌がらせがあったので、3階建ての一軒家に移り住みました。隣家などとのトラブルは避けたかったのですが、同じようなまわりからの私への剥き出しの敵意をこめた騒音がはじまりました。

少し離れた斜め向かいの家には、白い大型犬がいます。その犬が引っ越してきたばかりの私に対して吠え立てます。また、あるときは夜の10時を過ぎても吠え続けます。

右隣の家からは、私の家の室内で立てた音に対してまるで怒ったようなものすごく大きな音が聞こえてきます。右隣の住人が自動車に乗るときは、私の家の室内にものすごく大きなドアを閉める音が響きます。

高槻市の実家、東大阪市のマンション、そして寝屋川市で同じように隣人からの嫌がらせが続きます。インターネットで色々と検索を続けているうちに「組織的嫌がらせ」「集団ストーカー犯罪」「テクノロジー犯罪」という言葉を知りました。そしてこれらのことを知れば知るほど、加害は加速して起こり出しました。通勤時に知らない人物からほのめかしを受けるようになりました。また、進路の妨害やストリートシアターと呼ばれている道端や駅のホームでの他人のおかしな振る舞いを目撃するようになりました。

リストラストーカーの捏造

２０１１年2月16日、私が二十数年働き続けた会社で社員全員によるリストラストーカーが始まりました。はじめは、社員全員による朝礼から始まりました。朝礼は毎日持ち回りで社員ひとりが話をします。その話が連続して、私に対するほのめかしになってきました。

次に社員の行動が集団ストーカーと同じ加害行為になってきました。日常会話にもよく私に対するほのめかしが出てきました。

思考盗聴が始まりました。私が考えたことをそのますぐにほのめかしとして語られるようになったのです。会社で二十数年間、一緒に働き続けた人たちから加害を受けるのは辛かったのですが、そのまま日々は過ぎていきました。

２０１１年3月某日、自宅ではじめて脳内音声送信が始まりました。最初のうちはごく短い時間でした。しかし、ある日をさかいに、私が起きて行動している間は、絶えず脳内音声送信が聞こえるようになりました。脳内音声送信が語っている間は、私はほかのことを考えることができません。絶対服従で聞かされ続けています。

1年半以上が経ち、社員達の加害行為はなくなりつつあります。テクノロジー加害者の脳内音声送信は、「リストラストーカーは我々が音声送信と偶然の一致を用いて捏造した」と言っています。

言われてみれば、二十数年間一緒に仕事をしてきた同僚たちは、素人であり、集団ストーカーのプロではありません。加害行為は、あらかじめ、打ち合わせがなくては、成り立ちません。同僚たちが、自分の生活より加害行為を優先した生活を1年半以上続けるのは無理だと思います。社員たちのひととなりは、大体わかります。

思考盗聴、記憶盗聴

会社で自分が考えていることが思考盗聴され、加害に使われていましたが、さらに自分の過去の記憶が脳内音声送信で語られるようになります（自分しか知らない幼少時、小学生～大学生時代のこと）。

加害はさらに強まり、私が完全に忘却していた過去の記憶（中学を卒業するときの恩師との握手、学芸会の級友の演技など）が脳内音声送信で語られるようになります。

悪夢

悪夢を見ます。テクノロジーで制御された夢です。

オカルティックなストーリーで進行します。ものすごい突風の中、前に進もうとします。おそろしい何かが見えてきます。突然場面は変わり、誰かの首を絞めています。後ろから肩を叩かれ振り向くと「カット」という誰かの声が聞こえます。夢の中で気が付くと映画のセットの中で、役者の首を絞めているのを止められているところでした。

音楽が聞こえ始めます。映画のようなエンドタイトルが始まります。加害を受ける前の私にはなかったことです。

悪夢から覚める瞬間は、現実と重なります。悪夢から覚めつつ、寝返りを打つと同時に現実に戻っています。文章では表現できないほど非現実的です。

違う悪夢では、夢を見ている途中でテクノロジー加害者の脳内音声送信が聞こえ始め、現実に戻されます。そのまま見ていた悪夢の説明や矛盾点の解説を始めます。

H氏からの加害行為

2011年5月3日、ゴールデンウィーク中に私とおなじく集団ストーカーの被害者であるH氏が自宅に泊まりにきました。午前中は、2人で自宅のまわりの加害者の家を訪問し、色々質問してみました。H氏は大変親切で、たよりになりました。

2人での夕食後、突然、H氏の態度がおかしくなり、目の前で、加害行為を行い始めました。私に対し、ほのめかしの行動をとり始めました。H氏に泊まることをキャンセルしてもらい、寝屋川市駅までタクシーで帰ってもらいました。

H氏が、加害者なのか、それともテクノロジー加害により、操られていたのかはわかりません。テクノロジー犯罪の脳内音声送信者は、「俺たちがH氏をコントロールし、お前に加害行為を行わせた」と言っています。

脳内映像送信

私の母親は、1977年2月21日、私が小学5年生のとき、41歳の若さで他界しました。

現在、私は47歳になり、母親の声も思い出せなくなり、仏壇の傍に立てかけてある遺影でしか母親の顔を思い出せなくなっています。あろうことか、死者に鞭打つ脳内映像を送りつけてきます。

はじめは、母親が死んだとき、顔に白い布をかぶせて横たわっていた姿を脳内に送信してきました。次に母親の裸体の映像を送りつけ、それを操り、気が狂ったみたいに踊らせたり、笑わせたり、考えつくかぎりの侮辱を行うようになりました。これは、現在も日常的に送られてきます。脳内映像送信で行う加害の最低の外道な行為を続けています。

2011年7月某日、徹夜で脳内音声送信によるヤクザのような人物の拷問を受けた後、一日中暑いなか母親の裸体の気が狂ったような踊りを見せられ続けました。家の中のどこへ行っても脳内映像送信は止まず、いたたまれなくて家の外に出ました。あてもなく移動し、気が付くと淀屋橋の本屋にいました。

継母の死

2011年9月30日、継母が亡くなりました。9月30日は、継母の誕生日です。

偶然の一致なのかわかりませんが、テクノロジー犯罪者は、「われわれがお前にわかるように継母の誕生日にわざと殺した」と豪語しています。継母の死因は夜中にうつ伏せに寝ていての窒息死だそうです。テクノロジーの加害行為で殺された可能性は、十分にあります。
継母とは、あまりよい関係では、ありませんでした。私が子供の頃、「あんたらが、可哀想だからきてやったんよ」と言われたことがあります。その継母と最後に会ったのは、私がテクノロジーの加害を受け、思考を抑制され、脳内音声送信者の指示通りにしか動けず、何も考えられない状態のときでした。別れのとき、握手をして「お母さん」と呼びかけました。

父親も被害者?

私の父親は２００４年10月28日に亡くなりました。父は昔、心筋梗塞にかかり、入退院を繰り返していました。また、精神科の病院にも入院していたことがあります。
ある日、父は実家で療養していたのですが、家の周りに新しい家が建つにつれ、さわがしくなり始めました。特に郊外に建っている実家の前の新築の家々はマイカーを所有していることが多くなり、エンジンを吹かす音がよく聞こえるようになりました。父はそのことで新築の家に文句を言いに行こうとしましたが、継母に止められました。
今思えば、父は私と同じように音声送信の被害を受けていたのかもしれません。

日常の拷問

日常的に拷問を受けています。自転車に乗って自宅から駅までの通勤時は特に苦しいです。これを受け続けて体重が約10kg減りました。体力も無くなりつつあります。いつ会社をやめることになるかわからない状況です。

サイバーテロ

インターネットショッピングで何度もクレジットカードを不正利用されそうになりました。これは、寝屋川市の警察署に相談しに行きました。

金銭の被害はなかったので、被害届の提出まではいたらず、被害を聞いてもらうだけで終わっています。

おわりに

私の思考は完全に抑制され、勝手に身体を動かされて生活している状態です。テクノロジー加害者が私になりすました状態で、日常生活を送っている状態です。

この被害報告集も私が書いているのではなく、テクノロジー加害者が書いている状態です。

7 自由な自分を取り戻すためにⅡ

T・O　千葉県　60歳　男性

Ⅰ．被害を感じさせる量子の世界の不思議

少し違った角度から、我々の被害を考えてみた。反論もあるかと思うが、色々な発想で被害を考え伝えることで、更に新たな発想が生まれ、解決への糸口につながっていくのではないかと思う。

こんな現象が量子の世界にある。物質を構成する粒子、具体的には原子、電子、光子等で、これらを総称して量子と呼ぶ。このごく小さい我々が見ることが出来ないミクロな世界において、とても不思議な現象がある。それが「量子もつれ」だ。量子もつれは、ふたつの粒子に相互作用を起こさせることによって、お互いを遠く離れた位置に持って行った時、決してお互いを間違えることなく、同期的な振る舞いをする。つまり、片方が上に動くともう片方も上に、片方が下に動くともう片方も下に動く。また更に量子もつれを起こしている一方に、もうひとつの粒子を量子もつれさせ、その粒子に回転の動作を与えると、上または下に動作していた粒子が回転する。それは、他に何の影響も与えることなく、何の媒介もなしに瞬時（光速）に起き、また相互間に情報のやり取りは無い。それ故にこの同期的な振る舞いを外部から、検知する、また止めることができない。

この「量子もつれ」の現象については、十分に理論的な解明ができていないが、「量子もつれ」の応用が進められている。量子コンピュータの基礎技術はこの「量子もつれ」だ。量子コンピュータは、人体のシミュレーションや、一瞬にして現在の暗号を解読するなど、現在のコンピュータとは異なった得意分野を持つ。また、瞬間移動（テレポーテーション）の基礎技術もこの「量子もつれ」だ。世界中でこの「量子もつれ」、

そしてその応用技術の研究が進められている。

もし、この「量子もつれ」が持つ現象を、理論的にその仕組みが解明できたなら、ごく小さい我々が見ることができない、ミクロの世界の不思議を、我々が形を見ることのできるマクロの世界で実現できる可能性がある。簡単に言うと手も触れずに物を動かす事ができることだ。物を動かすことは、その物の情報を読み取って、他の場所でその情報を組み立てる。また人の情報だけを読み取って、例えば人間をシミュレーションできるようなコンピュータ上にその情報を持つ（色々な手段があると思うが）。これは、あたかも加害者の手元に被害者の複製を持つことになる。このような技術があれば、我々被害者に対する多種多様で非常識な被害内容は全て説明がつく。この「量子もつれ」をものにし、我々の被害をはるかに超える様々なことを、思うがままに世界をまたにかけて操っている者（組織）がいるにちがいないと私は考える。

Ⅱ．被害と量子もつれ

我々の受けている被害内容を大きく5つに分けて、次の項番1から項番5に量子もつれに照らし合わせて考えてみた。また6つ目には、項番6に更に勝手な解釈で考えてみた。

1．追跡被害（どこへ行っても被害をさえぎる事が出来ない）

例えば、被害者と被害者の複製（加害者のコンピュータ上におかれた被害者）が「量子もつれ」していれば、コンピュータ上で複製された被害者に加えられた加害行為は、瞬時に被害者に伝わる。しかし、その加害行為の情報は無い。情報が無いのだから、どこへ行ってもたとえ電磁波を完全に遮断する部屋に入っていても、被害を断ち切る事ができないで当然だ。

精密機器がたくさんある病院、各種研究所に行っても、また電子機器の電源の切断を要求される飛行機の離発着時も機内において、いつものように被害を受けるが、何の騒ぎも起きない。たくさんの各種精密機器は何の影響も受けないからだ。加害行為の情報が無いのだから、当然に精密機器が誤動作するなどの影響を受けるはずが無い。またジェット飛行中でも瞬時（光速）に伝わるから、当然被害に時間差が生じない。

満員電車の中でも、間違えること無く、加害行為をしてくる。「量子もつれ」したもの同士は、間違えようが無い。例えば、一粒の砂同士が「量子もつれ」を起こしていたならば、どんなに離れた浜辺にお互いを捨てても、距離に依存せず直ぐそばにいるかの様に、お互いの同期性が保たれるからだ。

2．精神的被害

日常生活において、何事に対しても思考を押し付けてきて、不安・不信をかき立ててくる。また健忘症的症状を作られる。更に突然笑ったり、涙を流したり喜怒哀楽をコントロールしてくる。誰にでも少なからずあることだが、その頻度がとても高い。また、思ってもいないことを口に出させ相手を傷付けたり、文章を書いても誤字・脱字が、また読んでも誤読が増えたり、身体が勝手に動いたり、声に従うでもなく何か操られるままに行動していたり……、個人に入り込んだ多種多様なコントロールをしてくる。人、物、出来事……、これらに対する感情まで操って来る。その結果、更なる不幸に陥れられている方々もいる。

これを量子もつれで考えると、加害者の手元にあるコンピュータ上に複製された被害者の中に入り込んだ他人（加害システム）の思考・感情（不安・不信等）・行動が、被害者にそのまま現れ、それが自分の思考・感情・行動となって起きている被害だ。本来の自分の思考・感情・行動が抑制されている。記憶が引き出せないのも同じ仕組みだろう。

社会には、色々な症状の方々がたくさんいるが、この方々の中にも入り込んでいるのだろうか。また、被害を認識していない人々に入り込んで、犯罪者に仕立てられ自分が犯したと思っている方々もいるのではないか。

3．肉体的被害

体にあざができたり、切り傷ができたり、湿疹ができたりする。指の先であろうが、歯茎であろうが、昔の古傷の所であろうが、狙った所に精度よく痛みを発生させる。それが針で刺されたようなものであったり、電磁波を照射させられているようであったり、感電させられているようであったり、レーザーで焼かれているようであったり、化学物質に対する過敏な反応であったり、締め付けられているようであったり、虫刺されであったり……多種多様な方法で被害を加えてくる。また、他の人が聞こえない声や物音が聞こえてきたり、寒くないのに寒く風邪の症状を作られたり、体臭が無いのに体臭を感じさせたり、煙草の無い部屋で煙草の臭いがしたり、悪くないのに悪くなっているような味覚を感じさせたり、人影・物影を感じさせるなど五感を操ってくる。台所に立つと、車の運転をしていると、また電車等で出かけたりすると突然尿意をもよおすなど自律神経まで操ってくる。更に、無い振動を感じさせたり、苦痛な夢を見させたり、次から次へと思考を押し付けてきて無視しようにも無視できず、睡眠を妨害してくる。夜には睡眠妨害をして、昼には活動できないように眠気を押し付けてきて、いつのまにか眠っていることがしばしばある。被害者は、非人間的な容赦ない加害行為に苦しめられている。

これを量子もつれで考えてみると、加害者の手元のコンピュータ上に複製された被害者があるからこそ、狙った人間に、そして狙った部位に、また狙った方法で攻撃ができ、それが被害者に現れる事で目的に対する精度の高い攻撃を可能にしているのではないか。被害者から見れば、色々な加害装置があるように見え、これも被害者を攪乱してくる。「どうしたらこんな被害を加えることができるのか、やはり自分は病気なのか」と思考を押し付けてきて、追い討ちを更に掛けて来る。第三者に話しても、とうてい受け入れられる内容ではなく、隅に追いやられていく。こんな時に自殺思考が送られて来る。それが自分の意思であるかのように思い、自殺してしまうのか。ひどい犯罪だ。

4．機器に対する被害（誤動作／動作不良等）

満充電のデジタルカメラを使おうとしても電池が無い旨のメッセージが出て使えない、電子時計が目覚まし時間を設定できなくなる、計量に不信を感じる（機械式体重計）、ウォークマンが動かなくなる、テレビのリモコンが使えなくなる、カーナビが必要なタイミングで操作できなくなるなど動作不良が絶えない。パソコンについても、ネットワークに繋がっている、いないに関係なく様々な誤動作がある。複数のファイルを移動しようとすると、それらファイルの移動ではなく、それら個々のファイルを開きに行ったり、漢字変換の学習機能が利かなくなったり、入力したキーが入らなかったり、その直前の文字が削除されていたり、入力中に全然違うところにカーソルが移動していたり、目的を果たすのにとても大変だ。パソコン嫌いの人は、このような被害を受けて（被害とは認識せず教えてもらった通り、また書いてある通りなぜ動かないのか、いつまで経っても操作を理解できない）他の人は上手く使いこなしているのに「変だなあ」と思っているのではないか。自分もそうであった。インターネットでは、繋がらなかったり、切れたり様々な現象が出る。その中でも、他の人が見ることができないもの（実際には存在しないもの）を検索結果として表示してくることがあった。私が会社から休務加療を言い渡された当初は、身近な内容を検索すると信じられないものが出てきていた。その様なアドレスは全て登録して管理した。しかし、パソコンが何度も動かなくなり再インストールするたびに無くなり、結局は全て無くなってしまった。これも計画的な加害行為であったのだろう。ある被害者の例では、市役所を調べて、担当者などを事前に調査して行くと、そんな人はいないと言われたという話を聞いたことがあるが、私だけではなく他の人も経験しているようだ。しかし、検索結果の表示が加害者によって作られているものがあるとは認識していなかったようだ。こんなにいろんなものが誤動作したり、壊れたりするはずが無い。

これを量子もつれで考えると、加害者のコンピュータ上に複製された電子機器に加えられた操作が、自分の手元の電子機器に伝わってきて壊れたり、誤動作をしたり、また、検索内容がデタラメであったりしているのではないか。人間と同様に機器も細かくしていくと、原子や電子に分解できるのだから同じに考えることができる。動かすことができるものは全て対象と考えることができるのではないか。本加害システムが機能を果たさなくなったら、誤動作の電子機器も、壊れて動かなくなった電子機器も正常に動くようになるものが出て来るのではないか。

5. 家宅侵入被害

帰宅したら、シャワーが使われたあとがあったり、物の配置が変わっていたり、パソコンが操作された形跡があったり、また電気が点いていたり、エアコンが入ったままであったりした（実際自分が忘れたものも中にはあったのだろうと思う）。色々な鍵に換えたり、二重化したり、またカメラを何台か設置したりしたが状況は変わらず、結局お金を費やした割には何も分からなかった。その他に書類が無くなって探したらゴミ箱にあったり、探しても無いので諦めて、後で探すと以前探した所で直ぐに見つかったりもした。また自分が行動中に起きたこともある。掃除中に掃除機以外の他のコンセント（テレビ、電話）についているスイッチが機械的にオフになったり、歩いている最中に買ってそのままバッグに入れたペットボトルの栓が外れて水がこぼれて手帳が濡れたり、更にポケットからよく物を落としたりもした。不思議なことが何度もあった。自分が不思議と思っていることを第三者に話しても受け入れられる訳が無い。

これを量子もつれで考えると、加害者の手元のコンピュータ上に部屋そのものが複製され、複製された部屋の中で物を動かしたり、物を使用したり、またスイッチをオン／オフした状態を作り、それがそのまま実際の部屋の中に現れる。これが家宅侵入を思わせる技術だ。当然、自分の携帯物も同じ様に考える。この考え方でいくと部屋の中で侵入者がこないか監視している目の前で、物が移動しているのを見せられるのかもしれない。これを意識的に見せない、またまれに動いた結果を見せることで社会から追いやられる人間をつくる技術なのか。

6．その他に感じるところ思うままに

正月に「ＴＨＥわれめＤＥポン」という麻雀番組を朝までおもしろく見た記憶がある。こんなこともあって、脳トレのつもりで月に昼間3回程度、素人の遊び麻雀に参加するようになった。その中で何度も「ツモ」であがる人がいたり、またよく振り込んだりする私などもいた。勝つ時もあるが、やっていてとても不思議に思うことが何度もある。これが麻雀なのかもしれないが、また被害者意識があるせいかもしれないと思いながら続けている。

これを量子もつれで考えてみた。加害者のコンピュータ上に4人とパイも含めて複製され、これが麻雀ゲームに量子もつれしていたならば、実際に麻雀している4人は、麻雀ゲームに従う事になる。誰がどんな手で

勝って、また誰が何を振り込んで負けるかは麻雀ゲームそのものになる。逆にやる前から麻雀ゲームの製作者は結果を意図して作っていれば、不思議に思うことが起きても当然か。麻雀でもこんなことが起きているのだろうか。こう考えたら、じゃんけんでも、くじ引きでも……同じ様に考えることができる。操った世界を作ることが可能になる。

２０１０年サッカー南アフリカワールドカップにおいて、ドイツの水族館のパウル君（タコ）が、ドイツ代表チームの全7試合と決勝戦の勝敗を全て的中し、世界中で話題になったが、スポーツの世界、生物（タコ）の世界も麻雀の様に考えたなら、勝敗を的中しても不思議ではない。

このように考えると人、物の単体の量子もつれでは無く、人、物を含めた空間がもつれているように感じる。更に地球自身が、加害者の持つコンピュータ上の複製と量子もつれしているのかもしれない。そうなると計り知れない事ができてしまう。

２００９年6月から7月にかけて、日本全国各地でおたまじゃくしが、空から降ってきた報道があった。その後、それに対する究明の報道が無い今日、本当に物を動かすことができたとしたら、現在の常識は、最先端の技術によって作られた非常識ではないか。本当に強いものが勝っているのか、本当に運の強いものが当たりくじを引いているのだろうか。現在社会をくつがえす技術が存在し、これによって作られた常識がありすぎるのかもしれない。

極端な方向に内容が進んでしまったが、でも第三者から受け入れられない我々の被害を考えると決して極端な方向ではないと思う。いずれにせよ、とてつもない技術によって、我々被害者は苦しめられている。また、この被害を認識していない被害者がたくさんいて、これに苦しめられているのではないか。そして、それを人生と思っているのではないか。

Ⅲ．被害に対する対応

この犯罪をどうやってあばくか。私自身の中に常に加害者の思考・感情・行動が入り込んでいて、自分自身本来の思考・感情・行動が抑制され、調査をするにしても資料を読めなくなってきている中で、どのように進めればよいのだろうか。永田町での街頭活動に期待し、国の中枢を担っているえらい方々に訴え続ければ、解決の手を差し伸べてもらえるのだろうか。また、大企業に調査をお願いすれば調査してもらえるのだろうか。更に次々と出てくる新しい技術に期待すればよいのか。今は地道に積み重ねた活動をしていくしかないのか。

1．永田町での街頭活動

永田町で当ＮＰＯ石橋理事長が、各省庁前でマイクを持って被害を訴える街頭活動には、毎回十数名の方々が参加しビラ配布を行っている。私も積極的に参加するように心掛けている。当ＮＰＯから各省庁に提出する陳情書を渡す際に面会して頂けるのは、私が参加した中では総務省だけだ。そこでは参加者も自由に発言できる場になっていた。私は2回その場で「物を動かす技術」があれば、我々被害者が受けている被害を説明できると訴えたことがある。その時のキーワードとして、「量子もつれ」、「アインシュタイン」、「ＥＰＲパラドックス」、「全国各地におたまじゃくしが空から降ってきたこと」を話した。その後、総務省から何かアクションがあったかどうかは知るよしもない。いずれにしても陳情書に対して、どの省庁からも回答が無いと聞いている。せめて被害者が苦しんでいる時に電磁波を遮蔽するシェルターを提供するなどして頂ければ、被害者の支えになるし、加害装置の絞り込みも改善を繰り返すことで特定できるのだが、この永田町で街頭活動しているにもかかわらず、被害者を救済する為の国の第一歩が見えてこない。国民の一人として、また被害者として、とても悲しくむなしい感じがする。被害内容が非常識なことでもあり、その立証が難しく、第三者に受け入れがたいのも事実だが。受け入れられるまで、病気に重ねた症状を作るなど、この巧妙で悪質な犯罪を訴え続けていくしかない。

2．某社株主総会での調査のお願い

某社株主総会（２０１１年6月24日10時より於・都内某ホール）で、何年越しかで手をあげてやっと指名された。左記の内容で調査をお願いした。議長である社長は、「直ぐに答えられる内容ではない」との回答であったが、会場に参加していた方々のやじも無く最後まで聞いてもらえたこともあって、「ありがとうございます」と返して、私の発言は終わった。その後、何の反応も無いが。量子情報科学は、企業にとっても大切な分野であり、長い目で調査結果を期待していきたい。

『某社株主総会で調査をお願いした内容』

技術的な調査に関するお願い1件です。１分半程度です。聞いて下さい。

私は、毎日、四六時中、思考、感情、五感を遠隔からコントロールされ、拷問的な攻撃を受けている被害者です。私は、量子情報科学（量子コンピュータ、テレポーテーション等）の基礎である「量子もつれ」を駆使した最先端の隠された通信技術を使っているのではないかと思っています。

被害者は私だけでなく、『テクノロジー犯罪被害者による被害報告集』に見られるように大勢います。また、社会ではうつなど精神的な疾患者が増えており、この中にも私と同じ被害者が大勢いるのではないかと思っています。残念なことに、医学の世界では、簡単に「心の病」として処理されてしまいます。

貴社は、常に技術の最先端を行く会社として、『遠隔から人間の心も、思考も、肉体も操る』、この技術を解明して頂けないでしょうか。勝手なお願いですが、宜しくお願いします。以上です。

3．量子関連でフランスとアメリカの方が2012年のノーベル物理学賞を受賞

受賞理由は、「量子物理学に基づく超高速コンピュータ（量子コンピュータ）の構築に道を開いた」というもの。量子コンピュータは、量子力学と呼ぶ不思議な物理現象を利用する計算機。現在のスーパーコンピュータでも時間がかかる複雑な計算でも、解く仕組みが違うため瞬時に解答が得られる。但し、光や物質の微妙な相互作用を引きださなければならず、実現には原子や光子1個ずつを制御しなければならず、従来は不可能とされてきた。これを可能とする確実な方法を考案した（日経新聞より抜粋）。このような技術が公開され、さらなる技術が出て来る事によって、我々被害者を苦しめる加害装置も見えてくるかもしれない。科学は、まだまだ分からないことがたくさんある。それがひとつひとつ解明されていくことによって、我々を被害から解き放ってくれるものが出てくると信じる。

Ⅳ．あとがき

私は、加害装置が電磁波を使用しているならば、必ず遮蔽できると思っている。今まで電波暗室等に入っても、被害を断ち切ることができなかった。大学や研究機関には電磁波を遮蔽できる高度な設備がある。これらで被害が断ち切れるか試してみたい（国からの助成金等が出ているので国の許可が無いと利用出来ないか）。それらでも断ち切れなければ「量子もつれ」しかない。量子もつれは、電磁波と違って情報の授受が無い。そのため被害者から加害者に辿り着けない（犯罪者が使うには好都合のものだ）。

粒子間の相互作用によって生じる量子もつれを含めて、自分が想定した（違う想定があるかもしれないが）、人間と人間をシミュレーションできるコンピュータを量子もつれさせる、また空間と空間をシミュレーションできるコンピュータを量子もつれさせる方法、更にミクロな世界の不思議な内容をマクロな世界に展開する方法に関して全く見当もつかないのが現状だ。でも、ほんの一握りの人間を除いて、その他大半がその技術を知らないだけかもしれない。人間もパソコン等もコントロールできるのだから、いずれにせよすごい技術が悪用されているのは確かだ。

倫理なき犯罪者をどの様にして追い詰めていけばよいのだろうか。その犯罪を認識しているのは、我々被害者であり、被害者の責任であることは認識しているが、被害者は高度な技術に対してとても無力だ。「NPOテクノロジー犯罪被害ネットワーク」の活動を被害者みんなが支え協力し合っていくしかない。

２０１２年（平成24年）10月29日

V．参考文献

『テクノロジー犯罪被害者による被害報告集』講談社出版サービスセンター（現・講談社ビジネスパートナーズ）内山治樹編
『同書』「10 自由な自分を取り戻すために」の「V．参考文献」と同一

8「集団ストーカー・電磁波マイクロ波攻撃・生体通信悪用組織犯罪者の意識を問う」

T・K　神奈川県平塚市　64歳　女性

二〇〇七年八月にこの犯罪のターゲットとされてから五年になる。利己的想念を持ち、破壊的想念を暴走させまくる加害者達にその意識を問いたい。

普通人間は意識が無ければ生きる者とならない。意識を失った時働かせることが出来ない心とは実はエゴ。好きだの嫌いだのと文句を言い、闘争心を湧き起こす。自分の利己的な習慣となった心地好さばかり追求したがる。貪欲、強欲、人の正しい生命活動を阻止しようが、自分さえ良ければ、楽しければ、愉快ならば、その上その行為が金になれば、重大な犯罪であろうとお構いなし。明らかに正常でまともな意識（主体性・精神）を失ったエゴの心の塊のような犯罪者達だ。心というエゴは意識という主体性・注意力・警戒・精神、更に言えばまともな魂の下に置いて管理するものだ。

人として生まれたらまず守るべき人倫道徳がある。「嘘を吐くな」「盗むな」「殺すな」「犯すな」「自分がされて嫌なことを人にするな」これはいかなる戒律や教養よりも優先されなければならない筈だ。

集団ストーカーに動員され、仄めかしの妙なサインを出したり、盗聴・監視して得た個人の家庭内情報を擦れ違いざまにつぶやいたり、道路を塞いで大仰な身振りで茶番劇をしたりする某信者と気配で解る者達や協力者は、正しい意識＝主体性・精神に欠けているのが被害者には解る。捏造された風評を信じ込み、水面下追い込みの暴力装置と化し、ターゲットをひたすら自殺誘導や精神病になるように、或いは精神病に見えるように心理攻撃をし、その上科学力・物理力・医学力（薬剤撒布）を使って、見えなければ、解らなければ、証拠が取りづらければ、更には複数組織による協力ネットワーク（含公権力）で裁かれないように仕組み、やりたい放題の悪魔的な虚栄を利己主義で、自己の組織の存在の強さと力を行使する事が、人間にとって許される筈がない。

二十四時間三百六十五日盗聴・監視され続け、家電や人体への近隣外部からの低周波電磁波マイクロ波の共鳴共振の振動攻撃、妙な音波飛ばし、骨、関節、リンパ、血圧、生殖器、全ての内臓、脳下垂体へのレンジ熱振動攻撃、特に胃腸詰め攻撃は、摂取した飲食物を薄めた殺虫剤、農薬と電磁波マイクロ波の熱で体内化学合成し、腸内部に異物を作製し、滞留便工作し、異物へと熱照射する事で痛みが生まれ、被害者を余計に苦しめる。そして体臭が発生、低レベルなガス攻撃や異物を科学力で上に引っ張り上げてゲップ、鼻水、ネバネバの擬似の痰攻撃、マイクロ波で癌、脳梗塞、脳溢血、クモ膜下出血など重篤な病気、風邪、インフルエンザ、全ての誘導が出来る。

人体が出す微弱な電気信号の周波数を勝手に計測し、同調した周波数で脳波に介入し、脳を破壊するかと思えるほどの威圧で圧迫し続ける低周波電磁波マイクロ波の共振、それと腸内部に作製した異物を使って吐き気攻撃、摂取した飲食物への熱による共振でヘドロ状の下痢、一挙に水分が蒸発させせられてしまう。又放射線の冷気で固化し便秘にしたり、簡易レーザー銃のようなもので、肛門を切り、痔に見せかける攻撃もされる。無自覚の被害者は知らずに殺されている人も多いのではなかろうか。

私は脳に直接送信されるサブリミナル信号により意識に介入され「住居から出て行け」とか「死ね」とか偉そうに指示して来る。ニューロフォンは耳の鼓膜を振動させずに、ニューロン神経細胞へ直接に音や声を届けられる。悪用すれば無自覚の被害者は特に誘導されて犯罪者にすらされてしまう。

集団ストーカーの動員数の多さやハイテク機器も多種類使用し、高価な事からも、巨大な富を蓄積している組織、しかも複数組織の協力ネットワークが構築されていると思える。

巨悪の闇のトップから幹部や下部組織へと命令系統が出来上がっていて、個々のターゲットへの工作員の配備、ハイテク機器を装備しての連携で、加害波の計測等証拠録りし撲滅活動を活発に出来る被害者ほど、犯罪がバレるのを恐れ、自殺誘導や一挙にマイクロ波攻撃で病気にされ潰されて行く暗澹たる現状だ。暗殺テロの正にＭＫウルトラ等、洗脳兵器により「沈黙の兵器」と化したとしか思えない魂のない機械のような、意識という主体性、精神の知覚力を失ったもの達からの攻撃を受け続けている。

防御方法としては、アルミの防災シート、アルミ板、車のフロントガラスの日除け、反射板、鏡、のれん、段ボール、各種マット、ピクニックシート、座布団等勿論多少減衰はするものの、年中身体は電気的痺れと痛みでビリビリしている。着用するのは綿製品、皮革も良いと思える。電気製品はなるべく使用しない。よって屋内は暗い。懐中電灯を使っている。

家族は無自覚被害者とされ、加害者に憑依されたロボット状態である。

9 狂気の世界

加藤　健　三重県　41歳　男性

悪夢の始まり

「殺してやる。殺してやる。加藤の兄ちゃん殺したる」

２０１１年7月下旬の夜、自宅南側の家の方向から、小学校の同級生の父親の鮮明な声が聞こえてきた。１９９０年ごろから、この家に当時住んでいた小学校の同級生の男の両親から、私や私の両親に対し、嫌がらせと思われる迷惑駐車や、謂れのない悪口を言われることが多くなった。このことが長年続いたので、警察や自治会長に嫌がらせをやめさせるため通報した。そのため同級生の父親が、私に恨みを持ち、大声で怒鳴り散らしているのだろうと思った。

その日から、小学校の同級生の男の父親だけでなく、現在住んでいる同級生の男本人やその妻、さらに自宅周辺の近所の家の中から、途絶えることなく私に対する誹謗中傷や悪口、自分しか知らないはずの個人情報に関わる話をする近所の住人の声が聞こえるようになった。私と同居している両親に、毎日大音量で話す近所の住人の声が聞こえるか確認したが、両親とも「全く聞こえない。なぜそんなことを言う」と言われた。

毎日、早朝深夜問わず大声で悪口を話す声が聞こえ、うるさくて眠れなくなった。パソコンで、北海道の農作業のアルバイトを募集している会社を見つけたので、しばらく気分転換も兼ねて働くことにした。

北海道へ向かう途中も、近所の住人の声はついてまわり、飛行機の中、バス、ＪＲの車内でも聞こえ、いったい自分の身に何が起こったのか理解できなくなった。仕事中も、農作業の車や農産物の仕分けをするラインの機械音等、あらゆる音源になる場所から自宅のある桑名市の近所の住人の声が聞こえ、さらに信じられないことに、自分の頭の中で考えた言葉も途切れることなく聞こえてくるようになっていた。

毎日仕事中に、大音量で聞こえるので、一緒に働いている仕事仲間におかしな音声が鳴り響いているか聞くと、「なにもおかしな声や音はしていない」と言われ、常識では理解できない音声を悪用した犯罪に巻き込まれているのだと知った。私だけにしか聞こえない音声を、強制的に聞かせている悪質な犯罪者がいる。誰がどんな機材を使用しているのか考えたが、今までのいきさつから、私の住まいの近所の同級生の男とその妻、同級生の男の父親が、違法無線機のような機械を使用して近所の人の声を録音し、私の周辺の機械や電化製品から発する音の周波数に合わせて言葉を送りこんでいるのだろうと思った。

北海道の農作業の仕事を終えて自宅に帰ったら、必ず通信局か警察に訴えてやろうと思いつつ、なんとか日々をやり過ごしながら寮生活を送っていた。

9月下旬の夜、寮の部屋で寝ていると、突然左耳の奥、いや頭の中から「加藤さん」と呼ぶ人の声が何者の声かわからない声で聞こえてきた。今までの人生で経験したことのない、考えられないことが自分の身に起こったことを自覚し、頭の中がパニック状態になってしまった。その音声を送り込んでくると思われる謎の人物と頭の中で会話が成立しており、音声の言葉の内容は「オマエは特別に選ばれた人間だ。早く桑名に帰ってきてもらいたい。どうしても会わせたい女性がいる。オマエがその女性と会わなければ我々は彼女を殺す。オマエがその女性に会って告白してからオマエ自身の手で殺してもらいたい。我々の指示に従わなければ、オマエもその女もオマエが過去に関わった人達も我々のやり方でみんなブッ殺す」

わけのわからない内容で言葉を送り込まれ、全身汗びっしょりになり、一方的に送り込んでくる正体不明の音声と頭の中で「お前は一体何者や。なんで俺をこんな目に遭わせる。恨みでもあんのか。ええかげんにせい。お前みたいなヤツに殺される筋合いはない。必ず捕まえて死刑にしたる」と自分の言葉を送り返し、犯人側と交信をしながら長い夜を過ごしていた。

頭の中に鳴り響く音声と格闘する日々が始まり、夜はほとんど眠れなくなるだけでなく、緊張と不安で食欲がなくなり吐き気が治まらなくなった。体調不良になり、任期満了を待たず桑名に帰ることになった。

そのころから、自分が頭の中で考えたことだけでなく、見たもの、耳で聞いた音や言葉、体の痛みなど、脳で認識したこと全てが犯人に伝わっている、という信じられないことが自分の身に現実に起きていることがわかった。その代わり不思議なことに、何年も前から続いていた近所の住人からの悪口や誹謗中傷は、全く聞こえなくなっていた。

毎日24時間365日、熟睡している時以外、周辺の電化製品や車のエンジン音、音を発するもの全てから、どこに外出していても頭の中や自分の周辺から人の声ではない合成音、人工音のようなおかしな音声がまとわりつくようになり、音声の内容は「今年中にオマエを殺す。この音声を送信されているのは世界中でオマエだけ。早く我々が紹介した女性に会って告白しろ。そしてその女を殺してオマエも死ね。精神異常者か犯罪者として死ぬのがオマエの死に方にふさわしい。我々に従わなければ、オマエもオマエと過去に関わった大切な人達も、みんな必ずブッ殺す」

意味不明な言葉を送り込まれ、このままでは本当に今年中に死ぬと思った。生まれて初めて遺言状を書き、なぜ自分がこんな目に遭わなければならないのか、自問自答する日々が続いた。

犯人が紹介するという女性は、小学校の同級生で、卒業式に見て以来一度も会ったことがない。それにもかかわらず、その女性の個人情報や、当時の私との関係を知っているような言葉を送り込んでくるので、私だけでなく、その女性も犯罪に巻き込まれているのではないかと思った。自分一人死ぬならよいが、事件に関係ないはずの他人を巻きこむわけにはいかないと思い、遺言状を破り捨て、事件の真相を知り、犯人を捕まえてやろうと考え方を改めた。

脳内戦争

パソコンで、この事件に関連しているだろうと思われる言葉、電波妨害、電磁波攻撃など検索していたところ、ＮＰＯテクノロジー犯罪被害ネットワークという組織があるのを見つけ出した。２０１１年11月にＮＰＯに入会し、名古屋の被害者の集いに参加することになった。

他の被害者の人達から被害状況を聞く中で、自分一人が被害に苦しんでいるのではないことや、よく似た状況に置かれている人が存在すること、音声送信の内容も人によって違うものの「我々がオマエを殺す。精神異常者にしてやる。犯罪者にしてやる」など、共通の言葉が使われている人がいることを知り、同一の犯罪者集団が、同じ機械を使用し、マニュアル化された手法で、被害者を攻撃していることを確信することができた。

風景写真専門の契約カメラマンとして、日本各地へ旅をしながら写真を撮っていたが、収入が少ないため、11月下旬から四日市市にある運送会社の仕分けセンターで短時間のアルバイトを始めることになった。ここで仕事をしていても、仕分けラインの機械音から、正体不明の人工音が鳴り響いていた。一緒に働いている作業員の人達の様子を観察していたが、異常な音声が聞こえている人は一人もいなかった。

ＮＰＯが出している過去のデータや資料、被害者の話を聞いてはっきりしたことは、被害者の頭の中、すなわち脳波あるいは脳が発する電気信号を読み取り、本人だけに強制的に外部から、ワイヤレスの遠隔操作でおかしな音声を聞かせ、さらに被害者が思考していることや、過去の記憶も機械を使用して抜き取ることができるという装置がこの世に存在するということだ。

12月の中ごろから睡眠妨害が酷くなってきた。寝入るまで何時間も「ブッ殺す。自殺未遂をしろ。あの世からもうすぐお迎えが来る」など意味不明の言葉を送り込まれたり、睡眠中に頭の中に大音量で不気味な金属音を鳴り響かされ、強制的にたたき起こされる日が続くようになった。

睡眠妨害の手法として、体の一部に軽い電気ショックを当てられたように、手や足をピクピク動かされたり、シャックリのように、胸のあたりが数センチ跳ね上がるような、拷問状態に置くやり方や、現在好んで聴いている曲だけでなく、学生時代によく聴いていた懐かしい曲を、頭の中に鳴り響かせ、寝入ってから1時間か、1時間半ほどの短時間で起こし、長時間眠らせない手法を使われることが多くなった。

睡眠時に見ている夢も、犯人が送り込んでくる言葉のせいで、不自然な夢を見ることが多くなった。

「好きなあの娘と白いクーペで海辺をドライブ。2人は最後の食事をしてから無理心中」

このような言葉を送り込まれると、頭の中で言葉どおりにイメージが出てきて夢の中のワンシーンができ上がる。ほぼ毎日のように、夢の中に理想の美しい女性が現れ、卒業式や、別れをイメージする夢を見せられる。嫌な夢を見させて、精神的に追い詰める計画なのか。昼間は言葉責めの音声送信、夜は悪夢を見させ強いストレス状態に置き、精神崩壊させる目的のようだ。

年末仕事が忙しい上に、極度の睡眠不足の状態にさせられた。音声の発信源を見つけ出し、犯人を捕まえなければ本当に殺されると思い、事件の相談に乗ってもらうため地元の警察へ行くことにした。

NPOの会員証と、被害概況を記した用紙を警察官に見せながら、事件の調査をお願いしたが、丁寧に対応してくれたものの、私の身に起きている事柄に関して理解してもらえなかった。警察としては「犯人が特定できないことや、犯罪に巻き込まれている具体的な証拠、音声を録音したものがないとだめ。使用していると思われる機械が軍事兵器ならば警察としては動けない」という対応だった。

被害者の会員の人達も、何年も前から警察に訴えているにもかかわらず、犯罪被害者であると認定されないため、なかなか動いてもらえないのが現状である。このままの状態が続けば、日常生活を送れなくなるだけでなく、命にかかわることになる。NPOの会で活動を続け、早く犯罪被害者として認定してもらわねばと思った。

2012年1月正月過ぎから、送り込んでくる言葉の内容に変化が出始めた。私の過去の記憶の中で、忘れていたはずの出来事を頻繁に送り込んでくるようになった。

私が過去に関わった人達の個人情報を材料に、記憶情報を悪用して、実際に経験した忘れたい嫌な出来事や、思い出したくない出来事を、犯人が作り上げたデタラメな脚本で、毎日言葉で送り込んでくる。悪口や誹謗中傷、脅迫、恐喝する言葉を送信しても精神崩壊しなかった私を、過去の嫌な記憶ばかり思い出させ、犯人の都合で思考をコントロールして正常な思考能力を奪い、精神的に追い込んでいく計画のようだ。

2012年2月下旬、いつもどおり仕分けセンターで仕事をしていると、毎日聞かされている仕分けラインの機械音から、「タケシさんにぴったりの美しい女性が会いに来ております。ぜひ会っていただきたい」とふざけた言葉が聞こえたかと思ったら、頭の中の音声送信を自覚した昨年の9月以来、毎日「オマエに紹介してやる」と犯人が送り込んできた小学校の同級生の女性が、20歳ぐらいの大人になった姿でイメージ画像として出現した。

当初、犯人がどうやってその女性の写真のような画像を入手したのか見当もつかなかったが、NPOの資料や、他の被害者の体験を調べてみると、映像送信という被害報告があり、犯人の都合で一方的に被害者の脳にイメージ画像、頭で想像した映像を送り込む技術があるということがわかった。

これまで犯人が送信してくる音声に対して、サイクリングをしたり、好きな音楽を聴いたり、TVを見たり、読書をしたりするなど、音声送信の言葉を聞かないよう対処してきたが、今度は言葉だけでなく、想像したくない嫌な映像を本格的に送り込んでくるようになった。

小学校の同級生の女性が、ものすごい形相で私の首を絞めるイメージ画像や、私がその女性を刃物で切り刻む残酷なイメージ画像など、非常に嫌な画像を音声の実況中継の言葉とともに送り込んでくる。なんとしてでも犯人は、私の精神を崩壊させたいと考えているようだ。小学校の同級生の女性のイメージ画像を犯人が多用するのは、私の心を傷つけ、狂わせるのにいい材料になるため使用しているようだ。

3月に大阪で、テクノロジー犯罪被害ネットワーク主催のフォーラムがあり、参加することになった。NPOが作成した最新の被害データや、説明資料に関する話を聞く中で、私達被害者に向けられている機械は、マインドコントロール兵器という武器の可能性が高いことがわかった。フォーラムに参加するまでは、近所に住んでいる同級生の男の家族が私を恨み、プロの犯罪人にお金を払って私に対する嫌がらせを続けていたと思い込んでいたが、武器ならば、普通の一般市民が入手できないだけでなく、犯罪者も簡単に入手できないだろうから、私と全く面識のない人物、あるいは組織が、特殊な兵器を使用して日夜犯罪行為を実行しているに違いないと思うようになった。

今回のフォーラムでは、マインドコントロール兵器、脳内音声装置なる兵器が実在し、日本国内だけで1000人以上の被害報告があるだけでなく、アメリカや中国、外国人も多数の被害者がいるという報告があった。

これまで私が経験してきた事実と、NPOの資料、他の被害者の被害体験から明らかになったことは、今まで長年聞こえてきた近所の住人からの悪口や誹謗中傷の言葉は、現在住んでいる実在の住人達が私に対してしゃべっていたのではなく、犯人が近所の住人の声をなんらかの手法で録音し、私だけに聞かせ、私のことをよく思っていないように思い込ませるため、音声送信を行っていたことがわかった。

真実はひとつ

近所の人の声や、私に関わった過去の人物の声を、どこでどうやって録音したのか。

私の経験から、犯人はＩＣレコーダー等録音機を持ち歩き、被害者の周辺に住んでいる人物の声を録音したのではなく、特殊な機械を使用して、被害者の耳に聞こえた声を、聴覚を司る脳細胞が認識した電気信号を読み取り、録音した可能性が高いと思われる。

この機械は、一方的に音声やイメージ画像を、ワイヤレスの遠隔操作で被害者の脳細胞に送り込むだけでなく、被害者の耳で聞いた声や音を認識する脳細胞が発するわずかな電気信号を読み取り、犯人が加工してさまざまな人工音を作り出す能力を持っていると考えられる。

いつ、誰が、どこで、どのような手法で私の脳の電気信号を読み取ったのか。ＳＦ映画やオカルト小説の世界が、現実に私の身に起きている。国家の大事に関わる機密事項を保持している政府の高官や、軍の高級将校ならともかく、私のようなどこにでもいる中年のオヤジに特殊兵器を仕掛けてなんの得があるというのか。

この答えは、犯人が逮捕され事件の全容が明らかにされない限り、誰も出すことができないだろう。

犯人が使用している機械は、被害者に対して、被害者と関わっている人物の声を悪用して、間違った情報を送り込むことができる。ＮＰＯに入会した当初、被害者の男性と会話していると、彼の声で「名古屋に住んでいてそこから集いに参加しています」と聞こえた。この男性は名古屋の人だと思い込んでいたら、後日私あてのメールで「岐阜から集いに参加しています」とメッセージが記されていた。どちらが真実なのか本人に確認すると、岐阜県に在住していることが確認できた。

このように、被害者の頭に人の声を使って間違った情報を送り込むことにより、対人関係でトラブルを起こしたり、仕事上のミスを誘発することができる。仲良くしている友人や家族、あるいは被害者どうしケンカやトラブルを起こさせる。職場や住まいの近所の人との人間関係を破壊していく。仕事のミスを多発させ職場に居られなくする。実際被害者の中で、地域や家族から孤立させられたり、仕事が続けられなくなって退職したり、音声送信の思い込ませ被害により会社の経営者と対立、職務上のトラブルを起こされクビになった人もいるようだ。

犯人は、被害者のあらゆる人間関係を断ち切り、世間から孤立させ、24時間365日音声を送り込み、残酷で嫌な映像送信と身体攻撃という拷問方式と合わせ、被害者の思考をコントロールし、一人の人間の人生を破壊しつつ、犯人の都合の良い人間に仕立て上げ、被害者の周辺の人達だけでなく、地域そのものを破壊していく、という異常な思考を持って日々犯罪を実行しているものと思われる。

被害報告集の原稿を書こうと決めた7月中旬の夜、寝ていたところ突然「ブッ殺してやる」という人工音が聞こえたと思ったら、ノド頸周辺をものすごい勢いで締め付けられ、強い吐き気がして飛び起きてしまった。今まで身体攻撃で、体の一部がチクチクと針で刺されたような痛みを感じたことがあったが、今回のように首を狙って攻撃されたのは初めてだった。最新のテクノロジーを悪用した犯罪に巻き込まれたことを自覚した昨年7月以来、攻撃の手法がだんだん酷くなっている。いったいどこまでやれば気が済むというのか。遠隔操作による見えない敵に対して頭の中で怒りをぶつけても空しいばかりだ。こんな毎日をこれから続けていかなければならないのなら、死んだほうがましだと思ってしまう。

この本の原稿を書いている9月現在も、毎日ではないがノド頸を締め付けられる日が多くなり、いつ殺されてもおかしくない半殺しの状態が続いている。本が出版される来年の春まで生きている保証はないようだ。

音声や映像の送信に対して、仕事や趣味などに集中することで何とか気にならない程度に対処できるが、毎日の睡眠妨害と身体攻撃はどうにもならない。被害者の中には、長期間入院せざるをえなくなったり、薬に頼る生活を余儀なくされたり、自殺にまで追い込まれてしまった人もいる。

断定はできないが、マインドコントロール兵器というものが確かにこの世に存在し、私を含めた被害者を、日々苦しめている頭のいかれた犯罪者集団がいるのは事実である。しかもその兵器は、私のような一般市民に使用されており、日本国内だけでなく、海外にも多数の被害を訴えている人達がいる。

被害に遭っていない人が、私の状態を聞けば、誰から見ても精神病の人間に見えるだろう。被害者を、地域や家族から孤立させることにより、脳内に送り込まれる声を毎日強制的に聞かせ、催眠術をかけていくように、マインドコントロールをかけ易い状態に置く。本人が自覚しない間に人格を破壊され、犯人が望むよう彼らの先兵となって破壊活動に従事するよう仕立て上げる。

犯人の最終目的は何か。私の心を毎日覗き、24時間365日途切れることなくどんな場所にいても音声や映像を送り込み、しかも頭の中で昼夜問わず犯人と交信させられている。人間の心を犯人の都合のいいようにコントロールし、多数の人間にこの機械を仕掛けることで、被害者の心と体を利用し、被害者の周辺の地域に対する破壊活動に従事させ、世の中のルールを全てブッ壊し、太古の文明時代の支配者のごとく、特殊兵器を使用する頭のいかれた犯罪者達だけが、人類を家畜のように監理したいという異常な欲望を持って実行していると考えられる。

毎日拷問状態に置かれ、いつ死んでもおかしくない状態の中、早く音声の発信源を突き止めねばならない。精神病ではないという事実を知ってもらい、証拠が見つからず犯人の特定ができないが、調査機関に動いてもらうため、警察から犯罪被害者であることを認定してもらわねばならない。

いつの日か犯人を捜し出し、この残酷な犯罪を世間に暴き、悪事は永遠に続かないことを奴らに教えてやりたい。

10 今、人としてここに！

T・K　千葉県　66歳　女性

(一) 情況を互に共有し合う事

私は、友人と今の生活の状況を連絡し合うように心がけている。今それぞれの身に何が起こりどれ程の痛みに侵食されているのか？　その具合を知り合うようにしている。いつ何が身にせまってくるかわからない危機感からである。連絡はつかない、まず出掛けてみる事にした。私の心配が少々過ぎたようであったが、一歩家の中に入って、今の状況を話す事ができた。今の日本社会にあって、自分の事であって、この様な形で生活しなければならない現実。日の光も今の社会にあっては、人間を選ぶかの様である。昼夜を問わずに奥深く入り込み、人体に悪影響をもたらす必用悪の光がある。平等に当たる光も人間を選び害を与える。二十四時間さまざまな光が我々の身体、そして家庭を包み込むのだ。

その積み重ねがどれ程に悪影響をもたらしているのか全く自己判断がつきかねるという所に、常に心配と、一見自由なように見える我々の大変不便な生活と、常に体に感じる苦痛とが一緒なのだ。熱い、冷たい、痛い、重い、不快感と、足元がふらつく、床が大きく動いているかの感覚やら、ニオイ、カユミ、そして目の疲労感も覚えの無い疲労感であったりと、その表現は大変むずかしい所がある。一日の仕事を終えて明日のために寝る。朝一番に大変な疲労感を持って起きる事もしばしばある。朝から体内の細胞が動きさまよっているような、落ちつかぬ日は、やっと夕方あたりになって平穏に、いつもの体になる事も。考えられない様なひどい汗、肩の痛み、足の灼熱感、又、これ以上の冷えは無いだろうと思う程の冷たい体に、骨の髄まで痛い冷たいといった今までに感じた事の無い体験までしている。好むと好まざるとにかかわらずある日突然体に迫ってくる事であって、ただ耐えるのみの生活である。一つ家に生活しつつも一人一人受ける事が別のようであって、理解は得られずといった事が多い。私は事あるごとに写真を撮ってみる。変化を感じるという事は自身のまわりにも変化が起きているであろう、という事からである。今足が痛い、熱い、熱いが特に多い、写すと夫の足も同様に写っている。が、何も言わない。不思議である。強い光が今腹のあたりにある、何も言わずである。私であったら、何かを感じている、熱いとか痛いとか、感じている。

(二) その結果は、体に正直に現れる

足の爪と肉の間に痛みを覚えて、何年過ぎただろうか。形は中心が高く、指先から見たら山高の三角である。又、常に向かってくる方向から爪が一方的に曲がりその伸び方が又、速い、肉と爪の間は空洞であり根元に一つ穴があいた。爪の内側に細い直線がハッキリと跡を残している。その前に今の状況が始まった時に足裏の皮がむけた。極度の汗が発汗できずに皮下に溜まり皮が軟らかくなって切れ、取れたのか？　と自己判断をしたのだが、すでにその頃、チョコチョコ聞こえてくる女の声が、私のする事を見て取って放った言葉であったと思う。「又、あんなきたない事してる」であった。誰がした事だ！　何もしなければ、私も何もせずにいられたものを！　その延長線上に今の身体を持って、生活がある。常にあるのが、熱照射、足裏へ、ふくらはぎへ、頭へ首へと、続くのだ。一度耳のあたりへ続いた時は、自分自身、鏡が見られなかった。あまりの変貌ぶりに、美しくはないのは当たり前で、その赤味を帯びた顔にミミズ腫れのように全体が腫れ、目がふさがらんばかりに腫れて、あの怪談のお岩さんの様であった。これも何らかの目的があって私がこのような顔になったという事でしょう。その腫れ具合は低い鼻を越えて左顔面に広がっていった。一体何のためにこんな顔にされるのか！　私には勿論なんの説明もできない。これは外面的なところであり、体の内面

的な部分の影響といったものは、全く表面からは、知る所では無い。外部のみが知り得ているからだ。私の体であって私の体では無い。私のみならず夫も同様胸や腹や肩に赤い傷があっても本人は何の疑問も持たずに生活している。私から見たら、あり得ない事としか映らない物を、知らずに高いリスクを背負わされて生きている、生かされているといった感が強い。目的を達成するまで続く。そして次から次へと切れる事無く新しい課題のため目的のため照射され続ける。それが私達に課せられた目に見えぬ大荷物なのだ。その課せられる負担も体にしだいに大きく影響をもたらす難題となって行くという事を、日に日に身をもって感じている。動けない程足に照射される。そして首、胸、肩、頭、腰、買い物に出ている時に、足が一歩も先に出なくなった事があった。固まってしまったのかと思いどうしたら良いのか、その場で動けなくなった。その場で手でさすったり、もんだりと少しでも動かなければ、このまま片足は使えなくなるのではなかろうかと不安でいっぱいになった。しばらくして少しずつ動ける様になり薬局へ行った。状況を話すと、エコノミークラス症候群では、との事だった。過度の冷えも熱も血管の病気に通ずるという。又それが体全体へと悪影響をもたらす源のようだ。が、今自分自身が選択のできる、可能な環境には全く無いのだ。選択ができないという事は、人間として大変に悲しい事でありそれが不可能であるという事は、人では無く、物、物体である。道具にすぎない。人生から奪えない物、それが「選択」である、という。あまりに遠い話である。日々、これでもか、これでもか、といった具合に強化される照射の毎日なのだ。全てが外部サイドからの事である。誰が描いた青写真か！　一方的で我々の立場は全く考慮にあらず、家族の一員であるペットも対象の物である。食べたくて餌の器の前に行く、背中の毛がピクピクと動く。口のあたりに光が飛んでいる。食べたいけれども食べられないのだ。最後は、その姿を遠方にいる娘には話せない程の形相であった。アゴの肉は一部無く犬歯が前方に突き出し口の中に入れても、その軟らかくして、爪楊枝の先につけた大好きな魚もほとんど落ちてしまう。体重も一kg弱になってしまった。夜中、突然大きな鳴き声がする。行ってみると、目の白い膜が大きく広がっていた。又、目の下、アゴあたりにセンサーが付けられていた事もあった。異変を私に伝えたくて、床を強く引っ掻いたり胸の上から床へと何回も何回も昇って降りてのくり返し。毎日生活を共にして、大変癒された私達だった。が、今はすでに永眠してしまった。大変かわいそうな最期だった。

(三) 突然出現した、社会の負がここにある

現在の時間は、二〇一二年九月二日十八時四十二分である。米を洗い仕かけたが空の釜で放射線量が0・22を示す。フタをして上で計測すると、0・32マイクロシーベルトを示す。朝に前日の残り御飯を釜内で計ると0・76と最高値を示した。私共にこの数値の米を食べよ! と言うのである。納得の行く事では無い。食器棚の中、又、食器の外側にはちみつのような粘着物をぬり付ける、棚板にぬる、手が特別クサイ、計測すると0・76を表示、室内も0・75やら0・86などこれ程の高い数値は今までに無かったと思う。卓上でこれである。八月十六日、米の上で0・43、私の口の中、ハーと息を吐く、0・27といった数値である。今のところ帰省者三名あり、八月二十五日朝、私の布団の上で0・54を示すのだった。

放射線に関しては、ニオイも、色も、これがそれだよ、という所が無い。が、今までの過程から、粉状の黄色、白色、橙色、赤色に近いなど台所に出没する物質である。計測すると数値は高いのだ。0・28とか、示す。近い所、八月三十一日の野菜室に保冷袋に入れていた戴きもののメロンの袋の底にあった黒い小さな粒の多くを集めて計測した所、0・32を表示した。私は胃の中に納めた、大変おいしかったが気持ちの良い事では無い。普通に、おいしく食べられる物を、放射線漬けにして口に入れなければならないという大変理不尽な納得の行かぬところである。あの時以来、我が家において、あたり前に金を払い買ってきた物が、家の中

で全てが放射線により汚染されるという事件が起きているのだ。熱風を体に受け、寝ている間に尻に火傷を受ける、それが私の生活、夫は下痢をする、我が家の内訳である。

体に良い訳は無く、それもごく自然とは異なり、人工的としか考えられぬのが我が家である。社会に新しく起きたリスクを、なぜ我が家に持ってくるのか！　なぜリスクの処理をせねばならないのか！　あの原発事故の地から百数十キロ離れた所に有って、毎日がこの有り様である。まず、放射線を発する物が家の中に存在する事からして、全くあり得ない事だろう。食品自ら持ち合わせている物もあるというが、炊いた御飯が釜の中で０・７６マイクロシーベルト、自分の手が０・７６を表示する事など、どこの世界にあるだろうか。我が家にあるのだ。これが事実です。毎日の生活の中で水と放射線量、そして身体への照射と、二重、三重の負荷の中に生活を余儀なくされている。何を話しても素通りする夫に、アンテナは無く持ち合わせる知識が邪魔をして、今の社会の変化を受け入れる事が、まるでできないといった所が今の我が家の主である。

（四）語りかけ

この奥には、今の研究の成果、というべき物が介在すると思われる。脳内に語りかける。

会話ができるらしい、夜中に、話をしている、といった事を聞くのだ。本人は全くわからない。誰かがそばにいて、偶然にその状態に遭遇しなければ知り得ない事だと思う。単なる一人言と考えられる人も多いが、語りかけられて言葉が出る事もありという事と両方があっても不思議な事では無いというところが現代社会の姿のようだ。自覚が無い。一連の事は、この自覚が無いが、いつの間にか、その道に取り込まれていた。といった所の多くの人々が陥る道、と言えるのではないだろうか。それにより一家の中が一つにまとまる事が無い。団結ができない、これは非常に重大な事と思う。生と死の間をさまようような、危険な状況にあっても、まわりには、その重大さが理解されぬまま、それぞれが背負わされた課題の中で精一杯の生活をしている。

家人であっても、その個人が抱える事の重大さは、分からない、理解できない、といった中で我々は、生きているという事です。今は何を目的として事が進行しているのか！　どの段階にあるというのか！　書き換えられた青写真のどの部分に自分が置かれて、何を求めて身体に照射されているのか、今、今日一日、明日は……。

（五）全てが一方的

全てが一方的であり、我々が知るところでは無い。朝目が覚めて、自分の体の異状を感じ、変化を目で見て、感じて、体に残されたその経過の跡を確かめるに過ぎないのだ。

相手は、こちらに関係無く突き進むのみ、都合が悪ければ、都合によっては、切り捨てられるのであろう。究極周囲の変化、動きを肌で体で感じるのだ。ほんの少々、笑い声がテレビあたりから聞こえる事もある。究極の答えが出た時には、四季を問わず大きな花火の音が聞こえるのだ。何度聞いただろうか！　又、若い女の声で、「あー」といった声が耳に入る事もある。ホームビデオで撮っていた頃は後で必ず消去されていた部分。うっかりして発した声か、又、結果に驚いて突如として出た声なのか、いろいろではあろうが、何といっても我々の体でさまざまな事を行うのだから、本当に、不条理極まり無い話である。話も無く、一枚の紙も無く、あたり前の如くに体を使われて、痛い、熱い、冷たい、シビレる、傷が治らない。同じ所へ、又入れる、全てが異物であって、体に対して良いものであるか、そうでないのであるか、私の判断のつく所では無い。「異物」、手が行く、取る、手が行く取るの繰り返しである。たんぱく質が蛍光色を発する。そんな研究を数十年も前から続けていたという話も耳に入る。今はそれが重大な無くてはならない発見であって、それ無くして、今日も、明日も無いという事も数年前に知った。物理や化学、科学と医療の日進月歩のめざましい中にあって、我々人間の今がある、未知の部分、神秘のナゾの部分が多いという事。そして社会にもたらすところの善の部分も多い事だろうし、今生きる我々もその光により、今日があるのかとも思うのだ。今この時、自分の存在というのは無に等しい。人として、人間として自己意識は大いにある。当たり前のことである。税金を払い、保険料を払い、今、年金生活者となって、なぜ、今、この時に自分が置かれているのだろうか！と考えた。年金を受け取る年になったら、社会は必要としないのか！　そうであったならば、子や孫は関係が無いではないか。しかしそうではないのだ。人間として命のつながりに関係あり。一個人もそうであるが、生命のタテの部分に関係する事から、子や、孫の代まで体を攻められる、照射されている、誰が描いたか、その青写真の下で、我々は痛み苦しみ、一段と生活苦に陥っている。これが今の現実と言える。ある時買い物袋にいろいろ詰めていたら、女性がおかしな事を言い出した。「いつもおいしそうな物を……」、一体何をこの女は言わんとしているのだろうか。我が家の食卓を見ていたのか、それとも、他人の家の話であろうか！

それにしても、おかしな話である。

(六) 以前に無い出費が増えた

仕事を終えて、この数年来、出費は以前よりかなり多くなった。ペットボトルの水、そしてお茶、時に給水をして帰る自転車の後ろのカゴの中は、水分ばかり、そして前のカゴには他の物と……。水道がありながら、ボトルの水が必須である。今は若い人の中には、日常的に買って帰る人も見受けられる。それは珍しい事では無いが、私は、大変と感じるのだ。味、色、そして、風呂オケの底を見たら、水を買って帰りたくなる。買って帰っても、給水をして帰っても、それが今の、その物の状態にあるとは限らないのだ。米を洗う。

納得が行かない、水の、その色が、炊きあがった米の色、ニオイ、粘り具合、納得が行かない。といった事の連続によって、今日の我が家がある。今日の私が、存在する。家人、特に夫は、若くして内耳の手術をしている人であり、耳、鼻については、用を成すだけの、特にニオイが、どうであるか、味がどうであるかは、本人にしたら問題外の事なのだ。このニオイや、味のみならず、家の中で毎日起こる変化など聞く耳持たず、といった具合である。

（七）重要な物が消えて無くなる

私から見たら、これ程ハッキリとした事は無いだろうと思う事も、特に心に留めない。不思議な人間と、私には映る。自己管理の下、銀行の通帳、カードが無くなっても、どこへ電話する事もしない。これでいいの！我慢できず私があちこちへ電話をし、話をする。そして本人が、やっと出向いて行く。それが我が家の常である。何があっても家の中は一つにまとまる事など、あり得ないのだ。以前、私名義の通帳と実印、そして印鑑登録証が消えた。責めは全て私にくる。ダラシがないとか。その内出てくるなど、内向きな話だけである。警察へなど一言も出てこないのが我が家での事件の全て。この有り様を一体、誰がよろこぶのだろうか。

（八）あの日、あの時目が覚めた

この十数年、あの時が、一連の始まりと思い込んでいたら、そうではない、という事がわかった。

それは或る時、友人の家へ出掛けた帰りの電車の中での、或る会話の中にあった。「それは自覚の問題だ」そうか、私には、その時から以前の事は、自覚が無かったから特に記憶に残っていないのか！　と理解しました。あの時から、私の小さな時からを振り返ってみると、あれも、あの時の事も、今がらみの一部分だったのか、と過ぎ去った数十年を思い返したのだった。このようにして今の私が、そして家庭がある部分、社会から切り離され、閉ざされた中にある。普通の生活ができない。一般にはあり得ない事が起きている。夫曰く「百人中九十九人が、『それは無い』と言うよ」。これが常であり、友人の御主人も私のところと同じ事を言った、というのだ。

（九）安全、安心は誰のものか？

口に入る物に何か異物を入れたがる。不必要な物を持ち込む。混入、鮮度が落ちるのも速い、口にできない、そして、具合が悪くなることもあり、悪くなった物を冷蔵庫に入れてあったり、取り替えもある。なぜそうしなければならないのか、その必要性がある。理由が存在するのだ。そんな毎日にあって、時には、好きなおいしいコーヒーも飲みたいと思う。いつもより少々高いお金を払って買った粉も、おいしく飲めるのはほんの一日位であって、その後は、香りが、味が変、何となく違う。あのおいしいコーヒーではないのだ。残りはゴミ箱へ行く事となる。何度も何度も同じ事をされても、又、私自身同じ事をする。買ってきては、又、ゴミ箱へ、コーヒーのみならず我が家では、エンゲル係数も高い。誰もが同じ環境下に置かれたら同様であろう。体があっての毎日の生活、楽しい事も、苦しい事も一生の内には、多々ある事と考えるが、やはり、私共が置かれている立場は、外部からの一方的な、全てが一方的な事ばかりであって、時には命にかかわる、危険な、重大な事にも成りかねない。或る時、家の前で話す者があった。「いくらお金があっても、体が一番、体があっての事」だと言う。金のために今の我が家が存在しているかの如くである。一円の金も受け取ってない。全てが相手の青写真の中にあって、我々は、結果として、体の不調や、きのうまでとは違う変調、そして少々手に持つところのデータ、そして、目にする物、耳に入るところの社会の変動などから今を、判断するより方法が無い。体一つで受け止めている事の痛みやつらさなど、理解するような、又、手心を加えるようなヤカラでは無い。時に、仏壇の鈴《りん》が鳴り、わざわざ聞かせてくる様な、楽しんでいるとしか私には映らない、イヤ、オマエの行く先は！　と予感させようとしている。「他人の不幸は蜜の味」と昔から言うけれども、苦しむ、そんな顔も見つつ、より窮地に追い込む時に私は、受ける身であり、時には、涙目でもあろう！　我々は全く無視され、人間であるが、相手は、人としては見ていない、我々の選択権など無いのだから、生きる事さえ、拒否されているかの如く、人間としての尊厳などあったものではない。

（十）最先端のその先に

以前、友人と銀座へ絵を観に行った。時間は丁度昼の頃であった。私の近くを行く男性が、「裸同然で歩いている」と言いつつ手に携帯を持っていた。画面に、どんな姿で写っていたものやら……。

庭で写真を撮っていた時に、「アレッ何」と思う事があった。自分の胸を写した訳では無いが、服の下が写ったのだった。こんな事が、毎日の事なのだろう。知らないのは写されている本人だけではないか。驚きの一瞬であった。そんな事が許される社会なのか！　この日本の国の中にあって、あれからすでに、十年近い年月が過ぎ、より強く、なお強く、毎日くり返される照射に、火傷、切り傷、アザ、腫れを体に受ける。これは一体、一体何なのか！　毎日が憤りでいっぱいである。社会に起きるさまざまな負を持ち込み、結果を欲しがるのだ。

（十一）負は、又、負を招く、負の連鎖

子育て、そして仕事も終えて、後何年我々に残されているだろうか。この命、少しでも楽しく、孫や、子

の将来を身近に見つつ、生きたいと願った事は、間違いだったのだろうか！　特別な事では無い、どこの家庭の主婦も同様に思い生きてきた事であろうし現実の事であろう。我々には、その当たり前の事が不可能なのだ。なぜ拒絶されなければならないのだろうか！　憤りで書いている文字が乱れに乱れている。あまり、当たり前に起きている事を書くと、明日がこわい。書いている本人のみならず、「家人により強い照射をされるから、自分は書かない」と心に思っている人も多い事は事実であろう。しかし、しかし、私は書く。この世にあって笑う人、悲しむ人の差、社会を勝ち組と負け組に、二分する事が、良い事なのか！　世界の流れは、やはり、二分化が増殖したとある。ポピュリズムが増殖した。その要因はいろいろあるらしいが、力の無い者は罠に落とされてしまう。孤立、そして孤独死など暗いニュースが耳に入るたびに、自分と重ねて考えてしまうのだ。この一連の事に、意識と、自覚に目覚めてからは、身近にも自ら死を選んだ人もあり、本当に、他人事ではいられないというのが心の中に住み着いてしまった。本当に悲しい事である。

或る時、私は夫に聞いてみた。「人型モデルマウス」って新聞に書いてあったけれど、どんなマウスを言うの？　と。夫は、人のような、……書いてあるようななど、意味不明な事を言っていた。

人の形をしたマウス、……そうか、……そんな生物がこの世の中に生きているのか……、存在するのか！と、これこそ「現代社会の不思議」、誰が造ったのか知らぬが、おかしな不思議な話である。

社会の負の掃き溜めから脱したいと願うのは私一人でないはず、自力で生きていると思いつつも最先端技術が外部から介入している。そんな今の自分自身の生活。これが私の今だという特異な環境下にある事実、手・足をもぎ取られた様な生活、常に監視下にあるそんな毎日が私や家族に課せられている生活なのだ。

11 電磁波ハラスメントとアセンション

うつ自殺者の増加。

自殺者の1/3は統合失調症

2006年末頃から少しずつ被害にあい始め
2007年に交通事故にあい、その後通った気功整体の病院で、院長の友人からだというメール「アセンションとうつ、自殺者の増加のあいだには関係がある」を見せられ「アセンションに遅れてしまう！」というナゾの思考に誘導され、電磁波ハラスメント被害者になりました。上の題名は2009年にNHKで放送されたもの。統合失調症と電磁波ハラスメント、アセンションのあいだには確実に関係があります。

実はうちの母は2005年に亡くなっていますが、それ以前に隣家の主婦が「声が聞こえる」といって精神を患いました。怪しすぎます。

それにしてもG院長は武道もやっている、本にも出るような知名度もある方です。

何故、気のくろうとがマインドコントロールされてる自分に気付けない…？

結構プロの人がこの犯罪に影響受けてます

シロウトなんか、よけいだまされちゃうよね スピの世界は恐いよ

SUBARU　茨城県　40代　女性

神の声？
お世話になった人にあいさつに行った
××さんとはエンがあると思いま〜す♡
怪電波
?!
ナンジャコリャ?!
突然頭の中に
フザケたしゃべりの女の声がひびいた
?
のちにこれがひとをスピリチュアルに誘導した
神
女の声と同じだと気づくのであった

初めての霊能相談
その頃自分は
悩んでいた
モソ
モソ
ある時勇気を出して
モソ
モソ
もしもし…
霊能相談に電話した
普段なら絶対やりません!!
目つむってお腹に手を当てて呼吸して
…
リモートビューイング中
スー ハー
相手と意識がつながった瞬間
チカ
チカ
まぶたの裏が光ったー!
スゲる
電気だ電気!
リモートビューイング
いわゆる遠隔透視
実はこれと電磁波ハラスメントが同じタイプの技術だとあとから知った

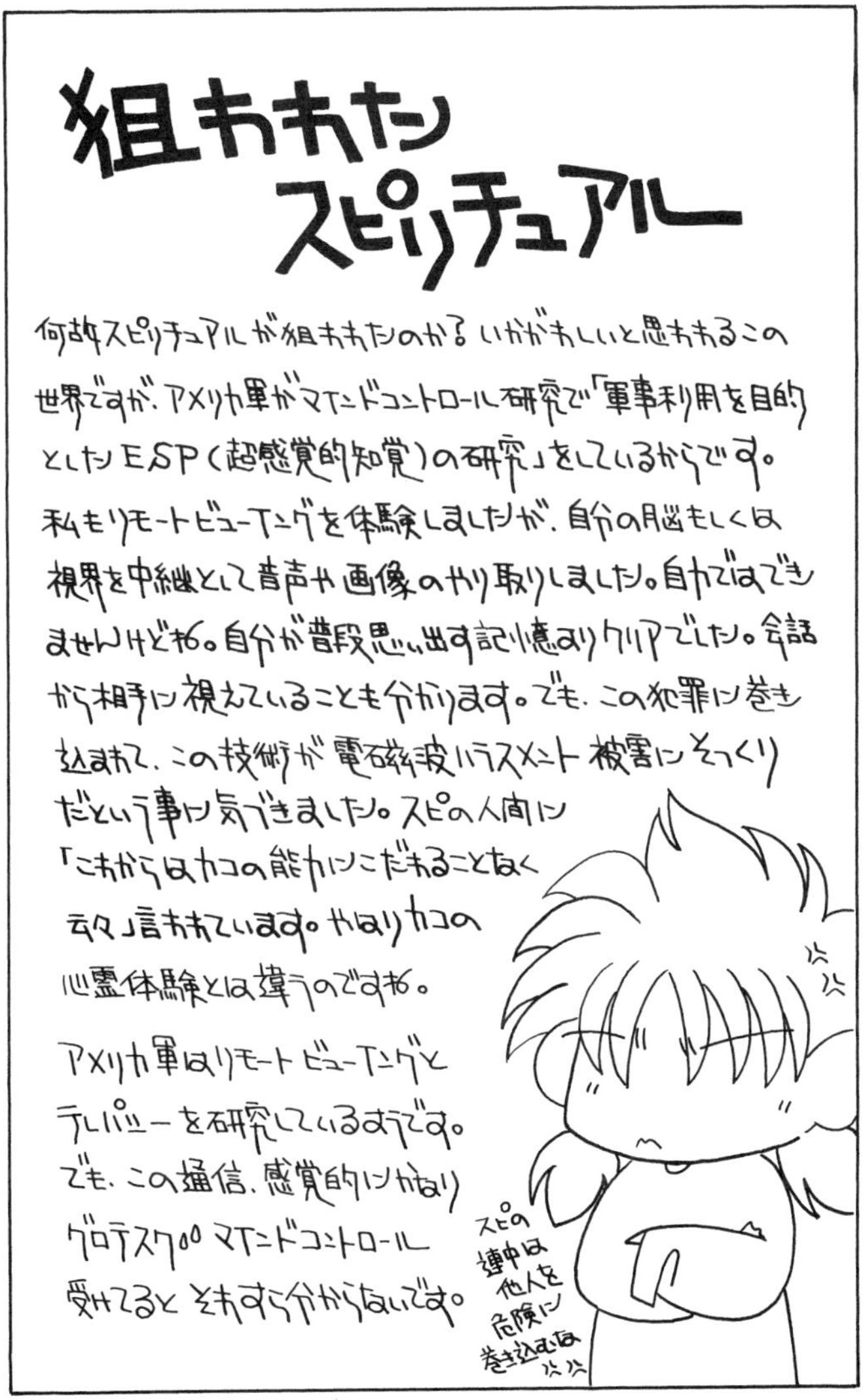
組まれた
スピリチュアル
何故スピリチュアルが組まれたのか？ いかがわしいと思われるこの
世界ですが、アメリカ軍がマインドコントロール研究で「軍事利用を目的
としたＥＳＰ（超感覚的知覚）の研究」をしているからです。
私もリモートビューイングを体験しましたが、自分の脳もしくは
視界を中継として音声や画像のやり取りしました。自力ではでき
ませんけどね。自分が普段思い出す記憶よりクリアでした。会話
から相手に視えていることも分かります。でも、この犯罪に巻き
込まれて、この技術が電磁波ハラスメント被害にそっくり
だという事に気づきました。スピの人間に
「これからはカコの能力にこだわることなく
云々」言われています。やはりカコの
心霊体験とは違うのですね。
アメリカ軍はリモートビューイングと
テレパシーを研究しているはずです。
でも、この通信、感覚的にかなり
グロテスク。マインドコントロール
受けてると それすら分からないです。
スピの
連中は
他人を
危険に
巻き込むな

すべてを見通す目？

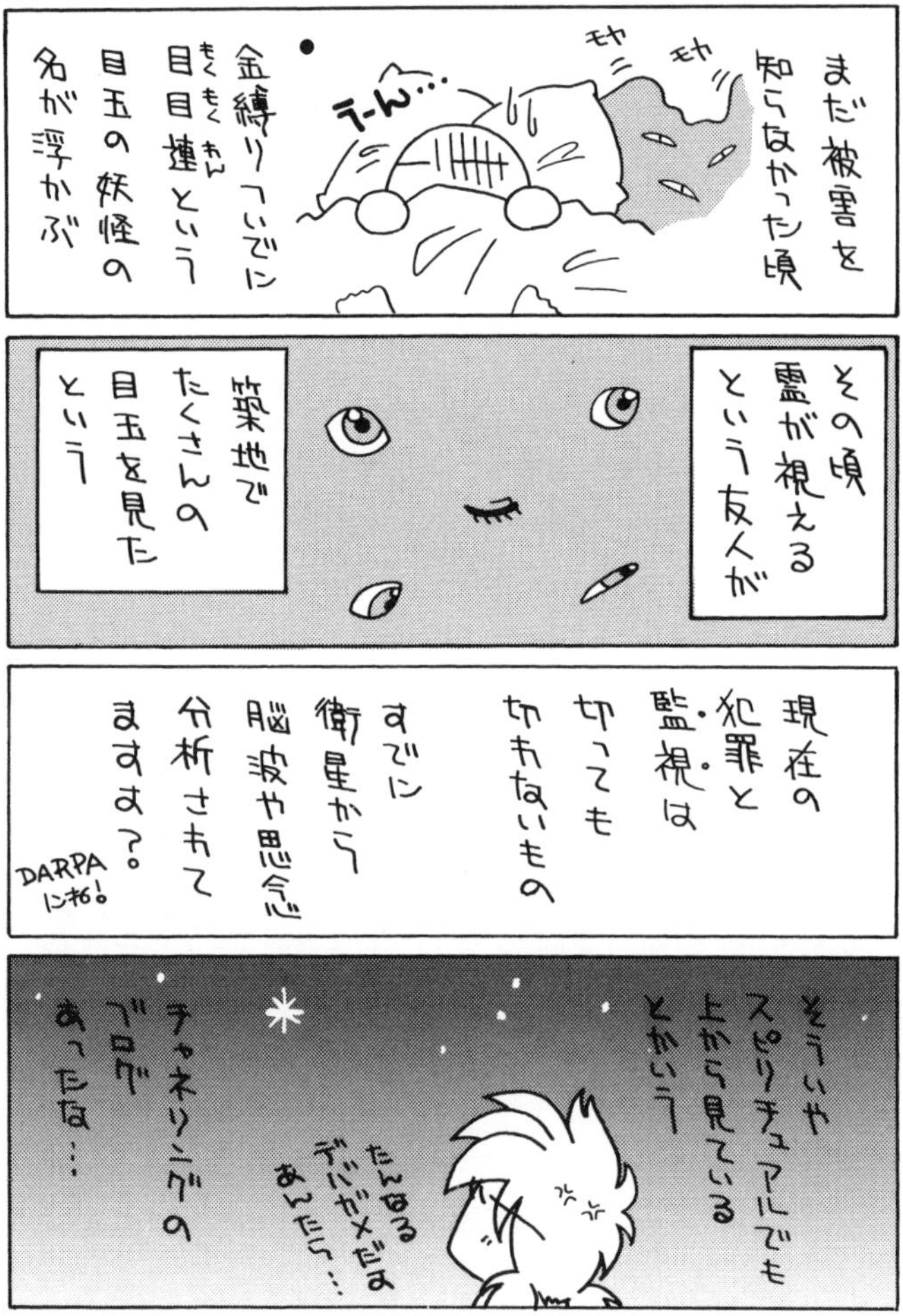
まだ被害を知らなかった頃
モヤ モヤ
テーん…
金縛りついでに
目目連《もくもくれん》という
目玉の妖怪の
名が浮かぶ
その頃霊が視えるという友人が
築地でたくさんの目玉を見たという
現在の犯罪と監視は切っても切れないもの
すでに衛星から脳波や思念分析されてますよ？
DARPAにね！
そういやスピリチュアルでも上から見ているとかいう
チャネリングのブログあったな…
たんなるデバガメだよあんたら…

チャネリングって元々、気味悪いから苦手だったし。

悪魔《エンジェル》のナンバー
スピリチュアルでは
エンジェルナンバー
といって
44
あなたのそばに
天使がいます。
ある
特定のナンバーが
好まれる
一方
テク犯被害者
では――
○○医院
AM 8:30～11:
PM 3:30～4:
TEL 00-44
お預り ¥500
おつり ¥44
××ストア
14:44
××ドラッグ
¥440
着信履歴
0/0 (0)0:44
はっきりいって
ストーカーナンバー
結局のところ
スピリチュアルと
電磁波ハラスメントに
使われている
システムは
一緒である
次
ムッ
0/0/0 12:44
ピロ～ン

引き寄せの法則

二〇〇七年
引き寄せの法則という本を読んで
ザ シークレット
引き寄せの
この本はよくないと直感的に思いました
その後
出席簿
大体ちょうどいい人数が集まる
ふーん…
G気功セミナー
TFヒーリングスクール
今日は行きたくないのに…
何か呼ばれて…
…
ヒーラー T.F
この人数ほしいと思うと集まるのよねェ♡
呼ばれてました
リコネクションのヒーラー H
自分から探さなくても相手から来る♡
上に選ばれたことを"ハワイ旅行に当たった"と表現していました。
この世界に一体何が起こってるんですか…?

いわゆるボットにゾンビ化され、リモートアクセスされる人々…。

上の世界の人口
あるヒーラーのセッションで
上の計画が狂った
ブログを見ないで？
と言われた
現場が大変なことになってるそうだ
後日ー
これからはカコの能力にこだわることなく誰もが光でつながる時代だと思います
受信メール ヒーラー
現在起きている心霊被害はカコとは別物ですね？
金縛り体質です。
スピの世界で地蔵庁や聖母庁などの役職がありテレパシーで配属が伝えられるという
ブログという証拠がある
大っぴらにスピ界ではカルト犯罪がまかり通っているんだね?!

ケーサツに通報したけどダメだったので、マンガ描き始めました。10年振りです。

その名は神？
スピリチュアルの世界には自称神様がたくさんいます
神の呼び声に引き寄せられ
ミニクロ使って
怪電波
誰かに呼ばれてる気が…？
ピコポコ♪
自分を呼んだのはこの人じゃない！
この人恐い
こんにちは♥
ガチャ
自称 神様Y
フツウなら行かないから
そして犯罪に巻き込まれた
お前も神の一人だ
んなわけねーだろ
バカか？
もういいよ
は？！
何だその幼い言いまわし
神は神でもネトゲ廃神のような声に言われてもねェ…
注：実際は相当危険な連中です…

光と闇と魂の にせ 契約書

アセンションに関わる人々のセッションは人としてレベルの低いものばかりでした。「迷惑かけるの嫌なんだって。エッチ嫌なんだって」という仄めかしもされました。つまり、そういう連中なんですね？セッション内容もうす気味悪かったです。「闇の力を使って幸せになる」というリーディングをした自称、神様にはどうやら身代わりにされたようです。

その後の心霊被害でも「アセンションに殺された」と何かに腰をガリガリ引っかかれてます。気味悪いです。

加害者の言動からすると、心霊には私以上に無知な連中なので人為的な犯罪だとしか思えません。

人間、心の中に光も闇もあって当たり前。でも他人をマインドコントロール（しかもハイテクで）する行為は人間ならしてはいけません。

ヒーラーとしてありますが人としてアウトでしょ？

アクマにアクマと呼ばれた女。
神だったらとくに人間身代わりにすんな

２００６年末からスピリチュアルでいうところのアセンション（次元上昇）に誘導され、電磁波ハラスメント被害者になりました。

最初は心霊被害だったのですが、今まで金縛りや不思議な体験があることから過去の心霊体験とどうも種類が違う。２００９年に群馬のヒーラー（チャネラー）Rに「これからは過去の能力にこだわることなく、誰もが光で繋がる時代です」とアドバイスを受け、やはり今起きている出来事は違うのだと思いました。

彼、彼女等は言いました。「上の計画が狂った。ブログを見ないで」「現場が大変なことになってる」と。私の被害について仄めかされたコトバも「迷惑かけるの嫌なんだって」「エッチ嫌なんだって」。つまり上の計画の連中とはそういった存在なのです。「よく俺たちが恐くないね、よく来れたね」「魔という存在は死ぬより恐い目に遭わせる」とも言われました。セッションも気味が悪かったです。「ケケケケ。お前は俺たちの操り人形」。これが、ヒーラーやチャネラーと呼ばれる人種の発言だったのです。当時私はマインドコントロールが酷く、通常の思考状態ではなかったのですが、自分じゃないから動けないという認識だけがありました。彼等は「ある意味、俺たちが選択できないようにした」と犯罪についての仄めかしもしています。

元凶である、私を誘導した東京のヒーラーYのセッション（２００８年）も酷いものでした。酷い目に遭って人間界を知るというのが、生まれる前に決めてきた魂の契約だというものです。とくにコントロール存在に操られて人間を知る、という彼女によるリーディングは現在私が巻き込まれている状況を考えると、スピリチュアルの世界で起きているアセンションという現象とこの犯罪を結ぶ鍵を彼等が握っているとしか思えません。エネルギーを流してあると書かれた彼女のブログを見て本当にビリビリとしたので驚いたのですが、今思えばこれも電磁波ハラスメント加害者の仕掛けた罠だった訳です。しかし個人でこういった仕掛けができるとはとても考えられません。しかも多くの人間がこの不可思議な現象の影響を受けていました。

この他にも罠と思えるブログを多数見かけます。宇宙人、天使、神、潜在意識などの共通妄想を語る集団は危険です。罠（サブリミナル）が仕掛けられている可能性があります。通常ならばおかしいと思う出来事をマインドコントロールにより違う思想に改ざんされた経験から、スピリチュアルで言われているポジティブ思考にも、このマインドコントロールが仕掛けられている可能性を感じています。この現象はとても危険なものです。

この現象の背後に巨大な犯罪組織が存在しているのを、ヒーラーやチャネラーは気づいているのでしょうか？　アセンションはそもそもどこからやってきたのでしょうか？

アメリカのテクノロジストの精神侵略的教義、特異点をご存知でしょうか？　キリスト教福音派における空中携挙（アセンション）に匹敵する人気を誇るそうです。内容はというと、自分自身も地球も、人類も、全てをコンピューター周辺機器に変え、巨大なコンピューティングクラウドに繋ごう！　というものです。気づきませんか？　私達電磁波ハラスメント被害者やスピリチュアルの人々のあいだに起きている偶然の一致現象《シンクロニシティ》に。コンピューティングクラウドに似ていませんか？　誰もが光で繋がる時代とはこのことでしょうか？

『ニューロ・ウォーズ』という本にも出ていますが、アメリカの軍事技術レベルはすでに本人に知られずに人工衛星で感知した脳波や思念をコンピューターで分析できます。

２００９年にアメリカ軍はコンピューターを仲介とするテレパシー実験を本格化しました。このテレパシー実験には、前年に敵をこちらの命令に従わせる目的にも有用である可能性があるという報告書もあるそうです。私がこの犯罪に巻き込まれた渦中のときのことです。２００3年2月に発表されたDARPA の戦略計画には「思考を行動に転換する方法の研究を発展させることができれば、長期的な防衛に果たす意味合いはとてつもないものになる。わが国の兵士が、はるかかなたで事を起こすのに思考の力を使うだけでよいとしたらどうか、考えてみていただきたい」という内容があったそうです。これをどう思いますか?

スピリチュアルの人達のあいだで起きている謎のテレパシー現象、不自然過ぎる偶然の一致現象《シンクロニシティ》、異様な憑依現象《ウォークイン》、自称超能力者や霊能力者の増加など、これらのことを考え合わせると、アメリカのテクノロジストや軍事研究とのあいだに共通点が見えてきます。あくまでも私は一般人なので、自分の経験とネットや書籍などの情報から導き出した答えです。それでも書籍にはまだ情報として出ていなかった２００９年末に、ＮＰＯ テクノロジー犯罪被害ネットワークも知らないうちから脳内にコンピューターウイルスを流されたような犯罪として警察に被害を訴え（通報として受理）、２０１０年に『ニューロ・ウォーズ』に書かれていた「人間の心と体を『情報』と『情報処理装置』と考え、何とかしてファイアウォールで守らなければならない」という言葉でこの犯罪のカラクリを確信し、２０１１年に「電子洗脳」によって脳に作用するコンピューターウイルスの存在を証明しています。

これを、あなたならただの偶然の一致現象と捉えますか?

２０１１年９月22日

＊この漫画は２０１１年春頃から描き始めたもので、今回はその一部を掲載しています。

12　被害者救済をよろしくお願いします。

S・S　千葉県　45歳　女性

前書き（マイクロ波・電磁場について、ニック・べギーチ氏の書籍を読んで）

・マイクロ波の非電離放射については1950年代にアメリカ軍が安全基準として設定したときのサーマル（熱効果）モデルをロシア人は破棄し、片やアメリカではこの基準を民間規制者が採用し続けました。

・アメリカのサーマルモデルとは生体を通過するエネルギーが熱に変わる熱効果だけを危険因子とし、生体のエネルギー場と相互作用した際に多大な影響を及ぼす低レベルの放射を無視しています。

・旧ソ連は、アメリカが安全だと認めた電磁場でも心拍・血圧・代謝を乱すことを突き止め、科学者A・S・プレスマンは、こうした電磁場は「動物の感情同様、人間の視覚・聴覚・触覚に影響を及ぼし、昏睡に近い抑鬱状態から癲癇に至るほどの興奮状態まで、あらゆる結果を誘発しうる」としています。さらに、人間が胎児期から成熟期に入るまでに電磁波が及ぼす顕著な悪影響についても論じ、問題は、低レベルの電磁場が遺伝子変化を引き起こし、奇形・死亡・その他の衰弱化を誘発するという見解です。

・マイクロ波については、マイクロ波が被験者の頭部に当たると耳を通らずに音が聞こえる事。また、フレイ博士は、変調したマイクロ波が生体機能に及ぼす影響についても論文を仕上げています。

・1989年、人間の頭部にマイクロ波信号を照射すると聴覚が刺激され、その結果、頭の中の声を作る事ができる事を、また、ヘンドリックス・G・ルースが取得した特許では、信号をパルス化して神経システムを操作し、適用する周波数によってリラックスした状態・眠気、さらには性的刺激までも生み出せる事を実証しています。

近くにいる人間に感覚共鳴を起こす電磁場は表示画像を意識下の強度でパルス化しても発生する。すでに遠隔操作や、他の搬送波に乗せた送信法も考案されており、自然かつ正常な人間の精神・肉体の状態を微妙ながら支配する事が可能になっているとされています。

私たち、テクノロジー犯罪被害者に起きている事実について、
音声送信（搬送波に乗せた送信法）
脳内音声（パルス変調したマイクロ波の骨への照射）
性的被害（信号をパルス化して神経システムを操作）
身体操作（感覚共鳴を起こす電磁場をパルス化して発生し、遠隔操作）
視覚・触覚被害（低レベルの電磁場の影響）

といった被害者間で使用されている単語についても多少ご理解頂けたかと思います。

そして実際に電磁波探知機器等による計測結果・第三者からの考察・シリコン（マイクロ波遮断物質）等による被害軽減結果を得ています。

一般の方々でも点滅光による光刺激の小児への影響事件としてテレビアニメ「ポケモン」による７５０人の子供の癲癇発生は有名ですが、実際には点滅光刺激による癲癇発作の感受性の素因の無い小児にも癲癇の発作の例があげられています。

前述のニック・ベギーチの書籍には、テレビの光は非電離放射と呼ばれ無害だと考えられている事実の他に、点滅数とパルス周波数の問題があげられています。

一般の方々にも知らされている、脳波への影響を善用されているものに脳波誘導ツールがあります。この脳波誘導ツールの脳波への影響を作り出す方法として、同調現象があげられ、この同調現象を作り出す方法に、光点滅で周波数を発生させるものと二つの音の周波数差によって発生させるものとがあります。

端的に解りやすく表現させていただくとしたら、この脳波誘導ツールの同調現象の悪用として、ニック・ベギーチ氏の書籍で共鳴効果と呼ばれる現象をテクノロジー犯罪の被害者は、時には共振を含めて日夜行われているのです。共振については、振動するグラスに振動を増幅させる同調振動を加えると破壊される映像をご覧になったことのある方には、その脅威について理解いただけるかと思います。

現在では、テクノロジー犯罪として更に複雑・巧妙な手段・方法・人員（集団）をなして、法の網をかいくぐって行われています。どうか日夜（24時間）被害にさらされている被害者の事実をご理解の上、又具体的には電磁波（マイクロ波等）の規制をもって、被害者の救済の為、ご助力・ご協力をお願い致します。

集団ストーカーとストリートシアター

よく被害者の方のブログで人が大動員される集団ストーカーの事実が記載されてあり、信じられない一般の方もいらっしゃるかも知れませんが事実です。

テクノロジー犯罪の被害者の方には、テクノロジーで一般の方々が巻き込まれているだけで、人海戦術では無いと判断される事もあるかも知れませんが事実です。

明らかに加害の意図と意思を持ちチームワークを組んで行われていました。

催眠術とお考えの向きの方々もおられますが、正常に機能した上で、ある種の明るさを含んだ様子に楽しんで加害に参加しているとも取れるものでした。

電車内・社内・車での走行時に見られる、集団ストーカーを遥かに超える人数・時間・技術をかけて行われていた大動員の集団ストーカーは、私は、この時の一回だけです。

２００５年2月に、初めての集団ストーカーの時には、子供が吐く程の被害と一人警察署に駆け込みその駐車場内で軽い事故から離婚を控え別居中ではありましたし、父が呼ばれ、母が健在だった事・父との関係からか大事には至りませんでした。

その時には、何日かに亘っていた事・加害団体の違いからか、その後疲れからの妄想と判断して収束しました。

２００８年の最初で最後の大動員の集団ストーカーは、ストリートシアターを含め被害はそこから本格化し、24時間に亘る音声送信・本格的な思考送信・脳内音声・思考盗聴と言われる被害へと繋がっていきました。

その日、母の亡くなった後で初めての子供とのロングドライブを計画していました。

国道一本で海に出られるので、以前からよく走っていた道を走る予定でした。

何日か前の晩か前夜にクイズ番組の答えにYの氏名を使って、また音楽番組に以前、勤めていた会社の男性思考盗聴犯Aのイメージを使って、ハニートラップの為のメッセージと言う形を取ってある意味では、仄めかし・催眠術・思考送信が行われていきました。当時は被害についての知識・認識が全くありませんでした。

〈資料1〉Aの会社について2ちゃんねるで拾った情報

195：2006/01/10（火）17:30:15：ＡＡＳ

我が家では父が交通事故被害者というだけで、家族皆が某損保に盗撮、尾行されています。
おかげで母はウツ病になってしまいました
197：2006/01/10（火）17:42:53：ＡＡＳ
Ａの盗撮、尾行は国も見て見ぬふり
本人なら了解得ればともかく、家族までするとことないだろ
Ａは怖いことしてるわ
200：2006/01/11（水）18:03:17：ＡＡＳ
Ａ社長。あんたがたに我が家全員を盗撮、尾行する権限あるのか？
交通事故の被害者なんだよ、こっちは。堂々と答えなさい。
205：2006/01/11（水）18:45:25：ＡＡＳ
Ａ社長、あんたがたが、事故被害者の家族全員盗撮、尾行してるのはどういうことだ？
答えたらどうだ？　こっちは家族みな脅えて毎日過ごしているんだ
275：2006/05/09（火）22:41:01：ＡＡＳ
Ａの社員に家族がみな尾行、盗撮された
Ａ社長、ふざけんじゃねえぞ
きたねえことしてでけえカオすんじゃねえよ
長野県弁護士会会長の土屋弁護士もＡの顧問弁護士？できたねえやりかたしてるわ
296：2006/06/10（土）13:51:12：ＡＡＳ
尾行は奴らの常套手段。ストーカーまがいの事、自分トコの部下にもするくらいだから。

297：2006/06/22（木）06:27:11：ＡＡＳ

運転・最寄りのコンビニでの買い物等、通常その道を使用したいつものドライブを通常の状態で通常通り行っているのですが、明らかに周囲の人間・車・道路や土地の状態までが異常な変化を現実に遂げていて、その全てがまるで映画の中に入ってしまったかの様にひとつのシナリオとストーリーを貫いているのです。唯一の違いは、自分自身の中の意思と子供の意識・体調・意思・感情の健全さだけでした。

国道３５６号線を使用した通常半日の行程です。

通常の行程の目的地の海と成田空港の選択肢を各々に別々の人物ＡとＳのイメージを持たせ、二者択一のシナリオで周囲の人間・車・道路や土地の状態にまでどちらかのチームとしての行動・行為・状態をなしてストーリーは進むのです。

例えば、海への道を選択し走行中に、道路標識の指し示す方向に従っても、違う道に誘導されます。よく見ると道路標識が真新しいのです。地図を所持していた事から、違う標識が掛けられている事が解り、それでも、怖いくらい良くできている標識を無視して進むのです（最初の集団ストーカーの時は、カーナビを付けていました。その時は、カーナビの遠隔操作が行われていてグルグルと同じ道を何度も回らされ、終いにはガソリンが足りなくなりガソリンスタンドを探さなければいけない不安、様々な不安から吐きそうなくらい具合が悪くなりました。それでも、帰りたくても帰れない状況の中で夜になり、益々道が解らなくて泣きそうな中で、ヘトヘトになって家に帰る道に続くよく走っていた道にたどり着いたのです）。

周囲を走行している車の干渉から進路を阻む車両と事故を起こしそうになって「停めてください！」と心

の中で叫び泣き出しそうになりながら車を停めました。その車両はいなくなりました。

一般道でそんな事が行われれば普通は後続車両も一般車両なら、まず間違いなく事故になる状況なのですが、事故にはならないのです。後続車両に乗車している人間から何か怒鳴られたりは一回だけですがありました。それでも、普通のクラクションを鳴らす等の表現方法ではなく少しだけ脇に寄せた車の運転席を覗き込む様に右側を車両が行き過ぎて行くのです。

何とか海にたどり着いた時には、日が暮れる直前にまでなっていて、待ち構えた様に車両が駐車していて、「早く言えよ」と薄ら笑う様なメッセージと共に、車両の運転手らしき人間と他に数名の中年の男性達がたむろして私を見て笑っていました。

暗い道の帰路では、成田空港チームの心情（目的地の海にたどり着いた事が、私が海チームを選んだ事になっていて、成田空港チームが怒っている）を表現するイメージで、いつもよく走っていた公園の前の道の脇スペース（いつもは穏やかな日常の空間）が工事（突然掘り返され、以前の面影が無い）されていて、凄く怖かったのは、道を平らにならした上に砂が敷き詰められ赤いプラスチックの円錐形のモノが並べられているのですが、とても急ぎで夜間行われたとは思えない位に隅々まで綺麗に整っているのです。その事実（権力のみせしめと深い恨みと暴力的な強さを誇る暗示）が信じられない位に怖かった事をよく覚えています。

強い意思・チームワーク・人数・お金・そして様々な機関への関与・許可を受ける事が今では解ってきました。

中年の男性の集団がメインで若い人でも明らかに一癖も二癖もある凄い顔をした人間達が暴力的な行為で様々な介入・干渉を仕掛けて来るのです。

私の被害には、ラジオ・テレビ・新聞等のマスコミを使った被害もあるのですが、マスコミへ加害団体が流している加害の事実（加害側の恋愛感情や人間としての心情のあるもの）とは明らかに違い暴力的で「殺されないだけありがたく思え」と実際に音声送信された事もありますが、その関与の裏にあるのはマスコミへ流されているものとは明らかに違います。

当初は、そんなソフト路線を匂わせるものも無かったとは言いませんが、レイプで始まる恋愛は存在しませんし、大切な人を亡くした時を好機とする考え方に、人としての心情の欠片もありません。

Ｎ建設の幹部が父と名乗る人物（思考盗聴犯Ｎ）が上階の斜め上の部屋に住んでいました。

音声送信・思考盗聴犯からは、彼女が関わっていると送信され続けていますが、思考盗聴犯だった事だけしか解りません。ただ、２００９年過ぎに、内山治樹氏の書籍『早すぎる？おはなし』を貸した事がありました。音声送信の話は慎重にしなくてはいけないと黙っていたら、自分の方から「子供の時から、声が聞こえていて、おきつねさんと言われていて、よい先生を知っているから紹介する」と言われた事があります。

その後、Ｎとファミレスで集団ストーカーの話をして、集団ストーカーの人を見るように告げた時に、何故か、集団ストーカーの人達がＮの目を異常に見ようとはしない。凄く避けていました。

Ｎと以前勤めていた会社の人物Ａ（性的被害やハニートラップのシナリオの設定に当たる）は、同じ話し方（使う言葉も全く同じ）をし、同じ顔つきをしていました。

音声送信・思考盗聴犯からは、「ぎょうたい」と言う状態だと言われています。

ぎょうたいの人間の男性思考盗聴犯Ａは出世し、女性思考盗聴犯Ｎは母子家庭でしたが子供が一部上場企業に就職出来たと嬉しそうに話していました。その後に、仕事を辞めて時間がある事と結婚するので子供を残してマンションを出ると話していましたが、隣人の話からは今は誰も住んでいないと聞いています。以前からローンが大変で夜の仕事を紹介して欲しいと私も母子家庭で夜のシフトのあるコールセンターでパートタイマーをしていた時に、言われた事があります。

Aの取引先代理店には、Nの同級生で親友が嫁いでいました。

音声送信・思考盗聴犯からは、AとNは付き合っていた事があると送信され続けています。

以前、勤めていた会社（Aの会社）で不倫をしているかと思える男女（男性はAの同期で私の直属の上司S、女性は「ぎょうたい」と言われる状態で、顔つき・話し方がSに似ている）がいました。

また、Nは同じマンションの、とある団体のW（集団ストーカーの一人です。警察への書類にも書かれています）と付き合っていました。最初は、Nも被害者だと思っていましたが、違っていたのは、私の被害の顕在化後、NはどんどんWと親しくなっていきました。結婚の話も子供の就職の話も本人が語っていましたが事実かどうかは解りません。

実は、同じ様に被害者だと思っていた女性がNの下の部屋の住人で、この数年間で母子家庭になっていて、私も一時母子家庭になりました。

このNの下・私の隣の部屋の住人は、Nとは反対にどんどん同じマンションのとある団体のS（彼女は集団ストーカーと思考盗聴犯で警察への書類にも書かれています）とは離れていきました。そして、彼女は恋愛も仕事も充実した幸せな生活を送っています。

後述する２０１２年10月15日のボヤ騒ぎの際に、私のもう片方の隣の部屋の住人の娘（集団ストーカーと思考盗聴犯）が、以前から感情的にエスカレートして来ていて、消防と警察を呼んでしまって、彼女達が警察へ呼ばれて行ったと主人から聞きました。

彼女のエスカレートも静かになりました。

私の性器への酷い火傷の時、浴室の部屋側の壁の下の方（浴室で椅子に腰掛けると椅子の高さの部分）にサビの様な痕跡が残されていました。

火傷の被害は、軽減しています。

彼女の父親は、私の母が亡くなった後で、実家の近隣のとある団体員の亡くなった後に亡くなっています。その時にも警察の通り一遍ではありますが捜査が入っています。

風評被害：2ちゃんねる

２００５年1月に、2ちゃんねるの内容をSの派遣会社の社員と同乗した電車内で会話した後、ある時は、帰宅時の電車内で、１９９９年にインターネットの利用時に自分の投稿した内容を使った女子高校生の仄めかしに遭いました。

また、見知らぬ男性から携帯で写真を撮られたり、派遣先で個人ロッカーにしまったノートの内容（自分自身の引っ越し先で就職時の給与口座指定から何社かの利用経験を通して選んだ地方銀行の信用度や主婦感覚から選んだ銘柄選択内容のメモ・主婦の休日に、地方生活時にニュース番組の少ない状況から関東に帰り情報番組やニュース番組を楽しんでいた生活から得た情報のメモ）が派遣先の社員の方々へ漏れている様な異常さのエスカレートに怖くて派遣会社を退職したいと、最寄り駅から直ぐに電話で必死で訴えました。でも、休みなさいの一点張りで、諦めて帰りました。

その後、出勤するとその当日に急に試験とのことで、その試験には合格出来ませんでした。

その試験の直後、レポートの提出がありその記述中も自分の仕事上の企画内容（マンションの自治会に参加し修繕積立金の運用方法に住宅金融公庫の資料を取り寄せていて、健全な修繕積立金額の把握と資格取得時の勉強内容・派遣先での研修内容から、新しい証券会社への運用顧客開拓先としてマンションの自治会を考えていました）と自分自身の気持ちでは無い（当日は退職の意思を忘れていました）内容（退職に当たっての会社へのご挨拶と企画内容を知らせお譲りする気持ち）を書かされたことがありました。

気付かせたのは何故だったのか？

記述の内容の意味はなんだったのか？

あんなに強く辞めたいと思う気持ちが残っていなかったことを、試験に落ちた後で気付かせたのは何故だったのか？

会社のロビーで他社の人間のいる前で退職を願いでた記憶の映像が確かにあり記憶の刷り込みがあったことに、被害の顕在化後に気が付きました。

2005年5月にAの会社を退職した後で、全国でガードレールに異変が発生しているニュースが流れ、ガードレールの映像が盛岡での車の事故時の様子にそっくりでした。

盛岡のデパートの帰り（主人のプレゼントの買い物）に、道が渋滞していて違法駐車スペースに路駐していた車のボディの脇に接触し事故を起こしました。

その事故で停止して路駐していた車の持ち主を待っていた時には、携帯を解約していて自分で警察を呼べませんでした。後続車両の人に言われて、車両を発進したところ、駐車スペースが見つからなくて、現場から先へ離れてしまいました。停止していたところ、接触事故の相手側が逃げたものと思い込んで走って来られて現場に戻る様にと言われて、車両を発進させて現場に戻る為に、先の交差点を左折し次の道を左折し戻っていました。初めての道に迷ってUターンすると周囲の人間の異常さと生まれたばかりの子供が泣き出した事から混乱し現場に向かう前に近くの自宅に戻っていました。自宅に戻り子供のおむつを開けると沢山ウンチをしていて、急いで取り替えて直ぐに警察に連絡しました。ひとつは道が解らなくなって時間が掛かっている事に焦っていた事、ひとつは子供の泣き出した理由がむせかえる様な臭いのウンチでお尻が汚れた事、ひとつはちゃんと現場に留まっていたものを後続車両の方から邪魔だから発進する様に言われてナカナカ駐車スペースが見つからず現場から遠くなった事を警察に話して警察署へ行きました。

警察官は解ってくださっていた事から、事故の処理は簡単に終わりましたが、相手の方が感情的だった事をよく覚えています。その後の共済組合との対応の際、主人も話がめちゃくちゃだった事に驚いて怒って訂正する様に話した事を覚えています。

その頃は、集団ストーカーやテクノロジー犯罪と言う言葉も知らなかったので、そのニュースを見て、驚いた事しか覚えていません。ただ、その後に、２００６年に復縁し岩手への里帰りの際、高速のインターを降りると警察車両と出会い、何か警察車両に関心を持たれている様に感じた事を思い出します。

2ちゃんねるについては、２００4年に資格取得の際に知り合った友人から女性タレントのYさんは顔が全然違うとか取得した資格の情報についても2ちゃんねると言うところに書いてあると話を聞いていて初めて、パソコンへリンクのついたメールを頂き、その時は、ほとんど資格についての情報閲覧にしかアクセスしませんでしたが、一度だけ「とある団体」と書かれたページを見かけてクリックしたか、スレのタイトルに「とある団体」と書かれていたのを見ただけだったかのどちらかで、スレの内容を読んだ記憶はありません。

女子高校生の仄めかしに遭った２００5年の1月のその時から、自宅のパソコンのインターネットは使用していません。

パソコンはその後に、２００５年6月にＤＶＤを使用した資格取得の為の学習に新しくもう一台増えましたが、２台とも、被害の顕在化後に開けた時には、パソコンの中身が改ざんされていました。今は、２台とも動きません。

携帯のインターネットを始めたのは２００５年夏からで、被害の顕在化前は、辞めた会社の情報収集に何度か使用し、２００６年2月から10月までに携帯の2ちゃんねるは閲覧しかしていません。

２００９年9月に tokeiso さんのブログから、被害者としての情報収集に使う様になってからも、携帯からしかアクセスしていませんし、閲覧しかしていません。

被害の顕在化後、被害についての書き込みは出来ませんでした。

2ちゃんねるに書き込みをしたのは、一度だけ母校の在校生へのおかしな書き込みについての削除依頼だけです。

風評被害：mixi

２００８年春に「(パソコンの) インターネットにアクセスしなさい。私は、貴方が好きよ」と地方自治体の母親学級の女性の先生から言われましたが、急に6月に子供の私立進学が決まりネットに繋ぐ事もありませんでしたので、何があったか今でも知りません。

２０１０年10月10日に mixi で風評被害がまた炎上すると送信されていました。

被害顕在化後 (２００８年10月に顕在化し２００９年9月集団ストーカー・テクノロジー犯罪・音声送信を認識して) ずっと、２００５年春退職した会社の人達・一般 (被害者コミュニティではなく) の mixi で加害側の人間（退職した会社の〇原と名乗る人物）が被害者の立場（一般のmixiで）にたっていると音声送信されて来ました。

だから、mixiにはアクセスできないようにすると送信されて来ました。

mixiについて

mixiについては、２００６年秋に、子供の通園先の幼稚園が風評被害に遭いプリントを受け取った事がありました。

退職した会社のAと名乗る人物には、２００８年9月に子供の進学から、車での送迎の際初めて立ち寄ったショッピングセンターで退職後、一度だけ会った事がありますが、その際、私は顔を覚えていなかったので最初気が付きませんでした。先方から、驚いた視線を向けられ注視されてやっと、あれと思いましたが子供とお金を下ろして次の予定があり帰りました。

駐車場から車で出ると、そこでも、その人物がこちらを見ていた事からその視線に気が付いて、同じ人物にその時二回会った事に気付いた事があります。その頃は、集団ストーカーもテクノロジー犯罪も言葉すら知りませんでした。

勤めていた会社のその人物には、20歳の頃、出会っていたそうです。

雨の中で、タクシーを待つ長い行列の前に立っていました。タクシーが着くと、一緒に乗って行かないかと行き先を聞かれた後、言われて同乗し、駅から5分ほどの〇原米店と言うお店の前で降りていきました。降りる時に、５００円玉を渡されて、タクシーの運転手さんに、「ああいう男の人には、気をつける様に」と言われました。

会社で出会った時に、名乗っていた名前もお店の名前と似たような名前でした。とある団体の本部のメルアドを掲載してくださっていた被害者の方がいらっしゃった事から、メールを作成して送信が邪魔されたために、２０１１年12月８日に電話でとある団体本部へもテクノロジー犯罪・集団ストーカーの事実については、連絡しました。

〈資料２〉

このメールを書いていると、消される加害を受けています。

消すということはやましいことをなさっているとある団体員の方々がいらっしゃる事実になります。

同じマンションのとある団体員の○０１号室のSとマンションの外でも、何度もお会いし、お願いしていないことで質問・意見を何度も受けています。子供と外出した帰り道で車で待ち伏せされた際には、キリスト教を信じている人が一人で泣いてばかりいると言われた事があります。

また、就職した矢先にSからは、「○○新聞を入れさせて下さい」との申し出を受けたことがあります。二度目のお申し出の際には、お断り出来ず、お金をお支払いしたこともありました。

○○新聞を配達されていた際に、Sから電話が掛かって来て、その日の○○新聞の内容がキング牧師だった事から、喜んでお話し申し上げたところ、Sが怒っていた事がありました。

とある団体員のYさんからは、お付き合いさせて頂く際に、同じ幼稚園児のお子さんのいじめの悩みからとある団体員だという事実をお話し頂いたので、私も教会学校へ通っていた事実と日本人には宗教を持っている人が少ないので、理解されにくいけれど私にも気持ちが解るからと悩みにお応えして、その後、Ｉ氏の奥さんの著書の感想文を頼まれた事がありました。キング牧師だけではなく、聖書の箴言の引用を目にした事もあり、Sのように○○新聞を読んだ感想に怒って対応する事はおかしいと思います。聖書の引用やキング牧師のお話を大切にしている様子は感じられませんでした。

母の亡くなった時刻の前後にSのお嬢さんと、子供と二人で買い物の帰りに偶然会い、暗い夜道をお友達と二人で出掛けて行く様子でしたが、凄い目付きでこちらを見ていました。

母と最後に会っていた際に、SがA市の市会議員から得た主人の動向についての情報を私に詮索して話して来た事実を伝えたところ、母はSの行為を気持ち悪いと言っていました。母の亡くなった後、郵便受けにそれまで見なかった某政党のチラシだけが入っていたり、その様子を見ている人がいたことから、どうしてもSとのお付き合いをお断りしたかったのでお金を包んでお別れの手紙を差し上げています。お金は、とても丁寧に包まれて返金されましたが、「引っ越しでもするの」と言い放つように言葉にはしても、こちらの返事を待つことは無く、おかしかった事をよく覚えています。普通は、お別れの手紙をお金と一緒に渡されたりしたら、何故かと考えると思いますが、そういったことを感じることはありませんでした。

お付き合いをお断りした後、母の亡くなった直後でも、父と子供とマンションのエレベーターに乗る時に、平気で同行されたりしています。

また、私が誰にも話していないことを、Sとお嬢さんで自宅にまでやって来て、話した後で、二人で笑っていらっしゃったこともありました。

他のとある団体員のWさんからも子供と朝早く学校へ向かう時に、新聞のセールスを受けています。徒歩でロビーを出た場所ですので、バスでの外出もまた、早朝の登校時で時間の無い事は予測出来る状態で、避ける様に脇をすり抜けようとするのを阻まれた事があります。

善良なとある団体員の方々には、日本中で有名になりつつあるテクノロジー犯罪・集団ストーカー現象については、解らないかも知れません。

とある団体員の被害者の方から教えて頂いた非破壊検査機器の緑色の光も自宅にて撮影されています（添付いたします）。

２００６年には、○０５号室（当家下）のマンションの安全管理の担当者の退去の後で、Ｓは、マンションのお金で安全管理の資格を取得しています。その後、私たちの自宅は、上下から被害にあうようになりました。電磁波の指向性測定器に上下宅・向かい宅が反応しています。トリフィールドメーター・超音波測定機器にも計測されています。

テクノロジー犯罪の皮膚を出血するまで掻かせる様に身体操作を行っています。

一度ではありません。また、ブログを書けないことを理由に何をやっても許されると送信されています。ブランド品を加害側が買わせプレゼントさせること（Ｎのお嬢さんの進学祝いに差し上げたものですが、加害側からは買わせたと送信されています）もしています。理由をいろいろ付けては自分たちは、善意を主張していますが、出血するまで掻かせて快楽を送って来る様な人たちです。

また、何年にも亘って止める様に（思考送信で）話して来ましたが止めない人たちがいます。更に加害をエスカレートする人もいます。

同じマンションの他のとある団体員の名前は、お隣の方に伺えば解ります。

２００８年４月頃、とある団体員の〇０１号室Sが私に話したいことがあるからと、とある団体員のYさん宅に呼んだ時に、話した内容によれば、現在の加害の事実の根底にAの会社に勤めていたこともあります。

その時の本部の方も、「インターネットを使用した事が無いのでよく解らない」と最初はあまりこちらの申しあげた内容を理解されていらっしゃらない様子でしたが、上の方に、ご報告をお願いし、内容についても冷静にお話を聞いて頂ける様に、何度となく苦情ではなく事実を伝えたい気持ちを話して具体的な集団ストーカー行為そのものや、とある団体員でも被害者のいた事実を話してマンションの、とある団体員の名前は出しませんでした。この時は初めての電話連絡だったので、相手の方からは聞かれましたが自分自身の住所は伝えませんでした。最後は上の方への内容の報告を約束してくださいました。その方には、感謝いたします。

事があります。

退職した会社のAと名乗る人物と似たような人達には、娘の9月進学後、車での送迎時に何度か見かけた事があります。

2005年春にその会社を退職後は、2008年9月進学まで車では市内から東京方面にはほとんど行っていませんし、電車では最寄り駅にも下車していません（進学手続きに一回と母子家庭だった時に、友人と出掛けた教会付近へ一回だけ車で）。

退職時に何度も嫌な事（会社をあげての変な行為・直属の上司の発言・同僚と同僚担当代理店の方との会話から「健康でないとね」と目の前で発言を受けた事）があったので、たとえ母からの誘いでも断ってどこへも行きませんでした。

その人物Aに纏わる加害行為は、現在に至るまで続いていますが、音声送信でも「催眠が利かなかった」「NがAを好きで、そのマインドを私のものと嘘をついていた人（加害者）がいっぱいいるのよ」等の発言（送信）を受けています。

私には、知らないおじさんであり、在職前に新しい携帯に変えた直後、母から電話で携帯の番号を教えて欲しいと連絡があったけれど教えてもいいかどうか電話があり教えました。その後に、導入教育の合宿の後「プライベートでも」と電話で言われても、「電話して」と言われても、電話すると言葉が通じない、いつも怒っている人でした。

その人物がとある団体員であると音声送信されていました。「Aはとある団体員ですか？」と、その人物を2005年3月14日に紹介した人物Yを被害の顕在化後2010年7月に実家へお呼びたてして父と共に相談した際に聞いた事があります。「百二十パーセント違う」と答えていましたが、その時に、その人物の姓名についても質問し確認しましたが何故か教えて貰えませんでした。

その名前を答えなかった人が会社に入る前に、紹介して来た代理店社長Yです。その人と上記保険会社社員Aが二人で初対面の日2005年3月14日に、家族にも話していない私の保有する年金の契約内容を私自身よりも把握していて解約を勧め、Aの会社の年金を勧められました。この年金については、保険会社に就職前にも提出書類の為に取り寄せていた書類が自宅で改ざんされていた事がありました。その事実とその後その書類の提出をした事実も二人に解約を勧められていた際には、記憶が消されていました。更に、この年金の契約内容が退職後に改ざんされていた事は、退職後すぐにはきちんと把握出来なかった事がありました（この年金については、その後詳細について確認しています）。

辞める時にも、会社・その人からは法を犯す様な事実を為されています。

・労働基準法違反：会社控えの入社時の書類を会社側が紛失している事を告げられ、退職日に新しい書類に交換するとの事から私控えの書類を返還した後渡された書類の有給休暇の支給日数は前回のものより削減されていました。

・入社時の健康診断で下腹部の超音波診断を受けさせられました（憶測ですが、妊娠の有無でしょうか）。

・他の年配男性社員Hを自分の車の助手席に乗せて移動中太ももをボールペンで叩かれた事。

・その後同じ社員に代理店で談話中アジャスターと言われる職種の社員が仕事先の修理工場内仕事中に嫌がらせから梯子を外されたと話しながら代理店男性とHが二人でこちらを見て笑っていた事（そんな事をしてまで心配しなくても、私はこれまでも退職時の有給消化をした事がありません。こちらからは、有給休暇を一切使用せずに欠勤で書類を提出しその分返還し、正規のガソリン代の請求も控えて提出し退職しています）。

今年に入って被害者の友人の方から加害側からの誘導を受けていると助言は受けましたが、２０１２年５月Ａの本社へ自分自身で出来る事を連絡してみました。同じ会社の社員でも、起きた事実の把握を願う事からか「ずいぶん過去の事実ですが、お話をお聞きになりますか」と申しあげたところ、ご連絡をくださって聞いてくださる方もいらっしゃいました。ありがとうございます。

結果は、証拠の取れない状況に追い詰めた後で思い知らせたいだけかも知れませんが、たとえ加害が全てだったにしても、一時的に籍を置いた仕事先に対する自分自身の気持ちと保険の事も解らない母に私の居ないところで契約が行われた事や私を被保険者にして契約した事実から不安そうに話してくれた母の気持ちを込めて対応には当たってみました。

それでも、自浄作用が働かないのか、会話内容の記録があっても、母や私の気持ちさえも考えには及ばない様子でした。

身体被害

虫さされ・湿疹・アトピー様の皮膚の身体被害があります。

ナノテクの電磁波による近隣の住人からの加害になります。全身に亘って行われ、アトピー性皮膚炎の診断を受け、被害の悪化を招く事があります。

岩手県でアトピー性皮膚炎の専門病院を開設し、ご自身も隣接するご自宅に暮らし寝食を共にし、多くの患者さんを救い２００１年に癌で亡くなった岡部先生から、アレルギーの指標であるＩgＥ抗体値が全身症状とは裏腹に著しく低い事を指摘し疑問を伝えてくださっていらっしゃいました。

２００１年の夏には初産を控えた私を診断し、「妊娠している人の脈だね」と嬉しそうに聴いていらっしゃいました。私が先生にお会い出来たのはその日が最後になりました。私の出産を待たずに亡くなっています。

この先生は東洋医学の漢方医としてもご活躍され、私は、漢方薬を飲みステロイドを切ってもアトピーの様な症状も無くなり改善していました。

２０１２年の夏の終わりに『テクノロジー犯罪被害者による被害報告集2』の話が舞い込んで来て、書くと決めてから、８月28日に、酷い身体被害を受け、送信される内容にも驚かされた事があります。

皮膚への被害については、アトピー性皮膚炎として通院する事さえ阻まれています。時には、子供が学校を休んでいる時に、薬を取りに行ってくれる生活を送らされています。

『テクノロジー犯罪被害者による被害報告集』の茨城県の被害者のKさんのお陰で耐えられていますが、お風呂でも痒みの送信・身体操作を受け、その後に、塗りたい薬さえ阻まれています。私は、一時ステロイドへの恐怖から脱ステロイドの流行った時期にやはり切った事があります。涙が止まらなかったのは、Kさんが薬さえ塗れない様に送信される中でアトピー性皮膚炎の身体被害を受け、更に被害の精神疾患の疑いの中で病院に行きたくないと思っているのに連れて行かれ自殺する事になったときかされたことです。今でも、薬さえ塗れない時に、それだけでも、おかしくなりそうなくらい辛い事なのですが、Kさんのことを聞いてその事を考えただけで涙が止まらなかったのは、その辛さを考えただけでも辛いからです。その辛さに耐えたKさんは神様の様だと今でも思っています。

皮膚への被害についても何年も大切に診察してくださっていらっしゃった先生とテクノロジー犯罪について話し、先生への加害を避けながら先生も心配してくださって二人で少しずつ時間を掛けて歩み寄ったものもあります。今は、先生と相談してお休みして、他に通っています。

８月28日は、救急車を呼ぼうかどうか考えた程の電磁波による身体被害を受けました。後から気が付いた事ですが、その日、主人は泊まり勤務で、子供が朝の4時まで私を看病していました。

前述のYからは、「実家へ（私が）移動すると体調が良くなる」と「上の部屋に身体に悪いものがあって体調が良くない」と言われています。

その後、こちらこそ何も言わないのに、急に「この前、体調が良くなると言ったのは、木造だから」と言われています。

一度目は、はっきりと「上の部屋に」と言ったものをごまかしていました。

このYは、シナリオのAを紹介した人物でAの会社の代理店をしています。

Yは母の亡くなった後、私の被害の顕在化後に、Aの会社と同じとある団体の支部がある市内に新しく会社を大きくし引っ越していました。

上階の部屋からの嫌がらせは、引っ越して来た時から始まっていました。

下階には、マンションの安全衛生管理者の方が住んでいました。理事会で理事をしていた時に、お会いしていますがとても優しい人でした。この方が部屋を出られてから、とある団体員のSがマンションの管理費からお金を貰って資格を取得し安全衛生管理者になった２００６年から被害が悪化しています。下階からの加害は、Sが安全衛生管理者になってから始まっていました。

上階の加害は、被害の顕在化後に、酷くなり、ノイズキャンペーンと言われる部屋の移動に合わせた騒音・話している内容と電話の内容も漏れていてそれに合わせた騒音被害があります（警察へも報告しています）。

二度目は、盗聴機器を見つけてくれる業者に相談して調べて貰いましたが、見つかりませんでした。お金を使ってしまいました。

上階の嫌がらせ（電磁波による身体被害のほとんどは上階の加害者によるものです。電磁波測定器が携帯の基地局から発生するものと同じ反応音を示し指向性は上階の部屋と下階の部屋とお向かいの家からでした。天井の造りを変えられていると考えられるのは寝室で柏手を打つと反響音が凄くします。）については警察へも相談して来て貰いました。なかなか、反響音を警察官の方に、聞いてもらえないのですが、（警察官の来た時には戻されています。）ただ、柏手を打つと加害者は嫌がります。特に、ナノテクの被害者は、方眼紙のような小さな点が規則正しく並んだものが目の手前に見える事があると思います。その時に柏手を打つととても嫌がります（生活安全課に相談していますが、ノイズキャンペーンも主人の不在時に酷くとても怖いものです。どうか、落ち着いて相談なさってください）。

子供の小さい時には、証言として頼ってはならないものですが、大きくなるに連れて嫌がらせをなさる方のほうが問題になると思っています。事実、生活安全課への相談も娘と私は女性で男性警察官や生活安全課の通り一遍の相談・報告でも、お休みの夜間、本当に不安で電話で報告の際、生活安全課ではない女性警察官で、とても親身に聞いてくださいました。

警察官の感情的な対応がエスカレートした際には、県警の広報県民課広聴係へ相談しています。県警への相談の時にも、「苦情では無いのですが、相談でも聞いてくださいますか?」と話して相談しました。

性格的に無理強いは出来なかった事と警察官もテクノロジー犯罪に巻き込まれている事が様子から解り、県警へも「どこの警察署か教えて下さい」と言われた時にも「今日は、最初から苦情を申しあげるつもりで掛けた訳では無いので、これ以上酷い時には、また連絡します。今日は、言えません」と話して自分の最初の気持ちというか自分のペースを保って言えませんでした。

でも、残念ながら二回目の相談になったのですがお名前を控えて同じ方に相談に乗っていただきました。そして、警察署へは本当に困った時だけは、相談している事実をお話ししておきました。

交通事故の際（本当はテクノロジー犯罪ですが）でも、その後のテクノロジー犯罪の対応の際にも「県警に相談しています」と警察へお話ししてみると、警察官の対応が少し落ち付いてくれました。いろいろ残念な事もありましたが、最後に、２０１２年10月15日へと繋がって行きました。

弁護士の先生への対応では、テクノロジー犯罪の被害者の事実は最初にお話しして、ただ、相談したい内容の一つ一つは、テクノロジー犯罪の事でご迷惑をおかけするつもりは無いとお話しして自分でテクノロジー犯罪についての知識から心配な事は出来るだけ自分でして先生にも全ては頼りませんというか頼れませんでした。事故の相手の方も事故の相手の方のご主人もテクノロジー犯罪の影響としか思えない様な事（いろいろな違法行為をしているにもかかわらず保険会社に言われたからと自分で裁判を起こして来て初回から調停を希望し、人身事故についてはどうしても裁判をしたくないと私の弁護士の先生に申請していました。）をしていました。先生とのお付き合いの中で、自分自身の精一杯の対応が進むのでその姿をお見せするだけでも、（被害の顕在化前のご自身に戻ってその範囲でまず対応するだけでも）いろいろ良いこともあると思いました。まず、自分も少し落ち着いてテクノロジー犯罪について考えられる事・一般の方々がテクノロジー犯罪についてどんな対応をされるか解る事・一般の方に自分の被害者の立場を明かしただけで相手の方にどんな影響が起こるか等が解る事です。

無理強いはしないで、というか性格的には出来なかっただけなのですが、それでも、聞いてくださる方には聞いてくださる時に、少しずつ自分のテクノロジー犯罪についての知識の中で相手の体調や、相手の性格等を考慮してあげて下さい（父・兄・妹・子供の学校の友人のお母さま・お医者さん・弁護士さん・街頭活動での文部科学省の方々・街頭活動での一般の方々）。

夜間、子供も気にする様なノイズキャンペーンや様々な不安から何度となく車で朝まで過ごした事がありました。その度に主人には叱られ経済被害・子供の勉強被害・体調被害・生活の破綻被害の中で耐えて来ました。

前述の様に、他に隣の部屋の住人からのエスカレートする嫌がらせに、今でも、半分は不安の中で耐えています。

２０１２年10月15日の朝の火災に際しては、消防の方々が冷静に判断してくださったと思っています。私は、何も出来ず言われるがまま答えるのが精一杯でした。朝６時過ぎに子供の送り出しの後、お玄関を開けて空気の入れ替えをしていたために締め切りでは無かった事、消防の方々の対応や警察への対応に精一杯でしたが自分で出来る事には応じました。結果的には、消防車・梯子車・救急車・警察まで駆けつける通報をお隣が行う事になり、後で主人から聞きましたが、お隣が警察へ呼ばれた様子でした。

今、思い出したのですが、凄く怖い事で、前の日に子供との外出の際、お玄関や階段にゴミが落ちていました。その悪戯は、２００５年にも、よく行われていたので、あまり深くは考えていませんでしたが、計画していた事だったと、今、送信されています。

ボヤでしたが、ベランダにあった小瓶の中にあったものも無くなっていて、袋の位置も違っていて、おかしい事だったのですが、その時には、気が付く事が出来ませんでした。もし、気が付く事が出来ていたら、もっと解決する事が出来たのかも知れません。前日も一睡も出来ないまま子供を送り出すのが精一杯の生活の中での出来事でした。

〈自宅での現象〉

縞現象が、自宅の照明器具に見られます。

写真や動画に保存出来るくらい頻繁に起きています。

写真や動画に撮ると黄緑色の横線が走り動いています。

テレビ画面の電波の異常時の横線の動きのもう少し大きくなったものです。

参考文献

「電界カップリングによる人体通信機器に関する曝露評価」（資料名・電子情報通信学会技術研究報告）首都大学東京　多氣昌生氏　鈴木敬久氏、東京都立大学　渡辺恭平氏

この黄緑色は、グリーンフラッシュと言われる現象の色に似ています。

この現象については、東京電力の方に写真・動画をお見せし、縞現象とのお話から、三菱電機照明株式会社、照明技術相談センターから担当者のいる会社へ相談させて頂いたところ「蛍光灯の光は、コヒーレントではない為、通常は縞現象は起きない」との事です。

コヒーレント信号については、まえがきの感想でふれたニック・ベギーチ氏の書籍の中では、レーザー光線があげられています。

他の被害者の方のご自宅でも、幾つか起きている現象だそうです。

東京電力の方にも連絡して来て貰いました。

電力会社の調査や検査の依頼も、被害者の先輩から、なかなか受けて貰えないと、また、オシロスコープを持って来て貰えないとうかがっていました。

私も、どうしても調べて貰いたくて、電話の予約の際にも、受付の女性から根掘り葉掘り質問を受ける中、余計な事を話して断られない様に、判断については、東京電力のオシロスコープを持参した検査・調査を依頼する様にアドバイスを受けた事実と、詳細については「詳しい事は解りません」と個人的には判断のつかない事から、調査・検査の日時の連絡に限定して頂いて、オシロスコープを持参した検査・調査の予約にたどり着きました。

でも、当日には持って来て貰えませんでした。

検査・調査の予約日まで加害側に手を加えられない様に正確に調べて欲しく外出を控え、検査・調査して貰いましたが、異常を見つけられないまま、外出を控えている間に体調を崩し具合が悪くなりました。

幾つかの被害者の方のご自宅で起きている現象に、プラズマ現象があります。

蛍光灯の照明を消灯しても、黄緑色に光ります。点灯中は電灯の周囲に白い光が広がっています。

この現象については、東京都知事選挙の候補者でいらしたS氏が定例会へ出席された際に、質疑応答の機会にうかがったところ、同じ現象が起きていらっしゃるとお話ししていらっしゃいました。

超音波測定機器を購入して私と娘の頭部周囲でも反応が測定された事から、第三者機関に相談される方に、誘って頂いてお返事を受け取っています。〈資料3〉

〈資料3〉

○○様ほかの皆様

同志社大学教授のMです。メール拝見しました。

私は超音波の送波受波装置の研究をしておりまして、人体から発する超音波に関してはほかにも先生がおられるかと思います（音声関係など）。ですので、送波受波装置の特性の視点でお返事いたします。

今回の下記の内容ですと、計測器を製作されている方のご意見に賛成です。

人体はほとんど水分で構成されており、電気伝導性があることから、アンテナのように作用することがあります。実際、電気信号波形を観測するオシロスコープに手で触れるだけでも、弱い電気信号が観測されます。

超音波センサはそのセンサ電極部に電気信号が加わると、超音波はないのに、超音波の場合と同じように信号を出力します。

ですので、今回測定された「超音波」は音波ではなく電磁波のノイズを体の「アンテナ」経由で計測されたのではないでしょうか。

この電磁波のノイズは家庭内の電子機器をすべてＯＦＦにしていてももちろん存在します。空間にはラジオの電波やケータイの電波など満ち溢れているわけですから。

家庭でも特別な電子機器ではない冷蔵庫や照明器具など、電磁波を発生する装置が種々存在します。

もちろん、どのようなシステムで計測されたのか不明ですので詳細は議論できませんが、私どもの研究室でもこのような測定問題はよく起きます。参考にしていただけますと幸いです。

以上

株式会社Ａ　人体に対する影響

・人体は大きな誘電体と考えられるので、電界により人体と機器間は結合し電流が流れる（千葉大学　Ｉ・Ｋ氏の研究では、体内にはほとんど電流は流れず、人体体表を流れるという研究発表がある）。

・非接触ＩＣカード（１２５キロヘルツ、１３１キロヘルツ、13・５６メガヘルツなど）の通信では磁界による通信が行われているが、磁界は人体にはほとんど影響しないので通信には少ないと考えられている。しかし磁界は人体内部にまで入り込み誘導電界を発生させ、埋め込み機器を誤動作させることも考えられる。

・人体は低周波から数メガヘルツまでは、ほぼ導体と考えてよいので電界は人体組織内部まで入り込んでいないという考え方もできる。

・人体の共振周波数は接地状態で30メガヘルツ、非接地状態で70メガヘルツ程度。

2010/1/25　Private & Confidential

母は体内に埋め込み装置があり、急死しています。

最後になりましたが、２００９年9月に「Ａ・とある団体でネット検索をかける様に」送信されてから、被害として認識し、沢山の被害者の方にお世話になりました。ありがとうございます。

誰よりも、被害者の tokeiso さんには２００９年10月にブログをたちあげるにあたっても、ブログの運営中も、公私に亘りお世話になりました。

被害の極初期には「殺す、誰かに話したら家族も殺す」等の送信から一番最初に相談にのって下さり支えて下さった事を、また、技術について、被害者の先輩として後輩への対応について、別の宗教であっても信仰を持つ者としての互いに敬う姿勢について多くの事を学び、被害解決の為に必要な事を教えて頂きました。
日本で「電磁波の規制」のかかる事を私も今、心から望み、その為に一般の方々のご助力・ご協力を心からお願いする次第です。頂いたメールをその為に公開したいと思います。

goby さんへ
そう言っていただくと、
他の被害者の助けにもなるようなことをと、5年間続けてきたブログや掲示板ですので、報われます。
自分の目標は、
音波や電磁波を使った心身への物理攻撃に対する調査だけでなく取り締まりが始まることが望みです。
予想では2013年ごろに太陽嵐がひかえていますので、
それまでに磁気嵐による電子機器への影響や、生体への影響を周知、
それらの現象をしのぐ方法を確立し一般化させておくのが行政の急務かとも思っています。
その影響を知悉し、可能な限り準備しておけば、
人の心の動揺はある程度抑えられ、被害を小さくすることも可能ではないかと思うのです。
大元の加害者達が、
耳のいい人、目のいい人、天気の予想が当たる人、我慢強い人などをターゲットにして、
ジェノサイドを実行してきた理由もそこにあると思います。
危険にいち早く気がつく人、落ち着いて行動する人を破壊しておけば、扇動がたやすくなるからです。

そういう因子を排除しつくした後に太陽嵐が襲ってきたらどうなると思います?

その上に恐怖や不安を煽るようなプロパガンダが流されたら?

組織（集団）ストーカーと電磁波ハラスメントの被害者たちは、
ちょうどそのミニバージョンを人工的に仕掛けられてきたようなものですから、
太陽嵐が来たら人がどういう状態に追い込まれるか想像がついてしまっているのではないでしょうか。
参考
読書「幻想としての文明」　追加再掲
http://tokeisopassion.jugem.cc/?eid=1235（現在は検索できません）
太陽嵐に備えるには
http://tokeisopassion.jugem.cc/?eid=1394（現在は検索できません）
そして、長期間被害を受けてきた結論として、
いずれにせよ被害者達は、
人生を浪費させせられ命を削られて究極の実験台にされてきたことに変わりはないのかなとも思っています。
¦ tokeiso ¦ 2010/05/24 11:18

了解しました。

goby さんの場合、コメントを改ざんされていると言うことですかね。

当方の場合は、認証制を取っていない方のブログに投稿したコメントが表示されないという経験が2度あり

ました。
加害者は、ターゲットによって加害手法を少しずつ変えているようですし。
ブログのテキスト内容は、過去削除改ざんされたことがあります。
また組織ストーカー（集団ストーカー）の被害者でなくとも、
サイトを改ざんされている方は大勢います。
個人のサイトだけでなく組織や企業のサイトも同様の被害を受けているということは日常報道されてます。
書いたコメントを即反映させ、投稿者が内容を確認できるようにすることも可能ですが、
過去に、被害者に対するほのめかしや嫌がらせと推測されるような書き込みが何度もあったため、
管理人による認証制を選択してますのでご了承ください。
このブログに携帯から書き込みしたことがないのでわかりませんが、
ＰＣの場合、コメント送信後、
４桁の数字を入れるコメント内容の確認のページが表示されるのですが、
携帯ではどうなっているのでしょうか？
もし確認ページが表示されるようでしたら、送信前に確認できると思います。
最後に、
加害者は複数で、組織だってターゲットを心身ともに拷問することには慣れていますから、
精神的に余裕が無いうちは加害手法を観察したり、ネットをＲＯＭだけしていることもありかなと思います。
当方も数十年という長い間加害工作をされてきましたが、
なんとか加害を見極めて被害を訴えることができるようになったのはここ数年です。

工作された期間の9割は観察していたと言ってもいいかと思います。
以下のスレッドを昨日読みましたが、一部思い当たることもありますね。
http://society6.2ch.net/test/read.cgi/police/1254828891/150
¦tokeiso¦2010/05/28 12:44

内山様、家族へ話す事をためらう私に強く、また他の被害者の方々も同様の被害にあった事実を、お電話でお話しして下さった事、本当にありがとうございました。被害報告集の原稿提出にあたって、ご心配、ご迷惑おかけし申し訳ありませんでした。

被害を社会へ広めていく時にも、また、その後も、影響について考慮されながら進んで行く石橋理事長の姿勢に、キリスト教信仰を持ち千葉県に在住する立場と被害初期からの自殺誘導や「殺す」との送信の中で、弱い立場の被害者の一人として、ひとつの安心感と安定を頂けたことを心から感謝しています。

当ＮＰＯの方々へ

この様な私に被害報告集へ参加させて頂けた事を心から感謝しています。ありがとうございました。

13 宮城県角田市で起きた私のテクノロジー犯罪被害記録

AZ-tamako　栃木県　38歳　女性

これは私が宮城県角田市にあるK会社の工場に派遣社員として勤務し始めてから起こった、電磁波電波によるテクノロジー犯罪の被害記録です。

加害者の話によると私が宮城のアパートに住み始めた2009年頃から、部屋の中の音を盗聴していたとのことでした（これは耳への仄めかしの中の発言で加害者から聞いた言葉です）。私は会社で主人と出会い結婚する運びとなりました。

結婚の話を会社でし始めた頃加害者夫婦の嫁から「本当に良いんやね？」と、意味のわからない発言をもらいました。加害者嫁Hも派遣社員でK会社の経理に勤務していました。その頃は何のことだか見当も付きませんでしたが、つまりこのテクノロジー犯罪の予告だったのです。

そして2011年11月中旬からとうとうテクノロジーによる嫌がらせが始まったのです。

他の被害者さんと同じく最初はアパート周辺を聞こえるようにワザワザ悪口を言いながら歩くというものでした。次に加害者夫婦は子供も使って学校や近隣住民、嫁が社内へ噂を流して私達家族を孤立させようとする嫌がらせ行為を仕掛けてきました。仲の良かった従業員と離れさせようとする行為。次には自宅の中で盗聴と音声送信で悪口をわざと聞かせる行為。加害者が「カチッ」とスイッチを入れた途端に隣のアパートの音が大音量で聞こえ始めたので、この行為が何か機械的な物を使っての嫌がらせ行為だと、その時気付きました。そして遂に運命の時2011年11月中旬、家族が寝静まってウトウトと眠りにつこうとしたその瞬間23時頃だったと思います、まるで脅迫するかのように大音量で「ワッ！」と6名ぐらいの職場で聞いたことのある声で、昼夜問わず耳への音声送信による「仄めかしをし続けられる」嫌がらせに遭いました。その中には同僚数名、経理の夫婦（隣の２０２号室）、部署の課長の声も含まれていました。つまり、その日から集団ストーカー被害が始まったのでした。最初は会社のロッカーの作業着他・靴、デスクの財布・携帯、鞄の中の鍵に盗聴器とＧＰＳを内蔵したチップを仕掛けたと、脅迫されました。次に携帯のカメラ機能を使って盗撮も可能。その他電気を点けると盗撮が出来る為、部屋の様子や家族の入浴の様子などもすべて見ていると言われ、携帯を買い替えようとしましたが、「カメラ機能がついている限り携帯ショップでも、番号が把握出来る限り、メールの盗聴・盗撮が可能。パソコンも電源が入ってさえいればすべて中身を盗み見可能」と脅迫され、携帯は２台処分し家族の携帯も処分することになりました。そして次は洗濯して畳んで外に出ていた衣服に、「洗濯機に入れると他の衣服にも付着して広がってしまう、粉状の盗聴器を着ていた衣服に仕掛けたから、出ている衣服と付着してしまった物すべてを焼却処分しないと盗聴できるぞ」と脅されて、結局ごみ袋にして12袋にも及ぶ衣類・カーペット・ブランドバッグを泣く泣く処分させられる羽目になりました。その時捨てに行く様子を加害者夫婦が隣の部屋からカーテンを開けて覗いていて、笑っていたのを記憶しています。

この頃はただただ恐ろしくて、加害者側の言いなりでした（今思うとつまり電波なわけですから、どこの場所からでもどの位置にも音声送信が可能だったわけです）。また夜中には洗濯機の回る音を大音量で聞かされ、車での移動中、出掛けた先でも、音声送信の嫌がらせが止まず、昼夜を問わずやられ続けた結果、２週間以上不眠が続き、不眠症に陥ってしまいました。２度程隣のアパートの住人に嫌がらせをやめるよう抗議に行きましたが、やっているにもかかわらずシラを切り通して、言った言葉が「頭おかしいんじゃないの？」でした。しかし抗議に行った後は音声送信の中で出て来た嫁が、「本当に笑えるんだけど」と、馬鹿にしていたのも覚えています。車を破壊するような脅しと、洗濯機を一晩中回す音を流され続けた時は、とうとう警察に通報しました。しかし対応してくれた警察官は話は聞いてくれたものの、記録があったにもかかわらず証拠不十分。精神科への受診を勧めて帰っていきました。警察官が来てからも今度は社内の人間が私をかばうために、警察を呼んだふりを音声送信で行うなど、芝居がかった演技まで披露してくれました。

とうとう、不眠と疲労で体力に限界が来てしまい、結局出社も不可能になり、そして一刻も早くこの異常な状態から逃げ出したい、その思いで娘が卒業まで残り3ヵ月であったにもかかわらず、引っ越しする決断をし、派遣会社にも辞表を提出し、主人の住んでいる他県まで、引っ越しをしてしまいました。

しかしながら、引っ越しの道中も主人の自宅に落ち着いてからも、音声送信の嫌がらせは絶えず、2012年1月までは複数の社員が付き纏い、今現在はアパートの隣の住人だった夫婦が電磁波、同僚だった独身男性の名前を連呼する音声送信の嫌がらせをし続けて集中力を失わせようとしてきます。再就職したことに不満があるのか、電気的攻撃や、不眠に陥らせるような嫌がらせを仕掛けてくる日々が続いています。嫌がらせのレベルとしては痛みを加えたり、初期の頃より悪質になりました。現在は主に夫婦の内の夫が嫌がらせを仕掛けてきております（こちらの夫婦は聞くところによると昨年10月頃から夫は無職で、妻も出産の為と言い会社を退職したそうですが、実はこんな嫌がらせを毎日仕掛けて来るのです）。そしてその状態が今もずっと一日中続いています。以前の住居近くでは弁護士や探偵にも相談に行きました。最終的には訴訟を起こすことを検討しています。引っ越しした先でも警察にも県警含め2度程相談に行きました。テクノロジー犯罪被害ネットワークにも入り、ブログも公表し、撲滅の運動に力を入れています。現在ではマスコミにもこの被害が周知されているそうで、被害を根絶出来る日も近いと感じています。元々は軍事目的で開発された技術とか。世界中に被害者の方が沢山いるそうです。日本もその一国に過ぎない訳です。

私の場合は明らかに会社という組織の中の犯行でした。今後も被害者をなくす運動に力を入れていき、また今回私の被害記録を公表することで、広く世の人達に（震災後にこんな目にあったわけです。宮城の人には特に知って欲しいです）、これが精神疾患でも何でもない、テクノロジーにおける現実の犯罪だと認識してもらい、警察などの公の機関が早く対応してくれるように働きかけていきたいと思います。こんな人権を無視した行為が罷り通って良い訳がありません。この被害の為に身内にも多大な迷惑をかけることになりました。何もなかったかのように、嫌がらせを楽しんで生活し続けている加害者達が本当に許せません。もっと沢山の方がこの被害を認知して下さり一日も早くテクノロジー犯罪がなくなることを強く望みます。

14 アンタッチャブル　テクノロジー支配からの卒業

とらしろ　埼玉県　46歳　女性

この書籍を手にして下さるのは、どのような人たちなのだろう。テクノロジー犯罪という一般には理解されていない問題に関心を寄せている方、実際にそれに巻き込まれている方。『テクノロジー犯罪被害者による被害報告集』では、遠隔から電磁波により気づかれないように特定個人を狙うというこのテクノロジーが引き起こす被害内容について、すでに多くの方が魂の叫びのような貴重な証言をなさっている。日頃、特にトラブルもなく平穏な生活を送っていても、3・11後社会の不条理や矛盾をつきつけられることも多くなった。原発はその象徴ともいえる。国民の生活に不可欠な電気に関連する原発問題に対してさえ報道に規制がかけられる、という経済効率が優先されるこの国の構造が、あれほどの事故が起きてもまだ変えられない事実を目の当たりにすると、この電磁波というものが多方面に利用され、〝バイオフィジクス（生物物理学）〟等の知識のない私たち国民に、時には悪用されているという現実が隠匿されていても不思議ではない。私は、そんな技術が世に存在するなどとは考えることもなく毎日を過ごしている私の知人に宛てて手紙を綴るように、普通に生きてきた私がなぜこのような国家機密レベルの先端技術を駆使した問題が他人事ではないと考えるに至ったのか、私のこれまで、そしてそのときどきの心情を記していこうと思う。

いつの間にかロストワールド

20代の頃は、自由な社会人生活を送っていた。次はこんな業界を見てみたいなと思えば、その方面の求人を見つけては道を切り開いていった数年間だった。20代後半ある企業に勤務していた頃、趣味程度にと写真学校に入校した。ネットで色々と検索ができた時代ではなく、本に記載されていた写真学校の一覧表を見て、仕事帰りに通える時間帯に開校しているのはその学校だけだったのでそこを選んだという覚えがある。授業が始まると、そこは実は共産系の学校だったということがわかった。私が何らかのターゲットにされたとしたら、ここからスタートしたのではないだろうか。というより、特定の思想に傾倒しているわけでもなく、宗教にも全く興味がない私にとって、過去を振り返ってみてもそれ以外思い当たるふしがないのだ。先端技術の人体実験として無作為に選定されるということの犯罪被害に対する捉え方もあるようだが、私の場合はその部類に属さないように考えている。

しばらくすると、いつも定時で帰れた仕事であったが残業が多くなり、結局数ヵ月しか通うことができなかった。当時は、残業と写真学校とを結びつけずにいたが、この後の私の人生は全てが自然な流れの中で、いつの間にか外部との関わりが絶たれていくという、見えない大きな支配の下でコントロールされているかのようなものとなっていくのだった。

自分が監視の対象となっている懸念を持ったのは、その1年ほど後のことである。休暇をとって旅行に行った際、山手線日暮里駅のホームに降り立ち、乗り換えのため階段の方向に進むと視線を感じふと振り返った。するとすぐ後ろに見覚えのある60歳くらいのスーツを着た男性がいた。混雑時でもなく至近距離で目が合ってしまいきまりが悪かったのか、とっさにその人は「スカイライナーはあっち」と口走りその場を去っていった。私の場合、面識のない人物であれば数回視界に入ったくらいでは記憶している方ではないのに、確かに見たことがあったということは、通勤電車など日常的に同じ空間に居合わせていた人物だろうか。だったらどうして私がスカイライナーに乗車することを知っていたのか。まさか尾行？　あれから20年近くたった今でもその人を見たら一瞬で見分けられると思う。その後、その男性を見かけることはなく、その件について確認することはできなかった。1995年に退職。私の失われた十数年?はここから……。

友人との妙なすれ違い　人間関係が操作されている可能性

時間ができたので、資格取得のための学校に通った間の出来事である。学校ではそこで知り合った友人がいたのだが、試験日が近づき授業ももう終了という段階になった頃、教室でその友人が座っている席の周りだけに立ち見のような形で授業を受ける生徒が10人ほどいて、私が友人の近くに行くことが不可能な状況が作られていた。いつも十分席がある中授業が進められるのにその日は空席が一つもなく、これまで生徒もほぼ一定の人数で同じ人が受けていたのだが、その日は見たこともない人が多く参加していた。他の校舎でも同じ講座が開講されていたので、どちらで受けても良いのだが、これまでにこれほどの人数の増加はなかった。生徒数が増えたらそれに合わせて、どうして先生や職員は他の教室から人数分の椅子を持ってこないのかという当然の疑問もわいた。その後も友人とすれ違いが続いた。そして、試験が終わり最後に会った時には、お別れの挨拶くらいはできるかと思ったが、それどころか「自分はこの問題には関わっていないから」という微妙な一言を残して友人は学校を去って行ったのである。私はこの言葉が何を意味するのか解らず立ちつくした。「どんな問題があると誰に言われたの?」その一言が思い浮かばなかった。今考えても重く考えさせられるものを含んだ言葉だと思う。携帯も出始めの頃で普及しておらず、学校で会えるのだからと連絡先を交換しあうということもなかったので、その後も事情を聞くことができなかった。

これを離間工作というなら、もっと早くなされていれば関係修復もできたのだろうが、もう授業もなくなるというタイミングを見計らったかのように仕掛けてくる、非常に計算されつくしたものに思われた。「試験やっと終わったね」などというちょっとした話でもできていたのなら、最後の授業の生徒数の急増もそんなこともあるかなで済ませていたかもしれない。でもこの突き放すような一言が、気持ちが通じ合えると思った友人からのものであったからこそずっと記憶に刻まれて、何か目に見えないプレッシャーの存在を意識した、それまでの自由な生活からダークサイドに落ちて行きつつあることに気づいた原点とも言えるストーリーだ。私と友人二人の間に起きた単なる行き違いのようなものとは思えなかった。人間の盾で私と友人を断絶させたかのような教室の雰囲気、学校にいる人々がまるで一つの意思を持ち、私に敵意と思われる空間が設定されたかのような感覚。それ以前にも起きたささいな妨害めいたものとつながって、ひとつひとつすべて仕組まれていた。しかし私の中に残った漠然としたわだかまり、それは友人に向けられることはなかった。最後の言葉は第三者からの何らかの働きかけの結果によるもののように思われ、それ以前にかけてもらった温かい言葉や楽しい思い出まで否定する気にはならなかった。少しでも真相を知ることができればと、授業を担当していた講師の方に、何か私に問題があるような噂などを耳にしなかったか伺ったが、納得するような答えは得られなかった。

テクノロジーによる攻撃も他者との関係操作　社会生活を制限するために利用

その後も人間不信および社会への不信を募らせることが続いた。当時は遠隔から人体諸機能に作用するテクノロジーなど考えもつかなかったが、それを悪用して外出することへの恐怖心をあおられたこともあった。外食後体温が上昇したように思われ、自宅で体温を測ると平熱よりわずかだがやはり上がっている。外で食事をすることに危機感を持たせようとしているのか。飲食店の人が事情を知っているかもしれないと質問したこともあった。コンビニで購入したペットボトルの水を飲んでも体温が上昇。そしてコンビニの店長にこのペットボトルを棚に陳列して販売するように依頼されなかったか、今思えば妙なことを聞きに行ったりという日々を過ごした。また、あるビフィズス菌を服用するとそれに続いて数分後に頭痛が始まる。粉末のものだったが、そのときの私にはその中に頭痛を引き起こす成分が混入されたのではという発想しかなかった。尾行に関しては、日暮里での事件以来特定の人物が常に近くにいるということはなくなったが、それは逆にまだ監視が続行されていたら、どの人が自分をチェックしているのか判別できないことを意味していた。周辺にいるひとすべてが尾行者のような空気に圧倒されそうだった。でも、その重圧よりも自分を取り巻く見えない壁のようなものが何なのかを明らかにしたいという気持ちのほうが大きかった。こんな場所で後ろに人がいるのはおかしいと思えば、どうして誰に頼まれて尾行しているのか聞いた。結果が出なくても、思いつくことはとりあえず実行に移した時期だった。

仕事をしようにも飲食店の皿洗いまで断られたこともあった。こちらの状況が他者に知られているからそのような妨害が可能なのかもしれないと盗聴などの疑いも持ち、それが解決すればこの逆境から脱け出せるだろうと、雑誌で調べた盗聴発見業者に連絡。すると、テレビ局からニュース番組の特集で盗聴発見現場の取材依頼がその業者にきていて、私の自宅の発見作業の状況も取材対象となった。これで少しでも前に進めるのではないかと、久しぶりに希望のようなものを持てた瞬間だった。しかし、スムーズにいくはずはなかった。取材前に祖母が急性くも膜下出血で緊急入院し、親戚が半日ほど病院に集められるということになったのだ。そして、その後の発見取材で盗聴器は見つからなかったのであるが、盗聴されていなかった、よかったと一件落着という気には到底ならなかった。よくあるコンセント型の盗聴器でも見つかったほうがどれほどほっとしたことだろう。祖母の手術の間家が留守になる状況が余儀なくされ、その時に撤去されたのか。一般の盗聴発見機器では検出できない方法で盗聴されているのではないかと、逆にそう簡単には晴らすことのできない暗闇の中にいるのかもしれないということを再認識した。また、テレビ放送後、発見業者に盗聴防止する機器はないのか聞こうと連絡した際、私の家の盗聴発見調査報告書を郵送したといわれたが、そのようなものは自宅に届いていないことを知った。そういえば取材の日、制作会社のディレクターもVTRを送りましょうかと言って下さり、お願いしたはずなのにそちらも届いていない。

もう自分の周囲に起こる事態に一つ一つ驚愕し追及していたら、それだけで貴重な一日一日がどんどん過ぎて行くむなしさを感じた。報われない、先の見えない努力を繰り返しているだけ。私の行動を先回りして察知し、何をしても無駄だと思い知らせているのか。隠蔽はそのスケールが大きければ大きいほどばれないという。権力を行使した監視のターゲットとされているのなら、そう簡単に証拠のようなものを摑めて解決というわけにはいかないだろう。このような監視を行う主体は、例えばターゲットの家の近くをアジトにしていた場合、ターゲットがその方向をチラッと見ただけでも発覚を恐れて別の部屋に移転するほど用心深いと本で読んだことがある。その通りであるなら日暮里のホームでの私のおじさんに対する驚きの眼差しは、違法な監視を気づかれたのではという危機感を持つに余りあるものだっただろう。尾行も盗聴もされていないよ、これまでの毎日のちょっとしたトラブルも気のせい、誰にでもあること。何とか私をその発想で沈黙させようという雰囲気が伝わってきた。私も、見えない支配の下でもがいているだけの毎日から、その頃突然芽生えた植物への興味に時間を費やすことが多くなった。ただならぬ影の存在を意識しながらも、園芸書をみたり、ガーデンショップをめぐったりと月日は流れて行った。

終わっていなかった監視　暴走ストリート　封鎖できません

その後結婚し、賃貸住宅から現在の住居である一戸建てへ引っ越した２００６年頃から、気づかれないように監視活動は続行されていたと実感するような出来事が始まる。私の住む地区は地域のお知らせを回覧板で隣家からポストに、またその家が次の家のポストに入れるシステムだが、全員参加しなければならない会合の日程案内など重要な知らせの時に回ってこなかったことが、気づいただけで2回あった。ポストから郵便物等を取り出すのは主に私であり、家族も家事には関わらないほうなので、一般的にはうちに届けるはずのお隣さんがうちを飛ばして次の家に持って行ったと疑念を持つ。集合住宅ならポストが並び、入れ間違うこともありそうだが、一軒家ならわざわざ他のお宅に持っていったのかということになる。私はこの位のトラブルなら困るなぁとは思うが深く掘り下げることもなかった。お隣とはいっても少し距離があり、あまり顔を合わせる事もなかったが、ある日率直に聞いてみる機会があった。すると、やはりその方は当然のように常にうちのポストに入れているとおっしゃった。正直な善良な人だと感じた。順番の決まった回覧板をとばすなど自分が真っ先に疑われるようなことをするとは思えなかった。主婦として家で過ごす時間が多く、社会との関わりがあまりなくても、ご近所とは何らかのつながりを持つことになる。ただそれだけのお付き合いでも、徹底して円滑に進ませない第三者の水面下での圧力を再認識した。そして、回覧板を次の人に回してしまったかもしれないと私に疑いを持たせたように、自分の知らないところで、私への不満や疑いを持つよう仕向けられている人がいるかもしれない危険を感じた。私の場合20代の頃からこのような事件化はできないがちょっとひっかかる問題にはもう慣れていたので、不審な気持ちは持ちつつ何か他の可能性も考えるようになっていたため、理不尽な怒りには発展しないですむ。しかし私にとってちょっとしたことでも、平和に暮らしてきた人にとっては大変なことかもしれないのだ。そして人間関係というものはそんなささいなことで良くもなり悪くもなるものである。

また、深夜3時頃に目が覚めて寝付けない時など、ポストに新聞を取りにいくとそんな時間であるのにもかかわらずジャストのタイミングで家の前を通り過ぎる車がある。ナンバーは、新聞という文字を数字に置き換えたとも解釈できる番号。家の中の動きはお見通しだ、こんな家には居たくないだろうというプレッシャーを与えているのだろうか。同じような経験をしている被害者の方も多いと思うが、一般の方は車の通行など偶然でそれと自分の行動を結びつけるほうがおかしいと考えると思う。私も何度もそう考えようとした。しかし同じようなことが毎日365日繰り返されると車の車種、色やナンバーにまで意識が向けられるようになっていくのだ。しかも都会の住宅地ならともかく、ここは私の家の建築時には大工さんが道路でお弁当を広げていたこともあるほどのんびりした街である。それが、私たちの引っ越し後徐々に交通量が増えて行ったのだ。そして今や最寄りの駅に行くと、こちらの方が静かだと感じるほどにまでなった。通行量が増えても事故や事件でも起きない限りは、日々の生活に追われて特に気にも留めない住民が大半だろう。でも、中には少々疑問を持った家もあるのではないかと思う。車の走行を不審に思われた場合に、それは私の家に問題があってそれを監視しているのかもしれないという雰囲気作りも用意周到に行っているからだ。夜、私の家から50メートルくらいのところにパトカーが停車し数十分もの間ライトをつけ自宅前を照らし、その間罪という言葉に関連するナンバーをつけた車が、パトカーとの相乗効果でイメージをさらに膨らませるかのように走行を続けるのである。車の走行だけでなく通行人もストリートパフォーマンスの一翼を担っている。GUILTYなどのロゴのプリントされたTシャツを着た人物の絶妙なタイミングでの出現等。時刻は0時23分。敵ながら完璧なシアターだ。

この道路は車がすれ違える5メートル位幅があるのだが、左から右に左側通行していた車が私の家の門の前に来るとハンドルを右にきり道路の中央をはみ出し、ぶつかりはしないもののうちへの悪意を持った走行ともとれるような異常な運転を見せつけることもある。私が家でくつろいでいても、こちらに対するマイナスイメージを連想させる走行が行われていることで、常にストレスにさらされる環境をつくるといういやがらせだったら〝何年やってるんですか〟ですむのだが、どうやら私が見ていない所でも行っているようなのである。おそらく、少しおかしいなと気づいた一般住民に対する言い訳めいたアピールをしなければならない状況に追い込まれたのであろう。何か変だと思っても、その疑問に対して真実でなくても何らかの理由を提示されれば、自分に特に危害でも加えられない限りは深く追及することはないものだ。私の家に対する違法な監視という事実を隠蔽するため、私たちが罪人であるかのような偽情報をふりまいて、自分たちの暴走を正当な任務と思い込ませる。さらに、遠隔からの操作により特定の人物を特定の思考にマインドコントロールすることもできるとしたら、車の走行への疑問どころか、一緒になって私の家を見張っているのだという使命感すら持たせることも可能だろう。他者への批判をあおることで、どういうわけか自らの尊厳に昇華させてゆくそんな論理さえ罷り通っているようだった。

そのような状況が数年間続いた。私たちが本当に要注意人物であるなら、いつまでも普通の市民生活を送っていることはおかしいのではと、私の家があやしいというような雰囲気づくりをすることで押さえ込んでいた疑問が再び湧き上がってしまうことを懸念して、何らかの状況突破をする必要があったのか、２０１０年頃から、私たちが引っ越さなければならないような状況を連想させるナンバープレートをつけた車の暴走が多くなっていった。どうしてそれが他の家に対してではなく自分に対しての圧力だと思うのか、被害妄想ではと思われるかもしれないが、私の家の乗用車と同種同色の車がそのナンバーをつけて走行したり、私の名前を思わせる数字やひらがなを使ったりと巧妙にその車やナンバーから連想されるものと私の家とをイメージづけていくのだ。一種のプロパガンダのようにある一定の考えを毎日のように繰り返すことにより、住民の疑いを車を走行している主体にではなく私の家に方向転換しているかのようだった。

テクノロジー犯罪被害ネットワーク　寂寞な海に漂うLIFE　JACKETのような存在

２０１０年12月、当ＮＰＯ入会を検討し始める。思いとどまらせるような内容の情報が自然と目につくようになるが、疑うよりは自分の目で確かめてみようと２０１１年1月ＮＰＯに連絡。石橋理事長にお会いし、今一番克服したいのは、人々が簡単に思考や行動をコントロールされている様子を見ていると、自分も頭で思っていることやしようとしていることが遠隔操作によるものかもしれないと考え、どうしても前向きになれず無気力になってしまうことだと相談した。理事長は、明らかに自分の考えとは異なる思考、例えば自分を罵倒する文句などが次々と浮かんできたことなどこれまでうけた被害のお話をされ、それが思考操作かどうか区別することはできなくても、それでも自分が正しいと思うことをひとつひとつやっていくこととおっしゃった。ご自身も被害を受けながら、テクノロジー犯罪に立ち向かうためにどうすべきか、何も解らない、誰も教えてくれる人がいないという状況で、何のマニュアルも指針もない中ＮＰＯを創設し、被害者に寄り添ってきた人の言葉だと思った。ＮＰＯに入会し、9月の街頭活動の後会員の方とＮＰＯ事務局に行った際、被害アンケートの入力のお手伝いをする話が持ち上がり、私も自分の被害だけでなく他の方の状況も知ることでこの問題に関する理解が深まるのではないかと思い、入力方法を教わる日程も決めて帰宅。しかし、頭の片隅に不安もあった。というのはこの十数年というもの、他からの働きかけで何かをスタートしてもそれが継続できたことがないのだ。例えば、趣味の集まりに参加することになり言われた日時に会場にいくと日程が変更され、すでに終了していた。私は主催者の連絡先を知らず、主催者は参加者それぞれの連絡先を把握しているという状況だった。変更の連絡をしてくれてもいいのに、と私は思い、主催者の人は連絡したのに私がすっぽかしたと今でも思っているかもしれない。電話がつながらなかった、メッセージを残したのに伝わらなかった、というようなことの繰り返しの日々。

また、私が関わることでもしかすると他者に何らかの影響を与えるのではという危惧もあった。2007年5月、20代前半の頃派遣されテレビ局に勤務していた際に面識があった社員の方が、ある事件を起こしたとニュース報道で知る。新聞にも掲載されていた。この問題について機会があったら相談しようと考えていた人だったが、当時のアドレス帳を紛失してしまいしばらく連絡をとっていなかった。私の過去の交友関係も把握し、私が何らかのコンタクトをとってもその人の社会的信用など簡単に落とすことができる、私が他者に働きかけることでその人物をも巻きこんで被害が拡大して行くと暗黙の圧力をかけられた気がした。事件に関しても、責任ある仕事をしている人がそんなことをするのかという疑問があった。現行犯逮捕というのもできすぎた茶番劇のように思われた。遠隔から気づかれずに人の感情や行動までもコントロールできる最先端のテクノロジー、それがどれだけの人の人生を狂わせてきたのか。色々なことが思い出され入力の件に関しても何かが起こる、そう感じた。業務を行う上で、何かトラブルが発生するのだろうか。そして、その夜主人が帰宅するとその日大阪への転勤が命じられたという。すでにシナリオがあったかのようだった。大阪へ引っ越すとなれば、東京のNPOの活動に参加する機会も少なくなるということだ。自宅周辺での車のナンバー等による引っ越しのほのめかしが現実になってしまったと思った。しかも、行き先が数ヵ所ある工場のうち一番遠い大阪であり、埼玉から大阪への転勤は前例がないという。車のナンバーを勝手に精神的プレッシャーと判断し、仕事の転勤という自然な誰にでも起こりうる人生の一つの出来事とを関連づけて、被害だと思い込んでいるのだと思われるかもしれない。しかし、存在しないといわれるひらがな「へ」などで始まるナンバーや、私たち家族に対するマイナスイメージを彷彿させるナンバーをつけた車が1分間に何台も走り抜ける、そのほか1時54分自宅前に停車した車からスーツを着た男性が降り、私の家にカメラを向けるなど、頼んでもいないのに家の売却のための査定がはじまったかのようなストリートパフォーマンスの演出どおりに転勤・引っ越しという結末となったのは、とても偶然とは思えなかった。住民を巻き込んだ違法な監視に疑惑の目が向かないよう、私たちを引っ越しさせるしか取り繕う方法がなかったのではないかと考えている。

引っ越し　転勤　あらゆる方法により自宅での平穏な生活を妨害

２０１１年10月、大阪へ引っ越し。車のナンバー等による圧力は依然続いていて、大阪での勤務は2年程といわれていたが、ずっとこちらに居ろ、埼玉には帰るな、もしくは主人の会社の大阪以外の工場がある地名のナンバーを使って、大阪の次は埼玉に帰るのではなくまた転勤だというような状況をイメージされ続けた。埼玉の自宅周辺で私たちを悪に仕立て上げ、追い出したことを自分たちの正当な任務であるかのように一般住民にアピールし続けるために、もう戻ることはできない可能性もあると考えた。また、家のポストには毎週のように葬儀場のチラシが投函されていた。その他住宅に関してもペットの件で不動産会社と契約面で行き違いがあったり、近隣に変電所や高圧送電線の鉄塔がある環境への不安も大きかった。また２０１２年、淀屋橋駅にてある科学技術展のポスターを見かけ、2月中旬の開催日の日付を記憶しておいた。その頃主人と四国への旅行を予定していたのであるが、仕事の都合で予定していた日ではなくその技術展と重なった日に変更となってしまった。また、ネットでその技術展について調べると、ポスターに記してあった日付とは異なる日付が表示されていた。私の記憶違いかデータが改ざんされたのか、もう一度ポスターを見に行くとすでに外されていた。自分がつくられた偽りの世界にでもいるような感覚になり、解決しなければならない問題の本質からどんどん引き離されている気がした。

大阪へ転勤し半年が過ぎ、やっと仕事も落ち着いてきたであろう主人には申し訳なかったが、埼玉へ帰りたいと伝えた。会社からは任期途中で帰ったら、降格も覚悟するようにと言われたが、それでも帰る決心をした。知らない街に引っ越し、私が少し精神不安定になったことを帰る理由とした。私は何としても2人を埼玉にいさせないようにする圧力を感じていたが、それに抗して帰ったら次はどんな手を打ってくるのだろうか。4月下旬、埼玉へ引っ越し。主人が以前の勤務先に行くと、私の調子が良くないと言うことになっていたのでそれを理由に、しばらく自宅待機するよう言われた。今のままの役職で仕事を続けるなら、やはり他の工場に行くようにという話も出た。そして6月下旬に、愛知県の工場に転勤が命じられる。そちらには独身寮があり、突然の決定だったため単身赴任で主人だけが転居し、私は埼玉に残るという生活になった。この2ヵ月間、主人が睡眠妨害にあい、やっと眠れた頃に次は私が咳が止まらなくなり結局起こしてしまうなど一緒にいることで攻撃を受けるという毎日であったので、被害を軽減するため単身赴任も仕方ないという状況でもあった。夫婦揃って埼玉の住居で今まで通りの生活を続ける、そんなあたりまえのこと、そのあたりまえの小さな幸せさえ引きはがして無にしようとするパワー、見えない権力の支配の下で、ぽつんとちっぽけに生きている私の現在だ。

遠隔技術による檻の中で自由と引きかえに見てきた世界

これまで、私の生活全般まさにライフスタイルがコントロールされているという懸念について記してきた。本書のタイトルでもあるテクノロジー犯罪に関しては、それまでの価値観が通用しない暗闇に放り込まれ、なんとか這い上がった頃にまたかという感じで3種の闇を超えてきた感がある。1つ目は組織的ストーキング及び大衆マインドコントロールによる人的嫌がらせに驚愕。こちらが失礼な行いや問題行動をしたわけでもないのに、不特定多数に敵意ある態度を向けられたり、監視と思われる状況が継続的に繰り返され、かたちに残る被害はなくても漠然とした精神的ダメージを与えられ続けた。理解してもらおうにも、一般の方には単なる被害妄想としてしか受け入れられないという、全世界を敵に回したかのような感覚との闘いの毎日。人間不信ブレインマシーンに呑み込まれた毎日。そして、その異常な世界にひとりというのにも開き直りつつあった頃、遠隔から特定の狙った器官にだけ何らかの反応を引き起こす技術により痛い目に遭い、２回目の暗闇へ。体に不調が起きると、それが自然のものなのか操作によるものなのか常に意識せざるをえなくなる。このような被害が存在すると気づく前は、当然自然の痛みと判断していたものが、そうではない可能性も考え続けなければいけなくなっていった。しかもそれを他人に話しても、常識で考えて理解されるはずもない。自分もその常識の中で生きてきただけに、それから遠ざかっていく現実のギャップ。新しい知識を得たらそれを生かして、というのが通常だがそれどころか知ってはいけないものを知ってしまった、知らないほうが幸せだったのではというジレンマ。かといってそれから逃れたくても24時間３６５日一挙手一投足に対し操作がなされている感覚との格闘。そして第3の暗闇は、見えない電磁波により人の思考・感情・行動までも操作可能な段階にあるという電子技術の存在だ。こちらは痛みなどで伝わらないため、より判断が難しく前述の犯罪被害とはまた違った果てしなく深い世界。自分の頭に浮かんだことが自分の考えなのか、送信されたものなのかを常に区別しながら物事を考えるようになる。いつもはこんなこと考えないのにという思考がなされても、目にも見えない形もない一瞬の概念などまた違うことを考えれば頭から消える。しかし、そのちらっとでも浮かんだ思考を否定したとしても脳裏に蓄積されていく。それ以上に怖れを感じるのは、まるで自分の考えであるかのようにある思考を送信され、それを当然自分から発せられたと受け取り考えや行動を気づかれることなく操作されることである。将棋の世界では、人工知能将棋ソフトがプロの棋士を負かすまでになっている。対戦する棋士の何万局ものデータを蓄え、何十年も前に指した本人も忘れてしまっている棋譜さえ知っていて、こういうときこう考えるでしょ？　と思っているかのように対局してくるという。私たちもそこまで分析された上で思考送信をされたら、他からのものなのか自分の考えなのか判別はきびしいだろうと思う。

私がなぜ思考コントロールの懸念をいだいたかというと、例によって車のナンバーを利用して私の頭に浮かんだことととその数字とをシンクロさせるということがあったからである。例えば、お花でも買いに行こうと考えた瞬間に目の前を花屋さんという文字を語呂合わせしたようなナンバーをつけた車が通り過ぎたのだ。まさに私にとって、事件は現場、このストリートで起きてるんだあというほどの衝撃だった。そう考えてしばらくしてから車が走行、というのではなくほぼ同時に思考とナンバーとが一致するのを呆然と目撃。思考だけではなかった。「今日はハンバーグ」といった家族との会話も言ったそばからハンバーグの文字を数値化したともとれる番号をつけた車が、用意されていたかのように走行。もう自らのアイデンティティーをも揺るがす、私っていったい何、自分の考えじゃないんだ、本当の気持ちは何なの。私の思考や言葉のほか、電話中の友人の話も同様にあらかじめ用意された台詞を喋っているだけだというように言いあててくる。話している当人はもちろんそんなこと意識せず自分の言葉と考えを発しているのだから、私も指摘することなく何事もなかったかのように通話を終える。人形同士が原稿を読んでいるだけ、人とのコミュニケーション全てが無意味に思えてくる、そんな感覚になり一人ひとりに対するリスペクトを失わせる。作られた台詞の反復であっても、それでも楽しくお話しできればまだよい。話していて私の言葉が勝手に変換されて相手に届いているのではないかという場面もあるのだ。なんでもない一言に相手がふさぎこんでいたり、意外な反応を示したり。想像するに例えば私が「キラキラ」と言うと、その相手と私の状況に合わせ、関係を停滞させる場合は「嫌嫌」、危機的意識をあおる場合は「ＫＩＬＬＥＲＫＩＬＬＥＲ」、ハイな気分にする場合は「ラッキーラッキー」などと全く違う意味を持つ言葉に聞こえているのではないかと考える。私の言葉が他への攻撃や感情操作になっているかもしれないと思うと、ごめんなさいである。気をつけて危なそうなワードを使わないようにしてみた。するとさらに上を行き、相手の記憶をさかのぼってその人にしかわからない地雷を踏んでしまったかのような言葉を私の頭に浮かばせて話させ、何としてもごめんなさい状態にもっていかれる。どれだけ言葉をつくしても人との信頼は築けないとでも言うように。

話す言葉だけでなく、数字や目にする物、色など全てが本来の意味以外のプラスアルファを含んだ何かとなって伝達され、言うべきことがそのまま相手に伝わるという単純な作業が不可能になる。私と相手との間に常に見えない第三者の意識が介在し、どういうわけかその第三者の意向に沿ったコントロールが及んでいるという空気。その微妙な違和感。私に人と接することがしんどいとか申し訳ないとか思わせるために、そういう感覚にさせられているだけではなく、現実にこのようなことも可能な「人との関係操作ブレインマシーン」とでもいえるようなシステムが存在するのではないかと推測する。Ｎシステムが捉えた情報が電送され、蓄積されたデータと照合されて一致すればさらに捜査車両等に自動で瞬時に伝わるように。一般の想像を超えた人をコントロールできる技術に翻弄されても、今の私が取るべき姿勢は、他から思考を送信されようが言動を操作されようが、その結果一時的な誤解が生じても、それぞれ自分の人生を一生懸命生きている、感情を共有しあえる人間同士として向き合っていくことだと思う。

目に見えない電磁波というもので、人間が操作される技術が存在するという事実を公に……。

そろそろ長いこと私の上に君臨しているアンブレラ、とりはらって下さらないかしら。

参考書籍

『テクノロジー犯罪被害者による被害報告集』内山治樹編　講談社出版サービスセンター（現・講談社ビジネスパートナーズ）
『武器としての電波の悪用を糾弾する！』石橋輝勝著　自費出版
『早すぎる？おはなし』内山治樹著　講談社出版サービスセンター（現・講談社ビジネスパートナーズ）
『大量監視社会』山本節子著　築地書館
『電子洗脳』ニック・ベギーチ博士著　内田智穂子訳　成甲書房
『国家と情報』青木理　梓澤和幸　河崎健一郎　編著　現代書館
『公安警察の手口』鈴木邦男著　ちくま新書

15　人間を遠隔操作する犯罪の被害者になって

K・S　埼玉県戸田市　50代　女性

電磁波被害を認識して

２０１０年４月に我が家は埼玉県戸田市にマンションを購入して引っ越してきた。当時、私は夫と20代の息子と３人で暮らしていた。しばらくは落ち着いた生活が続いていたが、12月上旬に奇妙な現象が始まった。私が家で物音を立てると、それに合わせて両隣からも物音が聞こえるようになった。私がタイマーを使うと、その後タイマーの音が聞こえるというようなことも多くなった。私の家の音を24時間録音していないと到底できない芸当である。そこで私は我が家の音がうるさく音が筒抜けだと隣人が示唆しているように感じた。

私が家の中を移動すると、その方向に両隣からも移動する足音が聞こえてきた。リビングで椅子に座り新聞を読んでいると、いつも上の階からミシッと天井がきしむような音が聞こえた。自宅内を歩くと、パチッと音がする場所がある。ある一定の時間をおき、その場所を歩くといつも音がするように仕掛けてあるようだった。隣や上の家から我が家を監視している内容の話し声が時々聞こえてきた。いつも隣や上の家で人がいる気配を、テクノロジーで感じさせられていたような気がする。そんな状態が昼夜問わずしばらく続いていた。

２０１１年３月に息子が家を出て一人暮らしを始めたので、夫婦二人の生活になった。その月の11日に東日本大震災が起こったせいもあって、夫は毎日早く家に帰って来るようになり、夜も早く床に就くようになった。５月中旬の深夜、私が寝室で眠っていると下の家からの振動を感じて目が覚めるようになった。ほぼ毎日夜中に２回位振動で起こされた。息子が家にいた頃に夜遅く帰ってきて夜中に入浴するような日が多かったため、下の家の人は睡眠妨害されて、その腹いせに嫌がらせをしてきたのかと推測して我慢していた。最初は下の住民が我が家の床下に何か振動させる機械を取り付けたに違いないと思っていた。私はキャンプ用のマットの上にマットレスを敷きその上に布団を厚く重ねて、なるべく振動を感じないようにして眠っていた。毎日振動を受けているうちに、振動と共にだんだん頭がぼーっとしてくるようになり、これは尋常ではないと思った。毎日寝る場所や方向を変えたが、どこで寝てもその振動を避けることはできず、起きて携帯電話で時間を確認するとようやく振動が止まるという日が続いていた。加害者はまるでこちらの様子が逐一わかっているかのようだった。

２０１１年６月中旬、睡眠中に足にビリビリする強い疼痛を感じた。その時に感じた今迄に経験したことのない異常な痛み方は、明らかに他人による電磁波の照射により起こったことを私に確信させた。家でうとうと眠ってしまったりすると頭の下でカチカチ音が聞こえてきた。頭がえぐられるような感じがした。家の中で常時身体への電磁波による攻撃が始まり、下腿、腹部にカチカチ音と共に疼痛を感じるようになった。片足のつま先に熱を感じることもあった。家の中で移動しても攻撃を避けることができなかった。その攻撃に合わせて下の家から「ハハハ」と男性の笑い声も聞こえてきた。加害者がこちらの様子をどこかで見ていて楽しんでいる感じを受けた。

きっと盗聴や盗撮されているに違いないと思い、電波探知機を買ってきて家の中に盗聴器がないか調べてみたが見つからなかった。コンクリートマイクがある場合には見つける方法がないそうなので、盗聴防止のためのコンクリートマイクの妨害機を取り付けてみたが効果がなく、ますます身体被害がひどくなった。地震の時に、ハイパーレスキューががれきの下から人を捜す時に使うようなサーモメーターで人間の体温の変化を読み取ってどこにいるのか把握しているのか。いろいろと考えをめぐらせたが具体的な結論には至らなかった。この頃、歯科の予約や大切な用事をいろいろと忘れさせられる被害にも頻繁にあっていた気がする。

やがて私は電磁波過敏症になり、駅の改札を通ると静電気で身体がビリビリしたり電線の下を通ると頭が痛くなるようになった。普段は気付かなかった高圧電流施設がどこにあるかがわかるようになった。電磁波攻撃と共に音が聞こえてくるので、どの方向から電磁波攻撃されているか、その人が立って電磁波を照射しているのかがはっきりわかるようになった。（これもテクノロジーによってそう思わされていたかもしれない。）インターネットで調べてみると、電磁波を避けるにはアルミニウムがいいというので、段ボールにアルミホイルを四重に貼り付けて身体の下と周りに置いてみたらいくらか被害が和らいだ。その様子を見た夫に「まるでホームレスのようだ」と言われた。そのうち相手がもっと電磁波を更新してきたために防御効果は全くなくなった。

電磁波を測定するために、ガウスメーターやトリフィールドメーターを買ったが電磁波を測定できなかった。次にドイツ製のギガヘルツソリューションズｅＨＦ32Ｄという周波数帯で８００メガヘルツから2.5ギガヘルツが測定でき、分解能は１μＷ／㎡で高性能の指向性アンテナ付きの高周波（マイクロ波）測定器を買ってきて、自分の家の壁や床を全部通常時にどの位の電波が測定できるのかをくまなく調べた。それによって通常で電波の影響が殆どない部屋やマンションに隣接している家でコードレスホンがあるかもしれないやや高いマイクロ波が測定できる場所を把握した。マイクロ波というのは垂直方向に波をジグザグに進む性質があるので、どこから送信されているか測定器のアンテナにより方向がわかるのである。自分の身体に照射感を感じた時に、上下左右の家から普通では考えられない値を測定した。家で座ってじっとしていると必ず電磁波を照射されるので、なるべく昼間は図書館に行ったり、外で過ごしたりするようになった。

電磁波を避けるために、高速道路を通って夫の職場に泊まりに行ったりしたが、そこでも電磁波の被害にあった。ゆっくりしたかったので、９月家の近所にアパートを借りた。２階建てアパートの２階である。引っ越してまもなく頭に電磁波の照射感を感じて、何かおかしいと思った。夜9時位にアパートに泊まりに行き、朝早く自宅に戻るようになった。夜中に寝ていると水道をひねる音やモーターの音が大音量で聞こえてきた。口笛が夜中に何回も聞こえてきて外に不審者がいるのではないかと思った。夜中に窓を閉める時に外を見ると、20歳位の男性が下からこちらを見ていた。深夜に数人の足音が近づいてきて私のアパートのベランダ側と部屋の前で止まり、外から照らされた光が家の中に四角く映った。その光は何だったのか、インターネットで調べてみた。赤外線カメラで家を照らすとカーテンが透けて見えて人がどこにいるかがわかるそうだ。アパートの中でも電磁波の照射感を感じて、電磁波を計測すると、左右と下の家からマイクロ波が照射されていた。

隣接している3軒に引っ越しのあいさつに行ったら1軒だけ20歳代位の男性が出てきた。残りの2軒は在宅している気配がある時に訪ねても、誰も出て来なかったので未だに誰が住んでいるのかはわからない。顔も知らない人からなぜ電磁波攻撃をされなくてはならないのだろうか。何か大変なことに巻き込まれた感じがした。それでもまだ自分の身に起こっていることが信じられなかった。引っ越してから1週間ほどでアパートを解約した。アパートの管理会社には何か問題があったのかと聞かれたが、見ず知らずの人から電磁波攻撃を受けていると言っても真実味がなく、頭がおかしいと思われそうなので、本当の理由は話せなかった。

その頃、携帯電話で相手と通話中に男の声が混じって聞こえたりした。自宅の固定電話から電話をかけたら、全く違う番号に繋がった時もあった。電話が盗聴されているような気がしていたので、大事なことは全部外で公衆電話からかけるようになった。それでも自分の考えていることが加害者に気付かれているような気がしていた。ある時、夜に家で寝ていたら電磁波を照射されて、朝起きると平衡感覚がおかしくなり倒れそうになって歩くのがやっとだったことがある。これ以上電磁波を照射されたら大変なことになると直感した。

それからは毎日夜に終電に乗って東京にある女性専用のサウナやホテルに泊まるようになった。終電を利用したのは誰かにつけられたとしても、尾行してくる人が帰宅できなくなるためにつけて来にくいと思ったからだ。毎日人につけられないように気をつけて、どこに泊まるのかを出かけてから決めていた。しばらく家で眠らなくなったため電磁波を照射されなくなり、体調はすこぶる良くなり電磁波過敏症もなくなってきていた。毎日埼玉の自宅と東京を往復し夜就寝する時間が深夜1時過ぎという大変な生活となったが、夜はゆっくり休むことができた。

私の家では電磁波の被害は私だけで夫には全くない。自宅やアパートで高周波計測器を使用して電磁波を測定した際に夫にも数値を見せていたので、夫は私が電磁波被害にあっていることを理解してくれていた。その頃毎日、夫は一人で眠り朝起きて一人で出勤する生活を余儀なくさせられていたので、ノイローゼになりそうだと言っていた。

集団ストーカー被害（日本、アジア、グアム）

集団ストーカーとはある特定の組織や集団が個人に対してストーカー行為や嫌がらせを行うことで、海外では Gang Stalking と言われている。

２０１１年11月、外出先で常時、数人につけられるようになる。相手は見ず知らずの人間である。ある時、人通りのない道を通り急いでビルのトイレに駆け込むと、男の声で「すごく速くてついていくのが大変だった」と聞こえてきた。後で顔を見てみると20代後半位の男性２人だった。ストーカーは、明らかに目を引くような行為を行う。例えば十数人で一斉に携帯電話でパタパタと音をたて、私に関係する言葉を仄めかしてくる。彼らはストーカー行為と共に電磁波攻撃を行ってくる時もある。電車の中で眠っていると閃光を見せるテクノロジー行為や身体攻撃をしてくる。ホテルでは、ドアを乱暴にバタンと閉めてドタバタと歩き出し、またバタンとドアを閉める行為を繰り返す。夜に泊まりに行く途中や宿泊先でもストーカーが多数出現して電磁波攻撃をしてくるようになり、動悸を起こされたりするなどの被害を受けるようになった。宿泊先でも電磁波被害に遭遇するようになり、仕方なく家で眠るようになった。

私は旅行が趣味で毎年3回位アジアの国に出かけていた。電磁波による犯罪の被害を避けるために、月に1度位外国で過ごしたらという夫の勧めで、２０１１年12月にアジアのある国に一人旅に出た。すると成田空港からずっと男が数人ついてきた。その国の首都ではおびただしい数の現地人と日本人がつきまとい地下鉄内、駅構内、道路などで携帯電話を持ちイヤホンを付けて私の移動を実況中継している感じであった。旅行1日目に遭遇したストーカー達は、皆上下黒い服を着て目立つ出で立ちだった。旅行中は大移動をしたが、ストーカー達はどこまでもついてきた。私が食事をした店や見学した博物館を出る度に、「一人できた日本人はもう帰りましたか」と受付に電話が入った。バスに乗って移動中に、急に孤独感と寂しさに押し潰されそうになっていた。私はどちらかというと孤独を好む性格なので、一人旅も初めてではなく、今まで寂しいという感情は殆ど経験したことがない。数分たつとそんな感情は消失していて、何か不思議な気がした。あの時の感情は何だったのだろうか。これが感情操作なのかと思った。

ある寺を観光していた時に、はるか遠くで私に手を振っている男がいた。「おばさん早くここまで来いよ」と現地語で聞こえてきた。その声は寺にある石塔の中から聞こえてきた。今までいろいろな音が聞こえてきたことはあるが、人間の声が聞こえてくる体験はこの時が初めてだった。

ホテルのカフェでお茶を飲んでいる時に、離れた席に座っていた現地人の女性がわざわざ私の横まで携帯で電話をしにきた。その内容は私が少し前に考えていたことで誰にも話していない内容を仄めかしてきた。今まで自分の行動や考えていることを読まれているのではと漠然とした不安を持っていたが、それでも非現実的だと否定していた。ストーカー達はそれから何度となく私が考えていることを仄めかしてきたので、自分が思考盗聴されていることをもはや否定できなくなった。日本へ戻る飛行機の中でも、睡眠中に頭の中を直接刺激されいきなり起こされた。身体に疼痛を加え顔をなでるような触覚被害を与えてきた。普段の生活では何かを考える時にはなるべく外国語で考えていたが、思考盗聴されていることを知ってから別の言語で考えるようにしてみた。すると帰国して成田空港から家に帰る電車の中でその言語を話すストーカーが現れ、私の名前を呼び話しかけてきた。同月グアムに行ったがやはりストーカーがつきまといをしてきた。この一連の集団ストーカー被害も2ヵ月位で自然におさまってきた。しかし2012年の5月から国内や海外旅行をすると仄めかしをしてくる人と時々遭遇するようになったが、特に気にしていない。

海外や国内で私が他人の車で移動して、普段は行かないところに立ち寄ったりすると、そのような時に限って携帯電話に非通知や知らない電話番号から電話がかかってきた。携帯電話に位置情報を出してはいないが、それでも加害者は携帯電話でも追跡が可能なようだ。

被害を遡って……電磁波被害を認識する前

電磁波被害を認識したのは2011年5月だが、2009年に被害を遡ることができる。当時住んでいたマンションの前にさらに高い建物が建築されることになり、同じさいたま市内の一戸建てに転居した。家の隣には一戸建てがあって私の家との間が1メートル位と近接していた。その家には30歳代位の夫婦と子供が3人住んでいた。私の家の前に道路を挟んで7階建てのマンションが建っていた。

その年の夏の夜に窓を開けて寝ていた時風の音が強くなってきたので窓を閉めたら、その音がうるさかったのか理由はわからないが、隣の人がものすごい剣幕で怒鳴ってきた。私は既にパジャマを着て就寝中だったので、その時は隣の人には対応せずそのまま家にいた。それから隣人の陰湿な嫌がらせが始まった。その嫌がらせを人的嫌がらせとテクノロジーによる嫌がらせに分けてみた。

（人的嫌がらせ）

①朝雨戸を開けると向かいのマンションの2階のベランダに隣の夫婦がいて、笑いながらこちらを見ていた。

②私が午後7時頃料理をするとうるさいと文句を言われた。

③隣の家のガレージ内でバイクのエンジンをふかし騒音をたてる。

④私の家の電話が鳴ると隣の人が私の家の方に近付いてくる足音が聞こえてきた。おかしいと思い携帯から自分の家の固定電話に何度か電話をしてみたら、やはり同じように足音が近づいてきた。

⑤冬の寒い日に隣の奥さんが外で物陰に隠れてずっと我が家を見ていた。（気が触れているのかと思った。）

（テクノロジーによる嫌がらせ）

①私が寝ていると夜中の2時頃にガタガタ音をたてられて起こされた。毎朝4時ごろからトントントンと料理をする包丁の音が聞こえてきた。包丁の音が途切れることなく続いていたことから、テクノロジーによる音送信だったのかと考える。

②息子が家の階段を上る時に、足の動きに合わせ下からバシバシッと音が聞こえてきた。夜中に家の柵を鉄パイプで叩いているような音が聞こえてきた。夜中に大きな音をたてると近隣の他の家にも迷惑がかかるので、実際に鉄パイプで柵を叩いていたわけではなく、テクノロジーによる音送信だったと考える。

③私が外出から帰ると隣の家の電気が丁度消えて、隣の家が真っ暗になった。夜に向かいのマンションを見ると、その瞬間2階や3階の部屋の電気が突然消えるのでおかしいと思っていたら、隣の奥さんが向かいのマンションの3階からこちらを見ていた。これも盗聴盗撮や思考盗聴によりタイミングよく行われてい

たと考えると納得ができる。

④テレビを見ている時に声を出さずに私が笑っていたら、隣から「笑っている」と聞こえてきた。この状況も私の家の様子がわからないと知りえないことなので、盗撮または思考盗聴されていたと考える。

当時は、本当に気味の悪い夫婦が隣に住んでいると思っていた。子供が3人もいて毎日忙しいはずの主婦が、隣からずっと監視している状態が何よりも不気味であり、引っ越してから1年で現在居住している戸田のマンションに転居した。ずっと当時の家のことと電磁波犯罪とは無関係だと思っていたが、今振り返るとその時から被害が始まっていたと考えられる。

現在の被害（2012年）

最近の被害では、外出時に身体が揺れて普通に歩行している感じではなくなった。実際に動いている動作と動いている感覚にずれが生ずるのである。それは家の中で普通に生活している時にはなく、外出すると起こるのである。それ故に病的ではなくテクノロジーによる異常だと考えられる。また家で睡眠中は常に電磁波を照射されている感があり振動を感じる。時々音や振動で覚醒させられ睡眠妨害をされる。四肢や局部にはチクチクッとした針で刺すような疼痛、関節痛、筋肉痛、掻痒感を与えられる。これらの疼痛は因果関係なしに始まり長く継続することはない。皮膚感覚が電気的であり自然ではないため、やはり電磁波によるものと考えられる。

朝覚醒した時に、頭の中でチッチッという合図のような音が聞こえる。私が身体を起こさなくても、加害者は目を開けただけでわかるようである。就寝中も頭の中を覗かれているようである。2週間位続けて合成のような変な夢を見せられた時もあった。人工の夢の中では場面が一緒で登場人物だけが入れ替わっていたりする。悪い人に狙われ恐怖に怯えている夢も見た。なぜ人工の夢と認識できるかというと夢から醒めた時に、合図のように動いている黒い模様が映像として見えるからである。その模様は瞼を閉じてみても消えずにずっと見えた。そして私が受けている被害はこの被害報告に記されている内容だけではない。書面に書くことが憚られる猥褻な被害もあるのだ。

私は水泳を昔10年以上習っていたこともあり、ずっと水泳を続けていて今では生活の一部になっている。しかし加害者たちは私が水泳をしている時に異常な執着で妨害をしてきて、ささやかな楽しみを奪おうとする。水泳中に平衡感覚がおかしくなり、左右のバランスに異常が起きる。泳いでいる時に力の入っている感覚がなくなったり、右手の手指が痺れたりする。視野の見え方がいつもと違うこともある。水泳中に触覚被害、疼痛や掻痒感を感じさせられる。初めはクロールを泳いでいる時だけ異変を感じたがだんだんと平泳ぎ、バタフライ、背泳ぎなどその泳ぎ方に合わせてタイミングをずらされたり妨害をされたりするようになった。極めつけは泳いでいる時に自分の意思に反して手が動くことである。人間の身体を自由に動かすことができるのだろうか。プールにいる時は皮膚の表面にモワモワッとする電気の増強を感じる。入浴中にはこのようなことは感じたことがない。これによって身体の表面に電界が存在することを確信できるような気がする。

家宅侵入が頻繁に起こっている。私はセキュリティーの良いオートロックのマンションに住んでいるので安全を過信していた。3月、家のクローゼットにしまってあったお金の中から113万円が盗難された。それもわざとわかるように、日本円が入っていた日本の銀行の封筒に別の所にあった韓国のウォンを入れていったのである。警察にも届けて家にも来てもらったが、そこにあったお金のうち全額ではなく中途半端な額を盗む泥棒なんていないと言われた。その時に警察の人にもテクノロジー犯罪の被害にあっていることを話した。

それからは外出するときは必ずセキュリティーをかけて出かけるようにしている。それでも頻繁に家宅侵入されて貴金属などを盗まれた。加害者はセキュリティーを解除して入り、出て行く時にセットして出て行っているのである。我が家のセキュリティーはチップではなくて、その家で決めている記号を順番に押すようなシステムになっている。だから、加害者が思考盗聴をしていれば簡単にセキュリティーを解除できるのである。ベランダの植物の葉を片側半分だけポキポキと折られ、台所の床に白い絵の具らしき汚れをつけられた。そんな下らないことも大好きなようだ。私が国内を旅行している時もホテルの部屋や大浴場のロッカーに入っていた金目でない物を盗み、置いてあったパンフレットを破って、再び鍵をかけて出て行くのである。そのためだけに加害者はホテルに宿泊しているのだろうか。それとも被害者の近くにいなければならない理由でもあるのだろうか。本当に不思議で御苦労と言いたい。

思い出してみると、家宅侵入されていた形跡は1年以上前からあった。同じ植物の鉢が2つあるが、片方の植物だけに白い液体が斑点状にかけられていたこともあった。私にわかるように家宅侵入するようになった理由は、2012年1月に警察へ被害の相談に行ったからではないかと推測する。その後、私が頻繁に警察に足を運ぶように仕向け、異常な被害を訴えるおかしな人に仕立てあげたかったのかもしれない。

電化製品の異常について

電磁波被害を受けるようになると家電製品や携帯電話が頻繁に誤作動を起こすようになる。これは偶然ではなくこの被害にあう前は以下のような被害を経験したことはなかった。

1　テレビのスイッチが勝手に切れる。テレビの音量が一時的に上がる。

2　バッグの中に入れておいた携帯電話が勝手に誰かにつながり人の声が聞こえてくる。携帯電話で通話中に設定していない着信音が鳴って、通話が聞きにくくなる。スマートフォンでインターネットを見ようと何度試みても、インターネット画面を開くたびに勝手に閉じてしまう。

3　炊飯器がカチカチと異常な音をたてるようになる。

4　エアコンが勝手に作動する。

5　ｉＰｏｄで音楽を聴いていると曲の途中で次々と飛ばされる。ある時・ｉＰｏｄライブラリの曲がバラバラになっていた。

6　高周波測定器が勝手に点いたり消えたりする。（これは電池で動く機器。）

7　パソコンの動きが遅くなる。現在パソコンで執筆をしているが、インターネットに繋いでいないのにカーソルが勝手に別の場所に動くことが頻繁にある。勝手に手書き入力の画面が出てきて、カーソルがその画面の外に移動させられなくなり画面を閉じることができなくなる。

8　駅の改札をスイカでタッチし通過しようとしてもなかなか読み取らない。５回くらいやり直しようやく通過できるようになった。（この被害は集団ストーカー被害中に何度も経験した。）

人体の遠隔操作

人間の感情、思考、行動、記憶を操作する技術はアメリカで１９５０年代に研究が始まり、１９７０年代に軍事技術として可能になったという。人間にはそれぞれの周波数コードがあり、その人の周波数に合わせて微弱な電波を送信して、周波数が一致すると共鳴という反応が起こるらしい。これはあるラジオ局から送られた情報をラジオで受信した状態と同じに考えれば良い。そして周波数を把握していれば、個人に対し疼痛を与えたりその他劇的な影響を与えることができる。

ニック・ベギーチ博士によるとエネルギーのパルスを変調して振動率を変え、人間に照射することで、人間のコードを著しく変化させる可能性があるという。現在、日本では人体の電界を利用して通信を行う試みが研究されている。人体のＨＦ帯の周波数へ異なったＵＨＦ帯の周波数の無線機を用いてワイヤレスで接続を行うことも可能なようである。このような研究は将来的には遠隔医療やヘルスケアなどで応用され、社会的に期待される分野である。

テクノロジー被害には思考盗聴をされ考えが他人に知られる、五感を他人に共有されてしまうという被害がある。脳と機械がつながる技術としてＢＭＩ（ブレイン・マシン・インターフェイス）という技術がある。ＢＭＩとは、Wikipedia によると人と機械の意志や情報の仲介のためのプログラムや機器であるマンマシンインターフェイス（人介機装置）のうち、脳波を解析して機械との間で電気信号の形で出入力するためのプログラムや機器である。ＢＭＩという言葉は一般の人にはまだ耳新しいことかもしれない。しかし、この研究は既に様々な大学で研究されていて、今やあらゆる方面で活用されようとしている。例えば、脳の疾患などで発話の障害がある人に対して意思の疎通をはかったり、事故や疾病などで手足を失った人のために、思い通りに動くような義手義足といった装具を提供する手段として注目をあびている分野である。

また人間の五感情報通信技術というのがあり、人間の五感をセンシングという技術を用いて再現機器を用いて体験できる。センシングとは Wikipedia によると対象を遠隔から測定する手段であり、その定義は幅広い。再現機器では五感のうち、視覚、聴覚、臭覚においては複数での共有も可能になるという。

私が頭の中で言語化したことや、言語化せずに思っただけでも加害者に伝わっていることが多いような気がする。自分が一度嗅いだことのある臭いが、再現されて送られてくることもある。自分が見た物に対して、加害者からすぐに反応がある時がある。私が聴いている曲に合わせて、加害者が一緒に歌を歌ってくることがあった。私が走行中の車の助手席に座り瞼を閉じると、閃光を見せられた時もあった。これらのことによって加害者に五感を共有されていることを実感している。私には音声送信は殆どないが、加害者同士が話をしていることや加害者が何を考えているかテレパシーのように伝わってくる時がある。一連の思考盗聴をはじめとする五感を共有されてしまう被害は、最初は信じられないものであった。軍事技術を悪用してテクノロジー犯罪が行われている可能性があるため、その技術が公開されることは難しい。しかし、現在の工学や認知神経科学などを調べてみると原理的に十分に可能な時代になっていると考える。

現在の工学では人体通信受信機を用いて人体の電界の変化を受信して、心電図などの生体情報を遠隔から測定することも可能になっている。マイクロ波センサーを用いて脳に電極を用いることなく脳波を読み込むことも可能になっているという。また脳の表面に置いた電極によって脳波を読み取り、ロボットを自分の手足のように動かしたり、脳波を解析して複雑な動きを表す情報を取り出すことは、日本の特技とも言われている。

２０１１年12月にアジアの国で電車に乗っていた際、私は疲れて座席に座ったまま目を閉じて、まさに眠りにつこうとしていた。すると前に立っていた男性が「こいつはまだ眠っていない」と言ってきた。後から確認したら、その男性は携帯電話らしき物を持って見ていた。目を閉じて眠っている人を他人が眠っているかどうか判断できるはずがない。私が睡眠している状態を遠隔より脳波を受信して、睡眠の深さを判断したと考える。脳波の波形はその人によって違いがある。加害者は日頃から違法に他人の生体情報を盗み見ている可能性がある。普段の生活でも私は昼間にうたた寝しそうになると、痛みや音により覚醒させられる被害を受けている。

認知神経科学では、人間の脳の研究のために人体実験をすることは歴史上、倫理的にタブーとされ、代わりに動物実験が行われてきた経緯がある。脳の分野は未知な部分が多い。しかし加害者たちは被害者の脳を乗っ取り、生体情報を不正に入手して悪用していることが考えられる。

加害波について

電磁波被害を認識した頃に測定できた高周波（マイクロ波）は、近距離から照射されたものだったと考える。マイクロ波の性質は、垂直方向にジグザグに到達する。遠くの家から照射された場合には、壁に当たる度に電波が反射や減衰することが考えられ、何軒もの家を通り抜けてから一軒の家に到達しているとは考えにくい。またマイクロ波は周波数聴覚効果といい、マイクロ波が体内に入ると、脳は熱で拡大し冷めるに従って収縮する時にカチカチと音がする性質がある。私が電磁波被害を認識した頃は、頭部、腹部に身体攻撃を受けた際に、いつもカチカチという音が聞こえていた。

現在私は室内のマイクロ波を測定してその影響の殆どない部屋に電磁波シールドの生地を2枚重ねて敷き、その上で睡眠をとっている。布団の上に横になっている時に、トリフィールドメーターやギガヘルツソリューションズｅＨＦ32Ｄで測定しても、ごく低値の電磁波しか測定できないが、毎日夜間睡眠中に電磁波を照射されているような振動を感じている。言いかえると、それだけ電磁波対策をしているのに、低値とはいえ電磁波が測定できるのが不思議である。夜間に電磁波を強く照射されている感じがする時があり、強い振動と不快感で覚醒させられることもある。強い電磁波を瞬時に被曝するよりも、弱い電磁波を長時間照射されることは身体に与えられるダメージが大きく発癌の危険度も高くなる。欧米に比べ日本は電磁波に対する規制が殆どないといっても過言ではない。

日本や海外どこに行っても行われる加害行為に、局所的にチクッとした疼痛を与えてくることがある。以前、布団の上に横になっている時に、足にチクッとした疼痛を感じて丁度その測定ができた時があった。マイクロ波が1～15μＷ／㎡、痛みに合わせて数値が動いた。この数値はごく普通で全く違法でないが、加害行為が微弱の電波で行われていることがわかる。

私はスキューバダイビングが好きで日本でも一年中潜っている。そして海に潜っている時も、身体にチクッとした疼痛を感じる時がよくある。日本の海岸付近や沖合で潜ると加害波が水深17メートルの深さまで到達している。海外のビーチでは水深26メートルでこの疼痛を感じた。ダイビング中の身体被害は身体の一部に疼痛を与えられるだけであり、プールで水泳中に起こる触覚被害や身体のバランスをおかしくされるなどの被害はない。一般的には電磁波による被害は水中では起こらないと考えられがちだが、海水にも殆ど減衰しないで水深26メートルまで到達することを考えると、可能性のある電磁波にアメリカやロシアの海軍の対潜水艦通信で使用されている周波数帯と同じ76から82ヘルツの極超長波がある。また海洋情報通信ではダイバーが最大40メートルの深さにいても、周波数32・768キロヘルツの超音波を用いて陸上と通信することができる。

千葉の沖合で水深17メートル位の所で、一眼レフのデジタルカメラで水中生物の写真を撮影している時に、カメラの画面に黒い横線が下から上に何度も動く現象が起きた。水中深くでカメラが電磁波の影響を受けたようである。このような現象は陸上でも経験したことがなかった。その時、私はレーダーで位置確認をされているのではないかと思った。

最後に

私は2011年12月にNPOテクノロジー犯罪被害ネットワークに相談に行き、2012年2月に入会した。この被害報告を書くことを決めた理由は、知り合った被害者の人が亡くなり、自分も身の危険を感じているからである。何かあった時の為に、記録を残しておきたいと思った。加害者の目的もわからず、警察に被害を訴えても、被害の異常性と巧妙性から取り合ってもらえない。一連の被害を経験するうちに浮かびあがってきたのは、Sである。集団ストーカーがそれらしきことを仄めかしていた。しかし私はSとは全く接点がないのである。見ず知らずの人が沢山加害に参加していることや海外まで追いかけて来る資金力を考えれば、何らかの大きな組織でなければ人を動員できないはずである。

現在、ＮＰＯテクノロジー犯罪被害ネットワークで確認被害者数は１１００名を超えている。この犯罪の被害者であっても認識していない人が沢山存在することが考えられる。それらの人達が被害報告を読んで、少しでも加害のパターンを認識して被害に気付いてほしいと思う。この加害が人間の五感、思考に介入できることから、他人に事件を起こさせて日本社会を混乱させることも可能である。それ故に、この犯罪は誰もが被害者になる可能性がある。加害者は法の目をくぐり、加害行為を続け、その規模は全国網の目のように拡大を続けている。このような科学技術悪用による犯罪を取り締まるために、研究者による被害の検証と一日も早い法の整備を望む。

参考文献

『電波に強くなる』徳丸仁　講談社　１９８０年
『電子洗脳』ニック・ベギーチ博士　成甲書房　２０１１年
『トコトンやさしい電波の本』谷腰欣司　日刊工業新聞社　２００３年
『ブレイン－マシン・インタフェース最前線』櫻井芳雄、八木透、小池康晴、鈴木隆文　工業調査会　２００７年
「読売新聞」平成24年1月8日朝刊
http://amplet.com/hbc/page06.html　人体通信のホームページ　根日屋英之
http://blog.sizen-kankyo.com/blog/2011/10/000971.html 自然の摂理から環境を考える
http://www.astec.kyusyu-u.ac.jp/mase/thema/micro.htm マイクロ波・ミリ波計測システムの開発と産業応用
http://www.soumu.go.jp/main_sosiki/joho_tsusin/policyreports/chousa/gokan/pdf/060922_2pdf「五感情報通信技術に関する調査研究会　報告書」
http://www.fuji-us.co.jp/products/sea/spec.html 富士工業株式会社　水中トランシーバー仕様　海洋情報通信機器

16 引っ越したら、こうなった……

H・S　東京都　50代　女性

始まり

私が引っ越しを始めたのは平成20年6月23日でした。

前年、平成19年の夏、隣の家で朝の5時頃から夕方迄、人が入れ替わり立ち替わり出入りして経文を唱え続けているのが大変五月蠅《うるさ》いので、お手洗いに入って本を読んだりしていました。仕事は在宅で、データ入力等をしていましたが、量は減っていました。

8月の、ある暑い日に買い物から帰ると、大家さんの御主人が全裸で窓の外に釘を打ち付けていたのです。1階が大家さん、2階は奥に私（一人暮らし）、手前にKという女性の2世帯が住んでいました。2階へ上がる階段の下が御主人の部屋で、必ず目に入ります。塀があるので外からは覗き込まなければ見えません。この事があった後、普段はスーパーで会っても挨拶をしない隣人のKが、ゴミを出しに出た私に「見た？」と話しかけてきました。Kは夜に仕事をしていたので、帰って来た時に全裸の御主人を見たという事、大家さんの息子さんの事等、色々話を聞きました。この時に、隣の家の五月蠅い事もあったので「引っ越しをしたい」とKに言ったのです。

この夏、夜に帰宅した時、大家さんの御主人が部屋に明かりをつけ全裸でベッドに横になっているのを2～3回見ました。窓には直径10センチ位の穴を沢山開けた段ボールが付けてありました。

今になってみると、御主人がマインドコントロールをされていたのではないかと思っています。話をした事は殆どありませんが、仕事を辞められてからは、庭で花や木の手入れをしている穏やかな方でした。

こうして、この変な年の夏は過ぎて行きました。

翌年の春、隣人のKが話しかけて来ました「引っ越さないの?」と……。

去年の様に五月蝿くされたら嫌だなと思っていたので「探してみる」と答えました。その時、不動産屋は何処かとか、更新は何時かとか色々と聞かれ、友人から鈍い（2ぶい）の上をいくシブイ（4ぶい）と言われている私は、ぺらぺらと聞かれた事を話してしまいました。これも今から思えば、私を追い出す事を目的とした誘導で大家さんの息子さんの事も誹謗中傷だったようです。

このKは、私が10年位前に引っ越した時「お茶を飲みにいらっしゃい」と誘われたので行くと、もう1人女の人が来て、Sの信者で色々な話を聞かされました。その後はあまり会う事もないのに、父の所へ行く時に（週に2度買い物を届けていました）2駅離れたスーパーで買い物をしているとKがいたりしました。違うスーパーへ行った時にも会った事がありますが、私の方から挨拶をしなければ知らん顔をしていて、変わった人だなぁと思っていましたが、選挙の時になると愛想良く候補者を連れて来ました。1ヵ月に1度位ずつ、何かをズリズリと引きずってゴトゴトと動かす音がしていました。「模様替えが好き」と言っていましたが、今の私の状況を考えると、嫌がらせか加害をする為の位置替えだったように思います。

更新の前に引っ越し先を探そうと思いました。定職が無いので、今迄の不動産屋なら未払い等のトラブルも無いので借りられるかも知れないと相談に行くとIが親切に対応し、マンションを紹介してくれました。行ってみると古くて、マンションとは名ばかりでした。2階の角部屋を紹介されましたが、4階（最上階）も空いていて階下も隣も空き部屋だったので4階に決めて引っ越しをしました。

このアパートに住んでいる時に、変に思っていた事。今思えば、嫌がらせ、誹謗中傷、何かの（電磁波?）照射

○平成19年の梅雨が明けた頃に微熱が続き、1週間ほど安静にしていても下がりませんでした。病院は嫌いなので、行きませんでした。
○お腹が空いていても、いっぱいでも、グーグー、ゴロゴロと鳴り、友人に驚かれました。これらは、後に他の被害者の訴えを聞き、加害によるものだと分かりました。
○夜中にカサコソとゴキブリでも歩いている様な音がするのですが、何もいないという事が何度もありました。
○窓を閉めていたのに大きなハエが入ってブンブンと飛んでいました。出す事が出来ずにそのままにしていたのですが、いつの間にかいなくなりました。現在の所へ越してからは蜂が入っていましたが、いつの間にかいなくなりました。蟬の羽をブルブルと震わす音がしましたが、姿はありませんでした。
○向かいにあるビル（初めは屋台村のような飲食店だったのですが、この頃には何の会社が入っていたのか分かりません）の屋上から、作業服を着た人が数人で、私の部屋を見ているという事が数回ありました。
○アパートの前の道（ビルとの間の道で行き止まりです）でタクシーがエンジンをかけっ放しでずっと止まっています。夏なので、窓を開けていると五月蠅く、余計に暑く感じました。何回もありました。
○お手洗い、お風呂に入ると、裏のお茶屋が、２階の窓から店先に置いてある足拭きマットの様な物をパンパンと叩きます。
○近所のスーパーSへ行くと、警備員の呼び出しアナウンスが始まる。値段を間違って打たれる。買ってない物が打たれている。個数を多く打ってある等。これは、段々酷くなり、父の近くのスーパーIでは、いつもではないが「お手持ちの荷物にお気を付け下さい」というアナウンスがされるようになり、商店街の八百屋でも、値段を間違っていたり、おつりに５００円玉が足りなかったりしました。
○歩いていると「クラ～ッ」となり、自然と右へ行ってしまう。
○多汗、突然に汗がドッと出る。更年期障害と思っていたが、10年以上も続いています。マイクロ波のレンジ効果によるものとはテク犯ネットの会員になって分かりました。
○私の所から１００ｍも離れていない所で夜に火事がありました。消防車の音で外に出ると火は見えませんが、とても臭く5～6人の人が出ていました。翌日見に行くと、ほぼ全焼（結局取り壊されました）。後日、大家さんに聞くと、結構な騒ぎだったのに眠っていて知らないと言われました。
○歩道、スーパー等で、他人がぶつかって来ます、傘を差していると避ける事無くぶつけてきます。
○通販で上着を買い、届いてすぐファスナーを閉めたらバラバラに割れて壊れました。返品したらカタログも来なくなりました。これまでこの様な事は無く、通販で返品をしたのも初めてでしたが、平成23年、現在の所へ越してから、通販で買ったＩＣレコーダーが1ヵ月も経たない内に壊れ、メーカーに問い合わせたところ、新しい物を送って頂きました。幾つか纏めて買った防犯センサーの内の一つが鳴りません。大家に近所迷惑だから置いては駄目と言われ、使えないのでメーカーにも問い合わせていません。
○キリスト教系の新興宗教が勧誘に来ましたが、私の家だけで、近所を回っている様子はありませんでした。これは公団へ引っ越してからも同じでした。
○若い時からですが、道を人に尋ねられる事が多くありました。旅先でも度々聞かれ、外国人に尋ねられた事もあります。あまりに頻繁なので、付きまといだったのかと思えます。

2軒目、マンション

平成20年6月22日に、とある業者でマンションに引っ越しをしました。ドレッサーの後ろの板が壊れていましたが、気付いたのは引っ越し業者が帰った後だったので、しようがないと思い何も言いませんでした。

ポストに広告と、前の借り主の郵便物が詰まっていて不動産屋が片付けると言っていたのにそのままでした。郵便物が無くなったと言われると困ると思いましたが、結局私が全部出して届けました。Iは「わざわざ済みません」と言っていました。初めのうちは不動産屋のIの対応も良かったのですが、換気扇を回す紐が無く、使えないので直して欲しいと言ったあたりから対応が変わって来ました。直しますと言うのですが、一向にやってくれません。この件があってから、水が黄色く汚い事、風呂場の換気口が閉まらない事等、言っても無駄と思い、言うのを止めました。その頃、不動産屋から前のアパートの敷金の計算書が来ました。10年も住んでいたのに、畳替え等、私が支払う事になっていて、殆ど返金されない事が書いてありました。ネットで調べ、消費者センター、市の弁護士さんに相談して、少額訴訟裁判を起こす事にしました。結局、半分以上の敷金が返って来ましたが、裁判所での大家さんの御主人の態度が非常に変で、裁判長に窘《たしな》められるという事が何度かありました。御主人は「不動産屋のIさんに言われた通りにしただけ」と言っていました。不動産屋のIも同席していましたが、返還金額を決める段になると帰って行きました。

裁判所へ訴えた頃だったか、日にちの前後はよく覚えていません。深夜11時過ぎに、Oという人が隣に引っ越して来ました。私は布団に入っていましたが、外が騒がしいのでドアの覗き窓から見るとサラリーマン風の男が2人入って行きました。1人は不動産屋のI、もう1人は分かりません。翌日Oが挨拶に来ました。「晩《おそ》くに引っ越しをして云々」と。20代後半位の男性にしては、挨拶に来た、と思いましたが、その時、家の中を見て行った様です。

ここから変な事が起こり始めました。翌日、インターホンが鳴るので出ると、御爺さんが「昨日引っ越して来たのは此処ですか」と聞くので、「隣です」と答えましたが、その後、隣へ行く様子は無く、後で不思議に思いました。隣のOは、月曜から金曜の朝、自転車で出掛けます。深夜の引っ越しの時に見たサラリーマン風ではありません。Oが出掛けた後、人が出入りしている様なのです。夜間も人の出入りが多く、瓶が当たる様なカチャカチャという音をさせながら、頻繁に人が出入りします。台所の脇のガラス窓から見ると大きさが違うので同じ人が出入りしているのではありません。休日になると「御願いします」と言いながら人が訪ねて来て、多い時には20代前半から、50代位までの人が、分かっただけで7人位来ていました。夜中になると数人で部屋の中をバタバタと走り回ります。自転車を持って上がって来て、部屋に持ち込んでいる人もいました。台所のガラスの所から此方を覗いている人もいました。スリ硝子になっているので、透けて見える訳ではありませんが、薄気味悪い思いをしていました。

その年のクリスマスイブの夜8時過ぎ頃です。下の駐輪場にバイクが止まり、赤い服の人が隣へ行った後、台所のガラスの前で立ち止まり、少しして戻って行きました。ピザでも頼んで、イブなので赤い服を着て来た、と思いました。その後、隣から男が2人で話をしながら出て行き、10分後位でしょうか、戻って来ました。

翌朝、クリスマスです。ゴミ出しに出ると3階と4階の踊り場に大便がしてありました。そばに煙草の吸い殻が1つ落ちていました。その時に110番をすれば良かったのですが、この様な犯罪に巻き込まれているとは思わなかったので不動産屋に電話をして片付けを依頼、午後、買い物に出た時に駅前の交番に行き話をしてパトロールをして貰う事にしました。当日、不動産屋は片付けには来ず、翌朝電話をすると「消毒してから云々」と言い、結局、年末の休みに入ると困ると思い28日の朝電話をすると、やっと片付けましたが、消毒をした様な跡も、臭いも有りませんでした。数日後、近所の交番の警官が来て話をしました。戸別訪問というのでしょうか、調査票の様な物を書いて隣にも行きました。休日でOは家に居ましたが警官との応対には出ず、何日か後に交番へ行くと、Oは自分で調査票を持って行き、1人で住んでいると言ったそうです。

私は無宗教で、クリスマスをイベントとも思っていませんので、後でわざわざクリスマスという日を選んでやったと気が付きました。クリスマスを楽しみに思っている人ならば、余計に嫌な気がしたでしょう。

これで又、変な人が居ると思い、引っ越しを考え始めました。隣家の人の出入りの多さ、夜中に瓶がぶつかる様な音を立てながらの出入り等、覚醒剤でも売っている奴らかと思いました。

友人が公団に住んでいて、先に家賃を払えば入居出来るとの事で不動産屋を通さなくてよい、そちらで探し始めました。父の所にも近く、銀杏並木が綺麗な公団の３階３０３号が空いていて、そこに決めました。マンションからは歩いて5分位の所でしたが、大きな公団で交番もあり、心配無いと思いました。

このマンションで変に思っていた事

○引っ越した時に、下の部屋も、隣も、空き家だったので、挨拶には行きませんでした。何かで会った時に挨拶をすれば良いと思っていたのですが、１階のはずれに住んでいる方がゴミ収集所の掃除をしている様なので、ゴミ出しに行くと居なくなってしまいます。どこもそのようで、他の方と言葉を交わす事は殆どありませんでした。同じ階の男の方と「今日は」と数回挨拶したのと、マンションの前の大きな家の奥様とだけ、世間的な会話を数回しただけでした。

○ゴミは戸別収集ではなかったのですが、近所の大きな家の前だけ特別な感じで、その家だけのゴミが出してありましたが、袋の中を広告で囲み、中を見えない様にしてあるのを不思議に思っていました。

○引っ越しする前から行っていた美容院へ行くと、予約をしないと駄目と断られました。他にお客さんもいなかったので待つと言ったのですが、予約をしてから来る様にと言われ、その後は行きませんでした。

3軒目　公団3階303号

平成21年3月16日、別の業者に依頼して引っ越しました。向かいの方（奥様と会えば挨拶、世間話をしました）、下の階（この方はサラリーマンで殆ど留守、静かな御宅でした）に挨拶に行きました。上の階に挨拶に行くと、Hという老夫婦が出て来て、御主人に「長年住んでいて2人暮らし、主の様なものだから、何でも聞いて下さい」と言われました。奥さんが、黒尽くめの服を着ていて、伏し目がちだったのが印象に残っています。窓には昼間でも黒いカーテンが閉まっていました。

異常な事は直ぐに始まりました。私がお手洗いに入ると上のHのトイレにも必ず誰かが入る。トイレからラジオの音がする事もありました。私がお風呂に入ると上のHの風呂にも必ず誰かが入って来ますが、入浴しているのではありません。音はコップ1杯位の水をチョロチョロと流す音がするだけです。そんな事が何日か続き気持ちが悪いと思っていました。

数日経った頃から、昼間は低音のドッドッと響く様な音が、夜はドンドンと足を踏み鳴らす様な音が始まりました。布団に入りウトウトと寝付く頃になると、真上で足をドンドンと踏み鳴らす。起き上がると止めるので横になりウトウトすると又ドンドンを繰り返しやられました。まるで私の事が見えている様に……。

ある日、Hのドアから人が出たのでドアの覗き窓から見ていると30代位の男が階段を踏み鳴らしながら降りて行きポストの所でカチャカチャと音をさせていました。この後も、この男が夜になると、雨が降っていても自転車で出て行くのを何度か見ました。この人が上で騒音を立てているのだと思いましたが、障害者のように見えましたので言ってもしようがないと思い、公団の管理事務所へ相談に行きましたが、Hは老夫婦二人暮らしとの事で、又、引っ越しをしようと思いました。同じ公団の中で、今度は上に誰も居ない最上階が良いと思い探すと5階に空きがありました。

引っ越しをする前に見ておこうと思い挨拶がてら行くと、下の階のHは留守の様で誰も出て来ず、洗濯物も干してなく、男の人の一人暮らし、サラリーマンかなぁという感じ、向かいのKは凄い量の洗濯物が干してあり、外階段の手摺に傘を10本位吊るしてあり、子沢山の家族と思いましたが、こちらも誰も出て来ませんでした。

この303号で変に思っていた事

○この時、丁度、国から**定額給付金**が郵便で送られて来る時でした。同じ市内の人には来たのに、私の所へは来ませんでした。市役所へ行きましたが返送されてもいませんでした。

○後で気付いた事ですが、このHの御主人は廃品回収車の仕事をしていて、私が出歩いている時に付けられていたようで、その時に写真も撮られていたのではないかと思われます。

気付かされた!　4軒目　公団5階512号

平成21年8月31日、引っ越し業者に依頼して引っ越しました。当日、台風が来ましたが、引っ越し先が歩いて5分位の所だったのと風雨がそれ程強くなかったので引っ越し業者が2往復してくれて予定通りに引っ越す事が出来ました。荷物を運んでいる時から向かいのK(私の台所の壁の向こう)で子供数人がキャーキャーと大騒ぎしていました。子沢山だと思っていましたので昼間の事だし、多少気になっただけでした。挨拶に行くと、親は夜にならないと帰らないとのインターホン越しの返事でした。下のHへ挨拶に行くと2歳位の子供を抱いた御主人と奥さんが出て来て「台風で大変だったでしょう」と、若いのに確《しっか》りした挨拶をされる方だと思いましたが後ろに居た御主人はにこりともせずに立っていたのが印象に残っています。小さい子供がいるのに洗濯物もあまり干していない。乾燥機でやっているのかしらと思っていました。

夜、向かいのKへ挨拶に行くと40代位の奥さんが出て「子供が2人いるので五月蝿いかも知れませんよ」という挨拶でした。昼間の騒ぎと、手摺に下げてある傘の数、干してある洗濯物の量で子沢山と思っていたので、女の子が2人！　これも驚きでした。御主人は50代後半位の肉体労働者風の人で4人家族でした。

その夜、テレビを見ているとパチッと消えます。リモコンが利かず、電源を入れてしばらくすると又消える。引っ越し業者は毛布を巻いて運んでいましたが、雨の為と納得していました。何日か過ぎると又消えなくなったので、やはり雨の為と納得していました。数日すると、ガスコンロの自動点火が出来なくなりました。問い合わせると電池切れと言われましたが、交換しても直りませんでした（次に引っ越した所では、何もしないのに直りました）。

ある日、歩いて15分位のスーパーへ買い物に出ると後ろから階下のHの車が追い抜いて行きました。しばらくすると、又、追い抜かれ、その時に写真を撮られた様に思いました。スーパーの近くで、もう一度追い抜いて行きました。階段で会った時に挨拶をした事は数回ありましたが、このあたりから何か変だと思い始めました。

その年の暮れ、下の階のHの車が無いのにトイレの電気が点いたり消えたりしていました。子供の声がしなくなっていたので帰省したのかと思っていたのに変だなぁと感じました。

年が明けて平成22年1月の末頃だったと思います。向かいのKの家のベランダと私のベランダは繋がっていて排水口は私のベランダにしかありません。Kの家から髪の毛はずっと流されていて、ベッタリと付いて気持ちの悪いものでした。さらに御菓子の袋が流されて来る様になりました。ネットで検索しているうちに**嫌がらせ**という言葉に辿り着きました。**とある団体の嫌がらせに困ったら**というサイトに行き当たり、500ｍも離れていない所にその団体の支部がある！　と大変驚きました。そういえば前に私が階段を下りているると下のHのドアの閉まる音がして、その支部の前を歩いていると後ろからベビーカーを押した人が支部の中へ入って行き「アラ！」と思った事はありました。それから気を付けていると下のHと向かいのKが親しく行き来しているのが分かりました。

嫌がらせが続いていたある日の夜、休日だったと思います。洗面所で歯を磨いていると駐車場に車が止まり、下のHが帰って来たドアの音がしました。すると左の足の底にスタンガンを当てられた様にビリビリと電流が走りました。何が起こったのか分からずに、そのままいると、もう一度ビリビリと同じ様にやられました。それでも故意にやられているとは思いませんでしたので、日付のメモも残っておらず、友人とのメールのやり取りで平成22年の2月という事しか分かりません。

父に下の家から電流が来ると言うと「そんな事は有り得ない」と言われました。父は電気に詳しく家の電化製品は全て直してしまうので、みな古い型の物ばかりでしたが、新しい知識は無かったので最後までこの被害を理解して貰えませんでした。

2～3日後、買い物に出ると、不審な人が携帯を手に、所々に立っていました。集団ストーカーの始まりでした。それは、どんどんエスカレートしていき、私が行く先々に人が待ち構えている、車、バイク、白バイ、パトカー等も頻繁に見る様になりました。曲がり角へ行くと、角々に数人の人が待ち構えていました。自転車で擦れ違い様に何か言う人もいました。まだ被害に気付かされる前、電車の中で前に座った老婆に視線を外す事無く、瞬きもせずにジッと見られ薄気味悪くて移動した事を思い出し、その時既にストーカーに遭っていたと思いました。以前勤めていた職場の同僚がスーパーにいたり、バス停に座っていたりしました。声を掛けられる様な雰囲気ではありません。子供の時、近所に住んでいたSの信者と擦れ違ったりしました。その人は気付かない振りという感じでした。買い物から帰ったら、近所に消防車が止まっていた事があります。火事の気配はありませんでした。公衆電話のボックスに入ると隣のボックスがあればそこに人が入り、無ければ周りに立ちます。家の電話は情報が洩れている、盗聴されていると感じ使えませんでした。今、思い返すと、マンションに住んでいた時に何かおかしいと感じていたようで、タンスに頭を入れて電話をしていました。引っ越す度に電話番号も替える様になりました。此処へ引っ越してから○○ですかと同じ人宛ての間違い電話が頻繁に掛かっていました。友人に、隣から嫌がらせをされているというメールをした後に集団ストーカーが始まったので、パソコンの情報も洩れていると思いました。パソコン操作をしているとパソコンを置いてある壁の向こう側（K家と反対側の隣家）でミシッミシッと人の動く音がしていました。

その時はテンペストという言葉も知らず、どの様に情報を盗んでいるのかは分かりませんでしたが、盗聴、盗撮をしていなければ集団ストーカーが成立しないと言う事は分かりました。

ストーカーが始まってから数日後、まだ2月の事です。風呂に入っているとミシミシと音がして揺れ始めました。地震とは揺れ方が違います。下で誰かが壁を押している、そんな感じでした。そんな事が数回続いてからです。家中、何処に居ても、お手洗いでも、下からビリビリと電流が流れ、座っても寝ても揺れている様になりました。電気を防ぐ物と浅い知識で考えて1・5㎝厚のゴム板を買って来て、その上に座ったり寝たりすると、その日だけは大丈夫でした。が、翌日からはビリビリではなく、体中がジワーッと痺れる感じが下から来ました。

揺れもずっと続いています。風呂に入ると揺れ始め、出ると下のHの玄関ドアが開いて向かいのKの御主人が帰って来ます。肉体労働者風なので油圧式の道具を持っていて、それで下から揺らしているのだろうと考えました。ずっと揺れているので乗り物酔いの状態になり気分が悪く、一日中横になっていた事もありました（小さい頃から乗り物酔いが激しく車には殆ど乗っていません。そこを狙われた様です）。床に耳を付けて聞いてみましたが、小さい子が居るのに物音は殆どしません。その頃、朝になると下のHに女の人が迎えに来る様になりました。支部へ行くのに誘いに来たという事の様です。私がゴミを出すと、すぐ下のHのドアの音がして、誰かが下りて行く。そんな事も、この頃から始まりました。ゴミも見ている！　と思いました。

電流と揺れで家に居る事が出来ずに図書館へ行くと、そこでも揺れ始めます。本を読み始めると肉体労働者風の人が何人も入って来て作業靴でドタドタと歩き回り本を読む様子も無く、私の写真を撮って行く人もいた様です。家で食事を作る事も出来ず、食べる事も出来なかったので、帰りにファミリーレストランSへ行くと20代位の女の座っている隣のテーブルに案内されましたが窓際を希望して座ると、その20代位の女のテーブルに置いてあった携帯に図書館に居る私が写っていました。集団ストーカーが始まってから、私の周りで携帯と私を見比べながら「あ～こいつだ」という感じの人が大勢出て来ましたが、実際に私が写っているのを見たのはこの時だけです。この時に問い質せば良かったのですが恐怖でパニック状態になっていたので口を利く事が出来ませんでした。

そのファミリーレストランでも席につくとすぐに揺れ始めました。市内の別の図書館でも揺れました。スーパーのイートインで食べていると保安員の様な人が5～6人も入って来て近くのドアに消えると揺れ始める、スーパーでコピーを取り終わると店員が2人でコピー機を置いてある後ろの壁の向こうに入って行く等、不審な行動が沢山見られました。家に居るよりは外を歩いている方が具合が悪くならないので遠くの図書館へ行くようになりましたが、そこにも、付きまといが沢山来る様になりました。寒くもないのにいつも同じセーターを肩から掛けた20代後半位の男が気味が悪く、棒の様な物が入った手提げを持って私の行く所、行く所へ寄って来ました。この図書館でも、何処へ座ってもお手洗いへ入っても揺れました。一度だけ、登録をして調べ物をする為の部屋に入りましたが、そこだけは揺れませんでした。この図書館へ何回か行っていると柱や壁に身の回りの品に御注意下さいという紙が貼り出されました。本も読まずにフラフラしている不審な人（付きまとい）が沢山いましたので、その為と思いましたが私に対しての誹謗中傷があったようです。市外へ引っ越してから、用事があってこの図書館へ行くと注意書きは一枚も貼ってありませんでした。ある日、休憩場所に人がいなかったので座っていると、女が2人近寄って来て話し始めました。「貴方どこまで？」「私○○（妹の住んでいる地名）」仄めかしをされ、恐怖の中にいた私は、妹が何かされるのではないかと不安になりました。

耳鳴り様のキーンという音は10年以上前からあり三半規管が悪いのだと思っていましたが、この頃家へ帰るとキーンというより、シャーッと高圧電線の下にでも入った様な音がしていました。パソコンのメールを読まれていると思っていましたのでコンセントを抜いていましたが、使う時に入れようとすると火花が散ります。公団の管理事務所は当てにならないと思い（公団のベランダの排水口は、2軒に一つしかありません。引っ越した時にK家の髪の毛がベッタリ付いていたので、ベランダの境に網を付けて欲しいと相談しましたが駄目でした）、夜間対応の管理会社へ電話をすると「火花が散るのは、よくある事ですよね」と言われました。この頃になると玄関を出て、ドアの前に立ってもビリビリと電流が来ました。

これで又、引っ越しを考えましたが、もう公団は駄目、父から離れた所では困るので一緒に住める所と思いました。電話もパソコンも情報が洩れているので自分で探す事が出来ませんでした。妹に探して貰うと従姉の上の部屋が空いている、家賃を半年分前払いして従弟が保証人になって貸して貰えるとの事でした。保証人になってくれる従弟は階下の従姉の弟で芸能関係の仕事をしているので、とある団体（芸能界には多いという噂なので）の嫌がらせに遭っているが迷惑を掛ける事にならないだろうかと従弟に聞いて貰うと「自分は宗教は大嫌いだから大丈夫」と言ったそうです。これで、私が引っ越し、父が翌日に引っ越すという事に決めました。引っ越しの前日3月27日に公団の中の交番へ行って被害を警官に訴えました。「病院へ行けば」「引っ越せば」と言われました。交番の前に真っ直ぐな道があり、家への帰り道、その歩道を交番に向かって歩いていると、この警官が椅子を机の前から歩道の正面に移動して、ずっと私を見張っていたのです。家へ帰ると、左足底に、ずっとビリビリと電流を流され続け、家の中を歩き回り、ベランダに出たり、外の公園のベンチに座ったりを繰り返し一睡もしませんでした。

此処では、変な事、不審な事は無数に有って書き切れません。生活が一変し、誰を信用したら良いのか分からず、不安と恐怖で日々を過ごしていました。外出して、何処へ行ってもストーカーに付きまとわれ、食事に入った殆どの店では店員の対応の異常な雰囲気に寒気の様なものを感じていました。ネットで探してJの砦に相談しました。初めの電話は通じました。2度目からは呼び出し音は鳴りますが、出ませんでした。メールも出しましたが、返信は来ませんでした。他にも相談してオープンにする様にとのアドバイスを貰いました。その内にテクノロジー犯罪被害ネットワークに辿り着き、自分が犯罪被害者だったと納得しました。

周りの反応

○父は私が精神病になったと思ったまま平成23年2月に亡くなりました。被害の話はあまりしない様にしていましたが、家で看病している時に「悪い奴がいるものだ」と言ったのが、この犯罪に関しては最後の言葉になりました。母は昭和59年に52歳で亡くなっています。

○妹は、私が長年、精神病院の事務員として勤務していて、精神病の浅い知識がありましたので、精神病になった訳ではないだろう。何かが、私の身に起こっているのだろうと感じた様ですが、理解はしていません。この犯罪の目的の一つは、ターゲットの孤立化です。家族に理解して貰い信じて貰うのは大変、難しい事です。

○友人A　半分信じて半分疑う、という感じでしょうか。長年親しくして、お世話になった職場の先輩ですが千葉に引っ越して近くにSの会員が居て、その人と近所付き合いをし、その土地の仕来り等、色々教えて貰わなければならないからと言って、私が引っ越しの時に泊めて貰えないか聞いたところ迷惑そうな感じで申し訳ない事をしたと思っています。その後、数回電話をしましたが、ネットでテクノロジー犯罪の事を知って貰おうと思っても、以前はパソコンを使っていたのに、今はやっていないとの事でした。

○友人B　精神病院に勤務していた時、職種は違いますが大先輩で、長年親しくして頂いていました。テクノロジー犯罪の事をパソコンで調べてくれた方がいて、私の話を信じてくれました。父の具合が悪い時に、泊めて頂き、大変感謝しています。電話をすれば、私の話を聞いてくれます。

○友人C　病院の事務員の同僚だった人で、パソコンでテクノロジー犯罪の事を調べて信じてくれました。が、自分にも被害が及ぶのではと思ってしまったようです。会う約束を何度かしましたが、全てドタキャンされてしまいました。迷惑と思い、電話もしていませんが、電話をすれば話は親身に聞いてくれると思っています。

○友人D　高校の同級生で、とても仲良くして貰っていました。御主人が警察官なので、頼りにして電話をしたのですが、鬱病ではないのという反応でした。パソコンで調べてとお願いしたのですが、理解はして貰えなかった様です。その後、電話はしていません。

○マンションに引っ越す前に、私の方から付き合いを止めようという気持ちが起きて、連絡をしなくなった友人が数名います。これは意識誘導によるものなのか判断はつきませんが、結果として、連絡を取りたくても連絡先が分からなくなってしまった友人がいて、後悔しています。

5軒目　船橋　2世帯共同住宅　上階

平成22年3月28日引っ越し業者も信用出来ず、妹と妹の知り合いと従妹に荷物を運んで貰いましたが、公団を出てからもしばらくの間は付きまといの車が付いて回り、船橋の駅の近くになるとゾロゾロと付きまとい達が出て来て、携帯を手に「これだ、これだ」という感じで私を見ます。車のナンバー等、連絡が行っていたのでしょう。

前日、交番から帰った後、当日、荷物を運んでいる時も私は部屋に居ましたが、その時もずっと足の底に電流を流され続けていた為、車の中でも足が痛く、痺れたままでした。手伝ってくれた3人は、何も感じないとの事でした。その時は不思議に思いましたが、今は私自身の周波数に合わせている為、他の人には分からないという事を理解しています。

引っ越し先に着き、子供の時に会っただけで、その後の付き合いはしていない従姉と、お昼御飯を御馳走になりながら話をしました。吹奏楽部だったとか、クラリネットをやっていたとか、「歯が悪くて云々」等々、「私もです」と返事をしていましたが、これも後から仄めかしだったと……。私は中学の時、吹奏楽部でクラリネットを吹いていました。歯並びが元々悪かったのに定職に就かなくなってから治してなかったのでボロボロでした。それを仄めかされたのです。

荷物を入れ、一応、暮らせる状態にして、手伝ってくれた人達は帰りました。裏の住宅に大家のイトコが住んでいるとの事で挨拶に行きましたが、着いた時には子供が居たのに誰も出て来ませんでした。夕方もう一度行きましたが、その時も出て来ませんでした（この御宅は数ヵ月後に引っ越しました）。5時頃、私の家と裏の家の間に多摩ナンバーの大きな車が数台止まっていて不審に思いました。

公衆電話から父に無事に引っ越した事を話すと、翌日、父が千葉に来て、荷造りは妹と知り合いでやろうということになっていましたが、自分の荷物は自分で荷造りをしてから来たいと言いましたので、それなら荷造りが終わるまで私が千葉と東京を今迄通り週に2回通えば良いと思いました。

夕方6時頃だったと思います。従姉と従姉の娘（階下はこの2人暮らしでしたが表札は男性名で出ていました）が部屋の中を見せて欲しいとやって来ました。「どうぞ」と3人で各部屋を回りましたが、これも後で変だと気が付きました。昼食時に「自分達も上階に住もうと思ったが、ピアノを置くのに補強をしなければならないので階下にした」と言っていたのです。上の間取りも、畳の部屋が無い事も知っていました。何を見に来たのでしょう？　何処の部屋に、どの様な配置をしたのか偵察に来た、今はそう思っています。

その夜は耳鳴り様の音はしていましたがビリビリする事も揺れる事も無く、久しぶりにシャワーではなく湯舟にゆっくり浸かり、炊飯器のタイマーもセットしてぐっすり寝ました（船橋で食事を作ったのはこの時だけで、後は惣菜を買ったり、パン、カップラーメンで過ごしました）。翌朝、従姉が美味しいパン屋さんがあるから後で一緒に行こうと誘いに来ました。約束の時間に階下の玄関に入ると、従姉が「私はとある新聞をとっているが拝んでいない、前のM家の奥さんはSの会員だけど御主人は違う」と……。私は引っ越しを決める前にSから嫌がらせをされているという話をしたのに、この時になってそんな事を言いました。引っ越してから言われてもしようがないので裏の家に挨拶へ行ったが居ない旨を話すと「行かなくていい」と言い、挨拶のパウンドケーキは「おばあちゃん（私の伯母）にあげる」と自分の車に入れました。パン屋さんへ行く道々「職場にも変な人がいるから何処にでも変な人はいるかも知れない」と言いました。嫌がらせをする人は何処にでもいるという事だったのでしょうか。歩いて3～4分でパン屋さんに着きましたが、まだ開店していません。「後で買いに来てね」と従姉は言いました。いつも買うお店の開店時間が分からないというのも変な話ですが、その時は気付きませんでした。

家に戻り、好きな本を読み、くつろいで4時頃に買い物へ出ました。初めてだったので道に迷い帰った時には薄暗くなっていました。着替えようとタンスの前に立った時に下から電流がビリビリと来ました。揺れも始まりました。この日から、お風呂にも入れずに寒い日でもずっとシャワーでした。夜、布団に入っても電流がビリビリと酷く、4つの部屋、階段の踊り場に布団を敷いて、一段ずつ引きずり降ろしながら寝てみましたが何処へ行ってもビリビリが酷く、その夜は殆ど眠れませんでした。

翌朝、従姉の家へ行きました。インターホンを押し玄関の前で待っていると、玄関横の部屋の炬燵に娘が慌てた様に来て入りました。家に入れて貰い、ビリビリするのでと、お風呂、お手洗い、居間、台所は見せて貰いましたが、流石に2人のプライベートルームには入る事が出来ませんでした。従姉は「大丈夫！ 大丈夫！」と言っていましたが、妹にお手洗いまで見て行ったと電話をしたそうで、妹を不安にさせました。

ガスライティングといってターゲットを精神病者に見せ掛ける犯罪です。外出から帰るとタンスの戸が開けてある。閉め忘れたかなと思いましたが、何回目かになると変だと分かります。確認してから出る様にすると開けなくなりました。ここでの家宅侵入は、このレベルでした。今現在の所は、物が無くなります。ボタンが取れたのを置いておいたら無くなったり、7個有った物が6個になっていたり、何処かへ仕舞い忘れたとか勘違いと言われて、被害届は出せないレベルです。

父に電話で被害が変わらない事を話し、後日相談して中古住宅を買って同居しようと決め探し始めました。借家は借りられないと思い込んでいました。今思えば、買わずに借家を探せば良かったと後悔しています。

船橋での被害も酷く、フローリングに座イスを置いて座りましたがビリビリとして座っていられず、身体に電気が溜まり、私自身が乾電池になった様で食事も部屋の中を歩き回りながら食べていました。学校で使っている様な木の椅子に座り、台所からアースを引いて来て、手に持ち、アルミ製の脚立の上にゴム板を敷いて、その上に足を置き足にもアースを巻き、眠る時にも手と足にアースを巻いていました。寝る部屋も従姉の上の部屋が少しは大丈夫だったのでそこで寝ていましたが、窓の前がM家の裏で建設業でもしているのか金属の物が沢山置いてあり、ガチャン！　ガチャン！　と嫌がらせが始まりました。この家の家族構成も全く分かりませんでした。老夫婦と奥さんは何度も見かけましたが、ジョギング姿で出て来る人、スクーターで出て行く人は同じ人を見た事がありません。午後2時頃に外に出た時、台所で女の人が「食べれる時に食べちゃいなさい」と言っているのを聞いて、どういう意味だろうと思いました。集団ストーカーは私のタイミングに合わせて付きまとい、嫌がらせをします。その為と思いました。この家は飯場の様な役目をしているのかと思いました。階下でも夕方出掛けて深夜に帰宅する事が多く、帰ると車のドア、家の中のドアをバンッ！　バンッ！　何かをギィ～ッと動かす等、睡眠妨害を酷くやられました。他の嫌がらせも酷くなり、お手洗いへ入れば階下で声を立て、玄関から出ると左隣と右（M家）の犬が吠え立て、ゴミを出すと私の出した物だけ回収せずに置いてあった事もありました。歩いていても私が通り掛かると車のドアをバンッとしめたり、車が辻から急に出て来たり、通りすがりざま缶ジュースの蓋を開けたり（予想もしていないので驚きます）という様な事を立て続けにやります。テレビを見ているとリモコンを触りもしないのに音量が最大限まで上げられた事もあります。付きまといも酷くなり、近所のスーパーに行くとカートをぶつけて来る、船橋駅前の大きなスーパーIでは、野菜の棚の前に立っていたら、私と棚の狭い間を店員が通って行く、父の所へ行く乗り換え駅前のスーパーSでは、エスカレーターに乗っていたら何かが落ちて来て見上げると、若い男の店員が棚の裏を掃いて埃を落としていました。前後には誰も乗っていませんでした。右側の歩道を歩いているのに、後ろから自転車でぶつかって来る、入った時には誰もいない公園に、だんだんと人が増えて来ます。その公園で携帯を掛けたりメールをしたりしていると、私が行く時には彼方此方に何人も配置される様になりました。

従姉の娘が弾き語りをしているという近くのレストランでは、私が通り掛かる度、誰かが見張り（加害者に見張られる筋合いは無く、この言葉を使うのは嫌なのですが読まれる方には一番分かり易そうなので使います）に出ていました。硝子戸の向こうから、ずっと私の方を見ているのです。深夜に娘が弾くピアノの音と、叫ぶ様な歌声を何度も聞きましたが、いつも同じ歌ばかりでした。引っ越した日に「よく物を落とすので五月蝿いかも知れない」と言うと、従姉が「夜中にピアノを弾くし、不眠症で、寝るのは4時頃だから」と言いましたが、娘は殆ど家に居るのに昼間ピアノを弾く事は少なく、昼間に寝ているのかと思いました。

父の買い物をして届け妹の所に泊まり、翌日、又、父の買い物をして届け千葉に帰るという生活を始めました。父の所では強い被害で泊まる事は出来ませんでした。妹の所も、何度も泊まっていると、徐々に被害は酷くなりました。父は自分の引っ越しの準備を、私は家を探しました。中古の家の資料請求をしても郵便の届かない物がありました。また、ここでは宅配業者のメール便が届かずに問い合わせたところ、ポストに名前は入れてあったのですが、空き家だと思ったという返事でした。

この年の暮れ頃から父の具合が徐々に悪くなりました。高齢ではありましたが特に何か原因があった訳ではありません。何年も発作が起きていなかった喘息の症状も出ていました。年が明けて家を決め、手続きを済ませ、リフォームの話を進めていた頃、父の食欲が無くなり、救急車で病院へ入院し5日後に亡くなりました。死因は心不全となっていましたが亡くなった人は皆、何故か心不全です……。

今は、父がこの犯罪の被害者だったと思っています。無言電話に何年も悩まされ、私が千葉へ引っ越すまで、掛かって来た電話には一切出ませんでした。私と妹が父に電話で連絡を取る事は10年以上出来ていませんでした。窓の外を気にしていた事があったので「誰も見ていない」と言った事がありますが、今現在の私の状況と同じで24時間監視されていたのです。何らかの気になる様な事があったのでしょうが、私には心配させない様、何も言いませんでした。電気、ガス、水道のメーターを、とても気にしていました（私を含めて料金等、不審な点があると思っている被害者の方がいます）。家宅侵入もあったと思われます。靴下が片方無いと言って「洗濯機の間に入ったんじゃないの」と言いましたが、私も今の所へ引っ越してから靴下が片方無くなりました。

父と同居の必要が無くなりました。もう、何処へ引っ越しても被害が終わらない事は分かりましたが、都内へ戻ろうと探し始めました。上下左右に部屋が無い、一戸建ての借家をネットで探し、幾つか目星をつけダメ元で不動産屋へ行き、何軒か見て一番大丈夫そうな所に決めました。借りられないと思っていたのが、すんなりと決まってしまいました。

初めて見に行った時から**見張り**は出ていました。家に入っても電磁波も電流も感じません。縁側が新しくしてあるのに角の所が割れているのと、洗濯機の置き場所が無い、50㎝位しか離れていない、すぐ裏にアパートが建っている、その位が気になった所でした。縁側は後で私が壊したと言われると困るので、不動産屋に聞くと大丈夫と言いました。大家も承知しているとの事でした。今は何故割れているのか、大体の想像はしているのですが……。洗濯機は風呂場に置くしか方法が無くアースもとれません、前の住人はどうしていたのだろうと不思議です。

契約書を交わし平成23年7月1日より借りる手続きをしました。父の所の片付けに時間が掛かるので実際に住み始めるのは後から、その間、大家が開けて風を通してくれるとの事でした。

掃除をしたり、物の配置を決めたりするのに何度か通いました。初めて掃除に行った時から北側の部屋へ行くとキーンという高周波音と電磁波による眩暈を感じました。2度目に行った時、家が見える所まで歩いて行くと、裏のアパートの2階から女の人が大きな荷物を運んで下の乗用車に積んでいました。エアコンと洗濯機を買う為にコミュニティバスで大きなスーパー迄行けば電化製品も買えるとの事で、大家の奥さんがバスの時刻表をメモしてくれましたが違っていました。大家の御主人は、そのバスの運転手をしていたと言っていましたが……。大分早く出掛けたので、それ程待たずにバスに乗れました。帰りは時刻表を見ませんでしたが、行ったばかりで1時間程待ちました。戻ってから、住み始める前に近所へ挨拶に行こうと思っていました。私の家から駐車スペースを挟んで東側50m程先に大家、その前に大家所有の2世帯アパート、私の家の南側に広い梨園、その中に幾つもの家（今も、何世帯、何人が住んでいるのか分かりません）、西側は私の家のすぐ裏、もう一棟の大家所有の2世帯アパートです。北側は畑を挟んで広い駐車場と大家所有のマンションです。

大家の奥さんが付き添ってくれて、私の裏のアパートの1階は大家の妹が住んでいるが「事情があって姉が一緒に住んでいる」との事で、お姉さんに挨拶をしました（ここも平成24年10月4日から空き家になりました）。2階は誰も居ないそうで数日前に私が来た時に見たのが引っ越しだったようです（この後、私が実際に住み始めた8月6日迄に別の人が引っ越していたようですが、窓の青いシートも今もそのままで分からなかった為、私も挨拶に行っていませんし、あちらからも来ません。大家の話では男1人で朝出て夜帰って食事はコンビニだそうですが以前は開けていた雨戸も今は土日に、たまに一ヵ所開くだけ、車も、いつも置いてあります。姿を見たのは私が出掛ける時に宅配便が来た時と、車で戻って来た事が2回、それだけです）。奥さんと梨園に行くと犬に吠え立てられました。長い間待って女の人が出て来て挨拶、大家の前のアパートの私の家から見える方のAでは大きな荷物を運んでいました。引っ越して来たばかりとかで、男の人が荷物を受け取っている所で挨拶をしました。

家へ行く度に大家に声を掛けました。エアコンを取り付け洗濯機や自分で運んだ物を入れてからも「風を入れるのに入って良いか」と聞くので「入って貰っては困る」と言いましたが……。

平成23年7月8日、千葉からの引っ越しはまた別の引越センターに依頼しました。公団から引っ越して直ぐに被害を感じたので、段ボール箱から荷物も出さずパソコンの接続もしませんでした。荷造りは簡単に出来ましたが業者の車が遅れて来ました。荷物を積み、私は電車でI市迄移動しましたが車は随分後から来ました。荷物を入れ、妹の所に戻りました。

父の所で片付けをしていても被害は受け続けています。高周波音は何年も前からずっと（耳鳴りと思っていました）、揺れは公団で感じた時から父の所でも続きました。ビリビリと電流を感じたのは亡くなって片付けに通い始めてからです。付きまとい、見張りは、どんどん増え同じ人が同じ所で待ち伏せをして、私を見ている事が何度もありました。揺らされていますので少しの事で転倒しサポーター、湿布、塗り薬を買いましたが長い間、痛い思いをしました。

妹の所でも被害を受けています。電磁波の高周波音と電流のビリビリは初めて行った時から、揺れは段々酷くなりました。牛乳を飲んだ後、気持ちが悪くなり夜中に何度も吐いたりしました。妹は牛乳を飲めず、従妹の飲み残しという事でした。生まれて初めて膀胱炎になりました。血尿が出て仕方なく病院へ行きました。体中に浮腫《むくみ》が出て、妹が救心を買って来たので飲みましたが原因も分からず、今も時々浮腫が出ます。付きまといも見張りも初めて行った近くのスーパーにも、妹の近所にも、沢山、出て来ました。

船橋で変に思っていた事

○門扉をいつも開けてある（昼間も深夜も、出入りの時に金具を掛けるガチャンという音がしない）のに、私が出る時は閉まっている。

○引っ越した時には無かった「ひ（私の名前の頭文字）４０‐００（4は死を意味する様で、今の家の前の電柱には、白いペンキで44と書かれました）」というナンバーの車を駐車場に置く様になりましたが、あまり使う事は無く、出入りは殆ど深夜でした。
○階下の雨戸が一枚だけ閉めたままの事が多くあり不審に思っていたが、今、住んでいる近隣も、雨戸やカーテンを中途半端に閉めてある家が沢山あります。
○階下で生活音が殆ど無く、食事を作る音、匂い、片付ける音、掃除をする音等、私が住んでいる間に聞いたのは数回です。食器を片付ける音は聞いていません。掃除機の音も一部分だけというか、直ぐに止めます。深夜も静かですが、お風呂に入る音すらしません。聞こえる音は、バンッ、ガンッ、ギーッという様な音ばかりです。近隣の生活音も殆どありません。犬の吠え声、車のドアのバンッという音をアチコチで聞きます。これは、現在住んでいる所でも同じです。嫌がらせの音が無い時は、死んだ様な街です。
○ラップ音の様な音が聞こえる様になりました。脚立の上に置いた携帯に当たる様な感じで、カチッ！　パチッ！　ビシッ！　という様な大きな音がします。現在の所では回数は減りましたが、蛍光灯の笠に当てている様なビシッという音がすると寝入りばなを起こされる事があります。
○付きまといとスーパーの店員や警備員が親しげに話しているのを多く見かける様になりました。あるスーパーでは客（付きまとい）が店員と話しながら品物を並べ替えていました。
○若いサラリーマン風の男の付きまといで、先の尖った靴を履いている人が多くいます。携帯等を私に向ける為か、スニーカーでも、足先を私に向けています。

最寄りの警察の対応

テクノロジー犯罪被害ネットワークのビラを見た途端に「自分は宗教は大嫌い」と言われました。宗教ではない事を説明し被害を訴えましたが、付きまといは気のせい、証拠が無い、犯罪は一つ一つ別という事を言われました。嫌がらせの一つ一つは小さな事です。それを毎日ずっと続けてされる事で、精神的にまいってしまうのです。一つ一つにしたら、犯罪ではなくなってしまいます。がっかりして家に帰りました。

集団ストーカーは、気のせいではありません

付きまといを気のせいと言われましたが、付きまとっている人は必ず私を確認しなければ出来ません。必ず私を見ます。私と無関係の人は、若くも美しくもない私を見る事はありません。私を目で追う人、持ち物、買った物を見ている人、携帯、ゲーム機等を不自然な格好をしてまで私に向ける人、等々、必ず分かります。手提げに**組織的ストーカーに遇っています**という札を付けるとストーカーが減る事があります。

嫌がらせも偶然ではありません。何処へ越しても同じタイミング、同じ手法でやっています。一戸建てに引っ越して家の周りを掃いていると、付きまといが何人も道を通って行きます。無視をしていると、わざと足音を立てたり、空咳をしたり、咳払いをしたりする人がいます。私が嫌がらせをされていると認識しなければ嫌がらせをした事にならないからでしょう。犬が吠えたてるのをＩＣレコーダーで録音し始めると直ぐに止めます。盗撮なのか思考盗聴なのかは分かりませんが、この為に証拠を取る事が大変難しいのです。その他の嫌がらせも毎日の事で、通常の生活では有り得ない音をわざと立てたりして偶然ではありません。

身体攻撃も病気の症状と勘違いをしているのではありません。外出先で不意に入ったお店で、全く加害を感じなかった事が何度かあります。同じ所に何度も通うと攻撃される様になります。豪雨の時に家の中に居て、被害の減衰した事もあります。電磁波照射等によって病気を発症させる事が目的の様ですので、その為に病気になる事はあると思っています。

6軒目　東京I市　一戸建て借家

平成23年8月6日、今現在住んでいる所で実際に生活を始めました。前夜、妹の所で、布団に入ると直ぐに心臓への加害が始まり、ドキンドキンと一晩中攻撃されて3時頃には起きてしまいました。

暮らし始めた時は高周波音、電流のビリビリ感、揺れはありましたが、それ程酷くはありませんでした。付きまといも、車、バイク、歩行者、自転車と出ては来ましたが、それ程ではありませんでした。

買い物は近くのスーパーでと思い、テクノロジー犯罪被害ネットワークのビラ、オバマ大統領の諮問委員会のコピー等、資料を持って説明と御願いに行きました。副店長さんに話を聞いて頂きました。そのせいか、付きまといは多数出て来て籠の中を覗いていますが、カートをぶつけて来たりする様な事はありません。近くの八百屋へも行ったのですが、ここでも安売りの物を元の値段で打ってある事が何度かあって、行くのを止めました。被害に気付かされる前は間違いと思い店に言いましたが、わざとやっていると認識してからは、その場で気付かない時は少額であれば言わない事にしました。この原稿を書いたのが平成24年の9月です。その頃から、このスーパーで頻繁に値段が違っている様になりました。返金をして貰った事も度々ですが、棚の前と後ろの商品が似ているが違う物を置いてあったり、スリッパを買った時は品物に付いている値札とワゴンの表示の値段が違うという事がありました。老眼で値札をメガネを掛けては見ません。加害者は私が何を買いに行くのか分かっています。欲しい品物が売り切れていたり、広告の値段と違っていたりします。しょっちゅうレジに値段が違うと言いに行くと、クレーマーの様に見えガスライティングの罠に嵌まってしまいます。スーパーの中での身体攻撃も酷くなりました。行く時間、よく買う物、見て回る順路等がパターン化してくる為と思います。

テクノロジー犯罪被害ネットワークの定例会に来て下さった事がある歯科医に、遠くても通おうと予約を入れた平成23年9月21日に台風が来ました。診療が終わって品川の駅に着いた時にはホームに人が溢れていました。四ツ谷駅に着いた所で地上の電車は全て止まっていました。こんな時でも、付きまといは沢山います。移動しても私の近くに来る、電気の加害を感じるので分かります。地下鉄で荻窪まで行きましたが、そこからは帰る術がありません。止まっていると付きまといに囲まれ身体攻撃をされるのでＪＲが動き始めるまでウロウロと歩き回っていました。動き始めたという事で改札前に沢山の人が並びました。駅員が改札を開けると前方から押す人がいて私と、もう１人の女の人が転倒しました。加害者が数人で我先にを装い、押したのだと思います。

電車では様々な嫌がらせをされます。降りる時にドアの所に立っている人が足を出して引っ掛けようとする、ホーム、駅構内で待っていてカート等をぶつけて来る、傘を当てる、靴の中に傘の先を入れる、少し混んでいる電車では数人でドアの所に居て乗れない様に壁を作って立っています。中の方は空いているので最近は思い切って押して中に入ります。被害に気付かされる前、電車とホームの間に落ちた事もあります。Ｓの信者の同期と同じ係で、帰る方向も同じだったので一緒に帰り電車から降りようとした時、乗って来た人に押し戻された様です。一瞬の事で、その時は偶然と思いましたが今から考えると普通では有り得ないことです。

台風は家に着いた時には大した事も無く、晩かったので寝てしまいました。朝、雨戸を開けに出ると物干しの柱が動いて庇が曲がっていました。台風で持ち上げられたと思いましたが片方は雨で下の土が流れ柱の跡も無いのに、もう一方は柱を抜いた跡がくっきりと残っていました。住み始めて、しばらく経ってから夜中に雨戸を叩いて行く人、足音が近づいて、家の窓の前に来るとピタリと止めたり、女数人で窓の前で私の知らない歌（賛美歌の様でした）を唄い「頑張って下さ～い」と言ったりの嫌がらせがあり家の周りをウロついている人がいる事は知っていたので110番しました。1駅向こうの交番のお巡りさんが来て「風じゃないの」と言っていましたが土の状態や雨戸を叩く人がいる等、話をすると「嫌がらせをされてるんですね。駐在にも言って、パトロールもします」との事で御願いをしました。近くの駐在には引っ越した時に資料を持って話に行きましたが資料も受け取って貰えず、信じないという感じでした。後日、物干しの事を話しに行った時は「夜は基本的に交番がみてるから」と言われました。

防犯センサーを買い、何処へ置けばいいか彼方此方試していると大家から近所迷惑なので駄目と言われました。防犯石を敷くのも駄目と言われました。防犯カメラを4方向に付けるのは無理の様です。

この時から嫌がらせが酷くなった様に思います。

近隣で立てる音、雨戸をガチャガチャ、ギ～ッ、ガン！　と戸袋に入れる、車のドア、家の戸をガン、バンッ、ビシャンと閉める、犬を近くで吠えさせる、子供がペットボトルを拍子木の様に叩きながら家の近くを通る、大きな声をキャーキャーと立てて騒ぐ等々です。

午前4時頃にガーガーゴーという車の音で起こされました。何だったのかは起きてから分かりました。梨園の農薬散布で**明日散布**という赤い旗を出す様に市で指導していますが、その旗が私からは全く見えない所に出してありました。6時半頃迄やっています。これを酷い時には毎週末にやります。南側の梨園の他にも西側に少し離れてはいますが梨園があります。明け方に五月蝿くて起こされると、前日に2つとも旗が出ていないのに一緒に散布をしていた事も数回あります。

道は南側に1本あるだけで、先は狭くなっていて有料老人ホームで行き止まりです。その道に車が入って来て通り抜け出来ないという事で、家のすぐ前（私有地）でUターンして出て行きます。これもしょっちゅうで、ある時はパンクしたという事で、窓の前でタイヤ交換をしていました。宅配便の大きな車がUターンして行く事もあります。歩行者、自転車、バイクも結構通ります。不動産屋によると広い道路へ出る為に通り抜けると言っていましたが、老人ホームでは敷地内を関係の無い人が通る事に何も言わないのでしょうか？

北側の畑の向こうは駐車場で、平成24年の春頃から、私の家の裏に後ろ向きに止めてある車が重低音でエンジンを吹かす様になりました。深夜に1時間近く吹かし続けた事がありました。その後は吹かし始めたら110番をしようと思い携帯を手に取ると出て行ったりエンジンを止めたりしていました。深夜に吹かし始めたので110番をしました。車は直ぐに出て行き、警察は吹かしている時に電話をする様にと言いますが、被害者は24時間監視されていますので、電話を手に取るだけで出て行ってしまいます。吹かしている車は他にもあり改造車であれば指導が出来るとの事で警察に来て貰いました。警官は車を見て外車のスポーツタイプだから五月蠅いと、不動産屋に相談をして反対向きに止めて貰うよう立て札を立てて貰えば、と言われました。不動産屋（大家の親戚の様です）へ行くと「前向きに止めるのは音ではなく排気ガスの為、他から苦情が来ていない」と言われ全く駄目でした。自分で言いに行けば、と言うので連絡先は教えて頂けないでしょう？　と言うと吹かしている時に行けと言われました。私が言いに行っても、出てしまうか、私の言う事など聞かないでしょう。結局、今も悩まされています。ここの所ほぼ毎日、朝5時頃に吹かして起こされています。

宅配業者の車が、毎日の様に来て家の直ぐ近くに止めます。エンジンの音がとても大きく、車が振動してドアがガタガタと揺れています。整備不良なのかどうかは分かりません。外で、ここの運転手が角から飛び出て来て、ぶつかりそうになった事もあります。

夏になるとマンション数戸で窓を開けたまま、深夜まで大きな声で話をしています。スペイン語？で話している時もありました。お手洗い、お風呂に入ると裏の家で大きな声で話し始めたりテレビの音を大きくしたり、お手洗いに入っていた時、50㎝位しかない裏に人が入って来て驚いた事があります。朝の早い時間、裏にプロパンガスの業者が入って来た事もあります。一度は裏でゴソゴソと音がするので鍵を取りに行き、出てみると50ｍ位先をバンが引き返して行く所でした。家の中で強い電気的な加害を感じて外に出ると必ず近くに近所の人、業者等が近くを歩いていたり、自転車で走り去って行ったりします。家の前に自転車、バイク等を止めて携帯を見たり、地図を見ている人もいました。

外壁に赤茶のペンキで縦線が書いてありましたが、いつ頃からか白いペンキの縦線も沢山書かれていました。縁側の下に敷いてあるコンクリートの角を欠いてあり、まるで何かの印の様です。エアコンの室外機の裏に木の枝を突っ込んでありました。留守にした日だけゴキブリや毛虫が部屋に出て来ます。洗濯物を外に干すと、大した風も無いのにめくれています。変だと思い見ている時は大丈夫です。簾も下の方を壊されました。道路に近い方をやられます。

テクノロジーによる被害は、下は土なので、下から直接ビリビリとスタンガンを当てられた様に来る事は無くなりました。遠隔からの物は数種類の物が使われている様に思います。筋肉を操るもの、心臓、瞼、口の周辺、四肢、内臓等、どこでも動かされます。心臓は不整脈の様にドキンとなったり動悸を感じたりします。他の筋肉もピクピクと動きます。四肢はよく攣る様になりました。腕全体がビクンと動く事もあります。

電流が流れる様なビリビリ感やジワ～ッと痺れる感じは頭から足まで及びます。頭部は何かで締め付けられる感じや、全体に何かを被せられている感じ、四肢はビリビリと痺れます。鼻の先、陰部、肛門の痺れ感。

この痺れる事で血行が悪くなり余計にビリビリと感じる様に思います。この冬は足が凍傷になりました。以前から外を歩いていても電気的な加害を感じる事はありましたが、最近は家の周りに居る時も、駅や買い物に、道を歩いている時も頻繁に加害を感じる様になりました。

ピンポイントで針を刺される様な攻撃は足の指にされ、とても痛いです。数ミリの火傷様の傷が出来る様になりました。喉に何かを照射されると咳が出たり、物を飲み込めなくなったり、声が嗄れ、数年前から喉が腫れています。内臓に痛みを感じる、腸内にガスが溜まる、マイクロ波の照射で汗が一度にどっと出て来ます。

高周波のキーンという音が家の中に居る時には、ずっと聞こえています。耳にピンポイントで当てられる時もあります。頭痛、眩暈がするので、ふらつきます。この音は自宅から離れると全く無くなる所もあります。揺れも相変わらず、家でも外でも、殆どの所で感じます。この為のふらつきもあると思います。

睡眠妨害は船橋に住んでいる時までは、音で起こされていました。此処へ来て、しばらくしてから、深夜、無音なのに1時間か2時間毎に起こされます。近隣で立てる音と、テクノロジーの両方で毎日睡眠不足です。

何故か分かりませんが持っている物を度々落とします。軽い物でも、重い物でも、電気の十一の様に私の手から離れ、下に吸い付く様に落ちて行きます。

パソコンに介入され、ネットの接続が切られたり、通販の最終画面で接続出来ませんとなったりします。パソコンを見られているだけでなく、プライバシーは全くありません。盗聴、盗撮によるものか思考盗聴によるものかは分かりませんが、私の事を見ていなければ集団ストーカーは成立しません。家の中を、外からは見えない状態にしても私の動くタイミングに合わせ様々な嫌がらせや加害を的確にして来ます。初期の頃は思考盗聴をされているとは思っていなかったのですが、被害日誌を書いている時、加害者側に都合の悪い事等を書こうとすると、又は書くと直ぐに近隣で威嚇と思われる凄い音を立てられたり、日誌を書いていると、赤と書いたつもりが青になっていたり、開くが閉じるになっていたり、思考盗聴、思考介入が全否定出来なくなりましたが、一方、スーパーで私の籠の中や手元を必死に見ている付きまといが沢山います。電車の中でも、買った物や荷物をずっと見ている付きまといが沢山います。これは後で仄めかしをする為の情報収集ではないかと思っています。後日、私が持っていた紙袋と同じ物を持って、電車で私の前に立つ、という様な事をしています。

もう一つ疑問に思っているのは、思考盗聴をしているのであれば、この様な必要は無いと思い、疑問も残っています。意識への介入がされているのかもしれないという事です。不審な夢の送信もですが、頭の中で考えていると、それに対する返事が送られてくる、とでも表現したらいいでしょうか。忘れている事を何の脈絡も無く思い出したりします。好きでもない歌や、嫌いな歌手の歌を無意識で口ずさんでいる事に気付き、今は気を付けています。加害が酷い時に「地獄に落ちる」と言っていたら、「恋に落ちて」という歌が頭の中に延々と浮かんで来るという事もありました。

情報収集も長年やられていた様で私の行動パターンは、とてもよく知っています。洗濯機、給湯器、炊飯器等は終了音が鳴る前に近隣の立てる音で「あ、そろそろ御飯が炊けるな」等と分かります。私が行動する前に、私の行動を読み取る事が出来ています。情報収集をする事で、私と同じ服装で現れる事も出来、私と同じ靴を持っていれば、私の足跡を付ける事も出来る、食べた物に合った身体攻撃も出来る様です。

今現在、集団ストーカーは相変わらず、何処へ行っても付きまとって来ます。電車の中で私の事を見ている人には、私も見る事にしました。すると目を逸らし、見るのを止めると又見ています。ずっと見ていると瞬きが激しくなり目が泳ぎ始めます。その内に寝たふりを始める人が多くいますが、薄眼を開けて見ているので瞬きをする為、すぐに分かります。電車の中、ホーム等では、携帯やゲーム機を私の方へ向けています。

その物自体が改造をしてあって電気的攻撃をしているのか、他の物を持っているのかは分かりませんが、ビリビリしたり、痺れを感じたりします。此処へ引っ越してから、加害者側が聞いている事を前提として家の中で独り言を言う様になりました。加害が酷い時には「悪い事をすると地獄に落ちる」家の周りをうろついている気配がある時は「１１０番する」等と言うと何かしらの反応は有りますが、被害が無くなる訳ではなく、後で余計に酷くなる事もあります。生活面は、一応、お風呂に入る事は出来ます。冬にシャワーで寒い思いはしなくて済みました。御飯も時間が掛からない物を作っています。お風呂、お手洗い、台所は、立ち位置が決まり、殆ど防御する事が出来ず必ず酷く攻撃されます。テクノロジーと嫌がらせによる睡眠妨害、生活妨害で自分本来の生活は全く出来ません。この犯罪は一日24時間、３６５日、休み無く続きます。眠っている時も攻撃されています。朝、「疲れたな～」と思いながら起きます。熟睡も殆ど出来ません。睡眠不足が続いて、たまに熟睡すると、寝返りもしないのか、ずっと同じ所に照射されていたのが分かります。電気的加害が酷い時は、座っている所、寝ている所全体を静電気に包まれ全身が痺れる様に感じる事がありま す。長い時間それが続きます。息苦しくなります。

此処で変に思っている事

○時計が一日に5秒位ずつ進んでいて3ヵ月毎に合わせていました。此処へ越してから一度合わせた後、6分進んだ所で進まなくなりました。

○大家の奥さんが立ち話をしているのが家の中で聞こえていました。救急車のサイレンが鳴ると「今、救急車が来たから」と言って、家へ戻って行きました。大家に救急車が来た訳ではありません。ここは、救急車のサイレン、パトカーのサイレンを非常に多く聞きます。どちらも10秒位鳴っただけで、すぐに聞こえなくなる事も多くあります。引っ越した当初は、近くの火事を知らせる「ウー・カンカン」という音は何回も聞きましたが、鎮火の「カンカン」という音は一回も聞いた事がありません。
○大きな声で立ち話をしているので見てみると、普通は相手の方を向いて話すと思いますが、ここでは横に並び、お互いの顔を見るのではなく、前を向いて話しています。２人でどこか同じ所を見て話している様です。
○被害に気付かされる前から、ヘリコプター、飛行機が飛ぶ音を頻繁に聞いていました。船橋に越した時だけは、気になった事がありませんでした。今の所へ越して来て、又、頻繁に聞く様になり、調布飛行場が近い為と思っていましたが、ある日、飛行機の飛ぶ音が45機を超えたので変だと思い、何かの機械の音が家の中で聞いていると飛行機の音の様に聞こえる事がある様です。ヘリコプターは実際に飛んでいます。時には真上を飛び、家の中の物がガタガタと音を立てる事もあります。
○通販で買った物を宅配業者が持って来ると、私の氏名を言い、住所も番地まで読みあげます。業者の車が戻って行かないので出てみると隣の梨園に入っていたり、近所の人が車の近くに居たり、業者の車の後を、大家の車が追って出たりという事を必ずしています。何処の業者も郵便車も同じです。

最寄りの警察の対応

初めて行った時　話を聞いて貰い、テクノロジー犯罪被害ネットワークのビラ、オバマ大統領の諮問委員会のコピー等を受け取って貰いました。
２回目　物干しの柱が動かされていた後、大家に防犯センサーを置いては駄目と言われたので聞きに行きました。対応した警官に「大家には管理権があるから、大家が駄目と言ったら駄目」と言われました。資料も受け取って貰えず、警官は私の横に立ったまま、まるで取り調べを受けているようでした。
3回目　被害が酷くなったので行きました。話を聞いて貰い資料等、受け取って貰いました。信じられない、勉強をしないといけないと言っていました。10年後、20年後に、この犯罪が明るみに出た時に、私の言っていた事が本当だったと思って頂けることでしょう。
平成24年7月31日　7月の中旬頃から、家の周りに大きな石や新しい釘が埋めてあるのをみつけました。それが気になって家の周りを掘り、石があると出していました。31日に塩化ビニールの配管が埋めてあるのをみつけ110番しました。警官の来るのが遅いので見に行くと、向かいの梨園の入り口から警官が出て来ました。何故かと聞くと私の家が分からなかったからと言いましたが、それなら駐在が直ぐ近くなので、本来そちらに聞きに行くのではないでしょうか。配管の事を言うと、古い物で前から埋まっていた物、事件性は無いので報告しないとの事でした。後日、市役所へ行くと、その配管は地図には載って無く、写真を見た方の中には「これは新しいよね」と言っている人もいました。配管が出て来た所は、大きな石が出た所なので、その時に掘っています。気が付かないという事は有り得ません。大家は昔の物で、マンホールに繋がっている、汚水管に繋がっている等はっきりしませんでした。

街頭活動に参加した時の、変！語録！

ビラを貰って頂く為に、この犯罪を理解して欲しい！　という思いを込めて「御願いします」と言います。何度も同じ場所でやっていることもあり、「またこれ！」という感じで頭を下げて通られる方、「貰いました」と言われる方、携帯を見たり、連れの方と話をしたりしている方、横目でジロリと睨んで行く方、全く無視される方もいらっしゃいますが、「御苦労様」と受け取って下さる方、御自分から貰いに来て下さる方、どの様な事か聞いて下さり受け取って下さる方、知人にも渡すからと何枚も持って行って下さる方もいらっしゃいます。そのなかで何故この様な反応になるのだろうという語録です。

○警察庁前で「御願いします」と言うと「御願いされません」60代位の男性

○警察庁前で「御願いします」と言うと「失礼ですよ」携帯を見ていた20代後半くらいの男性

○文科省前で「御願いします」と言うと強い口調で「要りません！」50代位の女性

最後に……

被害に気付かされた時、何が何だか分からず、パニック状態でした。集団ストーカーが、それに追い打ちをかけました。家族を加害者とは思いませんでしたが、情報が何処から洩れているのか分からない為、友人を疑ってしまう事になりました。ずっと親しくしている人は大丈夫と思いましたが、時々会う程度、世間話をする位の友人が情報源だったのではないかと思えました。今でも、いつから監視をされ、情報を集められていたのか分かりません。家に居られず外を歩いていても、お店に入っても、不審な人が居たり、不審な状況になったり、心の落ち着く事がありません。集団ストーカー、自殺強要ストーカーと言われている様に、人間不信に陥り、どうしようもなくなります。家に居られずに外を歩いている時も暗澹とした気持ちで歩き回っていました。年老いた父がいたので生きていなければならないと思いました。

変な人が近所に居ると思い引っ越しを続けてきた結果、今現在も一日中、電気的刺激でビリビリしたり痺れたり、座っていても横になっても揺れを感じ、耳鳴り様の「キーン」という音も鳴り続けています。ハイテク、ローテクともに酷く、無音で起こされ、その後は重低音のエンジン音、近隣で立てる大きな音で起こされます。

少しでも私の邪魔をし、脅して、生活妨害をするという嫌がらせも日常茶飯事です。周り中を加害者に囲まれているという感じになりました。テクノロジー犯罪被害ネットワークの会員になって、この犯罪が解決すると思いましたが、他の被害者の方と話をし、色々な本を読み、ブログを見る様になって、この犯罪の様々な面を知りました。世界中に被害者がいる事、最新科学技術が使われている様だという事、等々。いつ頃からか、私の天の邪鬼な性格が出て来たようです。開き直ってしまいました。自殺をすれば加害者の思う壺。それなら被害の中でも自分の出来る事をやろうと思う様になりました。

この犯罪を読者の方に分かって頂こうと思い、あれもこれもと書いているうちに、大変長くなってしまいました。最後まで読んで頂き、有り難う御座いました。技術的な事は、電磁波という言葉さえ耳慣れない私が書いても説得力が無いので書けませんでした。技術的な資料は沢山あります。書籍、ネット等で検索して頂き、この犯罪を理解して頂けたら幸せです。

被害者の方、覚めない悪夢の中に居る様な毎日ですが、自殺をせずに生きて行きましょう。

17 人類への冒瀆

タツミサチコ　東京都　50代　女性

私がこの考えられない犯罪被害に遭遇したのは、平成16年（２００４年）３月頃からです。

当時私は母の介護をしながら、社労士の受験勉強をしていた時でした。毎日毎日、母と向き合いながら、勉強していた時です。我が家にはシンノスケと言う雑種のオス猫がいて、午前6時ごろ外に出かけ、いつもなら10時ごろ戻るという毎日でした。その日3月11日も　いつもと変わらずいつもの様に外に出してやる事から始まりました。しかしその日を境にシンノスケは行方不明になり帰りませんでした。

動物愛護団体の仲間や、近所の知り合い、自宅周辺の動物病院、ペットショップ、清掃事務所、国道の管理事務所、新聞へは捜索のチラシを入れ、ありとあらゆる方法でシンノスケを捜しましたが一向に見つからず、私自身も、夕刻からシンノスケを捜すため歩きました。

その時私は一定の距離を保ちながら、私の後を付いてくる者たちがいる事を知ったのです。はっきり確認したと言って良いのかも知れません。

以前からいつも誰かに見られている様な、付けられている様な、漠然とした不安がありましたが、以後本当に誰とも知れない集団に不快な表情を、或いは威圧的な態度をされ付け回される事となったのです。これは今現在も変わらず続いてます。ほぼ同時進行で自宅では、無言電話・FAX・一方的にセールスして切れる所謂迷惑電話が一日に十数件、毎日毎日続きました。中には電話番号が判る物があり、着歴から無言電話した相手にこちらから電話した事も複数回ありました。電話しても無言で切られる事がほとんどでした。

偶然応対に出たことも有りましたが、不動産関係の会社で理由を伝えたところ、返事無く切られました。

毎日起きる怒濤の様な嫌がらせ、理由の分からないものへの不快感に怒りが入り混じる日々でした。

また一方では、母の身も心配になる毎日でもありました。私用で外出して帰宅すると、誰かが侵入した感じがする室内があり、物の移動や紛失が起き、時には消したはずのテレビや照明器具に、スイッチが入っていたり、玄関の常夜灯に電源が入っていたりと、不審な事が連続して起き始めたのです。玄関には悪戯されたので鍵を急遽交換・サブの別鍵も付け、部屋の窓全てにもサブキーを付けました。本当に何が起きているのか、表現する言葉が無かったと言う方が正確かもしれません。話しても、信じてもらえない。追い詰められるそんな感じでした。我が家は50年近くここに住み生活してきて、本当に初めての事で考えられない状態でした。

私への身体攻撃の始まりは、平成16年6月頃に、自宅2階で寝ていて真夜中に起こされるという事からです。その頃から隣の家の窓の異常なほどの照明の明るさに悩まされ、そのうち、深夜に女と男の話す声に悩まされ始めました。

我が家は住宅密集地の典型で東西南北を家で囲まれた状態で建っています。我が家の西側の家は借家で約1年前に二十数年住んでいたYさんが、急に転居されMさんと言う方が入居されたばかりでした。息子さんと2人暮らしとの事でしたが、息子さんには、お会いする事はありませんでした。

また、我が家と隣の建物との間隔は前述した様に1mも空いていないため、時々隣家の音が以前から聞こえる様な居住環境でした。昔は何の違和感も感じませんでした。

そうして7月23日の試験の数日前突然私は私の身体に飛んで来る電磁波による攻撃を感じたのです。本当に突然、頭の上の髪を風が撫でるそんな感じから始まり、足元に常に電磁波が波動の様な感じで来て、突然、空気銃の様な物で撃たれる状態や、または電気ショック的な激しい痛みだったり、手足はむくみ、グローブをはめている様になりました。

また、信じられないほどの身体の疲労感を感じる毎日でもありました。本当に泥の様に、と言う例えどおりに、身体が疲れましたし動けない状態でした。猛烈な脱力感に強襲された身動き出来ない、動くと痛みを伴う、そんな事も頻繁に起きました。母も、「身体が疲れて困る」私と同じ事を、話す毎日でした。

平成18年4月29日母と私は一緒に肺炎になり母はその後持病が悪化して翌年亡くなりました。治療中の病院でも攻撃は送られ続けていました。

この攻撃を受け続けて私が判ったことは、風邪をひいても、治るのに信じられないほど時間が掛かるということです。治癒力が落ちるのです。体力があれば何とか持ち直せても、体力の弱っている者にとっては致命的だと思います。

本当に生死の境にある老人に対してもこの攻撃は実施され続けたのです。これは本当の事です。

身体への攻撃の的は、

頭　部：電気ショック的痛み・ネットを被せられた感じに伴う睡魔・記憶の錯誤・集中力の低下。

目　　：ドライアイ・針で刺された様な痛みを伴う虹彩炎を数回発症・視力の低下。

歯　　：歯全てが鉛的な感じと、全ての歯の痛み。これは顎にまで到りました。

耳　　：高周波音によるもの、音。

鼻　　：鼻詰まり。

咽　喉：咽喉の痛み、耳鼻への攻撃に伴い起きる合併的なものも含みます。

手　腕：肩、腕、手全て関節痛、筋肉痛で腱鞘炎を多数回発症しました。特に左手へは攻撃が強く後に爪には溝が多数刻まれ残ります。

足　膝：足は手と同様左足の親指と人差し指への攻撃が強く左足親指と第2指との間には、赤い点状の火傷の後が残りました。写真で記録しました。

右膝への電磁波攻撃は、平成23年10月頃から強まり歩行が困難な状態にされました。右足、膝は常に流されている電磁波によって浮腫《むくみ》が有り、膝裏側の筋が歩行時ボキボキ違和感と痛みが発せられます。今でも自宅ではこの攻撃がベースで右足は膝と太ももの筋肉の硬直化、左足は膝から下アキレス腱に対しての攻撃による痛みで歩行が困難な状態になります。爪は手と同じく特に左足親指、人差し指が一番ひどく、横溝が多く出ています。**うねっている**状態と言って良いほどのひどい状態です。

また、両足共に電気ショック的激しい痛み、針で刺される痛みなどが起きる箇所には静脈などの毛細血管が皮膚上部に浮き上がり、火だこと言われる物によく似た物が浮き上がっています。

その時は足全体が赤く熱を持った状態になります。

腰　：腰は勤務先でも、自宅でも常に座っていても叩かれる状態です。

左側上半身：攻撃波は常に私の左側上半身に流されます。**心臓への攻撃で殺す事を考えている。はっきり殺意そのものを感じます。**

胃　腸：胸焼け、便秘、下痢、急にトイレに行きたくなったりと多岐に亘ります。その時胃腸自体に作用させる、振動波（微弱）を身体が感じます。身体全体に受けている攻撃波によるものか、異常なほどのガスが体内に急増し己の意思、考えと反して出てしまうことが多くなりました。

婦人科：生理不順と併せて腹痛等。

これら、身体攻撃の他には、テレビ・エアコン・冷蔵庫・照明機器の異常な誤作動が急増したことです。それぞれ稼動している、いないにかかわらず、バチ！　と言うラップ音が急増しました。このラップ音に関しては、家具、階段他、家自体でも事件発覚前より明らかに急増しました。

家電製品の誤作動の他にテレビ・ラジオ関係では、画面の歪みや、聞いていたラジオが急に雑音で聞くことが出来ない状態になったことなど、その現象を、デジカメを使用し写真や動画で撮影すると、画面の明暗が不明瞭になったり、ザァーと言う雑音と一緒に波紋が映り込むことです。画面全体がピンボケ的滲み状態で映っていることです。これ等の画像を**電磁界情報センターの担当者に見てもらったところ「電磁波の影響を受けています」**と返事をもらいました。

東電に平成21年と23年の2回漏電検査を依頼し漏れていない事の証明をもらいました。改めて電圧チェッカーで自宅室内の壁、木の柱、畳、窓ガラス（中央部）、窓の外の簾、箪笥の外側、中と測定すると電気を通さない物質の窓ガラスの中央部に電磁波モードでチェッカーを向けると、「ビービービー」と反応したのです。それは、木の柱、床、階段、畳、土壁、考えられない箇所でまた、戸外につるしてある簾（竹製）に反応した時はビックリしました。これ等反応する電圧（電流）は何処から来たのか、配線されていない風呂場の窓ガラスが一枚の範囲内で反応する箇所としない箇所があると言うこと、勤務先など他の箇所で自宅より遥かに電磁波、電気使用量が多い場所で同じ様に測定しても反応はしません。最近では、電圧チェッカーで室内の空間に電磁波モードで持つと何処でも反応すると言う状態になっています。

電圧チェッカーやクラニシの電界強度計ＬＡ－３１０で室内を測定すると、東側と西側の方向で針が激しく反応、または反応音が激しく鳴るのです。私自身、身体に感じる攻撃波は常に東側と西側、乃至南東側と北西側から感じます。これ等の画像を警察担当者に見せて訴えても、……専門ではないとの返事があります。

そして、理由を問われるのです。

その度に、私の死後、不動産が動くと答えています。

明らかに画面に異常が映っていても、警察・電機メーカー・電磁界情報センター、全て一歩が進まないのです。管轄違い、それが答えです。

我が家と周りの住宅との配置は下記の状態です。

この立地条件で、上記被害の他に当初より室内で戸外における車のドアの開閉音が振動音的な状態で聞こえたりもします。それ以外に平成22年10月頃から、電線が強風で振動する音（ウォ～ンウォ～ンと唸る音）が西側から聞こえ始めました。夜間発生する事が多くなり、次第にその振動音は激しく聞こえるようになったのです。

以前から家電製品の異常の折にも訪ねた、南側のWさん・Aさん・北側のIさんのお宅で、私と同じ音を聞いていた事実が判り、特にAさんは、私と同じく戸外の音がかなり大きく聞こえる事や低周波音?を覚えておられたとの事です。この事で第三者は単なるどこかの騒音（BGM）として認識をしているのではないかというものです。日中自宅周辺で聞こえる事もありましたが、ひど

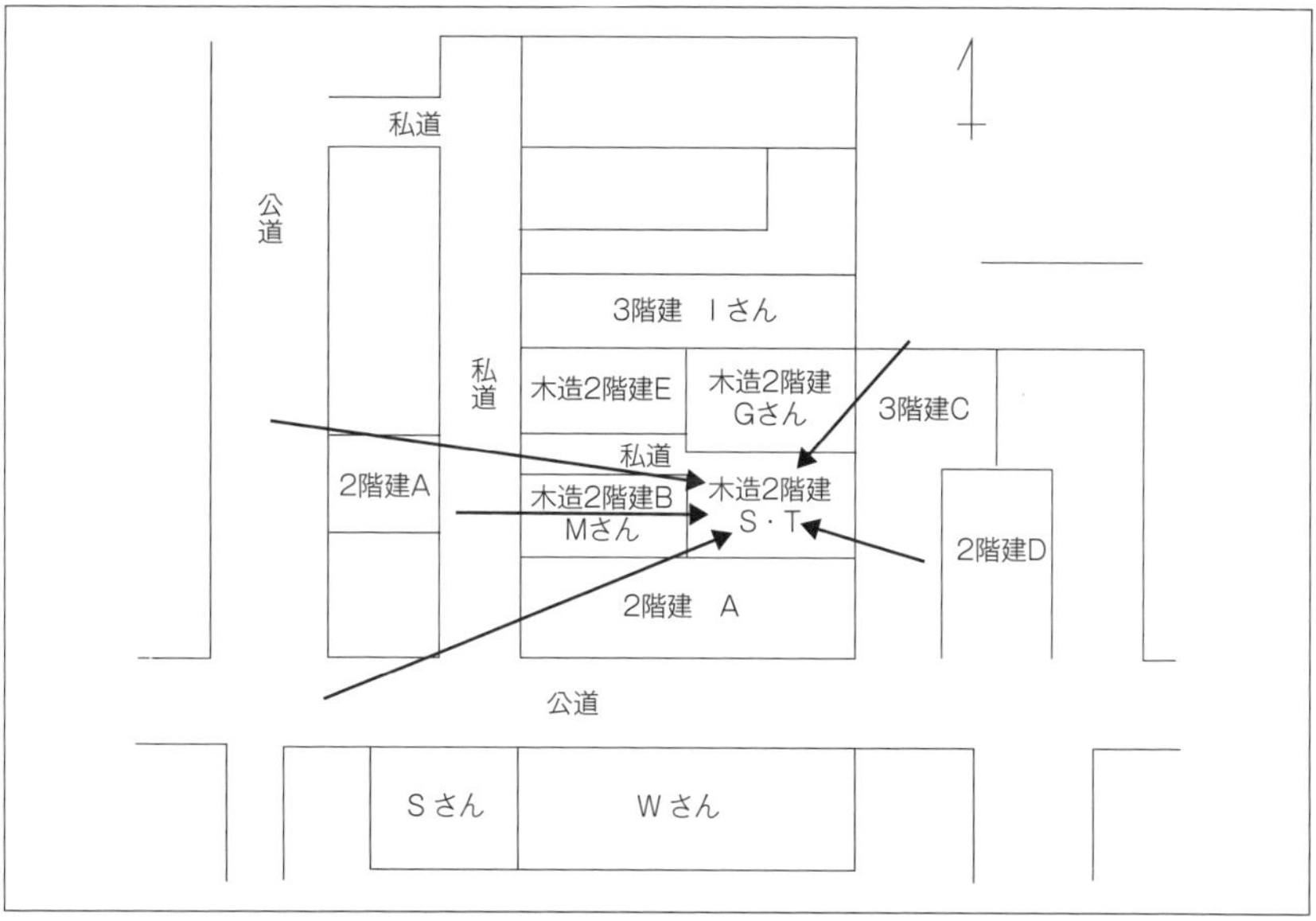

くなるのは夜間で午後10時以降に多発しました。この件は、区役所の環境保全課に訴えた所、調査が行われてから下火状態になりました。

世界中で、私と同じ犯罪被害を訴える被害者が多数おられますし、アメリカでは、過去に市民に実験が行われクリントン大統領が謝罪しています。

わが国では、大手通信企業・有名私立大学で人体通信と言う研究が行われ、今世界で通信技術が目覚ましい進歩を遂げています。他にも脳波を使った玩具や機器が製作され、発表されています。

インターネット上でこの犯罪を検索すれば数多くの被害者の訴えを目にします。２０１１年にはアメリカの研究者の手になる、『電子洗脳』という本までも出版されました。

被害を訴えている池上警察署管内では、私以外にも、複数人、同様の被害を訴えながら、１名の方は、自宅室内で亡くなっているということです。他にも絶望して自殺された被害者の方もおられました。それでも、警察のこの犯罪への対応は遠く感じます。

殺す事。これがこの集団の目的です。「この犯罪は立証されない。不可能だ」と！

だから平然と、彼らは、この犯罪を、ゲームの様にやっている。

私はそう感じます。

最近のニュースの中に理由が判然としない傷害事件を多く聞きます。同じ被害体験者の中には事件を起こしてしまった者もいます。

私へ加害行為を行っている集団……確実に老若男女複数名います。

かなり、身近にいると私は思っています。

最後に個々に記載した内容は平成16年（２００４年）３月頃から平成23年（２０１１年）頃まで我が家に起きた被害内容です。平成24年（２０１２年）12月今現在私への攻撃は続き日々苛烈さを極めています。

この電磁波による犯罪は、高周波による攻撃、低周波による攻撃、広範囲であること、これ等の電磁波を受け続けた「曝露者」は免疫力が落ちます。

この犯罪ほど卑劣なものは有りません。前述したように自殺された被害者もおられますし、母も体調を崩し持病を悪化させ亡くなりました。私自身今まで多くを失い、殺されそうなほどメッタ撃ちの攻撃も受けています。精神的、肉体的、金銭的、全てに亘って損害を受け自身の人格までも、時には否定されかねないのです。

犯罪実態が判明した時、殺された全ての被害者を思うと全ての加害者には厳罰を、私は望みます。

どんな理由であれ、この技術は全ての人間が監視しなければいけないと考えます。

18 Forgive Your Enemies but Never Forget Their Names

ダンギ由美子　東京都　35歳　女性

私は、私の思考を盗聴していた元同僚数人から具体的にいつ死ぬ、いつまでに死ぬと言われていること、また、膵臓に出来た巨大腫瘍を切除した結果、膵臓が3分の1しか残っておらず、あと10年も生きられない可能性が高いことから、何とか生きている間に、自分の被害と自分がこの犯罪について知っていることを書き残しておきたいと思っていました。今回、執筆の機会を設けて頂いたことを深く感謝致します。

一被害者として

私は、他人に自分の心身（思考、感情、体）を操作されることが何よりも嫌です。再度、この場で言わせて頂きますが、加害者は、今すぐ私の心身（思考、感情、体）を操作するのをやめて下さい。特に、言語化されていない私の思考を日本語に変換するのをやめて下さい。私は、自分の思考、感情を全て言葉に置き換えたいとは思いません。言葉にせず、言語化されていない状態のままにしておきたい自分の思考、感情が勝手に言語化されることは自分の精神領域が侵されることであり、絶対にあってはならないことです。また、私の思考速度を落とすのをやめて下さい。加害者が私の思考速度を極端に落とす為、私は何をするにも通常の数倍の時間がかかり、自分がやりたいこと、やらなければならないことが通常通りに出来ない状態です。

私の被害（過去に遭っていたが今は遭っていない被害を含みます）

思考の操作（言語化されていない私の思考を日本語に変換する、私の中で既に結論が出ていることを私に何回も強制的に考えさせる、私の頭の中で過去の自分、他人の言動を再現し、私が他のことを考えられないようにする）／感情の操作（任意の感情を私の中で湧き起こらせ、それが私の感情であるかのように私に感じさせる、感情の増幅、減衰、消去）／体の操作（私の体の一部を好きなように動かす、私の口、舌、唇、声帯を好きなように動かし、私を任意の訛り、話し方で話させる）／生理現象の操作（睡眠の操作〔眠気、睡眠の誘発、脳の覚醒〕、発汗〔片脇から大粒の汗を数分の間に何粒も流させる〕、げっぷの誘発〔私に1時間に60回以上げっぷさせたことがある〕、呼吸、食欲、尿意、便意の操作）／疲労感〔私の体力を消耗させる〕／筋肉の衰え／痒み／痛み〔頭痛、腹痛、腰痛、頭皮、目、瞼、耳、歯、胸、膝の痛み〕／発病（膵粘液性嚢胞腫瘍〔退職前、某大企業Nで複数人から「生物兵器」「膵臓」「腫瘍」「入院」「手術」と言われており、某大企業N退職数週間後に酷い腹痛で緊急入院し、膵臓に10×15cm「2kg」の巨大腫瘍が出来ていることが判明し、手術となった〕、急性膀胱炎、婦人科系の異常、目眩、嘔吐、腰部椎間板ヘルニア、掌の酷い痒みを伴う湿疹、口内炎、酷い目やに〔私の右目に目やにを大量発生させ、10分に一回は目やにを取り除かないと目が曇って見えにくくなり、30分も放置すると目やにが固まって目が開かなくなる状態を一日中続けた。翌日起きると、右目は治っていたが左目を右目と同じ状態にしていた。更にその翌日起きると、左目は治っていたが右目を2日前と同じ状態にしており、合計3日間、私に目やにを大量発生させ続けた〕、痰〔信じられない速さで私の喉に痰を大量発生させたことがある〕）／電化製品の誤作動、故障／PC上の操作（ポインタを動かす、漢字変換の操作〔一部の言葉をスペースキーで漢字に変換出来ないようにする、使用頻度順に表示されるはずの漢字変換候補の表示順を変える〕、遠隔からの文字入力〔後ろに隠れていた画面に、2万文字以上に亘る意味不明な日本語の文章が入力されていたことがある。私がこの画面を離れ別の画面で作業していたのは20分弱で、この間、私が離席することはなかった〕）／思考盗聴／脳内盗撮／性的被害／音声送信（送信内容が音として聞こえない無音声のものを含む）／映像送信／人工夢／切り傷（痛みを感じると同時に左上腕に3本の平行した切り傷が現れたことがある）／電気刺激（睡眠中、突然、目の裏に青い火花が飛び電気刺激を感じた。驚いて飛び起きると、音声送信の声が笑っていた）／記憶の操作（新しい情報が記憶に残らないようにする、記憶の中にある情報を一時的に取り出せないようにする、記憶の削除）／意思、欲求の挿入／暗示（私を操り人形のように思い通りに操作する為、私の潜在意識に介入し暗示をかける）／散財（私が間違えて無駄にお金を使うよう私の心身を操作する。私の収入、貯金に上限を設け、私がそれ以上の収入、貯金を得られないよう様々な工作をする）／人間関係の操作（私と私の周囲の人双方の思考、感情を操作し、人間関係にいざこざを引き起こす）／思考漏洩（私の勤務先、私がよく利用する店、予約しておいた宿泊先、航空会社等に手を回し、従業員を思考盗聴に強制参加させ、彼らに私の思考を送信し漏洩する）／集スト（私の外出時に、思考盗聴犯、集スト工作員に私の周りを囲ませ、私の思考内容を含む個人情報について話させ、私を誹謗中傷させる）／人生計画（私の人生に計画を立て、私がその通りの人生を歩むよう様々な工作をする）。

注：これらは全て加害者により人為的、人工的に引き起こされたもので、自然発生したものは含みません。

家族の被害（一部のみ記載させて頂きます）

∞　私が小学4年生か5年生の時、家の中で私と妹の声を聞いた母は、気付かない間に子供が学校から帰って来ていたのかと思ったが、家中どこを見ても、私も妹も家にいなかった。その後、暫くの間、母は、一人で家にいるのを怖がっていた（母は、音声送信の技術で、私と妹の声を聞かされたのだと思われます）。

∞　今は亡き父方の祖母は、私が高校生だった１９９３年に、畳の裏に電気が流れていて足の裏が痛いと訴えていた。私も私の家族も、祖母の家に行き畳の上を歩いてみたが、何も感じられなかった。しかし、祖母が耐えられない程の痛みを感じていたことは確かで、祖母のその痛みに対する怒りは尋常でなかった。

∞　２０１０年の夏、私の隣で自転車に乗っていた当時7歳の娘が、突然、動けなくなる程の酷い腹痛に襲われた。自転車を降りて暫く休んだが、娘は、痛みのあまり、泣きながら大声で叫ばなければならない程だった。この腹痛の前も後も、娘は何の病気にも罹っておらず、娘自身もこの腹痛の不自然さを自覚している。

∞　その他、詳細は割愛しますが、私の家族は、皆、何らかの不自然な体調不良、発病を経験しています。

私を加害している加害者

私を加害しているのは、多層構造（少なくとも2層構造）からなる組織です。この組織は、大まかに言うと、私への加害を計画し、最先端科学技術を悪用して遠隔から姿を見せずに私の心身を操作、加害している「大元加害者」と、大元加害者の指示の下、私の思考を盗聴しながら私から姿が見えるところで私に対して誹謗中傷、嫌がらせをする「直接加害者」の2層に分けられます。「大元加害者」は最先端科学技術を所有しており、２０１１年3月11日に大地震が起き放射能汚染問題が発生することを事前に知っていましたが、「直接加害者」の大半は最先端科学技術を所有しておらず、大地震、放射能汚染問題の発生についても「大元加害者」から教わっておらず、知りませんでした。同じ加害者側でも、「大元加害者」と「直接加害者」は全く違う立場にあります。加害目的については、私は幼少時から「大元加害者」に監視、操作、加害されており、「大元加害者」の加害目的は、私という一個人の人生を計画通りに操る為の人体実験のように思われます。

娘のこと

被害内容は割愛させて頂きますが、私の娘は、生まれた時からこの犯罪の被害に遭っています。過去を振り返り、私は、自分が3歳以前からこの犯罪の被害に遭っていたことを知っていますが、自分がこの犯罪の被害者であることを認識したのは30歳を過ぎてからでした。これは、大元加害者が、いつ私に自分がこの犯罪の被害者であることを知らせるか計画しており、意図的に、私に自分がこの犯罪の被害者であることを知らせた為です。私は、娘も私と同じく人体実験の実験台とされているのではないか、大元加害者に人生計画を立てられ、その計画通りの人生を歩まされているのではないか心配です。私には、娘が大元加害者に心身を操作されているのが見える時があります。私には、娘が加害、操作されているのが分かっても、最先端科学技術を所有する大元加害者から娘を守ることは出来ません。再度、この場で言わせて頂きますが、大元加害者は、娘の心身を操作するのをやめて下さい。娘の人生に計画を立て、娘にその計画通りの人生を歩ませることをやめて下さい。娘には、娘自身のままである権利があります。**大元加害者は、今すぐ娘を解放して下さい。**他人の思考を盗聴し、心身を操作し、その上、人生まで好きなように操作するとは、あまりにも極悪非道で、絶対にあってはならないことです。加害者は、人間とは何なのか、命とは何なのか、考えて下さい。

被害者の方は、辛いでしょうが、諦めないで下さい。この犯罪について知っている人の数（被害者、加害者を除く）は確実に増加しており、この犯罪に対して問題意識を持っている人の数も着実に増えています。また、未だにこの犯罪について知らない人の中には、このような犯罪は絶対にあってはならない、一刻も早く取り締まられなければならないと思う人もたくさんいるはずです。実際、この犯罪がいつまでも放置され続けると、人類の未来、地球の未来まで危うくなりかねません。このような犯罪は一刻も早く撲滅されるべきです。この犯罪の被害に遭い惜しくも命を落とされた方々のご冥福を祈ります。

19 交通妨害

C・T　千葉県　40代　男性

二〇一一年第四回東京フォーラムで演説した内容から書きます。

高校生の時、夜全く眠れなくなりました。

そして高校三年の後半、毎日電車が止まるようになりました。通学の為、上野から秋葉原まで山手線か京浜東北線を利用するのですが、早く来た方に乗っても、遅く来た方に乗っても、混んでる方に乗っても、空いている方に乗ってもその組み合わせのどれでも、自分の選んだ方が止まるのです。

山手線が五分止まるとどういう事が起こるのかというと、後から来た京浜東北線二本に追い抜かれます。それによって片方が止まっていないことが確認できます。

例えばどちらかだけが必ず止まると決まっているとすれば、百五十日で二の百五十乗分の一の確率です。無量大数分の一の確率ですからほぼ零と言えます。学校は飯田橋なのですが、間に合わないので水道橋から全力で走らなければなりませんでした。走りながらいつもそんな事を考えていました。しかし私の選んだ電車が必ず止まることになっていたのなら、それは百パーセントです。当時私は「私を監視する人間が上野駅にいて、ポケベル等の通話手段を用いて電車の信号を出す係に伝え、電車を止める」という方法を想定していましたが、的はずれではないと思います。彼らにはその意志と実力が有るという事が言えます。

では目的は何か？　私の学校では年十回の遅刻で留年という校則が有ったのですが、それは小さな理由でしかありません。

彼らの本当の目的は、〝我々を苦しめ、その恐怖を多くの人々に間接的に伝える〟事に有ります。恐怖による統治が最も簡単だからです。

牢獄で拷問に遭った人間がその事について話す事を当局が関知しないのはその為です。恐怖は必ず伝わるものです。

ですから我々は彼らの恐怖を伝える手段になってはいけません。これが私の一番言いたい事です。

朝七時まで眠れないという状態は大学時代も続きました。もし家族や親戚にこのような人がいたら何らかの手を打つ必要が有ります。引っ越し以外で。

あなたの引っ越しは彼らの第一目標です。引っ越しをしたほとんどの方が、被害がエスカレートしたとおっしゃっています。それはあなたが屈服しやすい人に分類されたからです。近隣のストーカーの方々は解放され喜んでいることでしょう。気の毒な事ですが。

次に車でのつきまとい対策について述べます。

一車線の道路では、五台か六台前に制限時速五十キロなら三十七キロで走るというような車が現れます。そして交差点に一度に多くの車を送り込むことによって慢性的に渋滞を引き起こします。これは前後の車を入れ替えるのに都合がいいからです。前後の車は通常十五分から二十分で交替します。これらは全てバラバラのナンバーで、音声送信や身体攻撃を行っているようです。射程はおおよそ四百メートル、これは位置情報を得る為の装置の限界であると思われるので五百メートル離れれば体感で被害が無くなる事が確認できるはずで、経験上まちがいないと確信します。

具体的にどうするのかというと、前の車と車間を五百メートルとって下さい。こちらがスピードを落とすと前の車もスピードを落とすというような事が起きたりもします。それでも信号を利用したり頑張ればできるはずです。

後ろの車は交差点で停止した時に左にウィンカーを出して下さい。うまくいけば後ろの車に乗車している人達がものすごくあわてる様子が見えるはずで、その場合後ろの車がウインカーを出さなければ左に曲がります。それでも追いついて来れば、すぐに車を止め後続車をやり過ごしUターンして元の道に戻りましょう。

これ等は全て思い付いた時に行って下さい。事前に行おうと思っていると対応されてしまいます。何度も成功すると、遠回りをしてもどうしても通らなければならない交差点付近の建物や駐車している車から攻撃が行われます。単独走行になってもある地点にさしかかると被害を感じるように変化するからです。是非、思い出した時に実行して下さい。片側二車線以上の道路ではこの方法は使用できないことを覚えておいて下さい。リボンのマークの車に注意。

最近認識した事を書きます。私は子供の頃から電車通学だったのですが、その頃から急いでいる時に限って、降車する時に私の前に小走りで移動し、その後ゆっくり歩く人が現れます。右から又は左から追い抜こうとしてもその側にゆっくりと寄ることによって私を妨害し追い抜かせません。やがて人波に飲まれ、のろのろと歩くしかなくなります。

この確率が高すぎるのです。後ろの人がどちらからか追い抜こうとしている事が気配で分かる事は有りますが、あまりにも的確すぎるのです。子供の頃から感じてきたこの違和感について電車の中で考えていたある日、駅からの帰り道、高校生ぐらいの子の横二メートルぐらい離れて追い抜こうとした時、その人が私の前を塞ぐ位置まで走り、又元の位置に戻るという事が二回起きました。その時すぐに二つの事が思い浮かびました。空いているスーパーマーケットで立ち止まると、突然十人ぐらいの買い物客に囲まれる事がよくあった時期が有った事について。それとスキー場でリフトに乗ろうとすると、そのリフト乗り場に大勢の人が集まり並んでいる人達が私の前に前に出ようとする事で、その結果、私は友人達をいつも待たせる羽目に陥らせていたという事についてです。

今まで述べてきた事は全て通行の妨害であり、睡眠の妨害や突然やる気が無くなり体が動かなくなるマインドコントロールと組み合わせれば「いつも遅刻する人」のできあがりです。

人は死に瀕した時走馬灯を見るように、常に困難な状況に置かれ続けると、脳を活発に働かせるようになります。彼らはそれを利用し、独自のユニークなアイデアや考え方を盗み出したり、市場調査（マーケティング）の一環として無駄なく利用しているのでしょう。

最後に防御方法について書きます。

その前に、集合住宅の方はそうでない人に比べて実行が困難である事を述べておきます。それはなぜかというと、アパート等では上下左右から加害する事が可能であって、装置を移動する事が比較的容易であり距離も、壁一枚、数メートルの近さに設置でき、特に上から行われると防ぎようがないという事態に陥りがちだからです。それでも可能性が零という訳では無いので、実行する意志があるならやってみて下さい。最上階の方には特に勧めます。

前巻に載っていた鋼板（スティールの板）による防御について考察します。

先ず厚みについて、薄い板を合わせて最低七ミリメートルが必要です。二センチメートルでも完全ではないそうです。多くの人が、出入り口を足の方に残して、全方向を守るように寝床を囲っているという話を聞きますが、一方向でも方向が的確であれば有効です。同時にゴムの板や発泡スチロールを重ねます。これは超音波が使用されている可能性を考慮に入れる事と同時に鋼板に直接頭や体の一部が触れないようにする為に行います。鋼板は大きなホームセンターに行けば売っていますし、カットもしてもらえます。重いのが難点ですが、スチロールとともに非常に安いのが特徴です。軽いのでアルミを選んでしまう人がいるようですが、全く効果が無いようです。

次に効果について書きます。

主なものは、キーンという音以外の音声送信、体の表面の痙攣、この二つは寝床以外でも無くなります。なぜかというと、ベッドの上以外でしか音や声が聞こえないという状態が起きれば、防御の有効性が確定してしまうからです。思考盗聴も限定されます。画像（白黒）は数回見せられましたが、夢（動画）を送る時は、キーンという音を大音量にして私を起こし、別の場所で昏倒させてから行います。鋼板の裏では電撃感も限定的でベッドからはみ出した右足首にしか起きません。残念ながら、成功すると今まで無かった被害が始まります。逆にそれによって有効であることを確認できます。これ以外にも効果はありますが、自分でお試しになって下さい。

ストーカーには、私の方法では、完全に無視する、視界に入れないという方法を現在確認中です。見えそうになったら顔をそむけてしまうのです。彼らに仕事をさせないという事です。今現在相当な成果を挙げているところです。

最後までお読みになって頂き有り難うございました。

20 逃避行

Y・N 埼玉県 60代 女性

最初にこの逃避行のきっかけとなった出来事について書いていこうと思う。

2002年、私は居住しているマンションで部屋番号順に回ってくる理事会の役員になった。更にクジで理事長に選出されてしまった。当時フルタイムで働いていたので、マンション内に親しい人もなく、理事会がどういうことをしているかも知らなかったが、誰もがやらなければならないのだと悟り引き受けた。インターネットや関連の本を読み、知識をある程度得てから、居住者のために良かれと思い管理会社へいくつか意見を言ったりしたが、それが気に入らなかったのだろうか、任期1年の半分を過ぎたあたりから本人が気づかない内に少しずつ周りが変わり始めていた。捏造された風評を流されて、同じ居住者の方や近隣の人に挨拶しても返事が返ってこなかったり、怒りや憎しみの目線を向けられるようになったが、私にはその理由がわからなかった。

2009年1月、外出すると見知らぬ大勢の人がどこからともなく怒濤のように集まって、私を見てひそひそ話を始めたり、犯罪者を見るような表情で睨まれたりするようになる。人間関係でも、親しくしていた友人たちと普通の会話をしている途中で突然怒り出して席を立ってしまい、わけを聞こうにも激高していてその余裕もなく連絡が途絶えてしまう。あるいは病気で通院をすると担当の医師が急に転任になったり、長期療養で不在になったりすることが多くなる。買い物に行けば買ってない商品がレシートに打ち込まれていたり、飲食店へ入ればオーダーしてないものまで代金請求されたりする。また家宅侵入が多く私の物が次々に無くなる。無くなった物が数年後、とんでもない場所から出てきたりするが汚れていたり穴が開いてしまったりしている。

これらの現象が同時期に起こる状況となり、何がどうなっているかわからずパニック状態に陥ってしまった。

この頃、性格も陰気で虚弱だった。何気なく言われた一言が矢のように心に突き刺さり、何週間も食欲をなくしたりしていた。若い頃から不眠症だったがますますひどくなっていき、いつも頭痛に苛まれていた。

２００９年11月の初旬、真夜中に就寝しているベランダ側の窓から突然鈍い唸るような金属音が聞こえたと同時に建物が大きく振動し始めた。特に床下からの揺れが酷い。電磁波のようなものが頭から足の先までサーッと通過したかと思うと、身体全体にビリビリした痛みが起こった。空中からの重圧感も強く、押さえつけられているようで呼吸も苦しくなる。金縛りにあったように身体が動かない。しばらくして建物内のあちこちからざわざわした物音が聞こえ、窓を大きく開閉している音が鳴り響き、イライラした声や舌うちが聞こえ始めてきた。この電磁波攻撃は我が家だけでなく建物全体を被っている事を知る。この現象は数時間続いた。

これは私のせいなのだろうか？　私がここに住むとマンションの人たちに迷惑がかかってしまう、ここにはいられない、出ていかなければ！

今思えばもっと他に方法があったのだが、この時はこう思い込んでしまって、これ以外のことは考えられなかった。これが電磁波等を使ったテクノロジー犯罪であることを知った最初の出来事であった。

この電磁波攻撃は私自身のみならず関係のない近隣住民にまで及んできている。目に見えない、証拠にならない科学的媒体を用い、一般市民をターゲットにする犯罪は確かに存在する。ずっと管理会社の嫌がらせだと思っていたが、あまりにも広範囲で規模が大きすぎる。被害は最も残忍で狡猾で陰湿だ。これらは一民間会社の出来ることではない。思い起こせば子どもの頃から被害があった。もっと巨大な犯罪組織を意識した。

紀州へ逃避行
２００９年11月17日（火）～28日（土）　紀州へ一人旅に出ました。
もう自宅へ戻れなくなるかもしれないと思い、リュックには少しの着替えとガイドブック、時刻表のみでカメラや携帯は持たず、パンフレットや資料も読んだらその都度処分していき、常に身軽にしていました。何の計画も立てず、誰にも知らせず、予約も取らず、突然の出発でしたが、それでも行く先々でいろいろなことがあり、奇怪なマジックショーを見ているようでもありました。
これは、一被害者の追われるように家を出た者の記録です。

11月17日（火）伊勢市
早朝家を出る。行き先だけは以前から念願していた紀州と決めていた。東京駅で切符を購入する時から窓口係は私のことがすべてわかっていたような嘲笑を浮かべている。いつものことだ。加害者は私の周りの人たちへ一瞬にして、私に敵意を抱くようにすることが出来る装置を持っているらしい。
新幹線で隣の席に座った女性は、ＰＣを取り出したが、その入力音が何故か妙に耳ざわりで、頭の神経に障り何も出来なかった。この情景は数ヵ月前にもあったことを思い出した。やはり同じ新幹線で、女性がＰＣを操作し始めたが、集中力をなくされ同じ思いをした、その時と同一人物だったように思う。

昼頃伊勢市に到着。その30分前から電車の窓にはヘリコプターの爆音が鳴っていたり、遠くの山裾に白雲のような淡い飛行機の姿が見えるがこれは人工物だとすぐにわかる。辺りに不穏な空気が漂って不安になる。駅の観光案内所で今夜のビジネスホテルを予約する。傍に男子学生が4～5人いて会話を聞いており、私を見てニヤリと笑って立ち去った。最初に伊勢神宮外宮へ向かう。観光協会でボランティアガイドのOさんを紹介してもらう。午後から予期しなかった雨が降ってきたがOさんはたくさんの資料が入ったファイルを両手に持ち、時には濡れながらも終始、丁寧にわかりやすく説明をしてくださった。最後に「私の趣味ですがよいでしょうか？」と言って写真を撮られたが、その後踵を返すように急にいなくなってしまった。この写真がネットで廻ったのか、これから先、旅の終わりまでカメラに苦しめられることになる。

夕方、ホテルに帰り、近くのコンビニでお弁当を買う。お伊勢さんに一番近い駅なのに人通りは少なく暗くて寂しい。女性一人で入れるような飲食店もなかった。

その夜は一晩中電磁波を流された。エアコンは最初の日から使えなかった。電源は入るが冷たい送風のみで暖かくならない、これも旅の最後まで続く。まだ雪が降る季節でなかったのは幸いだった。

ホテル前の道路をバイクが何台も地鳴りを上げて通りすぎる。ホテル側の対応も終日変だった。

旅先での電磁波被害の症状

昼間は自然の中が多いので、あまり感じないが長時間交通機関を利用していると、頭痛や強制睡眠が発生。

夜は下方から振動とともに身体に痛み、震え、痺れが起こる。上方からの重圧で圧迫感を感じる。不眠が続く。

文中、電磁波を流されるとあるのは、この症状で以後、同じなので省略。

この被害は当時のことをありのままに書いている。現在はテクノロジー技術が格段に向上し、更に高度の被害が継続中である。

11月18日（水）新宮

伊勢神宮内宮へ行く。参拝している人は多いが、カメラを持っている人は皆レンズを私に向けているので、つい帽子を深く被り下を向いてしまう。鳥居を抜け禊ぎの川に架かる宇治橋を渡る。この橋は今月新しく架け替えられたとのことで、木の香りが香ばしく、周囲の山の紅葉に映えて自然の美しさに思わず感嘆してしまう。その後、紀勢本線に乗り、新宮へ向かう。この電車内ではしつこい付き纏いがいた。菓子を食べながらニタニタ笑って近くにいる。ウトウトし始めると煎餅を齧る音や、足をドンと降り下ろし、物音を立てて寝させない。車両を移ってもいつの間にか近くにいる。

新宮駅到着。観光案内所でビジネスホテルを予約した後、レンタサイクルで「熊野速玉大社」へ行く。ここで生姜飴を購入し「のどが痛いので」と言ったら、その時からのどを集中して狙われることになった。次に「神倉神社」へ。この社の参道でボランティア観光ガイドのK氏（この時はまだ名前を知らなかった）に出会う。道端の小さな白い花が珍しくて貴重な植物だと説明しながら「カメラはないですか」と何度も問いかけてきた。持っていないと言うと残念そうに立ち去った。次に「浮島の森」。ここで再びK氏に会う。他の観光客ともう一人のガイドも加わり島を一周する。K氏の説明を受けている間、もう一人のガイドは何度も私にレンズを向けてくる。その度に顔を隠した。どうしてこうも撮ろうとするのか解らない。私は目立たない格好をして帽子を深く被り、いつも下を向いて歩いているだけなのに。最後に名刺を貰ったので名前を知った。まもなくこの一連のことは偶然ではなく必然だったのだと思い知った。その理由は、観光案内所で何処を廻るのか具体的に問われたので「速玉大社」と「神倉神社」と「浮島の森」と答えて、細かいことまで聞かれたことに違和感を覚えた。配布された地図の配置から順番がわかるし、サイクルなので着く時間も予想がつく。私が現れるのを待っていたわけだ。そして監視している。
ホテルでは洗濯乾燥機が使えなかった。長時間廻してもしずくが落ちてくる。前の人が使用した時には順調に作動していたのだ。寒い屋外の乾燥機前に長く居たため2日目で体調が悪くなる。電磁波は昨日と同じ。

11月19日（木）紀伊勝浦
体の具合が悪く起きるのに時間がかかり、9時半に出発して紀伊勝浦駅へ向かう。駅から熊野三山行きのバスに乗る。熊野三山は、熊野本宮大社、熊野速玉大社、熊野那智大社である。那智大滝は高さがあり迫力があって自然の力に圧倒される。柵の先端部へ行ってもまだ近づきたくて、もっと奥の「お滝壺拝所」まで入る。空から落ちてくる水を見上げながら、自身の浄化を念じ、纏いつく忌まわしいものが流されてしまえばいいと願った。帰りは熊野古道のうっそうとした杉林が続く大門坂の石畳道をひたすら30分ほどかけて降りる。途中で、平安朝の着物に扮装した女性とその一団とすれ違う。近くの茶屋で衣装の貸し出しをしているらしい。私は以前から着物の仄めかしが多い。再びバスに乗り、R寺へ行く。本堂の秘仏で一年のうち短期間しか公開されない「観音菩薩像」を拝観させていただくことができた。合掌。
観音様のお顔は、慈悲深く、柔和で優しい。じっと見ていると、涙があふれでてどうしても止まらない。最初から私に何かを感じていたらしい住職から包み込まれるような言葉をかけていただき、厚意に甘えて、しばらくの間、一人きりで泣き続けた。「悩みがあるので……」と言ったが、その内容を今打ち明けることはできない。信じてもらえるようなことではないからだ。少しの時間が過ぎて、茶をご馳走になり、おいとました。

ビジネスホテルBへ入館する。ここは予約の電話をした時から返事が芳しくなかったが、なかば強引に入ったので対応が悪い。初めから鍵を差し込んでも扉が開かない、何度やっても開かないので途方にくれていると隣室のカップルが通りかかったので、わけを言って開けてもらうと、何事もなくスーッと開く。あきれたような顔で私を見る。私が旅に出るとよくあることなのだ。電磁波も一晩中流されて眠れない。対応策でコンセントを全部抜き、バスに湯を張り、ドアを開けて湿気を部屋中に満たすようにした。身体はいくらか楽になる。のどにも良いようだ。だが、起床したらすぐに換気しないと大変なことになる。

11月20日（金）　勝浦から紀伊田辺

観光船が出ているのを知り、チケットを購入する。遊覧船に乗り「紀の松島めぐり」に行く。途中、「太地くじら浜公園」へ寄り同時購入した入場券を出そうとするが見つからない。船着き場の土産屋の店先で長い間捜したがどうしても出てこない。最近こういうことがよくある、どこかへしまった後、その場所がわからなくなってしまう。歳のせいだと思っていたがそればかりではないことがわかってきた。その度合いが酷すぎるのだ。ただならぬ様子に店の主が出てきて見守ってくれていたが、「そんなに捜してもないのなら船の中に置いてきたのだろう」と船会社に電話を入れてくれた。その後ガイドブックに挟んだ券がでてきた。何度も捜した所なのに見逃している。店の主に礼を言い公園へ向かった。シャチやイルカのショーを見学。やはり動物は可愛いし、いつまで見ていてもあきない。帰途、乗船前にお世話になった店へ入りコーヒーをお願いする。豆を挽いた本格コーヒーを久しぶりに味わうことができた。心まで癒された思いがする。船の中でカメラを持った集団がいて、一斉にレンズをこちらに向けるので、帽子を更に深く被り下ばかり見ていた。

紀伊勝浦駅に戻り、特急に乗って紀伊田辺駅へ向かう。3時頃到着。

宿泊はビジネスホテルV。駅の近くにあるのでリュックを背負う者にはとても利便が良い。かなり年季の入った建物で廊下を歩くとミシミシ音がする。今日も付き纏いは多くいたが、それとわかるように近づいてくるだけだ。カメラには恐怖を覚える。電磁波はいつも通り。洗濯物は乾燥機が使えないのでドライヤーで乾かすことを覚えた。

11月21日（土）田辺市

朝ゆっくりと起き駅前のレンタサイクルで田辺市内を一周することを決める。ガイドブック片手に名所巡りを終えて、南へ進むと、田辺湾に面する海岸にG公園がある。今日は快晴で海原が雄大に広がっている。風が強い。岬の先端へ行くと、大きな平たい石があり、座り心地がよさそうなのでそこに腰掛け、ぼんやりと海を眺めていた。少し先に小型の漁船が目に入る。視線を外し、しばらくして先ほどの船を見ると思いがけず近くにいて、その船の先頭でカメラを構えた中年男が私を撮ろうとしていた。ただ焦点を合わせているだけならそんなに恐ろしさは感じないが、カメラを持つ男の、何かにとり憑かれているようなカッと見開いた目に、射すくめられるような緊迫感があり赤鬼のようだ。これまで私にレンズを向ける人は、誰もが異様な形相をしていた。しかも距離があっても、目の前にいるように顔面がクローズアップされてしまっているのだ。

このテクノロジー犯罪は五感に介入してくるが、私の視覚を操作されているのだろうか、むしろカメラを持つ人間の方を操作して、憎悪や憤怒の感情を増幅させ、顔面を紅潮させて赤鬼の形相を造っているように思える。あまりのことに驚いて身体が動かないので、反対方向へ向きを変えると、アッという間に遠くへ行ってしまった。振り返って砂浜をみると大勢の人がゾロゾロと集まってきている。一人で同じ場所に留まっているといつもこういうパターンになる。

この駅に降りた時から辺り一帯に不気味な空気を感じていたが、それは事前に熊野へ行くときに必要な登山靴を送るよう自宅へ連絡したために、宿泊先が判明しているからで、下準備の時間が充分にあった為である。その後田辺市内を流れるE川沿いに佇むW寺を見つけてそこに立ち寄ることにした。そこは古いお堂がたくさん立ち並び、植栽の手入れもいき届いている。由緒ある寺社のようだ。

その中でも奇妙な事が起こる。私の目の前を4～5人の集団が通りすぎる。そこは一本道で行き止まりなので、帰りは再び私の目の前を通らなければならないのに、そのまま消えてしまったとか。

私が居る場所の隣の小道を二人連れが通ったので、同じ道を私も行ってみようとしたが、その小道への入り口がどうしても見つからなかった。つまりは入り口がなかった。狐につままれたようだ。

ホテルにて夜10時過ぎ、前の広場で、20人ほどの若い男女が集まり、クラッカーを鳴らしたり、奇声を発したり、ギターを弾いて音程はずれの大声で歌ったり、真夜中まで騒々しかった。昼間は人通りも少ないのにこんなにたくさんの若者がいたのかと思ってしまった。この騒ぎは前日と2日間続いた。

2日目に、これは私に対するパフォーマンスだと気づいた。

宿泊は同じホテルである。従業員は2日間とも私を避け、まともに顔を合わせようとしなかった。

11月22日（日）～23日（月）熊野古道（中辺路ルート）

駅前発AM7：30のバスに乗り、40分ほどで滝尻に着く。そこで手作りの杖を購入していよいよ熊野古道へ出発する。すぐに急な山道に入る。いつの間にか私一人になっている。山道は整備されていて迷うことはない。この辺は常緑樹が多いが、ところどころに紅葉の赤や黄が混じって気持ちが和んでくる。その心地よさを切り裂くように高い空の彼方から飛行機のエンジン音が絶え間なく聞こえてくる。時に男性一人の登山者が、さっと近づいてアッという間に遠ざかるのが４～５人いた。登山道の近くに車道も通っており、私の進行に合わせて、付き纏いに出没しているようだ。

今日の宿泊の近露まで14㎞。不安はあったが久しぶりの山道は快い。３時頃到着。旅館のオーナーは私の情報が入っていたらしいが、さりげなく気配りしながら、屋外の様子を窺ってくれているのがわかった。同宿は北海道からの中年男女６人グループのみ。翌朝、オーナーはそのグループから途中まで車で送ってほしいと依頼されて、そこに私も誘っていただき同乗させてもらうことができた。熊野本宮まで25㎞の道のりを車で７㎞分、名所を案内しながら送って下さった。更にオーナーはそのグループに私を同道してくれるように頼んで下さっていた。心遣いに胸が熱くなる。

昨日は一人でも完歩できたが、今日は距離も長く、山も険しくなっているので一人では難儀しただろう。他の登山客は殆ど見かけなかったので、付き纏いに嫌がらせされたり、疲労困憊して軌道をはずした行動をとったかもしれない。実際に山道の何でもないところで２回足を滑らせている。一回は尻もちをつき、もう一回は転んだひょうしにピンポイントでいつも狙われる左腕上側を道端の大きな石にしたたか打ちつけ、あまりの激痛にしばらく起き上がれなかった。私の有り様を見ていたグループのメンバーは怪訝そうな顔をしている。途中でこのメンバーにも私の変な情報が入ったようだが最後まで同行することを認めてくれていた。無事、熊野本宮へ着いた。昨日との２日間で39㎞の行程だ。いにしえより大宮人や庶民が通い続けた信仰の聖地。本宮さまは、人は皆平等でありどんな願いも受け入れて下さるという。地元の厚い信仰心が感じられた。

参拝の後、グループと別れ、バスで民宿に向かう予定だったが崖崩れがあったとかで、バスがなかなか来ない。タクシーもないという。夕方になって暗くなり心細くなって民宿へ連絡すると車で迎えに来てくれるというのでホッとする。バス停の前でバイクが３～４台、若者が５～６人たむろしている。中の一台が故障して動かないらしい。迎えに来た民宿の人は、そのバイクを修理してあげていた。バイクは練馬ナンバーで、全員黒ずくめの服装だった。

民宿に到着。夕食時に他の宿泊客と熊野古道や高野山の空海のことが話題になり盛り上がった。

初めて鹿肉の刺身を食べたが鯨のような味がした。夜あまり電磁波は感じなかったが、妙な音楽が少し流れてきた。夕方故障したバイクのことを思い出した。

11月24日（火）吉野山
御坊駅から紀勢本線に乗り和歌山駅で和歌山線に乗り換える。奈良の吉野山を目指すことにした。吉野山に行くには、吉野口で一度降りて、近鉄に乗り継がなければならない。それを知らなくて吉野口で降りて、そこが吉野山だと、思い込んでしまった。駅でモタモタしているのは私と若い男性の2人のみ。2人とも同じ間違いで次の電車まで長い時間待たねばならなかった。いろいろ話しているうちに、彼は神戸から来たこと、知り合いのお爺さんが病気で余命いくばくもないので見舞いに持参するお守りを貰いに来たという。中年男女2～3人が私を見張るようにうろついている。少したって、救急車が駅に来て数人の白衣姿の人がホームを慌ただしく行き来している。理由を聞くと急病人が倒れていると連絡があったが、どこにも見当たらないという。そしてその人たちはすぐにいなくなった。ようやく吉野駅へ着くとすでに暗くなっていた。その若い男性はすごい勢いで走り去ってしまった。その時初めて加害者側の人間だったと気がついた。
その若者は目元が涼しくて警戒心をおこさせない風貌であった。話しかけられたのが最初の一言だけで、あとは私の問いに応えるだけであったが、いつも近くにいて様子を窺っていた。加害者だとしても今回のことで何の意味があるのだろうか。考えているうちに構図が見えてきた。駅の案内所で宿泊の予約をしようと思ったが5時過ぎで係員がいない。ポスターを見て電話をかけるが通じない。その時タクシーが通りかかって良心的な民宿を紹介してくれるという。あの若者は、早く目的地へ着いて宿を探そうという私の気をそらすため会話を始めた。そのため私は確かに電車を1本乗り遅れてしまった。それで5時過ぎになって自分で予約が取れなくなり、加害者に都合のよい宿に連れていくタクシーを手配することができて、宿泊客として加害者を配置させることができるということだ。紹介された民宿は本館が満員というので大きな建物の別館に案内されたが、そこに客は私と隣室の中年男の2人だけとのこと。フロント係も本館に引き上げ誰もいない。照明が薄暗く、静寂で、お風呂やお手洗いに行くのに鍵をかける音や自分の足音が大きく鳴り響く。別館の裏はうっそうとした山で真っ暗である。

食事は本館に案内され、おいしい和食コースをいただいた。その席でたまたま隣に座った女性と意気投合して長く話し込んでしまった。私より少し若くて東京在住、同じく一人旅とのこと。明日、一緒に吉野山を散策しようと約束する。今日は熊野本宮から吉野へ移動するだけで終わってしまった。夜の電磁波はあまり感じなかったが、明日何か起こりそうで不吉な予感がした。

11月25日（水）吉野山

昨日知り合ったAさんと出掛ける。Aさんはこのまま帰郷するというので荷物を持ち、私は一旦戻るつもりで部屋に荷物を置いていく。古色幽玄な吉野山の名所を巡って一周する。途中宿泊中の民宿の前に来た時少しゆっくりしたいと思い、もう一泊の依頼をする。散策中、お互いの携帯番号を交換しているときに彼女の携帯が鳴り、ふたを開けた瞬間から彼女の顔色が変わり態度も変わっていった。やはりいつものことが始まってしまう。気がつくと太陽が大きく傾いている。彼女の乗車時間が近づいているので駅まで見送ろうと山下りしている途中に、急に激しい腹痛が起こり、お手洗い探しに奔走することになったが、周りに人家はなく、結局、麓の駅まで懸命に駆け下りて間一髪のところで間に合った。二人共に朝、同じ消化の良いものを食べ、どこも具合が悪くないのに私だけこの有様だ。彼女とは自宅に戻っても連絡を取りたかったが先ほどの携帯のこともあり、心に決めて別れを告げた。

一人になってもこのパニック状態が頭から離れない。一人旅で今回のような粗相をしてしまったらどうなっていただろう、あまりにも急激で対処の仕様もない。

部屋へ戻ったとき、違和感があり、改めて見直すとポットの位置がずれている。ふたをとり中を覗くと5ミリくらいの黒粒状のものがたくさん入っている。飲めそうもないので捨てた。またコップが8個並んでいたが今は3個に減っている。理由はわからない。気がついたのはこれだけだ。鍵をかけて外出したが、加害者はそんなことは歯牙にもかけない。頭に思い浮かべたのは物音一つたてなかった隣室の泊り客のことだった。

その後本館に部屋を移ったが、それから先は宿の従業員に冷たいあしらいを受けることになった。余程前の部屋で従業員を怒らせる何かがあったらしいが、こちらにはまったくわからない。精神的にまいってしまう。吉野山の夜は寒いがやはり暖房は入らない。冷風が吹き込んでくるばかりで身も心も冷え込んでしまった。

11月26日（木）高野山

和歌山線を橋本まで戻り、南海高野線に乗り換えて、極楽橋からケーブルで高野山へ。ここも前日電話で予約したので加害者に筒抜けで、降りた時から老若男女が大勢いて付き纏われた。11時に宿坊へ到着。リュックを預けて高野山巡りをする。寺院が立ち並ぶ仏教の町の佇まいは敬虔で、おごそかである。

空海ほど包容力があり、人間的な温かみのある宗祖は、他にいないのではないかという話を、J寺の管理人としているとそれを遮るように若い女性3～4人が入ってくる。騒々しくて会話が続かない。いつもの付き纏いだ、早々においとまする。それ以降も人や車やバイクがわざとらしく近寄ってきてさっと遠ざかる。

社務所で手続きをしていると、宿泊するのは私一人きりとのこと。やはり事前に私のことがわかっていたようだが、気づかせないよう案じて下さっているのがわかる。

夜、奇妙な咳払いが聞こえてくると同時に、ヴォーンという大きな機械音と共に電磁波が流れてきた。

庭からの出入り口に飲み物の自動販売機が3台設置されているが音はそこから出ていて、そのモーター音が電磁波で増幅されて大音響になっていた。庭を見るとお坊さんが恐い顔をして、竹刀を持って見廻りをしていた。

翌朝6時からの勤行の読経に私も参加したいと申し出ていたが、時間になっても案内がなかったので見当をつけて探しているとお坊さんが導いて下さった。3人の僧侶の読経が一定のリズムを伴って聞こえてくると、気持ちが落ち着いて、安らぎをおぼえる。

11月27日（金）京都

高野山から大阪を経由して京都まで何回も電車を乗り継いでいったが、その車両の全員が加害者なのではないかと思うほど視線が私に集中していて、一挙一動が注目されているのを感じる。人が多いほど敵意ある目線や嫌がらせも増えてくる。電車の中で、前に座った男が私を睨んでいる。顔を向けるとサブリミナルで『死ななかったのか！』という。私の方が驚いた。何故死なななくてはならないのか、何が原因なのかもわからない、理由を聞きたいのはこちらの方だ。昼過ぎ、京都へ着き、駅の案内所から宿泊を申し込むがいずれも満室だと断られるも更に粘っていると、あちこち連絡してもらい、ようやく予約出来た。安心できたので近くのF博物館へ行くことにしたが、徒歩10分ほどの距離で地図も持っているのに目的地へ到達しない。何度も人に尋ねてようやく到着した。中に入った時は誰もいなくてゆっくりできると思えたのに、すぐに集団が入って混んでくる。やはりカメラを持つ人がいて私を捜しているようなので、何度も隠れたりしたが、諦めてほとんど見ることなしに外へ出てしまった。地下鉄を降りてホテルへ向かう途中、カップルの後ろを歩いていると、前方からヒャーッ、ガォーッと、奇声を叫びながら自転車に乗った若い男が向かってきた。サドルに足を載せ、身を上に持ち上げ、四つん這いの獣のような姿で威嚇するように私を睨んでいた。私がカップルの後ろにいたのでよく見えるように身体を上に持ち上げていたのだろう。カップルもあれは気が狂っているんじゃないかと話していた。ホテルに入り、外へ出る気力もなくなり、パンと牛乳で夕飯を済ませる。相変わらず乾燥機が使えないのでドライヤーで2時間近くかけて洗濯物を乾かす。夜、電磁波はいつも通り。大通りに面しているので何度も救急車がサイレンを大きく鳴らして通りすぎる。

11月28日（土）

早朝起きると、ホテルの無料で使わせてくれるというパソコン台へ向かった。久しぶりにネットを検索しようとしたが、『あと10分で終了します』の表示が出て、どう操作しても消えない。集中して見ていられないので終了した。後、近郊の名所をいくつか散策したが、どこへいっても敵意ある集団ストーカーの目線は追いかけてくる。もう旅にも出られないことを実感した。夕方の新幹線で帰路についた。

かくして私の旅は終わった。幾多の困難があったけれど、傍らで見守って下さったり、手助けして下さる方がいた。その方たちのおかげで今の私が存在していると思っている。ご恩返しは生き抜いて、微力ながらこの犯罪の法規制を訴えていきたい。

21 ゆるぎない信念をもって

Y・N　愛知県　53歳　女性

「お母さんは聞こえてもいいが、おまえはいかん」

「生きていけると思うか、嫌がらせをしてやる」

刑事と名のる男性に、私の意志とは関係なくテレパシー状態で会話をさせられ続けた時期に脳内音声送信により伝えられた言葉です。この言葉は、虚構から始まった被害の中核と受けとめています。


思い起こせば、二〇〇四年の年末より異変が起こり始めていたようです。被害の変遷を著述いたします。

二〇〇五年

道を歩いていると見知らぬ人の視線の不自然さに気づく。私のことをご存知のようです。

地下街よりデパートへ入店すると、すぐ男性店員さんが来て目の前に立ちはだかる。長く感じられたが一分程だろうか、何を言うわけでもなく顔をまじまじと見続けるので不快な思いをする。〝これは何かある！〟と胸騒ぎを覚える。そのまま進み菓子折りを買い求める時もショーケースを見ていると「気をつけて」と女性の声。接客していただこうと『すみません』と声をかけるが、なかなか対応していただけません。同日、別のデパートへ行き昇りのエスカレーターに乗ると、数段上に立っていた男性が上半身後ろを向いて私を見ている。この男性の挙動と先程のデパートでのこともあり〝とんでもないことが起こっている！〟と直感する。だが、術無く時は経過してゆく。

二〇〇六年

歩いていると後ろからゆっくり近づいてきた白い車の男性運転手が、窓を開け意味ありげに気味悪く薄笑いを浮かべながら、いつまでも私を見ている。

公園でベンチに腰掛け読書をしていると「聴いてる」「聴いた」と人が通るたびに聞かされる。

天井から床に向かって発射されたかのごとく、糸のように細い一筋の光が輝きながら目の前を斜めに通過する。夜が明け天井を見るといくつもの小さな黒点を見つける。

マンションの二階に住んでいたが、上階で何か落としたような物音がすると「聴いてる」と女性の声。アルバムを整理していると「写真見てる」と男性の声。目覚めると「聴いた」「聴いてる」と男女の声。あまりの怖さに居間・台所の天井を布で覆ってみるが効果なし。何をしていても「聴いてる」「聴いた」と男女ペアに聞かされ、まるで聞こえることが罪悪であるかのように追い詰められ恐怖心を増幅させられる。

「消した。怖いか。怖いか」と家計簿に記した文面を「消した」と伝えられる。後日確認すると、この被害が始まったと思われる頃の記述をすべて跡形も無く消去されている。真っ新《さら》の状態を見て恐怖に戦《おのの》く。

耳栓をしての生活が始まるが、耳栓をしていても聞こえる（脳内音声送信なので当然であることを知らなかった）。夜中でも「耳栓捜してる」「耳栓とった」と盗視できるとばかりに聞かせてくる。何とかできないものかと決意し、調査事務所に盗聴器発見の依頼をするが、無駄な出費をする結果となってしまった。

結局十二月初旬、マンションはそのままで実家に身を寄せることになる。しかし、実家でも相変わらず思考盗聴・脳内音声送信・盗視（当時は、このような言葉は知る由もない）を継続される。ただ、隣に座っている母には声が聞こえていないことに気づいたのは、大きな収穫でした。実家には、弟家族も父母と同居しています。弟家族は二階で生活していますが、台所・お風呂・トイレ・玄関等は共有しています。

二〇〇七～二〇〇八年十月三十一日

刑事と名のる男女ペアに（夜中は男性一人）一日中脳内音声送信・思考盗聴・盗視をされ、過去まで見抜いているとばかりの高圧的な態度に恐怖に怯える日々でした。呼称はNさん↓N↓おまえと変化しました。「震えがきたか。震えがきたか」と毎日何回も尋ねてくる。

「頭の中のことだから神様にもわからん」「お参りをしたらインターネットに流してやる」「神様を切ってもらった。切った」の声に怖くなり、神棚に手を合わせられなくなる。怪奇に満ちた生活の中で、神様に救いを求めていた。かなり神様を意識していらしたように記憶している。

「胃癌にしてやる」の声とともに胃を波打つように揺り動かされる。夜で横になっていたが、異様な感触で気持ち悪さと恐怖心に苛まれる。このことが原因か否かは定かではないが、二〇一〇年の検診でポリープが見つかり胃カメラの再検査となる。

母と一緒の時『母にも外からや屋内の義妹・姪の声が、聞こえているのではないか』と思いつくと「お母さんは聞こえてもいいが、おまえはいかん」と頭ごなしに威圧する。この言葉の意味は、実に重要であると捉えている。〝誰にも聞こえて当たり前の声であっても、私には聞こえてはいけない！〟との理不尽なシナリオに基づいて進攻されていると考えている。まさしく虚構の証ではないだろうか。

『なぜ、このようなことをされるのか解らない』と考慮すると「知らん。おまえには解らん」とのことなので『訴える』と思うと「我々を訴えるか。我々と検察とは」「金がかかるぞ」「生きていけると思うか、嫌がらせをしてやる」と脅される。「生きていけると思うか、嫌がらせをしてやる」は、この流れの中で伝達されたのであるが、私にとって**「嫌がらせ」**などという生易しいものではない。さて**「嫌がらせ」**に加担する人々は、真意をご存知だろうか。

入浴のため洗面所へ行くたび「聴いた」「聴いてる」と義妹・姪に聞かされ続け『私は聴こうとしていないのに「聴いた」「聴いてる」とすぐに言われる。チェックしている機械がおかしい、壊れてる』と思案すると機器の機能をレベルアップされたようである。私が考える前に考えようとしていたことを聞かされるようになる。驚愕していると「おまえが悪い」と。ただでさえ思考を読み取られているので、少し考えると別のことを考えなければならないような奇々怪々な状況の中、益々思考できなくなる。

「向こうの家（私の自宅）を義妹にやれ」と何回も聞かせてくる。実家に身を寄せることになり、父母がプライベートに使用していた家を私の自宅用に改装した。これにより刑事と名のる加害者と義妹との繋がりが浮上する。

当時、小学生の姪が見ている夕方の教育テレビ番組で〝テレパシー少女蘭〟というアニメの初日、タイトルが画面に映るや否や「びっくりした。偶然」と女性。この時、思考を読み取られ加害者の意を伝達される怪異な現象は、テレパシーを媒体としたものであると確信する。

『お巡りさん』とふと思うと「我々は刑事だ。お巡りと刑事とは違う。お巡りじゃない」。

「尾行を見つかり恥をかかされた。謝れ。俺も正座をしている。正座して謝れ」

「俺だ、分かるか」とよく登場される低音の声の後「フェチ、声フェチ」と女性。

「難聴になった。賠償金が増える」と女性。賠償金を支払わなければならない悪事を働いていると自覚していらっしゃるようです。

「助けてやろうと思って、今人を集めている」と男性。庭で母と草木染めをしていた。『やめてほしい』と懇願する思いはもちろんあったが、考えないように努めた。結局「やはり、やめた」の軽い一言でほんの少しの期待は、あっけなく砕け散った。

「こたつに入っても、布団に入っても無駄だ。すべて見える」と男性。

入浴すると「見える。足を閉じろ」と男性。

「人前でオナラをするか。我慢しろ」と男性。ですが、私の目の前には誰もいません。加害者には、私が見える環境であると自ら認めていることになります。

「我々にため口か」と男性。私は加害者とテレパシーで会話をしているのではありません。本意は無視され思考を盗み読まれているのです。日常生活で頭を遣う時、敬語で考える方がいらっしゃるのでしょうか。

三日間一睡も眠らせてもらえなかった。後日、再び眠らないようにされるが睡魔に襲われると「前に三日間寝なくても大丈夫だった。まだ二日目だ。大丈夫だ」としたい放題である。


「伯母さんは正義。伯母さんは正義だよ」「警察に手伝ってほしいと言われてるんだけど、伯母さんどう思う？」と姪の声。私の目の前に姿はない。加害者に思考を盗聴されている中で、どのように考えるべきか悩んだが『○○ちゃん（姪）が、決めればいいよ』と本意とは反することを思うことにした。この伝達が大きな意味をもっていることは、徐々に牙を剝いてくるのではっきり知らされることになる。

「大丈夫、三代守ってもらえるから大丈夫」「○○ちゃん（姪）もお母さんも守ってもらえるから大丈夫」と台所より義妹の声。

過去までお見通し

・学生時代にサンフランシスコへ行った時に買ったポップロックという口の中でパチパチ弾けるお菓子と同様に、何十回も口の中でパチパチ音をたてて弾かれる日々が続いた。

・「懐かしいか、先生の匂いだ」の声と同時に、小学生時代にお世話になった書道の先生の匂いが漂う。
・自転車に乗っていると前輪より一万円札が、ふわっと舞い出たことがある。交番へ届けた折「今時、一万円で何が買える」とお巡りさんに言われたことを思い起こすと「もう、退職した」と女性。
・疑われ窮地に立たされ、仕事を辞めたことを回想していると「Nじゃない。Sだ」と女性。
・「おまえと呼ばれたことがない」と女性。「そうか、おまえがいいか」と男性。

見せられし映像

・夜中に卵形の目覚まし時計のガラスに光るクラゲが上下する。「見たか。見たか」と聞かされるが、綺麗なので見入っていると「まだ見るか」である。
・「県警が来た。県警が来た」の声の後、黄緑色の地下鉄路線のような図が襖に映される。「さすが県警、初めて見た」と男性。
・遺言状を書こうと筆で遺の旁《つくり》を書き始め横線が抜けたことに気づくと、中と目の二文字になり、こたつの上から仏壇の右側の障子に連なり登っていく。びっくりし呆然としていると「初めて見た」と女性。
・ハンドタオルのループ部分が動き、外国の人形の顔や建物が次から次へと現れる。
・敷布団の夏用マットのループ部分が動き、ドクロやお化けの顔が現れる。手で撫でるように消すとすぐ消えるが、間もなく現れ幾度となく繰り返される。
・居間から車三台分離れた桜の木の付近に、台の上に白い顔が五、六個並べられている。赤い模様があるので『歌舞伎の隈取り?』と思うと、即座に「ギロチン」と女性。
・居間の窓より一メートル程前方の垣根辺りに、豆電球でかたどられたような梟が太陽に輝いて綺麗でした。

誘導

・「見るな」と聞かされ続け、家の中で見た物すべてを正座し声に出して謝罪させられる。

・家の外（近隣や通行人）からの声を「聴いた」と責められ、正座し声に出して何度も謝罪させられる。

・明け方「おまえの貯金を義妹にやれ」と聞かされ『イヤです』と考えると声をどんどん小さくされていく中で「いいか。いいな。わかったな」『イヤです』の掛け合いが続き、結果否応無しに「そうか、いいんだな」と言い張る。次に、娘のために貯えた貯金も「娘の貯金を○○さん（姪）にやれ」『イヤです』の掛け合いが、私の貯金の時と同様に続く。恐怖感と屈辱感で判然としないまま呆気にとられていると、空白の時間は定かではないが、追い撃ちをかけるように「やった〜、○○子（姪）のものー」と嬉しそうな姪の大きな声が、台所より聞こえてくる。

自殺への誘導

「死ね。死ね」の声に怖くて咄嗟に『イネ?』と思うと「そうか、イネか。イネがいいか」「イネ。イネだ。わかるかイネだ」と毎日しつこく強い口調で強要され、ほとほと参ってしまう。「我々は忙しい。わかれ」とも。そんな時『人権侵害』と心に強く思うと「おまえには、人権はない」との返事。

夜中に右腕を上より落とされ目覚める。「（近くにある）公園へ行き首を吊れ」「公園まで足元を明るく照らしてやる」「公園の奥へ行き首を吊れ」「朝散歩に来た人に見つけてもらえるから心配するな」の声には、あまりの恐怖に息を呑み身動きできなかった。

昼夜を問わず、自殺の強要・誘導をされ『自殺しなければいけないのだろうか』と精神的に追い込まれ、自殺の方法を慮るようになる。

『自宅のお風呂で手首を切ろう』と映像を思い浮かべると「向こうの家は、いかん。あとで使う人に迷惑だ」。『自宅の階段の最上部の手摺に紐をかけ首吊り状態』を思い描くと「それでは死ねん」。『睡眠薬が三十一粒ある』ことを思い出すと「それなら死ねる」の声に、睡眠薬を手にし自宅へ行こうとした時、父に「何でこんな物を持っているんだ」と取り上げられる。一瞬の出来事でした。

命拾いしたことで『なぜ私が、自殺をしなければならないのか?』『濡れ衣を着せられたまま死ぬわけにはいかない』と冷静に判断できるようになり『私は自殺できない。そんなに殺したいのなら殺せばいい』と訴えかけるように考えると「我々がか。我々は何だ。我々は誰だ。我々にできるか」との返答である。

さらなる圧力

脳内音声送信される声を何日もかけゆっくりと小さくされてゆき、頭の片隅にかすかな声が聞こえるところまでくるといつもの音量で「聴いたか。聴いたか。知らんぞ。知らんぞ」である。今後、大変なことになると示唆されていると不安が募る。

「我々がいいか、皆さんがいいか。皆さんにやってもらう」
「皆さんが我々を信じるか、おまえを信じるか」

裏を返せば〝私がどれだけ真実を述べても信じてもらえないが、我々は何を言っても信じてもらえる〟との含みをもたせていると受けとめ、陥れられている実状に落胆するとともに怒りが込み上げてきた。

十月三十一日で刑事と名のる男女ペアによる二十四時間脳内音声送信・思考盗聴・盗視・身体攻撃等の被害の日々は、静かに幕を閉じたかのように演出された。

二〇〇八年十一月一日～二〇〇九年

昨日までのように二十四時間の脳内音声送信ではないが、音声送信・思考盗聴・盗視等のテクノロジー犯罪被害と『皆さん』による人的『嫌がらせ』被害が、日に日に増してゆく。

・屋内や外出先ともに何も言葉を発しなくとも「暴言を吐いた」「訴えられる」と聞かされ続ける。

・子供が大声を出す。聞かせる為に仕掛けられているので、当然私に聞こえる。直後、子供の「聴いた？」と尋ねる声がするという手順が主流である。

・通行人等が遠方で発しているであろう声が、すぐ近くで話しているように聞こえる。聞かされる声が、小さく呟くような話し方でも大きくはっきりしているので、距離感に不自然さを覚える。

・外出先には連絡が入っているようで、あからさまな態度をとられたり不審な視線を送られること頻り。

・ある事務所に行き『お教えいただきたい』「調べておきますので三時に来て下さい」の対話となる。再び足を運ぶと待ち合い席に何人もいるが、数あるカウンター席には誰もいない。私だけが対応される。

・何を言っているか分からないが、声はする。聞かされた時は、数秒後に声はなく言葉だけが頭に浮かぶ。私の誹謗中傷なので聞かせたにもかかわらず伝わっていないと『嫌がらせ』の意味がないからであろう。

テレビ・ラジオ・私が会話中には、聞きとれない言葉があっても後で言葉が頭に浮かぶことはない。

二〇〇九年十月十九日の夕刊に〈警視庁の新たな犯罪抑止策〉という記事が、掲載されていた。

――疾患を未然に防ぐ「予防医療」のように、警視庁は地域防犯の向上と犯罪抑止に力を注いでいる。警察官のパトロールだけではなく、住民や業界団体が主役になって対策を講じる仕組みを築くという新たな取り組みで、治安再生を目指す。――（中日新聞より引用）

二〇一〇年

不快なので控えているが、たまに外出すると監視の使命感に燃えた方々に遭遇する。実にタイミングよくどこにでも現れる。このタイミングは、どのように見はからっているのでしょうか。

聴力の操作をされているので、テレビの音量をどれだけ大きくしても外から聞こえる・聞かされる声の方が遥かに大きい。距離感が不自然でも、開いている小窓から声・音が入ってくるのを感じとれる時がある。

入手したレコーダーで道路工事の音を録音してみた。テーブル上では録音できないのに、耳の横では録音できた。『嫌がらせ』の内容ではないが、不可解である。不審を抱くと「怖～い」と男性の声。

操作されていることをご存知なのか定かではないが『皆さん』による毎日のように入れ替わり立ち替わり足を運んで〝聞こえていること〟を確認する行為また確認する為に聞かせてくる行為が、鬱陶しい。

・台所・洗面所前など室内から死角になる所に不自然に車が停車している。偶然外に出ると、急いで車に乗り込み発車する人がいる。「聴いた」と言いドアをバタンと音をたてて閉め発車する人もいる。

・台所で洗い物をしていると、男子中学生が数人自転車に乗り出窓前を通過する。と、急に台所端に止まり一言「聴いた」と言い放ち出発する。

・「入った」「入ってきた」「この辺も入る」等は、近頃よく聞かされる常套句である。自宅の西隣との境・北側の実家との間付近までのL字形の道路が、チェックされている範囲と受けとめている。

・「ワッハッハッハッ」と女学生の大きな笑い声。『これは?』と思うと「大成功～」である。

・「何で?　警察から電話があった～?」と男子学生の大きな声。私に対する『嫌がらせ』行為であろうとメモを始めると「ひっかかったー」「ワッハッハッ聴いたよー」と明らかにおもしろがっている。

・台所より「車の音聴いた」と姪が義妹に話す声。日本間にいた母が「聞こえるよ」と口を挟んだ。姪が走行中の車の音が私に聞こえているかを確認していたと思われる。問題は、どのように判断したかである。以前、夕食後糸楊枝で歯の汚れをとっている時、糸楊枝の臭いを嗅ぐと八十センチメートル程前に座ってテレビを見ていた姪が「クサッ」と言い体を大きく横に動かし、すぐ二階へ行ったことを思い出す。

二〇一一年

登下校の時間帯は、明らかに『嫌がらせ』の聞かされ被害が集中している。義妹の話をした後は、被害が増える。何をしていても聞かされる言葉は、否応無しに入ってきて必ず私の思考を一瞬中断させる。

鳩二羽の死骸が、門扉の前にある。二十日後、雀の死骸が植木鉢の上にある。ともにお腹を上にして。

NPOの集い・広報活動の往復の電車内でも被害が付き纏う。「聴いた」「聴いてる」の声とは逆に、誰一人の声もなくシーンと不自然な状況が続き「それで皆静かにしとる」と男性が止めを刺すこともある。

座席が対面式の電車内で下を向いて座っていて顔を上げると、正面に座っていたご夫婦であろうご主人が「Nが乗ってる」、奥様が「黙っとらんと」と言い目を閉じて下を向く。私の一つ前の駅で下車されたが、一言も口を開くことはなかった。なぜ、私の顔と苗字をご存知なのでしょう。私は全く知らない方々です。

散歩帰りの自宅付近で、年輩の女性三人が自転車に乗り縦に一列に並んで話しながら近づいてくる。〝見まわり隊〟と緑色のボードに黒字で書いてある。私の斜め前で肘までの白い手袋をした真ん中の人が、指を一本口に当て話をしている後ろの人に「シー」とする。話は中断された。五ヵ月後、再び年輩の女性が〝見まわり隊〟の自転車の横に立ち含み笑いを浮かべ私を見ていたのは、自宅の門扉の前だった。

実家のトイレは、できるだけ使用しないようにしている。自宅へ行こうとすると「向こう行く」との声に敢えて実家のトイレに入る。お通じが出た瞬間「うんこ出たー」と幼女の大きな声。

懇意にしている実家の斜め裏の方が「あなた達（母と私）の話し声が、すぐそこで話しているように聞こえる時がある」と不思議そうにおっしゃいました。夕食時、姪が義妹に言った「皆聴いてる」を思い出す。

学区の小学校の鼓笛隊のパレードが、自宅前の交差点を通過する。父母によると二〇〇九年・二〇一一年は凄い人集《だか》り。二〇一〇年は、父母二人だけだったそうである。何故《なにゆえ》か、懸念される。

夕食中「先生が、お母さんも○○ちゃん（姪）も大変だねーって」と姪。「GPSがあるから分かる」と義妹。以前『本を借りよう』と思うと「いいよ、また電話してやる」との義妹の声に驚かされたのだが……。

夕食中、姪が義妹と大きな声で饒舌に話している。〝何かある！〟と直感する。夕食後、私の目の前の姪が私の後ろにいた義妹に「もう少し伸ばしてって」と伝える。「って」とは、誰に言われたのでしょう。

夕食後、ちらっと姪を見ると「なに？」と言うので『別に』と私が言うと「う〜」と声を出し義妹の膝に突っ伏す。義妹は、さ〜っと台所へ行く。わざとらしい泣き声はすぐに止むが、突っ伏したままの格好なので『いつまで茶番劇が続くのか、時間を見ておこう』と思った瞬間、さっと立ち上がり行った。

夕食後（姪は食事中）昼間外出時に見かけた人を思い浮かべていると、不意に「Hちゃんに会った？」と姪が言うと「うん」と義妹。姪は私の思考を読み取り、義妹は私の行動・視界を把握しているようです。

私の思考を読み取ることができるとばかりにアピールしていた姪が百八十度方向転換し、私が義妹・姪の思考盗聴をし音声送信をしているかのように、仕掛けてくるようになる。驚異的であるが例えば、夕食後新聞を黙読し『へ〜』と思うと、まだ食事中の姪がだしぬけに「返事したよ」と義妹に言うのである。

「入った」「入れた」「入ってきた」「ここまで聴こえる」「本当に聴こえる」等の『皆さん』に聞かされる言葉から鑑みると、私に聞こえることをチェックしようとする人には私の思考が流され、あたかも私が音声送信をしているかのように操作されていると思わざるを得ない状況を作られているようである。

二〇一二年一月〜四月

『可哀想に思考盗聴して加害者になって』と思うと「きたーきたー、脅してきたー」と笑いながら男の子。居間でげっぷをした。直後「蛙の音がした」と私に聞こえると「聴いた」と再び男の子の声。

近隣のご主人の出勤時、道路で出会《でくわ》す。五メートル程の距離であったが、まるで私が考えるのを待っているかのごとく立ち止まり私を見ている。その後、何度か他の人とも同様の体感を受ける。

できるだけ買い物には行かないようにしているのだが、デパートへ行くと甚だしい空気感である。女店員さんの「聴いてる」の声は少なかったが、こちらを見る視線は凄まじかった。

自宅の塀に車が衝突した。近所の方も出て話をしているが、私に声は聞こえない。お巡りさんと父が道路で話をしている。聞かされるはずの距離だが、声がしないことに気づくと聞こえるようになる。

母が「近隣の子が交差点で大声で喧嘩してた」と言うが、全く知らない。以前にも同様のことがあった。

夕食中、長年二人にされてきた被害を追考し続け、食後新聞に手を伸ばすと「やっと終わった」と姪。

夕食中『義妹お手製の白いカキフライで食中毒にされた』と思い返すと姪が「入れた?」、義妹が「うん」。

夕食中、故意に『犯罪者がいる』と思うと、突然姪が「今のとった?」、義妹が「うん」と。時には姪が「入ったよ」、義妹が「入った」とも。また、意外にも声なく嬉しそうに見合っていることも何回かあった。

玄関に入ると姪が二階より降りてきて、擦れ違い様に「死ね」と言う。その後、台所にいる義妹に「入った?」と姪。「うん」と義妹。恐ろしい策略である。私の思考が音声送信されているという設定の下、それを逆手にとり姪が言った「死ね」が私に聞かされる。私の脳内に流れた「死ね」が義妹に音声送信される。これにより私が、義妹に「死ね」と伝達したかのように陥れられることになる。振り返れば、義妹がいかにも意図的に私の目の前に現れることが幾度もあり〝何かされる!〟と警戒はしていたのだが……。

二〇一二年五月～九月

同県の娘宅に来ている。室内の会話でも聞きとれないことがあるのに、六階までよく聞かせてくるものだと呆れる。来た日から被害は始まる。ベランダへ出ると「出てきた」は、お決まりの言葉である。

近くのスーパーへ行く途中、ストーカー数人に出会す。擦れ違う時、凝視し合ったこともある。

夜ベランダへ出ると前のマンションの一室で真っ暗なのに小さな赤いランプが、際立って見える。三十分後、カーテンの隙間から見ると暗闇である。不審に思っていると後日、夜帰宅しすぐベランダへ行くと、別の部屋から急いできて白いカーテンを荒々しく閉めた行為も意味ありげで印象に残っている。この二点より私が夜ベランダへ出ると高性能感知システムにより姿をキャッチしていることは間違いないであろう。

被害者さんと公園で語り合う。集団ストーカーが、三組現れる。会話の途中、私が突然激しく咳き込む。彼女は少し咳をした程度であったが、空気の塊を吸い込みいがらっぽくなる。帰宅後、喉がヒリヒリし熱っぽく下痢も始まり症状が一週間続き苦しまれ、化学物質を撒布された疑いをもっていらっしゃいます。

デパートへ行くと伝達された女店員さんの「気をつけます」が、数回聞こえる。音声送信でないことは、視線・態度・空気感で十二分に伝わり悲しいかな陥れられている現状に身の置き所がない。

被害報告の原稿書きに費やす時間は、最初強い睡魔に襲われ埒が明かない日々が一ヵ月以上継続する。内容を意識しているようで、執筆中は被害がほとんどない日もあった。下書きが仕上がるにつれ、常套句「聴いた」「聴いてる」「入った」「入れた」「録れた」「言った」等が、乱れ飛ぶ。時折「上にいる。気をつけて下さい」「聴いてます」「下は気をつけてよ」と男性の大きな声がし、ベランダ下の道行く人に伝えているようで辛く気が滅入る。私一人になぜ、これほどの加害者がいるのかを推し量ると「生きていけると思うか。嫌がらせをしてやる」「皆さんが我々を信じるか、おまえを信じるか」に行きつくのである。

心情

初期、私の思考がパソコンを介して盗み読まれていると直感する光景を三回目の当たりにしている。ならば、携帯電話でも可能であろうと推測していた。声・音を私の聴覚が感受したか否かを「皆さん」が、確認する為に使用されているのが、携帯電話と考えていた。だが革新的な科学技術の進歩により、近年では機器を手にしなくとも思考盗聴が可能なようである。現に私は、毎晩のように義妹・姪に脅かされ続けてきた。私が受けている被害の思考盗聴と音声送信を合体させ「皆さん」が納得し承諾のうえ、私の思考を受信可能にしているとするならば辻褄が合う。もちろん常時ではなく、私に犯罪を仕掛けようとした時だけである。

刑事と名のる女性に脳内音声送信で「勘」と聞かされたが、勘が働くのは経験の蓄積によるもので、長年の被害により是非に及ばず鋭く培われた結果と受けとめている。

一つ一つの被害の事例は、偶然・思い過ごしと考える方もいるやもしれないが、この無数の点が線になり面になりつつある今、偶然ではあり得ない現実であることをお解りいただきたいと懇願している。

屋内にいていつ人が道路を通過するか分かるはずもなく、また声が聞こえたとしても誰のことかも分からないのである。さらに外出した折、声・音等が自分の意志とは関係なく聞こえることも然るべきである。それを〝Nが人の話を聴いている〟と虚構を流布し、私の聴力を操作してまで正当化しようと「皆さん」に上塗りをさせる恐ろしい被害を鑑みれば、到底看過できるものではなく許されてはならない。

刑事と名のられている。市民を守るべき警察が、このような凶悪な犯罪を行うのであろうか。だが、もし警察でなければ、警察の名を騙り自殺の強要・誘導までする輩を野放しにしておいてよいのでしょうか。

真実を知るため、一石を投じたい。

22 前代未聞の大犯罪

紺碧海岸　千葉県　50代　女性

ある時期、耐え難くなったことがある。

見ず知らずの赤の他人に、憎悪を向けられている、その事に。

いや、憎悪としか思えないような嫌がらせを仕掛けてくる、その事に。

私は向こうを知らないけれど、向こうは私を知っている。

私の顔も、住所も、よく行く場所も、家族や親戚も、今現在私がどこにいて、何を着て何をしているかさえ知っている。

(ついでに言うと、今現在、私が入力しているこの文章も、しっかりとお読みになっているに違いない)

ターゲットの情報を、共有しているから。

私が既に忘れてしまっているような、過去の出来事さえも、知っているかも知れない。

そして、おぞましい電磁波等による、身体的攻撃まで仕掛けてくる。

精神的拷問と肉体的拷問……。

早急に解明・解決されるべき、前代未聞の大犯罪。


一億数千万の日本の人口の内、この集団ストーカーの被害者は、どれ位いるのだろう?

数千名から数万名?

パーセンテージにしたら、ほんの一握りだろう。

だが、たった一人でも、この理不尽な犯罪に遭っているとしたら、政府は、何をしてくれるのだろう？　政治家サンが、国民の生命と財産を守る、と言われているのを聞いたことがあるが、この犯罪こそ、ちゃんと向き合って、解決して頂きたいと思う。

いつもより混んでいる電車、いつもより人出の多い交差点……たとえそういう場面に遭遇しても、不思議でも何でもない。

（その中で、監視され、電磁波に怯えている人間がいるなんて、誰が想像するだろう、この一見平和な日本で……）

大きなセキ払い、ワザとらしい咳払い、すれ違いざまの小さな咳払い……そんなのが聞こえても、風邪が流行っているのかしら、程度にしか感じない。

（そのセキ払いに、神経を尖らせている人間がいるなんて、誰が想像するだろう？）

嫌がらせ……だけで、人間は死んでしまう、と読んだことがある。

集団ストーカーの嫌がらせは、これは、筆舌に尽くし難い。

買い物に行くと、必ず誰かがそばに来て、若しくは既に配置されていて、ターゲットが何を買うか、一々チェックしている。

で、買う頻度の高いもので、メジャーでない物は、いつの間にか、店頭から消えていく。

メジャーな物は、それまで散々やっていた安売りをしなくなる。

いつ行っても、値段は高いまま。

それ位はできる訳。

店内のバックヤードに、加害者がいるんだから。

既にいる人が工作する場合もあるし、もしもいなければ、加害者をそこに配置する。

レジ打ちにも紛れ込んでいて、買い物カゴの商品を、落とされるという、初めての経験も何度かしている。

何を買ったのかは、レジでもチェック出来るし。

いつもいつものことではなく、こちらが油断している時等に、仕掛けてくる。

どこに行く時も、アノ手コノ手で仕掛けてくる。


駅のエレベーターが、私が着いた途端に動き出す。

誰も、エレベーターの前にいなかったのに、その三十秒間は、誰かの合図を待っていたのか？　と勘ぐってしまう。

道を歩いていても、ゆっくり歩く二人連れが行く手を遮る。

または、いつの間にか数人が前を歩き、遮られる（ベビーカーによるものが多い）。

こちらに、そういう小さなストレスを与える。

ストーカーなんて意識していない時は、何でもないことが、頻繁に同じ事が起こることにより、気づく事になる。

一度気づいたら、網の中。

いつされるかわからないが故に気構える、で、やはりやられた、と思う、そういうストレスを与え続ける事が目的なのかも。

ひとつひとつは、日常のひとコマに思える。

そこが、この集団ストーカーの厄介な面である。

時には、外国人を使うこともある。


一番困るのは、公共の事業でやられること。

郵便とか公共機関とか……

郵便は、ある時期からパッタリ届かなくなった。

それまで、一週間に四、五日届いていた郵便物が、十日とか二週間に一回になった。

郵便局に問い合わせると、ある時期に、配達人の配置換えがあったとのこと。

それが、郵便物が来なくなった時期とピッタリ一致した。

公共機関でも、凄まじい嫌がらせがある。

生活に響くことなので、本当に困る。

第一、国民の税金でお給料を頂いている人達が、勤務時間中に、そういう嫌がらせをする、ということ自体がおかしい。

公共事業での嫌がらせは、絶対に止めてもらいたい。

集団ストーカーの被害者は、ほんの一握りかも知れないが、私は、日本人の大部分が監視されているのでは？と疑うようになっている。

ストーカー被害もテクノロジー被害も受けていながら、自覚のない人は、相当数いるのでは？　と思っている。

私自身がそうだったから。


私の初期のテクノロジー被害は、皮膚の赤いポツポツと、日焼けしたように赤くなった鼻筋だった。

その後、頭痛、発熱、血圧上昇。

ただ、遡ってみると、その初期の被害よりも四、五年前から、いろいろな症状が出ていたのだった。

まず、心臓の痛み。

横になると、心臓がギュウッと摑まれたように固くなり、苦しくて痛くなる事が、年に一、二回あった。

合計で五、六回位？

引っ越し後、その症状は出ないが、一番最後のが一番苦しくて、痛む時間も長かった。

今思うと、あの時死んでもおかしくなかった。

加害者は、あの時、私を殺すつもりだったのでは？　と思えるほどだ。

それと、抜け毛が、異常に増えた事。

年に一度のマンションのパイプ掃除の時、買い物袋にずっしりと取れた。

それまで、自分で何回もパイプクリーナーで処理しても、追いつかないほど多かったのだろう。

で、私の前に、薄毛の女性を、タンと歩かせる。

髪は女性の命でっせ。

なんちゅう事をしてくれまんのや。

他にも色々あるけれど、ここには書けないような被害も多い。

23「1万6560時間」+「5460時間」

堀江一敬　茨城県　41歳　男性

２００７年11月に違法な電波などによると思われる音声の送信や、身体が痛くなったり、体調が悪くなったりするなどの現象（被害）が酷くなり、さらに続いて私の思考の仄めかしや、音声と会話（盗聴の類）も成り立ち出してしまいました。２００８年１月にはさらに映像の送信も頻度が高くなり、これらがエスカレートしほぼ毎日続くようになってしまい、それにより、「通院」や「入院」、「複数回の失職」、「複数回の物損事故」、そして「離婚」にまで至ってしまいました。２００９年にはこれらにより下血をしてしまい、病院で「検査」や「手術」までしているのですが、その後も頻度は変わりますが続けられ、ほぼ毎日、今に至るまで、現象（被害）が続いております。また、これだけの被害が起きたのに未だ慰謝料は一円も貰えていなく、厳しい生活を送っております。（※２０１２年６月現在）

前の文集に記した記録は２００７年９月から２００９年８月までの「1万６５６０時間」になりますが、その後、２００９年８月以降２０１２年６月までに、いろいろ起きた現象の大凡《おおよそ》を合計すると、次に記載の時間や回数になると思われます。これらの現象は今まで、土日、祝日、誕生日、クリスマス、大晦日、正月なども変わらずにあり、風呂やトイレ、外出先、さらに仕事の最中にも数多くあり、生活や業務に支障をきたす時も度々あった本当に酷い内容です。（記録は大凡であり回数や時間がより多く、より長い日も数多くありました）

①音声送信（音を聞かされるのを強いられたりする行為）

５４６０時間　（およそ２２８日分に相当）
・およそ一日合計6時間としています。

②映像送信（映像を見せられるのを強いられたりする行為）
９９００分　（およそ１６５時間）
・およそ一日合計10分としています。

③身体攻撃や操作や体調不良
１９８０回
９９０分
・およそ一日2回としています。
・体調不良操作は、およそ一日合計1分として計算しています。実際はこんなに短くはない日が多いです。

④盗聴（の類）時間
５４６０時間
・非可聴音や思想や精神の盗聴の類。およそ一日合計6時間としています。

⑤誘導
１００回以上

・被害を終わらせられる、緩和できると思わされ、いろいろな所に出向いた回数や人に話しかけた回数。出かけると街の人通りが変わったり、どこかでお見受けした方とすれ違ったりし、その際にお声をかけさせて頂いたりしましたが、「本人だ」と言われたことはなく解決には至っておりません。

⑥悪評等の書き込み
1万回以上（10スレッド以上）
・ブログのコメントや某大型掲示板に私に関係する悪評等書き込みあり。

⑦自宅の玄関付近や近所に猫の死体
2回以上（2012年9月までなら4回以上）
・よく遊びに来る可愛い野良猫であり、強い心的ショックがありました……。

⑧病院診察や通院
5回以上
・脳のCT、MRI、大腸カメラ（内視鏡）などの検査もあり。

⑨手にでき物
5箇所以上
・後にさらに増え、病院通院と治療複数回あり。

⑩失職（仕事を現象〈被害〉などにより辞めること）
5回以上
⑪手術（内視鏡検査時）
1回

以上はどれも少なく見積もっております……。

離婚してからも問題解決せず、数年間でこれだけ事を起こされているのにもかかわらず、慰謝料等も未だ一円も貰えてない状態は酷い事です。

さらに、この様な嫌がらせや被害に困っている人々は、前の文集の数多くの方々の報告にもよれば、日本全国に多数おられるらしく、本当に驚かざるをえません……。

人としてなぜこんな行為をやるのか、なぜ続けるのか、本当に疑問に思います。人の権利を侵害し、苦しんでいる人々を、さらにつきまとい追い込むことを長期に亘って繰り返すのは本当に許せないですし、行う者は人とは思えません。

○これらの酷い出来事を受けて、伝えたいこと……いじめや嫌がらせをやらないで「人権」を考えて

日本国民が平等に皆持つ基本的人権には後に記載の3つの大切な権利が含まれます。「テクノロジー犯罪」や「人的嫌がらせ犯罪」は、内容から「酷く先の人権を侵害している」と思っております。

日本国憲法では国民は下記の権利を保障されており、刑法では、これらの人権を侵害する行為を行うと何らかの罪に罰せられるようにされていると思われます。これ以上、酷く人権を侵害する行為は本当に今すぐ止めて欲しく思います。被害は有効な法律があれば直ぐに犯人がつかまり、罰せられている行為の数々です。間違った行為の認識を間違わず、行わないで欲しいと思います。

そして国には無視をせず早急に、「これらの被害と被害者の取り上げと存在を公に認める発言」、そして「有効な法律や条例の制定（ストーカー規制法に電気的武器の使用を禁止の記載等）と保障」をお願いします。

自由権

①「思想及び良心の自由」（内面的精神の自由・日本国憲法第19条）

・特定の信仰・思想を強要されない、また思想調査をされない権利

盗聴の類（思考盗聴）などをして内面の精神を覗くことは、思っていることなどを仄めかされたり、覗かれていると思っただけで、思想と行動に抑止がかかる場合があり、酷く内面精神の自由を侵害しているると思われます。「人は何を考えても何を思っても良いはず」です。

②「通信の秘密の保護」（外面的精神の自由・日本国憲法第21条）

・人とのやり取りを覗かれない権利

信書や電話やメールなど人とのやり取りを覗いたりすることは、酷く外面精神の自由を侵害していると思われます。

③「人身の自由」（身体的自由権・日本国憲法第18条）
・苦役を受けない権利
　被害などから苦しい生活を強いられる事は苦役であり、それは身体の自由の権利を酷く侵害していると思われます。

　最後に再度言わせて頂きますと、もう二度と同じような酷い人権を侵害した犯罪が繰り返されない様に、国には「被害と被害者の取り上げと存在を公に認める発言」と「有効な法律や条例の制定と保障」を早急にして頂きたいと、強く願っております。

参考
Wikipedia「人権」より

私の主な被害と現象の記録
「DENEBU のブログ」
http://denebu.livedoor.biz　　http://twitter.com/DENEBU7
http://twilog.org/DENEBU7　　http://youtube.com/DENEBU7

24 被害の説明と電磁波攻撃の遮蔽と脳の人体実験

E・M　東京都　48歳　男性

私が被害報告集に参加するのはこれで2回目になります。

私の被害歴は12年半で最初の4年半は「声」被害だけでした。現在は「声」は聞こえずもっぱら身体被害のみです。身体被害は全身に及びますが、特に頭（脳）、腹部、手足の指に集中しています。体のどの部分にも電磁波を当てる事はできるのですが、最小の出力で最大の効果が得られる部分を狙っている様子です。筋肉に関しては殆どの場合腱を狙ってきます。筋肉の中央を撃つ場合もありますが効率の問題か腱を狙われる事が多いです。「声」被害が止んだのは第一に「声」を無視できる様になった事、第二に「声」の調査研究を始めた事（これは「声」が聞こえなくなり中止になる）、第三に鉄板で遮蔽をした事が原因だと思われます。この三つの行為は「声」被害が止んだ時期と重なっています。テクノロジー被害者で「声」被害の無い方を観察していると理性的で、よく観察し、集まりでは意見を出し、自分は「声」被害が無いのに「声」被害の存在を信じてくれる方が多いとお見受けします。私はそんなタイプではありませんが「声」の調査を始め鉄板で遮蔽する事でなんとか「声」を送らない被験者のグループに変更された様です。

「声」被害の長期経験者達は言っています。「声」には何も聞く価値が無い、「声」は嘘を言う、「声」が本当の事を言う時もあるがそれは騙す手口が巧妙になっているだけ、「声」は無視しなくてはならない、等です。「声」と交信して情報を得ようとか「声」を信じて誘導されようとか、「声」に従って人生設計をしようとか「声」に聞き耳を立てる等は実行してはいけません。犯人に足元を見られ、こいつはまだまだ騙せると思われ、「声」をどんどん送られ、「声」が消える事は無い上、他の被害も酷くなる一方でしょう。

「声」被害について思うのですが、「声」のたった一言が胸に応える人や、「声」の一部や「声」の破片や物音から、「声」の全ての内容が類推できる様な人は気を付けた方が良いかもしれません。例えば「服」と一言「声」が送られただけで、自分の服装についてすらすらと言葉が類推できてしまうタイプの人です。それが間違っていると言う気はありません、むしろその類推は正解だと言いたいのです。なぜならそれはあなたの頭の中の言葉だからです。この「言葉」は脳内言語と呼ばれたりします。脳が普段から何か考えているのを否定する人はいないでしょう。これは多くの場合日本語ではなくイメージに近い言語です。例えば食べ物を思い出したい時に、視覚情報や味や匂いまで思い出せるのに「名前」が出てこない「あれ、あれ」の感覚と言えば良いでしょうか。人間の脳はかなりお喋りです、自分の願望、怖れ、ストレートな感想、希望、欲望等をぺらぺらと普段から喋っています。だから普段は頭の中は静かなのです。しかし大脳が理性の力で必要な情報だけを取り出し他を消去しています。何か新しいアイデアが頭に浮かんだ時、それは突然生まれたのではなく脳の無数のお喋りから選択され採用されたのです。ところでこの脳の無数のお喋りをテクノロジー犯罪の犯人が放って置くでしょうか、私だったら利用します。このお喋りは大脳の理性の検閲が働いてない生の「声」です。とんでもない発言の様でもあり同時に自分の生活と緊密に連携しています。これを犯人は脳を思考盗聴し「声」として聞かせているのです。被害者は当然混乱します。犯人は何を言ってるんだ下品な奴めとか、犯人はなんでそんな事を知ってるんだとか、犯人は精神に異常をきたしている（実際にはもっと過激な表現）等と混乱します。ちなみにこれは「声」が話しかけてくるのを否定する物ではありません。頻度はまれですが「声」は話しかけて来ます。「声」は知らない技術用語や犯人の仲間内の特殊用語を喋ったり、家族の心を思考盗聴で読んで知らせて来たり、私は2地方の2種類の方言をマスターしているのに「声」は標準語しか使わなかったり、今読んでいる本を先読みして来たり、同じ言葉を何万回も繰り返し聞かせたりします。「声」に関しては一度だけですが物凄い体験があります。口を手で覆って「あいうえお」と発声したとします。手の平が「あいうえお」に合わせて振動するのが判ると思います。この声の振動を後述する別のセリフで何十倍にもしてまず電磁波を胸に当てられ振動させられました。それと同時に大音量の「声」で後述のセリフで「声」被害を送信されたのです。私は驚きというよりもこんな事もできるんだと感心しました。その時の「声」のセリフは『お前は何も判っていない！』でした。後にも先にもたった一回だけの「声」の猛攻撃です。この頃は半年に一度程度サプライズと言うか特殊な攻撃があって毎回驚かされていました。当時から思っていましたがこれは被害者を混乱させる作戦なのだと思います。

身体被害について、以前ＮＰＯで環境電磁工学の教授を招き「電磁波と生体」という講義がありました。その後の質疑応答で60ギガヘルツ以上のミリ波には強い痛みがあるとの回答がありました。また電磁波の波長以下に収束ビームの直径を絞る事はできない。痛みなら照射時間は１０００分の1秒で良い、と教えて下さいました。ここからは私の感想になるのですが、それなら針に刺される様な攻撃はミリ波かサブミリ波以下になるわけです。ミリ波はいろいろ都合の良い電磁波です。まず計測する計器が売っていない。電磁波レンズで虫眼鏡で太陽光を集めるようにミリ波を一点に集中させ被害者の皮膚の上で強い痛みを起こす事ができる。ミリ波はその後拡散し空気中の水蒸気に吸収されます。要するに警察が探知機をもし備え付けてもそこまでミリ波は届かない。木や石等は貫通する。照射時間は１０００分の1秒で良い等です。しかし被害者の近くから照射する必要があります（ミリ波うんぬんには共振説という異論があります）。身体攻撃には痒みの攻撃もあります。痒みだとピンと来ない被害者もいらっしゃると思いますがやられる人はやられています。非常に強い痒みです。これも原理が最近判りました。「痒み発生装置」で検索して下さい。痒みも電気で起こせる事が判りました。電磁波を皮膚に当てると誘導電流が起きますので電磁波による痒みの発生は可能となります。

私は映像被害を支持します。理由の一つは五官による知覚の割合は視覚器官が83%、聴覚が11%、臭覚が3・5%、触覚が1・5%、味覚が1%だからです。あのずる賢いテクノロジー犯罪者共が83%を放っておく訳が無いと思うからです。もう一つの理由はささやかながら私も映像体験をしているからです。後にも先にもたった一回だけの「映像」攻撃です。まず最初に「声」がありました。『こんなのどう?』と言っていました。その直後視覚の中に鮮やかな色を用いた濃密な彩《あや》の花火が見えました。私は驚いてよく見る為に目を閉じてみましたが、その花火は光っていました。縁取りは丸く単純化した水滴形の花火という表現が最適でした。例の半年に一回のサプライズというやつです。今ではこういう事はありませんが当時はあの手この手と手法を替えて驚かされていました。

私が見た映像の正体は網膜を電磁波で刺激したのだと思います。両目をつぶって鼻を掠める様に右目の左下(眼孔ギリギリ)を人差し指で軽く押しますと右目の視野右上(反対側)にちらちら動く薄い光が見えるでしょう。これは右目の網膜が指で刺激されて網膜はこれを光と認識して脳に伝えた結果です。テクノロジー犯罪者はこれを研究しもっと鮮やかな形で再現したのだと思っています。

私は以前NPOのお供で桜田門の警視庁に行って来ました。当然事前にアポイントを取っての訪問です。警視庁の担当官は一室に案内して下さりこちらの説明を聞かれ、資料も受け取っていただき、質問もされました。ここで特に記して置きたい事は担当官は「証拠をください」と言った事です。その言葉を聞いた時はこのハイテク犯罪に対して一般人に何と酷い反応だろうと思いましたが、警視庁としては精一杯の回答だったようです。要するにとにかく証拠が必要な訳です。テクノロジー犯罪の証拠をお持ちの被害者の方は大勢いらっしゃると思いますが落ち着いて下さい。例えば証拠の束を抱えて警視庁にアポ無しで突撃訪問しようとか考えないで下さい。お疑いなら実行してみれば良いのですが警視庁の入り口には有能な警官が立っていて「絶対」に中に入れてくれません。最近ではＮＰＯでも訪問入室できなくなっています。要望書等は受け取ってもらっている様です。証拠をお持ちの被害者の方はまず仲間の被害者で比較的落ち着いてそうな人（複数）に証拠を見せて相談すると良いでしょう。多くの場合あまり良い反応はもらえないでしょう。私の場合もそうでした。しかしここで腐ってはいけません。周りの意見を聞いてもっと良い証拠を集めましょう。

被害者が人体実験される事について一般人の判で押した様な反応にこういう物があります。「お前はそんなに偉いのか？　大物か？」と言うのです。これほど的を外れた反応は無いでしょう。

実例で説明します。昔、某国がグアテマラで秘密の人体実験を行いました。ちなみに私の犯人説は某国ではありません。人体実験の説明に便利なので実例として紹介しているのです。被害者を人体実験で性病に感染させたのです。この人体実験の被験者は精神病者、受刑者、兵士でした。最初の一般人の質問に戻ります。「お前はそんなに偉いのか？　大物か？」……大物ではない彼らは社会的弱者なのです。秘密の人体実験の被験者は現実には弱者に対して行われるのです。ちなみにこの人体実験は、当局の関係者が実験し５５００人に行われ１３００人が性病に感染し少なくとも83人が死亡しています。ＮＨＫでも報道された事実です。

日本の博士に聞いたのですが人間を使った実験をしたい場合、書類の作業に半年掛かるそうです。実験は当然人道的な物でなくては許可は出ない訳で、もうこの辺でテクノロジー犯罪の実験はアウトなのですが、医師の同伴でのみ実験が許可されるそうです。テクノロジー犯罪の訴えは世界中で行われている事から世界中の謎の組織が各個別々で競争してテクノロジー犯罪の実験をしているものと思われます。正規の方法を使っていたらあっという間に置いてきぼりになってしまうでしょう。しかし良い方法があります。秘密に弱者に対して犯罪的に実験してしまうのです。どんな反人道的な実験もでき、書類も要らず、医師も要らず、24時間、安価に、完全に自由に、実験できるのです。

テクノロジー犯罪の犯人について書きます。被害者の中には犯人は異常者、犯人は精神に異常をきたしている、と言う人がいますが完全に間違っています。テクノロジー犯罪にはノーベル賞が2～3個取れる技術が詰まっています。この犯罪の中核にいるのは非常に優れた科学者です。精神病の専門家（医者とは言っていない）もいるでしょう。それでは実行犯はどうでしょうか。たぶん普通の人です。もちろん全員犯罪者です。科学者が重要な仕事を任せるとき異常者を使うでしょうか。その仕事は絶対に捕まってはいけない仕事なのです。余計な話ですが実行犯は高学歴だと思います。別に頭が良いという意味ではなく。考えてもみて下さい、テクノロジー犯罪の技術は入試問題のカンニングにもってこいの技術ではありませんんか。試験問題を解答してくれる科学者もいるのです。テクノロジー犯罪の犯人の目的は言うまでも無く人体実験です。時々攻撃されるなら遊びの可能性もありますが24時間365日攻撃されるのならこれは仕事です。給料を貰ってやっているのです。犯人にとって被害者は裸の猿と一緒です。実験以外に利用価値はありません。おそらくは脳の実験です。私は頭に電磁波の照射を受け温度の上昇を感じているのですが照射部分が痛くなったり痒くなったりします。体温以上に頭の表面温度が上昇した事もあります。（これは赤外線温度計で測定）身体被害や人的嫌がらせ被害に注意が行く事が多いですがそれは脳の実験の為のストレス要因にすぎません。

医療について書きます。テクノロジー犯罪被害者の半数は睡眠に問題を抱えていますが、睡眠薬の話です。結論から書きますがベンゾジアゼピン系薬剤はどうにかした方が良いです。新聞で読んだのですが薬物依存に陥る可能性があります。強い睡眠薬を飲んでいる人は多分ほとんど引っかかりますので医者と相談して下さい。ベンゾ系でも安全な物もありますので変更減薬した方が良いです。20年以上前から知られていましたが日本では大きな病院でも危険なベンゾ系の服用が続いています。何故ここまで断言できるかと言えば私も強力な睡眠薬を超長期間飲んでいたからです。テレビに出る様な大病院で処方されていました。

精神病について少し書きます、まずは統合失調症です。基本的な事ですがこれは実在する精神疾患です。厚生労働省の数字によると79万5000人が通院入院しています。日本人の158人に一人です。マスコミ等は120人に一人とか100人に一人程度と言っています。とにかくありふれた疾患なのです。あと落ち着いた被害者なら認知症について調べた方が良いと思います。私もテレビ番組を録画するだけなのですが興味深いです。毎月何かしら特番があります。最低でも四大認知症は調べた方が良いです。特にレビー小体型認知症は注意が必要です。これはリアルな幻視が見える認知症なのです。少し調べれば確認できますが治療しないと将来寝たきりになって死にます。MIBG心筋シンチグラフィー検査で98％見つかります。検査は健康保険が適用されます。①認知機能障害（記憶障害等）が時間や日にちによって変動する②幻視③パーキンソン症状（運動障害、猫背、小股歩行、小声等）。①～③の内2つ以上当てはまる人は試しに検査しましょう。治療には特効薬があります。あなたを以前の状態に戻すでしょう。いやな病気の話はこれでおしまい。

遮蔽の話をします。本題に入る前に断って置きますが遮蔽は成功失敗も含めて全て自己責任でやって下さい。私はリアルで遮蔽した人を知っていますが成功率は50％です。あと被害者の中にはどうしても遮蔽できない人がいます。遮蔽をする前に自分がどのタイプか調べた方が良いでしょう。遮蔽は鉄等の金属で行いますので重いです。お宅が木造住宅の場合、家を破壊する怖れがあります。これから日本中で巨大地震が起こると言われています。注意が必要です。そこでまず小さな鉄板で試したらどうでしょうか。「鉄の台」で検索してみて下さい。検索しない人はホームセンターに行って見て下さい。10ミリの鉄板が欲しいのですが1ミリの10枚重ねでも使えるのです。工作室があれば適当な大きさに切ってもらいましょう。今、目の前に10ミリ厚のLL判の鉄板があるとします。できれば3枚欲しいです。指が痛いときその3枚で360度防御するのです。痛みが止まれば次の段階に進んで下さい。キーンという音が聞こえる人は幸いです。耳を10ミリ厚の鉄板で防御して下さい。あなたが鉄板に向いていればキーンという音は直ちに止まります。キーンという音は痛みよりも効果がシャープです。痛みの場合、効果の確認に10分程度掛かる場合があります。

それでは本格的な遮蔽ですが鉄板の厚みは4ミリとします。11・5ミリの鉄板に隠れている奴が言うのは恥ずかしいですがその辺にしておいた方が良いです。まず床に鉄板を敷きます。その上にズレ止めとして安いカーペットを敷きます。壁用の鉄板は450ミリ×600ミリの鉄板を長い方に2枚連結して使います。高さはおおよそ1150ミリになります。連結の方法はお任せしますが重量物用のアクリルテープ止めが一番楽です。遮蔽は2階に作ります。そして二段ベッドを置きます。ベッドを置くのは部屋の角が良いでしょう。犯人は基本的に家の窓から攻撃して来ますのでその辺も計算して下さい。犯人は隣の部屋の窓からも室内壁を透過して攻撃して来ます。外壁貫き攻撃も当然あります。二段ベッドに鉄板を立て掛けます。鉄板同士は50ミリ程重なる様にして下さい。部屋の隅はL形鋼等で補強して下さい。あなたは下の段のベッドで寝ます。遮蔽のでき上がりです。ベッドへの入り口は重要です。一番安全な方角にして下さい。私もコの字形には完璧に遮蔽していますが入り口の問題で悩んでいます。守りが薄いのです。薄いといっても鉄板で三重に守ってはいます。しかしもし3階から攻撃されていると鉄板の上を電波は飛来し私を守っているのは4ミリ厚の鉄板となります。遮蔽に数ミリでも隙間があれば犯人はそこを利用しようとします。長年遮蔽していて一度の例外も無く経験できたのは4ミリ厚程度の鉄板があれば痛い攻撃（ミリ波かサブミリ波の攻撃）に関しては完全に防げるという事です。しかし低周波に関しては無力です。低周波では痛い攻撃はできない様ですが振動やキリキリする様な感覚、被害者を健康だったある日を境に完全に不眠にする攻撃（脳に低周波を当てる）はできる様です。何度か組み直すつもりで気楽にやって下さい。

25 監視下での身体攻撃と様々ないやがらせ

A・M　神奈川県　64歳　女性

私が受けてきた被害は、隣家からの物的いやがらせに始まり身体攻撃へと発展した。この間、盗聴、盗撮、思考盗聴に基づき様々ないやがらせが15年以上続いている。被害は少しずつ拡大し深刻な問題へと発展した。今日、最もつらい被害は24時間止む事のない盗聴・思考盗聴、そして身体攻撃である。

一段階目の被害
――生家で（物的被害　初めての身体攻撃）

身体攻撃の事の始まりは１９９７年の年明け早々だった。この年はクリントン大統領が機密の人体実験を厳しく規制する行政命令を出した年である。

深夜2時40分頃、就寝中の私の背中へ突然非常に強い爆風の様な衝撃波を3発受け、体が飛ばされる様な感じだった。「世界戦争が勃発したのか⁉」と、とっさに思った。３発は音もなく痛みや傷も残らなかった。まわりの物の破損もなかった。

翌日この現象について、口にする人はなく、ましてやニュースで取り上げられる事もなかったので、私一人に向けられた大規模ないやがらせだと思った。

その後、背中へのこの巨大衝撃波は一度もなく、それに代わり週に1～2回、心臓へ向けて波状の強い衝撃を就寝中に突然受けるようになった。時刻は毎回深夜2時45分頃、角度を少しずつ変えた3連発で、どれも心臓へ的中した。一発が非常に強い場合は2発だった。

攻撃後は必ず家の前から車の発進音が聞こえて、毎回同じ方向へ車は去った。いかにも重い兵器の様な物を搭載し、一回の攻撃量が決まっているかの様だった。

この様な前代未聞の身体攻撃を受けるようになっても、私はパニック状態にならず平静でいられたのは、3年程前から相当な物的いやがらせを受けていたからだろう。「いやがらせもここまで来たか」の感だった。初めは隣室の変質者（近所・警察にも知られている）による単独の庭荒らし程度に考えていたが身体攻撃を受けるようになってからは、その背後関係を疑うようになった。

初期の庭荒らしといっても、かなり悪質なものだった。沈丁花の花芽を一夜にして全部つみ取って下に撒いてある。フェンスに広く這わせた羽衣ジャスミンが開花を迎える少し前に根元から切断してある。紫陽花がたわわに花を付ける季節には、毎日一枝折って庭の中央に置いてある。泰山木の白い大きな花びらを二つ重ねにして梅の枯れ枝のあちらこちらに突き刺してあった。

地下鉄サリン事件のあった1995年3月から2ヵ月後の5月の連休には繁った蕗《ふき》の葉の上一面に黄色のペースト状のものを撒かれた。植物へのいやがらせはさらに大がかりになり生け垣の枝を大きく折って人が抜けられる程の穴を開けたり、松の木を応接間のガラス窓を目がけて根本から倒すなどした。訪問者は口々に「どうしたの？」と言っていた。

被害は家屋の中へも徐々に及ぶようになった。まずは傘の骨を次々と折る。くずかごのゴミの撒き散らし。正月用の花を床の間に生ければ、2日後には南天の実のほとんどをむしり取り、畳の上にばら撒いてある。位牌のなぎ倒し、聖書へは太マジックインキで無線の暗号のような記号が一面に書いてある。ガラス窓にはいかがわしいいたずら書き、台所用具のほぼすべてをシンクの中へ山の様に投げ込んである。羽根蒲団の衿元をナイフのような物で真横に25㎝くらい切ってある。

盗難については、茶葉と洗剤がすぐに無くなり3日目に底をつく。

隣家の人は我が家の真似をよくしていたので、我が家と同じ物を口に入れ、同じ物を膚につけたかったのだろう。ターゲットに接近する為の呪《まじな》いとも考えられる。

ある時、1年間の予定表が盗まれ留守を確認してニセの110番通報をされた。「我が家で殺傷事件」というもので騒然となったそうだ。多数の野次馬の足跡が残されていた。

物へのいやがらせも一層悪質化した。人形の首手足を前後すげ替えてカーテンを被せて玄関前に置いてある。真っ白に漂白したセミやカマキリを窓枠に置いてある。腹をつぶした虫を部屋の中央に毎日のように置く。深夜、2階への水道管をたたき割り、朝、滝の様に水が流れ出した。これを隣家の人は見届けて一日中留守になった。金曜日から土曜日のことである。写真はよく無くなった。カメラには見知らぬ住宅街の写真が数枚写っていた。

電話については、通話中に双方へ電話機がこわれんばかりの雑音が入ったり、無言電話だったりした。雑音はNTTへ相談中にもあり、びっくりしてすぐに来てくれたが原因は分からなかった。

夜間、部屋では天井から男のいびきが聞こえたり壁からは嵐のような音がした。これらの音は複数の人に聞いてもらい確認した。

警察に相談しても「現行犯逮捕」「そのうち捕まる」と言って埒があかなかった。ついにガードマンと探偵社を入れた。があまり効果はなかった。ガードマンが物音を聞いて、駆け付けても人影はなかったという。探偵社を入れた日は朝4時頃から特殊な濃厚なスープ臭が、隣家から辺り一帯に漂ってなかなか消えなかった。

結局1997年3月にやや古い広めの日本家屋からマンションへ転居する事になった。ここまでを便宜上被害の第一段階とする。

今、思えばいやがらせの音として、四方からわざとやっていたのかもしれない。隣家の一日16時間にも及ぶ日曜大工、裏の大音のオペラ、反対の隣家の窓をこちらへ開けての同じフレーズばかりしつこく弾くピアノ、向かいの家は深夜12時になると毎晩我が家の前で縄跳びを始める、などである。

二段階目の被害

――マンションへ転居後（物的被害50％、身体攻撃50％　当ＮＰＯへ入会　精神病院入院）

被害の第二段階はマンションへ引っ越してからの13年間になる。

マンションへ着いてから15分もしないうちに、あの一瞬の衝撃波攻撃が右足裏からあった。気が付いた時にはすでに膝が顎の下にあり、その強さを知った。同じ事が翌日は別室で左足裏からあった。前日に比べ強さは幾分弱かった。数日後の朝4時頃、生まれて初めての強烈なめまいで目が覚めた。まるで天地がひっくり返る程のものだった。その後、めまいは夕食の仕度で天ぷらなどの手が離せない時に起こるようになった。まもなく耳痛も始まった。波形の針金が耳の中に飛んでくるような痛みである。夜、枕に頭を付けた瞬間に毎晩始まる。食事中も例えば、握り寿司を口に運ぼうとした瞬間などに起こる。明らかに盗撮しながら攻撃していると思えたが、念のために東京女子医科大学病院で精密検査を受けた。やはり原因はわからず病名もなく予防薬ももらえなかった。

安眠妨害として1年以上毎晩続いた事がある。心地好く寝入った時に、必ず真上の床へボウリングのボール（?）を落としてバウンドさせる。脳波を取って、手間のかからぬ連続音でいやがらせをしていると思った。すぐ上は白人との混血の大柄な女性だった。ある時、ごく控え目に注意しに行ったら、いきなり「警察を呼びますよ！」とどなり出して全く話にならなかった。その様子からいかにも加害者然としていた。が、音、めまい、耳痛の証拠を取る事は困難だった。

住居侵入はマンションへ引っ越してからも毎日あった（大晦日～元日の朝を除く）。就寝中は寝入りばなに一旦目覚めさせられる以外は、物音や気配に全く気付かない程、深く眠らされているかの様だった。

就寝中の盗難も多く、大きな観葉植物の鉢や寄せ植えの鉢などが翌朝、忽然と消えていた。新品の化粧品のセットを明朝から使おうと並べておいたら総てなくなっていた。

機内や海外で買った品々も次々と盗まれた。その他ブランドの皿は粉々に割られていた。現金は12月になると数万円単位で部屋から消えた。

転居する少し前から就寝中に、鎖骨近くの皮膚をナイフのような物で1・3㎝位、左右交互に切られ、毎回同じ切り口だった。7回目の時は、血糊がべったり付いていたので国立病院機構東京医療センターへ行った。診断書がほしかったが「今は書かない方がよい」「必ず警察に行くように」としつこく念を押された。

警察へ連絡したところ、「縫ってもない傷は事件性が薄いから（警察へ）来なくていい」と言われた。しかしその日の朝は玄関から居間へ続く廊下に円錐形に盛られた塩が一直線上に5ヵ所程置かれていた。その事も話したが「ぬぐっちゃって下さい」と言って、見に来てもらえなかった。

こんな事があり防犯カメラを4ヵ所設置した。初めの数日はよかったが、次々とレベルを上げた妨害になり最後は遠隔操作ですぐ電源を切られるようになった。こちらを試しているような感じと共に、本気で住居侵入をするつもりだと思った。

防犯カメラがどういう映像で切られるのか警察に見てもらいたいと思い、予約をしようとしたが「必要がない」と断られた。

こんな具合で住居侵入は再びすぐに始まった。新品のコートのボタンを全部取りベランダに撒いてある。裾の糸は、ことごとく切ってある。靴や手袋は3日以内に穴をあける。下着や靴下には同じ長方形の穴が2枚貫通したようにあいている。これはしつこく続いた。靴下へは鋏で大きく切り込みを入れ切り裂いたり布の切り取りもあった。本や辞書の頁を徹底的に折り曲げてある。目覚まし時計などの移動もあった。これらは、しばしばベッドの下に置いてあった。家具やピアノへの傷付けは決まって正面中央にタテについていた。盗難は気に入りのサイン本が無くなった。家の中で用いる婦人物の小ぎれいな小物も多数盗まれた。**これらの品々は盗撮により予め決めておくのではないだろうか。**

いやがらせはエスカレートし、新品のシーツやパジャマの大きな切り裂きになった。冷蔵庫、洗濯機、テレビ、ラジオ、ラジカセ、カメラも次々にこわれた。前者二つは大きな水漏れだった。

２００２年7月の水害は大がかりだった。上階の人が金曜日に水道水を出しっ放しにして外出した結果土曜日の夕方、我が家の天井が落下した。居間、洗面所、風呂場と家財道具や床の被害は大災害の惨状だった。上階の人が日曜日の朝、一言も謝らず写真を撮らせてくれと上がり込んで来た。全く手伝う事もなく直後から１ヵ月間留守になり、新車を買ってすぐに転居した。

身体攻撃は電磁波によるものと思える症状、例えば全身の特殊なだるさ、言葉にならぬ気分の悪さ、頭痛、めまい、吐き気、鼻血、やけど、心臓痛、呼吸がしにくい、頭の熱照射感、視力低下、眼球痛、歯痛、耳痛、耳鳴り、外で雨が降っているような音、胸骨や恥骨のビリビリ感、内股などに綿を付けたようなムワーとした感じ、皮膚が変色（赤茶）し、カサカサになる、かゆみ、手足のしびれ、記憶力の低下、理由のない異様なイライラ感等があったので、２００２年12月にK研究所病院アレルギー科・臨床環境医学センターで検査を受けた。問診票を記入中、例の巨大めまいが襲ってきて、単純計算もできなくなった。クリーンルームでの検査中は、気絶するかと思う程の異常な頭痛が右頭部にあり、右耳痛も強かった。測定器の針は振り切れた。担当医は電磁波に詳しい先生だった。事前にこのような説明は一切なく、検査後には顔写真を撮られたが、これも突然の事で説明は何もなかった。

この日は、これ見よがしのストーカーが多く、院内でもニセ患者（?）や不審者が職員に声をかけられていた。検査結果は後日送られたがさっぱり分からなかった。

身体攻撃に関しては他にも多くある。足爪のパルス痛と黒変（中に白抜きの点々や四角形あり）と変形、しつこい右手の爪の周りの赤いはれと強い痛みと変形、手指のしつこい切り傷でとてもしみて痛い。いずれも数年単位で続いた。左手の5本の指先から同時に高圧電流を流される感じ、雨の日のドライアイ、顔に短冊形（1㎝×3㎝位）の多数の押し印のような軽いやけどの跡（?）、乳首から胸筋へ箸を突き立てたような痛み、乳房へは特殊電流が流れている椀を伏せたような不快感とそれに伴う全身の体調不良、肛門や陰部への棒状又は波状の挿入痛、極端な便、失禁、頭の中で絶えずキーンと鳴っている。左外耳道のはれ感とかゆみなどである。

この頃、同じような被害にあっている女性5～6人でY弁護士（後に当NPOへも御出席下さった）を通して訴える事になった。が私は時間の都合で参加できなかった。しかしカリカリに焼かれたようなシクラメンの花の写真を預かりたいとおっしゃられ今もそちらにある。

当NPOの定例会には2003年2月に初めて出席した。いろいろな事を教えられ、中でも実行犯については確信を持った。

転居前の隣家の人、マンション内の多くの人々は皆同じ、とある団体員だった。マンションや近隣の人々は次々と同じ、とある団体の人に入れ替わっていた。マンション近くの歩道では彼らの自転車によるいやがらせに頻繁にあい、危ない思いを何回もした。

２００４年４月に動物へのＩＣチップ埋め込みのニュースがしつこく報道された。これに先立つ10ヵ月程前に、夜間私の上腕へ左右交互に太い注射針で注射をされたような跡があり、腫れてとてもかゆかった。その頃の住居侵入者は針と糸を使う職業を仄めかすものだった。

鎖骨近くの切り傷とこの注射の跡のようなものから０・４㎜角のＩＣチップ２枚の体内への埋め込みを疑っている。いつでもどこでも盗聴され、完璧に居場所がわかる。思考も傍受されている。

２００７年の１月、国立新美術館が六本木に開館した。初めて訪れたその日、館近くの路上でとんでもない事が起こった。接近してきたパトカーから私の頭部めがけての一撃だった。今までの衝撃波とは全く別種のもので**激しい痛みを生ずる**ものである。何かが頭皮に接触したと感じた次の瞬間、非常に強い痛みが内部へ広がり頭全体の３分の１位の所でピタリと止まりそれ以上は広がらない。大きな痛みの固まりが頭の中へ撃ち込まれ、取り出そうにも取り出せないあせりとたまらない痛みである。15分位一定した激しい痛みが続きその後は徐々に弱まるが完全に痛みがなくなるまでに５～６時間を要した。

六本木での攻撃の後は、もっぱらマンション付近の路上でパトカーからのみ攻撃された。初めのうちはその都度警察のパトカーの係に伝えたが、「はい、はい」と言うばかりだった。一度だけ「厳重注意します」と言われ、その時は１ヵ月以内にはなかった。大抵月に２～３回あり、こんな状態が３年以上続いた。

やがてこれに類似した攻撃が民間人の手で隣家との壁の向こう側からされる様になった。必ず電話機の前を通る時だった。「○号室の○○さん、今何をしましたか」「迷惑行為は止めて下さい」と言うようになり近隣との関係は悪化していった。どの加害者も絶対に「やっていない」とは言わなかった。隣家は祖母の代から某宗教で今は孫娘と男性がニセの生活をしている（お互いに別の住居がある）。

団体名や個人名を出して注意する様になった後、その団体員が弟の会社へ威しにきて弟は加害者側の人間になり、私を精神病院に強制入院させた。この時はガードマン6人と弟が、隣家のベランダから朝8時前に突入した。２０１０年5月のことである。

17日間の隔離病室での身体攻撃は実にひどかった。**「21世紀の拷問」**とはこういうものなのかと思った。私の病室の真上の部屋だけは病室ではなかった。数人の人が交代でやっている様で、そのうちの一人が特別残虐だった。午後6時が交代の時刻だった。17日間の「隔離」というのは不当に長く唯々、各種の身体攻撃に耐えるのみだった。その上、非常に強い薬に苦しめられ、時には20人以上の医学生の見せ物になった。

隔離病室を出てからも**毎朝**次々と様々な所への集中攻撃があった。**日中**はタイミング毎に頭や尻にボカン！　とやられた。**付き添い外出**で弟と外出する時は、とても大きな耳や歯の痛みと体調不良で自分の体ではない様だった。思いもよらぬ精神病院での4ヵ月間だった。

三段階目の被害

——アパート転居後（身体攻撃90%、物的被害10%　2度目の精神病院入院　3度目の精神病院入院）

4ヵ月後に退院しアパートへ転居した。被害の第三段階はこの２０１０年9月からのアパートでの生活になる。ここでは身体攻撃が一層激しくなり、金縛りの様な現象も現れた。真下の住人が在宅している午前中に起こる。盗聴、盗撮、思考盗聴、住居侵入、ストーカーなどは以前と全く同じだった。

弟は私の帰宅時刻など知り得ない情報を知っている。弟と外食をすると、経験した事のない特殊な吐き気と体調不良で座っているのもつらい。別のレストランでの場合は生々しい激しい頭痛で悲鳴を上げる程だ。

その様子を見て弟は「頭がおかしくなったのか！　黙れ！」を連発するようになった。いずれも至近距離から最大パワーで攻撃している様な感じだった。

精神病院退院後も「保護者」の名の下に全生活が弟の監視下になった。これも新たな生活上の大きなストレスである。

被害がさらに激しくなったのは２０１１年の３・11の震災を境にしてだ。身体攻撃は格段の差でまるで当たり散らすかの様に激しくなった。隣室からの頭部攻撃はパトカーからと同じ強さになった。アパートの隣や下からの音もひどくなり、こわれんばかりの壁の足蹴り（？）や壁たたきである。

加害者と思われる真横、真下の住人に注意したが、２人の30代の独身男性は、あくまでも「無言」だった。私を散々ひどい目にあわせておいた下の住人は5月末日に転居し、音と身体攻撃が半減した。しかしそれも束の間で、私は電磁波妄想と加害者2人に注意した事が原因で、6月上旬に弟とガードマンの手で再び別の精神病院へ強制入院となった。ここでの８日間の隔離病室に於ける身体攻撃は前回同様非常に激しく耐えるのがやっとだった。隣室の暴力男の壁たたきと大声の同じ歌のくり返しもたまらなかった。病室、食事、職員の暴力は病院のイメージから遠かった。私の体に合わないとても強い薬に苦しんだ。

退院は5ヵ月余り後の11月半ばだった。退院の2ヵ月前からは早朝、規則的に乳房攻撃が始まった。左↓右↓左右ときっちり日替わりだった。退院が近づくにつれて、日中はいつもの身体攻撃を次々とされる様になった。

退院と同時に強い身体攻撃が長時間始まった。

２０１２年1月2日の夕方から、裏の空家の私の部屋に一番近い一室に毎晩6時頃から一晩中電気がつく様になった。これに入れ代わるように隣室の男性は転居した。1年4ヵ月余りの短い入居だった。名字は私と一字違いだった。加害者は何かと共通点がある人を接近させる工作があるようだ。

裏の家に電気がつくようになり、夜間の攻撃は血も涙もない人間が仕事としてマニュアルに従って機械操作を次々やっている感じの攻撃になった。一つ一つはかなり近くからやっている感じで一定した強さだった。日中はアパートの隣の隣、ななめ下の部屋からの攻撃をかなりしっかりと感じる。彼らが留守になるとウソの様に体が楽になる。音はもっぱらななめ下からで、私がトイレに行くとドカン！　外出時にそこの玄関近くを通ると中からドカン！　帰宅時にもドカン！　といった調子でこの2軒の人達は当初から待ち伏せが多かった。特に玄関近くと駅で会い過ぎる。

２０１２年2月末の定例会に久しぶりに出席した。がその後、見せしめのように3月2日（金）の夜から3月3日（土）の朝にかけ右手甲に大きなやけど（？）を負った。その丁度1週間後には左眼球にいつもの10倍位の大きな攻撃を受けた。

前者は皮膚科で「虫さされ」「湿疹」といわれ色々薬を変えながら治療したが6月上旬まで治らなかった。素人には「痛そうね。やけど？」とよく言われた。四角形に型押しした様に赤茶に腫れて水ぶくれ寸前でかゆかった。

後者は眼科で「左眼だけが赤く腫れてただれている」と言われステロイド剤を処方され、精密検査が必要とのことだった。

5月の連休明けにアパートのすぐ下の部屋へ例の、とある団体の70歳代の女性が入居した。と同時に裏の家の電気が消え、その家は売り家となった。朝は6時前から、真下の部屋の壁たたきが始まった。いやがらせには手慣れている様だった。しつこい大音である。

盗聴も明らかにしていると思われる。こちらのささいな物音、例えばレジ袋のすれる音、鋏で切る音、電話の受話器を持ち上げる音などでドカン！　とやる。

身体攻撃は、下の人が留守の時は、非常に弱い。在宅時は一つ一つがクリアーでしっかりしていて至近距離からやっている感じがする。

以前から「キー・ワード」があって死をイメージする言葉を見たり聞いたりすると、又被害について話したり、書いたり、考えたりすると左耳をズキーンと攻撃された。今は、それが具体的な単語となり「電磁波」「殺人」「至近距離」「弟」がキー・ワードとなった。これらの単語で左耳をズキーンと攻撃するか又は冷蔵庫を「パーン！」と鳴らすようになった。音については第三者が何回も確認している。

早朝の乳房攻撃は一日も欠かさずに続いているがその前後に別の攻撃が加わった。まず胸骨中心に強いブルブル振動で目が覚める。まるで電気ドリルのような物を骨に当てられている感じである。「止めて下さい」の声も出ない程の攻撃だ。その波形と強さは毎日異なる。ひとしきり胸骨振動が続くと、次はいつもの乳房攻撃が始まる。これは時間が長く全身への影響も大きくつらい。最後は閉じている目の左眼球攻撃で、止めを刺すようにしばらく続く。朝4時頃から始まり7時頃まで続く。

物的いやがらせでは電子辞書へ、私の知らない宗教用語やいかがわしい言葉を入力されるようになった。一日に3つも家電製品が壊されていた。電話やファックスへもしつこいいやがらせと誤動作が続く。目前で物が飛ばされる事が再び起こり始め、ガラス製品が次々と割れた。以前の最大の物飛ばしは、かなり大きな鉢が弧を描いて大音で落下した。再現してもその音と落ち方はしない。花やノートや本は買ったらすぐに折り曲げる。食品や薬品の盗難、リモコンの盗難。連日の虫の死骸（室内）など一気にいやがらせが増えた。

ラジオや目覚まし時計が勝手に鳴り出す。つけてもいない部屋の電気がしつこくついている。コンセントが入っていない蛍光灯が目前で点灯する、など毎日の事である。

ＴＶを見ると好みの番組ほど著しい体調不良で居たたまれなくなる。これは毎回しつこく繰り返され、相当悪質で残酷である。

身体攻撃は早朝の強い３点攻撃を除き日中、夜間は３～４ヵ所の同時攻撃だ。24時間スイッチが切れない事は大きなストレスになる。一つ一つの攻撃のスイッチＯＮ、ＯＦＦははっきりしていることが多い。

タイミングに合わせた攻撃の例として、食事の前は必ず歯痛と吐き気である。新聞を読もうとすると３行目で必ず多重視になり読めなくなる。外出直前の異常な失禁、ＡＴＭを出る時の耳痛、改札口を通過する時に手足へビーム、駅ホーム、駅構内、駅周辺で頭をボカン！　車中は足下からビリビリ、乳房攻撃、全身体調不良等、音楽会では我慢の限界の耳痛、美術館では、付きまといが多く爪、歯、耳、頭、乳房等の攻撃が次々始まり、しつこく続く。しかし閉館数分前にはスーと消える様に楽になる。閉店直前の頭部に熱と汗、椅子に座ると脚、尻、腰がビリビリ、足爪痛。食事中のめまい。自宅のシンク前で恥骨がビリビリ、タオルドライで激しい頭痛、定例会で心臓その他多数ヵ所等である。

日中の眼球攻撃のタイミングは不特定だがアパートの内外で思わぬ時に起こる。例えば警察の前、予定を考えた瞬間などである。

６月、７月と攻撃は益々激しくなり、アパートでの滞在時間を短くするために朝食後は弁当を持って外食し夜帰宅する。外でも付きまといによる身体攻撃は大きく、休まる場所と時がない。

下の住人は卑怯な人間で、事実に反して私が音や水で迷惑行為をしていると、管理会社に苦情を言った。

７月下旬に下の住人に対して私は一言、犯罪といえる迷惑行為を注意したら「うるさい」と警察に通報され、その結果いとも簡単に２０１２年８月８日の朝、私は弟と３人のガードマンの手で３回目の精神病院へ強制入院となった。

正直な印象として、これ位の事で「強制」とは不条理だと思った。

3回の強制入院への経緯には共通点がある。いずれも**3ヵ月計画**だ。1回目は、同居していた母が特別養護老人ホームへ入居して私が一人暮らしになってからの激しい3ヵ月の攻撃後、2回目は、3・11震災直後からの隣家の2人の男性による3ヵ月の猛攻撃後、3回目は、真下の部屋へ、とある団体の人が入居し、いたたまれない身体攻撃の3ヵ月後である。

今回の入院前夜と入院当日の朝のことを記しておく。前夜は、まわりは変に静かでどこかとぼけている感じさえあった。そして目立った身体攻撃は一切なく何か訳があると思っていた。当日は早朝から左乳房への猛攻撃が始まり全身へのダメージは非常に大きかった。私の苦しんでいる様子を見て「だから（精神）病院に行こう!!」とスキンヘッドの巨体ガードマンが大声で迫ってきた。ワゴン車がアパート近くを離れるとウソの様に体の具合が良くなった。

身体攻撃と強制入院。この残虐で屈辱的な計画に言葉はなかった。この計画には弟側の経済的思惑もある様だ。

病室に入ってからは、すぐに信じ難い全く人工的としか思えない激しい頭痛が開始し三日三晩拷問地獄だった。その後1ヵ月以上、何ともいいようのない体調不良が続いた。体調が少し改善された頃からは、深夜から早朝まで毎日しっかりと乳房、左眼球攻撃が始まった。まもなく胸骨振動も始まった。日中はタイミングごとの攻撃が少しずつ増えて行った。

メモで「電磁波」と一言でも書けば百パーセント左耳痛が始まる事はどこにいても同じである。

２０１２年9月27日　閉鎖病棟にて

追記

○**相談先**

町内会の会長、警察、保健所、医師、弁護士、警備会社、探偵社、マンション管理人、管理組合、マンショントラブル相談所、郵政監察[注1]、友人、知人、親族、新聞社、出版社、人権擁護委員（東京法務局、地元）、報道写真家、宗教家（仏教、キリスト教）、参議院議員、衆議院議員、某国立大学教授（被曝に詳しい）、某国立大学人文社会系[注2]、電気屋（秋葉原など）、民間各社[注3]、当会ＮＰＯ等。

注１　郵政監察（現在は廃止されている）：極端な遅延、開封、中身へのいやがらせ

注２　某国立大学：マンションの真上（丸２年間）の加害者の所属

注３　カード使用で指先、手などに様々な強い電気刺激、使用日の夜は大腿部に帯状にジンマシン風かゆみ

以下はすべて個人的感想です。

○**特色**

・自然、偶然を装うが極めて人為的な計画による。例えば統合失調症の人が訴える様なことを人為的にする。

・医師に病名を付けさせて、発言権を無くし、やりたい放題、人体実験をくり返す。

・考え得る限りの知識と経験に基づく、監視、いやがらせシステムでマニュアルがあるよう。

・加害者は注意されると警察へ通報し、被害者を悪者・頭がおかしい人に仕立て上げる。

・加害者自身は、注意されて「やっていない」とは絶対に言わない。

・仄めかしがある。「電磁波」「殺害」など。

・入院先では、まず初めに必ず（３回の経験から）集中的身体攻撃があり、まさしく拷問地獄を経験させる。

・精神病院を退院する度に、身体攻撃の強い時間が長くなる。

・転居毎に居場所がなくなる。
・身体攻撃は体の凹凸部分をターゲットにする事が多い（cf.宇宙飛行士の仕事の一つに地球の立体地図を作るというのがある）。
・身体攻撃は体の固い部分（周波数が異なる？）を狙う。歯、爪、骨など。
・身体攻撃は使用中の形や色にシンクロさせる。茶碗で乳房、鍋の蓋のつまみで乳首、ゆで玉子で眼球など。
・攻撃された所は熱を持つ。
・攻撃されている所に手を当てるとビリビリ感がある。
・音を合図に身体攻撃が始まり音を合図に終わる。（加害者側の心理作戦か）
・身体攻撃は陰陽の考えで左右、上下、前後、対角線上と移動する。
・身体攻撃の強さは全体で決まっていて弱ければ2～3日中に埋め合わせる。
・初めて行く場所（病院、旅行先等）での身体攻撃は過大。
・神社などの神域で身体攻撃は非常に強い。
・被害について考えたり、話したりすると必ず左耳をズキンズキンと攻撃する。
・身体攻撃は起床時、就寝時に決まった攻撃がある。食やトイレもキー・ワード。
・来客時のわずかな時間、電話がかかってきた瞬間に身体攻撃がピタッと止み（相手と内容を確認すると？）すぐ攻撃が始まり非常に強くなり会話が継続できなくなる。
・おいしい、楽しい、親切にされた、得したなどいい思いで強い身体攻撃といやがらせ。
・思考盗聴による待ち伏せ、買い占め、いやがらせ。
・社会的信用を失わせる。妨害による遅刻、精神病のレッテルをはる等。

・協力者だった人々を加害者側に引き込む。
・孤立化させ、弱者へ追い込む。
・被害を訴えるグループ全体を頭がおかしな人たちの集団と見なしバカにして無視する一方、組織化を恐れ、参加を妨害する。
・身体攻撃は1ヵ月単位でわずかずつレベルを上げていき、月末に試運転があり、月初めに新プログラムになることが10年位続いた（少なくとも２００７年の防衛庁時代までは1ヵ月単位で新兵器が作られている事が朝日新聞で報道された）。
・身体攻撃の実行犯の養成が3月末から始まり、それは明け方の就寝時間に肛門への3発の衝撃波から始まる。少なくとも数年間くり返された。
・数字の「3」がキー・ワード。
・経済、人種問題も背後にあるよう。

○攻撃が無かった日

２００４年2月3日、自衛隊が北海道からイラクへ派遣された日の午前中

２００６年7月5日、テポドン2号が日本海とハワイ沖へ発射された日の午前中

○攻撃が弱かった日・場所（２０００年頃まで）

強風の日

青函トンネル内

○目的

国民を管理する為の行動心理学などの研究と21世紀の兵器「電磁波」そのものの人体への影響、例えばガ

ンとの関係など。延《ひ》いてはガンの研究自体（cf.地域ガン登録制度）。〔因みに２０１１年に大腸ガン（ステージⅢｂ）の手術を受けた。長年のストレスと電磁波の影響かもしれない。我が家はいわゆるガン家系ではなく私は玄米菜食に近い食生活だった〕

○ターゲット

自分の事をよく知る人々（身内も含めて）による密告制だと思う。国が示す基準に合った人ということだろう。羨ましい、憎いなどの感情も含まれているようだ。少なくとも２００３年頃の被害者には外国に関係がある人がかなりいたような印象がある。

○加害者、実行犯、協力者

私の場合、実行犯は某宗教の信者及びその関係者。協力者は近所の人などその人の立場上私に対して簡単に行動できる人。身内を含む。大元の加害者は人間コントロールの壮大な計画をたて、機械を開発し実行のＧＯサインの出せる立場の人。いずれにせよ、正義感のない非人道的な人々。

○提言

科学の発展に倫理面が伴っていないという事が昨今言われている。どうか国のトップの方々は今こそ「人権とは何か」について改めて考えて戴きたい。基本的には自分がされたくない事は他人にもしないという教育ではなかろうか。

今日では言論の自由どころか思考盗聴→身体攻撃により思考の自由もない。心の中で祈る事さえ許されていない現実だ。

「自由」「平等」の考えは、どこへ行ったのだろうか。

＊　＊　＊

此の度、第2集の出版に当たり、石橋輝勝理事長、編集の労を取って下さった内山治樹氏に心から感謝の念を表します。

26『電話、シェア問題について』

L・L　愛知県　29歳　男性

※ページ数に限りがあるので、できるだけ簡潔に要点だけを記すことにする。

●技術について

テクノロジー犯罪の概要については、既に記載例がいくつかあるので、ここではこの技術についての基本事項を書くにとどめる。

「人間の活動は、見る、聞く、嗅ぐ、触れる、感じる、考える、イメージする、夢に見る、記憶する、動く、……すべて脳内活動による。すべての脳内活動は、電気信号による……、すべての電気信号は、操作、読み取り自由である（すべての電磁機器はハッキング可能である）」

ある人間の耳に聞こえる音は、耳を通して聴覚神経を伝わって脳で認識される。そのどこかに外部から刺激を加えれば、そしてその情報をキャッチすれば、その音声は受信できる。受信された音声はいくらでも保存が可能で、再生も自由である。これが、見る、感じる、考える、……すべての活動において可能なのである（思考言語のやりとりについては、文字化されて保存され、後で確認できるようになっていて、情報交換が行われている）。

保存されたデータ、……会話、感覚、イメージ、印象、意識、……あらゆる現象、電気信号に変換可能な現象は、あらゆる人間に送受信が可能である。情報網、ネットワーク、電子媒体中においては、誰もがそれを同時に、同じように、共有（シェア）し、いつでも追体験することが可能である。

●装置について

送受信の装置・機器については、（精度や性能の違い、大きさの大小はあるが）持ち運び可能な程度の大きさであると思われる。操作方法については、携帯電話やパソコンなどとそれほど変わらないもので、大体誰でも操作可能であると言える。例えば、ヘッドホンなどをして、思考や会話を聞き取り、マイクで話したり、音声の保存データを選んだりして送信しているものと思われる。脳波を読み取ることで、テレパシーのように思考言語やイメージの交換ができ、あらゆる感覚の送受信、同時体験が可能となる。

移動してもどこでも音声送信の被害に遭う人、思考への介入や感覚の送信の被害に遭う人は、生体情報（人体の周波数などのデータ）をとられてしまった人と言える。すると、レーダー波による位置確認ができ、携帯電話やラジオやテレビのように送受信、通信が常に可能な状態となってしまう。

音声送信技術はニューロホンと呼ばれ、言わば神経の「電話」である。通常の電話と同じように「番号」が分かれば誰でも会話が可能である。頭の中で思考した時に発生する電気の変位を読み取ることによる、いわゆる思考盗聴も、通常の盗聴技術と同じように、特定の周波数の受信によるものである。このような人間の周波数を利用した情報通信網が秘密裏に構築されているものと思われる。

●背景について

このような装置が製造・開発された背景には、軍事戦略、情報戦略があると考えられる。例えば、アメリカでは、このような技術について長年研究や開発が進められてきている。国防高等研究計画局（ＤＡＲＰＡ）による全情報認知（ＴＩＡ）データベース・プロジェクトというのがあって、国民の生活（一日の会話の内容、考えたこと、会った人間、目にしたもの、聞いたことなど）をすべてデータベースに保存し、コンピュータ管理し、行動パターンの傾向や分類、個人情報の管理、テロや殺人などの犯罪を未然に防止するといったことのために役立てるというプロジェクトが考えられ、実験的に進行していたという。また、エシュロン（Ｅｃｈｅｌｏｎ）と呼ばれる軍事目的の巨大通信傍受システムが、アメリカを中心（日本を含む）に構築されている。他には、マイクロ波の照射により痛みを与える「Ｐａｉｎ Ｇｕｎ」と呼ばれる非殺傷兵器（ＡＤＳ）や、マイクロ波で集団または個人に「音」を聞かせる群衆コントロールシステム（ＭＥＤＵＳＡ）がある。

●日本の実態について

アメリカが世界で優位な立場を確保していくために、日本の反社会組織に目を付けたという事柄を背景として、日本においては、前述の情報通信網が構築されてきたと考えられる。

日本においても反社会組織は存在するが、その代表的存在の構成員と準構成員の合計は7万人ほどであり、関係者も含めればその数はもっと多い。彼らはどこかの組に在籍し、各々の組が「シマ」という形で組の縄張りを持っている。これが全国のすべての地域に隙間なく割り振られている（おそらく数千という数のエリアに分割されている）。日本という国においては、この「シマ」の現状とテクノロジー犯罪とが極めて密接に関係していると考えられる。すなわち、各組（各エリア）ごとに数台の装置が配備され（全国にこの装置が数万台は出回っているものと推定される）、常時装置の前に待機している担当者がいるのである。そして、被害者（特にここでは前述のどこでも音声送信の被害に遭う人を指す）が彼らのシマに入ると、担当者がコンピュータに蓄積された各種のデータ（被害者ごとに保存された様々なデータがあると思われる）を送信、再現しながら被害者に対して音声の送信などを行う仕組みになっている。これが既に慣習化されているのである。被害者に移動をしても同じような被害内容を訴える人が多いのはこのためである。以上の事柄は自身の数年の被害実態を分析した結果から結論付けられたものである。

被害者の総数は（知らぬ間に思考盗聴などをされている人を含めれば）数千、数万、それ以上の規模のものであると推定される。深刻な社会問題としていずれは取り上げられなければならない事柄である。

●今後について

まずなされなければならないのは、国がこのような犯罪（マイクロ波、超音波、超低周波などの武器に相当するものによる犯罪）があることを公表することである。そして、法律を作り、取り締まりを行っていくことである。公表、認知がなされ、その違法性などが問題視されなければ、対策案や法律が作られない。

アメリカやロシアやフランスでは、国が呼びかけや規制を行っている。日本の政府がこの事実を知らないわけがない。防衛や警察などの機関がこのような技術を持っているのは明白である。法律がないから表立った取り締まりができないのである。電波を探知して居場所を確認し検挙していくことがなされなければならない。また、装置の製造の見直し、所有者の把握、管理などを徹底していくべきである。

また、病院関係者（特に精神科医）の間に、必須知識としてテクノロジー犯罪の実態を知らせるべきである。統合失調症の幻聴、妄想などの診断方法を見直す必要がある。

一方、次世代のさらにテクノロジーの進んだ社会について考えると、必ずしも犯罪にだけ直結するものでなく、国家や人類といった大がかりな内容を含みながら、いずれ徐々に人々の生活に浸透していく技術であると推定される。日本においても五感情報通信社会（通信技術を利用して五感情報のやりとりを可能にし、人々の生活を豊かにしようとする社会）の実現に向けた動きが既にあり、その過程において様々な問題が解決されていくべきである。

27 人権侵害うじ虫電波犯罪者達の実態

水野敏和　岐阜県　36歳　男性

「電波による犯罪、電波による暴行、電波による脅迫、人権侵害行為が行われているのです」

このように話しながら、街頭でテクノロジー犯罪被害ネットワークのチラシ配布活動を行っております。

この犯罪は、無線電波等を悪用した犯罪で、電波による暴行・脅迫とは、まず身体に有害で強力な電磁波等を浴びせられ、意識を朦朧とさせられます。そして、無線電波に音声を乗せた脅迫、罵倒の言葉を聞かされ疲労したところで、身体攻撃と呼ばれる、身体に電流を流された時のように、身体の一部がビクッとなるような電気ショックによる拷問・人権侵害行為の事なのです。この原稿も被害を受けながら書いております。

この犯罪の仕組み

まず加害者側が、集団ストーカーやテクノロジー犯罪等、人権侵害の生活妨害をふっかけてきます。

これらの被害を被害者が警察へ訴えると、警察はこの事柄を犯罪として取り扱わず、被害届を受理しようとせず、精神病的な扱いとして「病院へ行ったらどうか」と、被害者の訴えを退けてきます。

さらに被害者が病院へ行けば、今度は精神的に問題のある人の発言という扱いで退けられ、被害者の言論弾圧をするという人権侵害行為が仕組まれているのです。

これらの仕組みによって、このテクノロジー犯罪が日本国にはびこっているのです。

他の被害者のお話や、私がされてきた事も、全てが人権侵害の犯罪被害であり、病気ではないのです。

電波犯罪の説明

この犯罪は、無線電波で音声送信・身体攻撃という暴行・脅迫をされ、睡眠・生活を妨害されます。音声送信被害とは、まず加害側が無線電波とＢＭＩ装置というような物を使い、思考盗聴と呼ばれている、私の見た物・考えている事を覗き見してきます。それを元に、マイクロ波のような無線電波を使い、加害側の音声を送信され、一方的に聞かされる事により、思考の妨害や脅迫をしてくるという被害です。

身体攻撃とは、電流を身体に流されたかのように、身体の一部分がビクッと脈打ち苦痛を与えられたり、チクッと針でつかれるような痛みの被害を受ける事です。これは酷いと頭部やこめかみ、顔面や首筋、背中や胸部や陰部にも行われるのです。さすがに声を荒らげて加害側に「出てこい、コラッ！」と叫んでおり、家族に迷惑をかけております。そして、このように言うと、「下の口から出てきてやる」と音声送信を聞かされ電波等で生理現象を操り、長時間の下痢にしてくるのです。

そして、音声送信の内容は、病院へ相談に行けば、統合失調症という病名の診断がでるように仕組まれており、否定的な言語や命令系の言葉を聞かされているのです（「お前は～できない。～するな」等）。

電波による拷問の仕組み

① 強力な電波・電磁波等を浴びせられ、生理現象を操ってくる。ジリーッという音の電波を浴びると、片方のまぶたが勝手にトローンと閉じてしまう程の催眠状態。キーンという騒々しい高音は、神経を覚醒させてくる。体温も上昇して熱くなったり、空腹にさせられたり、身体的に苦痛な状況を、人の脳へ電波を浴びせる事により作り出してくる。首や背骨がゴリゴリと鳴る程、身体に悪影響のある電波である。

② その状況で音声送信のトラウマにさせる言葉・物語を聞かされ、思考の邪魔をして疲れさせてくる。

③ ①と②で疲れて、うとうとしているか、覚醒している状態で、身体攻撃という電気ショックの暴行。
④ ①~③の繰り返しを、眠らせもせず一日中行い、身体的・精神的危機的状況でトラウマを作ってくる。
⑤ ①~④までのトラウマを日常生活で、②のような言葉を用いて脅迫・身体攻撃に使ってくる。これらにより、電波による暴行・脅迫・日常生活の妨害行為、基本的人権・自由権等の侵害をしてくる。

私は①~④の状態で最初に一ヵ月以上全く眠れない拷問状態にさせられ（電波による体温上昇や心臓への身体攻撃での脈拍異常で眠らない体にさせられた）、似た攻撃が半年近く続き、命の危険を感じて警察へ被害を訴えた。現在は⑤の状態で、途中まで聞かされたストーリーを元に、生活を妨げられている。

その間に加害グループ（5~8名以上）が、音声送信で聞かせてきたストーリーは、①の状態で、ベッドの上で電波によって筋肉を固められ、お前は植物状態だから喋るな、寝るな、動くな等の罵倒と共に、動いたり考えたりしたら、身体攻撃の電流による拷問をされたのです。他には精神病院内の拷問ストーリーや、警察による虐待・尋問・防犯利権ストーリー、パチンコ屋・自動車販売店・暴力団・右翼・政治・宗教団体を装った暴行ストーリー等を、人生ゲームだのとゲーム仕立てに、電波で拷問をしてきたのです。

警察への訴え

これらの被害を受け、何度も羽島警察署へ通報してから、当NPOで頂いた被害概要書に被害を書き、羽島警察署へ被害を訴えました。当会のチラシ、この本の第1巻や集いの資料等を交えて説明しました。一応被害概要書のコピーとチラシは受け取りましたが、インターネットやブログ等で書いてあるように、人権侵害のマニュアル通りの、「病院へ行ったらどうですか」との回答でした。これは犯罪で苦しんでいるのであり、病気ではないとの説明もしましたが、薬を飲んで治るかもしれないからと病院を勧めてくるだけでした。

日常生活への人権侵害被害の実態

電波による拷問と共に、音声送信にて一方的な誹謗中傷、脅迫的な話や言葉（死ねば、殺す、寝るな、食べるな、自殺すれば、病院入院、棺桶一つ用意しとけ、電波少年、防犯利権）をストーリー仕立てに聞かされ続け、身体攻撃の暴行を電波でされました。無視して生活の事を考えると、身体攻撃で生活を妨害してくるのです。

日常生活の食事中、トイレ中、眠る時、仕事や掃除・ゴミ出し等の作業、髭剃りや鏡の前、TVや机、暖房の前等に居る事、休む事等の生活に必要な事に難癖を付け、身体攻撃の暴行にて生活を邪魔してくる。

食事の後には、電波で長時間の下痢にされるという、基本的人権の侵害をされているのです（下痢の際に聞かされる言葉は、就職妨害とか、たっぷり、牛乳飲めば、栄養失調等です）。

労働・勉学への妨害、人権侵害

就職妨害という言葉は、ハローワークに行った際、電波で下痢にさせられて何度もトイレに足を運んだ時に、聞かされ始めた言葉です。アルバイト等も、胸部への身体攻撃で労働への妨害もされているのです。

職業訓練でパソコンの授業等受講した際も、音声送信にて「やっとれんわ、立っとれんわ」とか難癖をつけてきては、身体攻撃を足や陰部へ。「頭がいい」とか聞かせてきては、頭部への身体攻撃等で妨害されました。他には、電波で眠くさせられた上で、「寝るな」と身体攻撃にて、勉学への妨害をされてきたのです。

私の集団ストーカー被害は、平成12年頃から近所の犬の鳴き声での騒音、監視、盗撮のほのめかし（玄関に着くと、そこからは見えない家の犬がタイミングよく吠え出す等）があり、工場で働いていた頃は、仕事着が別の場所に隠されていました。平成21年からは電磁波音を感じ始め、平成22年頃から外出時に、車のライトでの嫌がらせをされています。平成23年からは、音声送信と身体攻撃の電波犯罪もされているのです。

人権侵害うじ虫電波犯罪者達の実態

このように、人権侵害をしてきた加害者達（うじ虫達）の実態を、ここでは書き記しておきます。

音声送信の内容は、くだらないストーリーやゴミのような言葉を聞かせてきては「お前が言った」とかごまかしては生活を妨害してくるうじ虫達。反論すると、「右翼だ、警察官だ、生活安全課だ、防犯利権だ、宗教団体だ」だのとなりすまして、言い訳しながらうじ虫みたいに、電波攻撃してくるせこいうじ虫達。

「ビビったら犯罪者」と言いながら、身体攻撃をしてくるうじ虫達。それに対して「出てこい、コラッ！」と頭の中で怒ると、「下の口から出てきてやる」と下痢にして、実際には出てこられもしない程のうじ虫達。

日本が、このような電波犯罪や人権侵害を野放しにしている為、遠くから電波なんかで喧嘩を売っては出てこないうじ虫達が、電波犯罪行為で汚い捨て駒資金（エサ）欲しさのうじ虫である事を、ひけらかしてはごまかしながら、ゲームのように人権侵害行為をしてきている、せこいうじ虫電波犯罪者達がいるのです。

インターネットで「集団ストーカーや電磁波犯罪」等と検索すると、多くの被害のブログが出てきます。

世界、日本国への要望

このテクノロジー犯罪が人権侵害という枠で仕組まれており、国や警察の対応がこのままでは、日本国の国家的信頼が損なわれてしまいます。売国うじ虫達と違って、このような人権侵害の仕組みに加担せず、テクノロジー犯罪に対処して、日本国憲法にも謳っております基本的人権の守れる国家を希望致します。

世界にも同様の被害者が多数いますので、人の命に関わる深刻なテクノロジー犯罪問題を、世界人権宣言を基に各国が国連等で人権問題として取り扱い、人権の守れる真に平和な世界になる事を願っております。

28 老いて戦う

W・S　東京都　67歳　男性

　私は67歳のタクシーの運転手です。私は十数年前から、生活を送る中で身の回りに、異様な雰囲気を感じ始めたのです。だれかに監視されているかのような?得体の知れない集団が、私の周りに来るのです。ハッキリと狙われていると感じたのは7年前くらいです。それは荒川区町屋のアパートに住んでいる時です。

　ある日仕事から帰り、部屋に入ると部屋の中でキーンという音が聞こえました。今まで聞いたことのない音が流れていました。部屋の中を調べましたが何もありません。どこから流れているのかも分かりません。体が疲れているので布団の中に入り横になりました。目を閉じるとこのキーンという音が高くなり眠ることができなくなりました。しかたなくイヤホンをして眠ったのを思い出します。

　その日から私が部屋の中にいる間は、音が流れ続けました。それから数日後、部屋を物色されたことが何度かありました。警察にも連絡しました。3度くらい110番しました。最後の110番から2~3日後に警察官が来て、部屋の中にパトカーと直結するセンサーを取り付けてくれました。その後部屋を物色されることはなかったのですが、10日後のある日私が仕事から帰って来るとアパートの前にパトカーが止まっており、数名の警察官がいました。私が部屋に着く10分くらい前に部屋に取り付けたセンサーが反応したので急いで来ましたと警察官が言いました。私が急いで部屋の中に入るとだれもいませんでした。部屋を荒らされた様子もなく警察官も部屋を全部調べましたが異状が無かったのでパトカーも帰りました。それと警察官がいる間はキーンという音は流れていませんでした。警察官が帰って10分くらいして洗濯機の後ろで音がするので、のぞいてみるとネズミに似た小動物がいました。でも排水口から逃げていきました。この動物をハッキリ見ましたがネズミではありません。ペットのようでした。この小動物は私が部屋に帰る少し前に部屋の中に入れられたと思います。動物が部屋を歩き回りセンサーに反応したのだと思います。

それから1週間後にセンサーは取り外されました。その後は前よりひどく音波と得体の知れない電磁波が体を攻撃してきました。体が辛いので何度か深酒をしました。また、前日に飲み残した酒に何か薬を入れられたこともあります。この頃から人を信じられなくなり、店で酒を飲むのを止めました。今思うにはこの薬を入れられた日に、私の体に何かを埋め込まれたような気がします。この頃から私がどこに移動しても加害者に私の行動が知られるようになったのです。私はタクシーの運転手、人の命をあずかるので事故が心配でアパートを替えました。

アパートを替えて2～3日過ぎると前と同じような攻撃を受けます。このアパートも2ヵ月で引っ越し会社も退職して千葉の松戸に移りました。これが裏目です。千葉、茨城が一番危ないのです。今だから言えるのです。それは後に当NPOの会員の仲間に会って分かりました。会員の仲間は茨城、千葉、神奈川、栃木の人が多いのです。東京は都心からはずれた練馬、足立の被害者が多いです。

私は行き詰まり考えました。いろいろ考えタクシー会社の寮に入ることになりましたが、寮に入るには保証人が必要です。何人かの仕事の仲間に話したのですが、今までの付き合いと違った返事が返ってきました。仕方なくこの年で兄に保証人を頼み、寮のあるタクシー会社に入社しました。今までの家財道具を全部捨て体一つでこの寮に入りました。これから先何事もないことを念じて、でもこの夢も1ヵ月足らずでやぶれました。この頃からです。私の乗る車は古く何か細工をされているようでした。私の車はどこを走っても加害の車に見つかるのです。加害者たちの車の数は大げさに言って100台くらいです。私の車の後ろに付けて信号で止まると加害者の車からカーナビかヘッドライトのレンズを通して私の車に高周波または電磁波を流します。一日中続きます。車で休憩を取るときも体を休ませないように攻撃を受けます。仕事が終わって寮に帰れば、両隣から電磁波の攻撃です。じっと耐えることしかありません。タクシー会社は簡単に社員を見捨てます。

私は心を決めました。これから先何があっても逃げないと。加害者に正面から立ち向かうことにしました。その日がやってきました。この日、仕事が休みで部屋の中にいるのが嫌なので外出。日中は競馬場で過ごしました。夕方コンビニで酒を買い、近くの公園で酒を飲み、部屋に帰りました。部屋の中はいつも通り高周波が流れていました。私は隣に抗議に行きました。相手と押し問答をしている間に別の部屋から2人が出てきて3人でウソを並べていました。私の抗議は通りません。お互いの押し問答の末、取っ組み合いになり私は相手を投げ飛ばして殴ってケガをさせてしまいました。傷害として警察に捕まり裁判を受けることになりました。私は今まで加害者に受けた被害のことを冷静に訴えました。裁判の結果は精神病院送りです。それも3ヵ月の隔離生活です。週一度の風呂以外は部屋から出ることはできません。部屋の中はベッドとトイレがあるだけです、窓が広いのが救いでした。

この病院は埼玉県の毛呂山という山の麓でした。窓から見えるのは山だけです。冬なのですごく寒かったです。入院中は色々な薬を飲まされました。一日一日が長く、悔しさだけが頭に残ります。私は退院したらかならず加害者の正体を見つけると心に念じました。長く寒い3ヵ月が終わりました。退院後友達の家に身を寄せて3ヵ月ほど暮らしました。友達の家では攻撃はありませんでした。この間にアパートを見つけ友達の紹介でまたタクシー会社に入りました。1ヵ月くらい何事もなかったのですが、また攻撃が始まりました。警察にも何度か相談しましたが、無駄でした。この頃秋葉原の電気街でNPOテクノロジー犯罪被害ネットワークのことを知りました。さっそく電話をしました。石橋輝勝理事長が後日面会をしてくれると言いました。そのとき心の中でもしかしたら問題が解決できると思い、心が楽になりました。面会の日、今まで受けた被害のことを話しました。理事長は二度と暴力沙汰をしないということで快く会員にして頂きました。理事長の話では私と同じ被害を受けている方が１１００人以上もいることを知りました。このとき心の中でこれで私の話を聞いてくれる人がいると思ったとき心が強くなりました。でもそれからは前よりもはげしい攻撃を受けました。

最近では心臓を止めようとする攻撃が多いです。この電磁波は朝が多いです。目が覚めたとき全身が麻痺するように押さえ込まれます。この間に下の部屋から強い金属音やドアを強く閉める音を出し心臓に負担をかけるようにするのです。加害者は私の命が終わるのが狙いです。私だけではありません。ほかにこのような攻撃を受けている人は大勢いると思います。今までこのような手口で何人の命が終わったでしょう。私が思うにはこれは日本国に対するテロです。この加害者の根源にいる人物は莫大な資金力を持つ異常者です。私が思うには日本人ではないような気がします。この加害者は不特定多数の人命を狙っています。今東京都心を走っている車には電磁波低周波高周波を流す車が相当数います。加害者の動きは訓練されたマニュアルどおりで私には動きが不自然に見えます。被害者のことを狙い、脳や心臓に負担をかけ心筋梗塞や事故に見せかけ殺すので、これだけではありません。私の場合運転手なので、眠っている間に目を狙われます。部屋の中は防御するため壁や窓に色々な物を貼り付けています。普通の人が見たら完全に私が精神異常者と思うでしょう。でも私は強くなりました。恐怖心はありません。話を聞いてくれる会の仲間や理事長がいます。私も高齢ですが、強い気持ちを訴え、会員を増やし、視野の狭い政治家の目を覚ましてもらいます。そうでないと日本の国は終わります。

この雑な文章の中から私たち被害者の苦しみを理解して下さい。最後に、自分の身を顧みずに頑張る理事長に感謝し会員の仲間とどこまでもついて行きます。

29 電磁波（電波）を使った脳科学、脳情報通信研究の裏世界

N・W　神奈川県　64歳　男性

1. 初めに（被害の概況・概要）

私はテクノロジー犯罪に見舞われる迄人間の脳が電磁波（電波）によって共鳴・共振するとは全く知りませんでした。人間の脳が共鳴・共振することを応用し一般市民の脳を捕らえては個人の脳に侵入して［思考、記憶、感情、行動］の操作や五感操作（臭覚、聴覚、味覚、触覚、視覚）などを行っている組織がありその被害を受けております。

読者の皆様方には当被害報告集を読むに当たってのお願いがあります。

当被害報告集は電磁波（電波）を使って脳科学・脳情報通信の研究を推進している組織が現在この日本にあって脳を狙われ被験者にされてしまった人々の悲劇体験集であります。2年前に発刊された第1弾の被害報告集（2010年、講談社出版サービスセンター〈現・講談社ビジネスパートナーズ〉刊）及び第2弾となる当被害報告集を読んで、余りにも現実離れした信じがたい出来事が述べられている事に、驚きの念を持っているのではないかと思いますが事実であり、これがテクノロジー犯罪の現実の姿なのです。

被害者の立場から見て加害行為の直接的事業主体は脳研究機関を付属に持つ民間の電気通信事業関連業界であり電波行政（周波数の割り当て）も絡んでいる為、監督官庁の黙認を得ているのではないかと私は推定しています。本人の同意を一切取らずに一方的に脳に共振状態を作り接続してしまっては一般市民を被験者

に仕立て上げるべく脳データ（部位周波数、脳波）を取って人権無視、プライバシー無視の人体実験的行為を行っています。倫理的な自主規制など全く無いやりたい放題の、犯罪そのものの世界です。これらの実験は秘密裏に進められており、かかわると被害者の多くに過酷な脳の支配・奴隷化が始まり人生を破壊し経済的困難、生活困窮の道へと追いやられてしまいます。余りの過酷さに耐えられず自殺への道を選んだ方が当NPO会員のなかだけでも何名もいらっしゃいます。

★部位周波数とは「脳の各機能部位に対応する周波数」を指す。

NPOテクノロジー犯罪被害ネットワーク（理事長：石橋輝勝）にて把握している被害者（数）は全国に亘って1100名を超えており、個人的見解ですが潜在的被害者数はこの数字の2〜3倍存在するのではないかと見ております。これだけの実態がありながら表立たないのは被害が社会的に認知されてない為であり犯罪としても認識されず警察も行為者の特定には動いておりません。

私の被害のきっかけは2005年1月末、現在の居住地に転居した事から始まります。

経緯の詳細は後述しますが加害組織の関係者・協力者であると思われる家の隣に住んでしまった事が原因で隣家との私的な出来事を元に転居してから5ヵ月後に病院送りにされる事態の被害を受けました。定年退職を節目に再び被害に見舞われる事になり**（隣家にまつわる）私的な理由による関与から（加害組織による）組織的関与へ、**意図的・人為的に**脳を利用したいという理由にて**被験者に仕立てられてしまったのです。恐らく、共振部位周波数が取ってあるのに脳を利用しない手はない！という人間臭い安易な理由からであると思っています。たまたま加害組織関係者・協力者の隣に住む事になった人間（私自身）を手抜き同然に、人に目を付けた狙い撃ち的な卑劣なやり方で被験者で無かった者を被験者にしてしまったのです。被験者にする事を禁ずる基準やルールが有るのか否か不明ですが、加害組織のこうした（脳欲しさの強引な）やり方を是正するよう何度も申し入れをして来たがゼロ回答で今やどうしようも無い程脳データ（部位周波数、脳波）を取られてしまっています。組織内に是正する仕組みやチェック機能を有してないのか、このプロジェクトを回している組織に対し、もし関与出来る監督官庁がありましたら真相究明の上、是非とも是正指導をお願いしたいと思います。

2. 被害の経緯

被害の始まり

2005年01月30日　神奈川県横須賀市S村、現居住地に入居。

数年後に迎えるリタイア後の生活に備え現居住地に家（一戸建て）を購入。通勤に2時間近くかかりましたが、身辺状況に特に異常を感じることなく約5ヵ月が経過しようとしていた時に事件は起きました。

2005年06月17日

突然､脳に人の話し声（何をやっているんだ！　と繰り返す声）が聞こえるようになる。脳を（電波にて）操作されグロッキーになった状態で音声送信により隣家（世帯主名:T氏）に詫びに行くよう求められる（奥さんが応対）。その後、自宅より隣家に向かい詫びの歌を歌わされた。

2005年06月20日~2005年06月21日

自分に何が起きたかよく理解出来ない状態で、脳に聞こえる相手の声が自分の思考や視覚から得た情報を告げているので、このままの状態では勤務先の内部情報が漏れてしまうと考え2日間の休暇取得を申告する。

２００５年06月22日
勤務先の上司が私からのテレパシー的出来事（脳内にて相手方との会話が成立する状態）を聞き不審に思い、自宅を訪ねて来た。私の現実離れした話の内容と脳を操作されほぼ病気状態にあった為、緊急入院へ。

結果として退院迄の期間約９ヵ月の入院生活を送る事になった。
身体的・精神的不調が発症の原因ではなく外部要因による出来事との認識はあったが、入院中も音声送信と脳の操作が続き、身に起きている状況を担当医に説明出来ない程悪化していた。
後になって分かるのであるが、過去の出来事を振り返らない自分に気が付く（記憶操作された疑いあり）。

２００６年02月～２００６年03月
職務復帰に向け約１ヵ月に亘る試験出社を開始する。
ならし運転の結果、復職の許可が下りて退院手続きへ。

２００６年03月
病院を退院する。
＊退院に際し医師の助言により生活地を茨城県守谷市に決める。

担当医は発症の原因が不明な為大変心配し、親族の居住地に近い場所を勧めてくれた。元の勤務先に復職する。

２００６年11月25日
車を運転中、脳を操作され猛烈な眠気を催す。
交差点にて停止直前に気を失った状態になり、ダンプカーに追突事故を起こす。
退院後、これが加害組織による初めての被害である。

２００８年08月〜２００８年10月
■定年退職を２ヵ月後に控えた期間、脳に異変を感じていた!!
月次の部門会議に参加すると何故か自分が黙りこくる傾向に気が付く。その時はどうしてそのようになるか自分には分からなかったが退職後に音声送信による相手方からの説明で私の思考が覗かれていた事が原因と分かった（加害組織の者が会議内容を思考盗聴していた疑いが濃厚である）。

この事態はかなりの由々しき問題点だと認識している。企業勤務者から内部情報が相手方に筒抜け状態になる事になる。企業間競争の激しい業界にあって、もし同業他社に企業情報が漏洩されたとするなら公正な市場が損なわれる事を意味するからである。特に研究開発型・先端技術開発型の企業にとっては高いリスクとなる。

産業界はこうした現実（電波によって接続された社員の脳から情報が漏れる状態）を深刻に受け止めるべきと考えています。

２００８年10月05日付
勤務先を定年退職する。

２００８年10月07日
（退職直後の２日目）突然、脳に人の話し声が聞こえるようになる。
音声送信に驚き生活が七転八倒の混乱状態に陥って行く事になった。

２００８年10月08日～２００９年02月07日
脳を操作され音声送信が続く日々が続く。

２００９年02月08日
親族に病気再発と疑われて親族会議が開かれる。
親族には先の長期入院（２００５年06月～２００６年03月）が精神的不調（脳に声が聞こえる症状）によるものと誤解され、入院させなくてはいけないような雰囲気になってしまい非常に困った。この親族会議直後より相手方からの話し声が聞こえなくなる。

２００９年02月09日～２００９年10月06日
音声送信は無いものの目が操作され物が二重にかすんで見えるようになる日々が続く。

２００９年10月07日
再び脳に人の話し声が聞こえるようになる（音声送信始まる）。
脳データ（部位周波数、脳波）を取られ始める。

２００９年10月08日～２００９年12月21日
①毎夜、約２ヵ月に亘って脳をスキャンされる。音声送信も続く。
②右足、左足の「くるぶし」が突然腫れ上がり、痛みで歩行困難となる。
③右足ひざ小僧部分が腫れ上がり、突然痛みで歩行困難となる。
④血圧を測定すると異常な高血圧値を示すようになる。
⑤他、感情操作、動画・静止画送信、高周波音・発振音が聞こえるようになる。

音声送信により居住地のS村から出て行くよう求められる。連日連夜、約３週間ほど続く。出て行ってもらう理由は音声送信してくる相手方の話によると、隣家はこの世界の関係者、重鎮でありこの人の意向を汲んでの事だと言っていた。
生活居住地を茨城県つくば市に移す。

２００９年12月22日
茨城県つくば市研究学園に賃貸マンションを契約し転居生活を始める。
音声送信は相変わらず続く。

２００9年12月23日以降～

引っ越しにより電磁波被害が止むのかと思いきや音声送信、脳データのスキャンが益々ひどくなる。脳に感じる電波強度が強くなり痛み、感覚麻痺がひどい。

この世界の関係者と思われる見しらぬ人に声をかけられるようになる。

２０１０年02月16日
家宅侵入された形跡有り。侵入者は当加害組織関係者の仕業と推定される。合い鍵（予備鍵）が盗まれている事が分かりドアの錠交換を管理会社に依頼。

２０１０年05月25日～２０１０年05月29日
頭痛、脳の締め付け・圧迫感・麻痺感、音声送信（うるさい！）がひどく、電波から逃れたく、グアム島に旅行する。飛行中も音声送信が続く。

着陸後、入国審査前に体の部位操作（排泄操作）をされて非常に困った。

観光用潜水艇に乗船するが**海中45ｍに潜水しても音声が聞こえてくる。**

国内に居る時と同様に夜になると脳データをスキャンされる。

島嶼部における脳データを取ってしまったという解説付き音声送信が続いた。

結局、電波を切断することは出来なかった。

２０１０年07月22日～２０１０年11月05日
臨時社員として某企業に就職する。仕事中にもかかわらず音声送信、脳データのスキャンが続き、仕事に集中出来ない日々が最初から続く。仕事にミスが出るようになり契約途中であるが退職を申し出る（依願退職）。

生活居住地を神奈川県横須賀市S村に戻す。

２０１０年11月28日
茨城県つくば市での生活を切り上げる。賃貸契約を解除。
全国及び海外に出ても電波を切ることが出来ない、何処に居ても同様と判断し、現居住地に生活の場を戻す事にした。

２０１０年12月09日～２０１０年12月15日
再度、電波を切断出来ないか試みる為オーストラリアに旅行する。

音声送信は飛行中も続く。ゴールドコースト、シドニーに滞在。

頭痛、脳の締め付け・圧迫感、脳内での発振音・高周波音がひどい。

どの観光地に行けども音声送信が続き会話も成立する。電波強度も国内に居る状態と変わらない（トリフィールドメーターにより磁界強度を測定確認済み）。

２０１１年02月06日～２０１１年02月07日
青函トンネルを通過することで常時接続状態になっている電波が切断出来ないか試みるため函館に1泊旅行する。往復共にトンネルを通過する直前から電波強度（磁界測定器による計測値写真有り）を上げられ、結局切断出来ず。こめかみ部分及び頭部多数個所に発振音・高周波音が大きく聞こえ、まるで通信端末機のような頭であった。

２０１１年02月19日
ＮＰＯテクノロジー犯罪被害ネットワークの相談会に出席する。
入会手続きをする。

２０１１年03月01日
ＮＰＯテクノロジー犯罪被害ネットワークへの入会が認められる。

２０１１年04月15日
横須賀警察署住民相談係担当者を訪問。
一連のテク犯罪被害について報告。ＮＰＯ発行の被害報告集と他１冊を渡す。
右記の２冊は５月２日、住民相談係担当者から返却された。

２０１１年04月28日～　現在も継続中！
突然、隣家から地盤を伝わる強力な振動被害を日夜、受けるようになる。音声送信班との連携が取れており組織的加害行為と認識する。

２０１１年05月02日

横須賀警察署住民相談係担当者宛2回目の訪問。
２００５年から今日までに受けた電磁波被害経歴資料を提出する。
２０１１年05月03日～２０１１年10月16日
この間の被害は後記する（3．被害の内容）。
２０１１年10月17日
超長波による口内の被害がひどくM記念病院（口腔外科）に通院する。
医師の指示により被害写真を撮影してもらう。今後、被害度を観察する為３ヵ月毎に被害写真を撮ることになった。
２０１１年11月24日
ＮＰＯテクノロジー犯罪被害ネットワーク理事長と共に神奈川県警・広報県民課警察相談係担当者を訪問する。神奈川県在住の当被害者名簿並びに被害内容アンケート、被害概要書を提出する。
２０１２年01月13日
横須賀警察署住民相談係担当者宛３回目の訪問。
２００５年から今日まで受けた被害及び隣家からの振動被害を記載した電磁波被害経歴資料を提出する。

２０１２年01月末
思考部位の部位周波数を取ってしまったと言っている。

脳の締め付け感・圧迫感・刺激感・痛み、発振音／高周波音（10キロヘルツ前後）がひどく辛い日々が続く。

２０１２年02月以降～

視覚機能部位の脳データ（部位周波数）を取られ始める。

目を閉じても残像が残る現象が出て来て目に刺激感を感じるようになった。照明の明かりが暗く感じるようになる。視力が落ちて来たなどの数々の健康被害が顕著になった。これは重大なる健康被害である。

３．被害の内容
■思考部位の周波数も取られてしまい、自分の脳内で考える思考が相手方に筒抜けになっている（読まれている）。遠隔地における相手側に自分が何を考え何をしようとしているか、身体がどのような状態になっているかを察知されてしまっている。自分の思考をもとに相手方より介入してくる会話に困り切っている。記憶も読み出されており意識する物事に対する介入が常時行われていて音声送信がひどくうるさくてならない。
■プライバシーが全くない。本も新聞も読めない。試験勉強など全く出来ない。
　暗証番号、パスワードは筒抜けである。インターネット銀行のパスワードをパスワード間違いでロックされてしまった被害も発生した。証券会社の口座情報にログインされた形跡も確認している。
■超長波による口腔関係の被害がひどくM記念病院に通院中である。

■血液検査においてこの2年間、白血球数が異常に増加（標準以上）し電磁波（超長波）による曝露が根底にあるのではないかと推定しています。
■隣家からの強力な振動による振動被害がひどく自宅内では寝る事が出来ず車の中で寝る事を強いられるようになる。
■「脳波を取ってしまった」と音声送信班が伝えて来ている。部位周波数による身体操作とは違う（脳波による）強力な身体振動操作や排泄操作を時々される。
■排尿、排泄操作を日常的に受けており、特に排泄操作をトイレの無い所で行う行為は言葉に表現出来ないほど非人間的で下劣である。高速道の走行中や（グアム島旅行時）入国審査前に操作され急遽飛行機内のトイレで用を足した事もあった。

この被害報告集を目にされた（当プロジェクトに関与している？）監督官庁から実行組織体に厳重なる注意をお願いしたいと思います。
■血圧が突然あがる。スポーツジムにて毎回計測しており異常に気がつく。他日、別な血圧計で計測すると最高血圧は220を示すことも。体調に大きな変化はなく体の部位操作をされていると認識する。
■ＰＣ（パソコン）の異常動作が頻繁に起こり立ち上がらない時もある為、何度もＯＳ（Windows XP）の導入を行った経験があります。ＯＳ導入の際、設定途中にてリブートしたケースではユーザーアカウントに「不明アカウント」が作られているので要注意（削除してしまったほうが良いと思います）。度々のＰＣトラブル対策として相手先との接続をかわす為、又バックアップも兼ねてＨＤＤ内にパーティションを3～4区画作りＯＳ及びアプリケーションソフト、ユーザーデータを丸ごとコピーしBOOT MGRを使って使用する事にした。

■右記のほか次のような症状も体験しております。

①胃のつかみ取り。内臓がよじれたような感じになる。

②目つぶし。目のなかに刺激異物（唐辛子?）が入ってしまったようになり、痛みと涙が出てくる。

③左右の目に焦点、遠近感のずれが生じて見えるようになる。
文字がボケて二重にかすんで見える。

④体のほてり。反対に暖かくしているのに寒気が続く時も。

⑤胸の痛み。胸が重苦しくなり、ぐったりとなってしまうことがある。

⑥急に脈拍があがり胸が苦しくなる。

⑦感情の操作。急に鎮痛な心持ちに、悲しくなる気分。反対に、重苦しい心持ちが急に和らぐ気持ちに。

⑧暗闇の中で目を開けている時、または薄目にした時に円状や稲妻状などの白い光を感じて目を閉じても真っ暗闇にならない。

⑨排尿をしたくとも出ない時もあり。
（尿管を閉じたままにされた感じになる）

⑩男のシンボルが自分の意思や刺激無しに勃起する。
まるでクレーンが伸びるように。

⑪車を運転中に、強い眠気を催す。
実際、強い眠気の連続で意識を失った状態になり車の追突事故を経験する。

⑫歩行時に体全体が重く感じる時がある。

⑬頭部に圧迫感があって自分の身長、体が小さくなったように感じる。

⑭常に頭痛、頭皮部分に強い血流（及び鼓動）と痛みを感じる、思考がまとまらない、記憶の衰え、頭部内の圧迫感・締め付け感。
⑮特定記憶の想起。
本人が特段意識していないのにもかかわらずある記憶が急に想起される。
⑯周囲に臭いの発生源となるものがないのに臭気を感じる（例：ゴム、花の香り）。
⑰（擬音）シャッターの巻き上げ音、サイレンの音、爆発音等。
これらの音いずれも周囲にそのような音を発生する場所に居ないのに脳に聞こえる。
⑱浅い睡眠状態にある時、突然静止画、動画が送り込まれてくる事がある。
覚えがない、記憶にない場面の画像が脳に残ってしまっています（5場面）。
⑲電磁波を（脳幹？に）当て続けられた際、頭と体が分離され頭のみが宙に浮いているような思いをした。
⑳虫歯がある個所でもないのに奥歯に痛みを時々感じる。

4. 誰がこのような事をやっているのか

■技術的視点

①脳のどこで共鳴・共振を起こしているのか

こめかみを強く押すと発振音・高周波音が聞こえます。音や声が空間や騒音に重なって聞こえる現象と鼓膜から聞こえる音量（音圧？）を下げられた経験から考え合わせると蝸牛と鼓膜の間（中耳）辺りに共振部位があるのではないかと推測している。説によると中耳、蝸牛周辺のリンパ液の振動数つまりは共振部位周波数に個人差がある（特定個人にしか接続出来ない）事を応用していると言われております。

脳が共振周波数によって捕捉されている人（被害者・被験者）に身を寄り添うような状態でいると共振周波数を取られて接続状態になってしまうケースがあるので要注意。

同居者や家族の中に被害者が生まれるのはこの為です。加害組織の操作によっては次から次へと電波に囚われる人が出て来るおぞましき世界がここにあります。

電磁波被害を受けているのに耳鳴り状に発振音・高周波音が聞こえないのは電波強度を切断すれすれ迄下げておき操作が必要な時には電波強度を上げていると見ています。

②使用されている周波数

周波数を測定器で計測したわけではありませんが、発振音・高周波音は10キロヘルツ前後の周波数音で、波長で区分すると1波長が30㎞になる超長波帯と呼ばれているものです。超長波帯の電波は潜水艦との通信にも使用されており、海中、地下にも到達するものであり、地下鉄に乗っても切れない理由がここにあります。殆どが磁界成分の電波で頭蓋骨を貫通します。トリフィールドメーターで測定すると高い周波数も観測される為2区分の電波が使用されている可能性があります。

③使用される電波は2種類

SEND 波を送信波、RECEIVE 波を受信波といい、どちらも相手組織から送信されておりトランシーバーのように脳自身が電波を発するわけではない。送受信システムが国内に完成しており全国どこに行っても電波が切れる事は殆ど無い。

■当該組織について（推論）

誰がこのような事をやっているかについては諸説ありますが、自分のこれまでの被害体験を基に推論したいと思います。音声送信に関連するケースを取り上げて考えてみます。

携帯電話にて話し中に妨害電波を受けた経験があり又、固定電話会社経由による電話がどうしてか通話先で無い所に転送された場合もあります。

他の被害者の話を聞くと電話関連の異変は多数ある事が分かりました。

音声送信被害について国内は勿論のこと海外に出かけても途切れることはなく、これは脳内にて国内及び海外に出かけても双方向の会話・コミュニケーションを図る技術が既に実現している事を物語っており、携帯電話やトランシーバーと同じように地球の何処に行っても（海外の場合、加害組織においては事前準備が必要でしょうが）、今や日本との間で会話が出来る時代なのです。加害組織の音声送信には、携帯電話会社の協力を得ているとの話も聞いたことがあります。

一連の事実を総合して考えてみた時にこれらを実現する能力（人、技術、インフラ）を持つ組織は日本においては電気通信事業関連業界でしかありません。かつて国内の電信電話業務を独占的に事業展開していた某社は付属機関として脳関連の研究所を持っており又、当該某社が筆頭株主になっている某電気通信基礎研究所は日本を代表する「情報通信と脳研究」の組織でもあります。

電気通信事業関連業界は加害組織の一組織に過ぎません。これを支援する組織、嫌がらせ・つきまとい行為を行う組織、これらの組織が一体（協議体方式）となってこのプロジェクトを回しているのではないかと見ています。

■やり方、手口は

被害者の多くは一方的に被害を受けている立場であるのにもかかわらず「被害者に非がある」「落ち

度がある」「このような被害を受けて当然！」と悪者にするやり方、すなわちすり替え戦法。「被害者の記憶を聞き出してはスキャンダラスな出来事、知られたくない事柄などをネタに下等な人間扱いしてしまう」すなわち見下げ戦法。「加害行為に対する抗議口調や抗議内容をネタにする」すなわちかみあわない論法戦術等々。これらさまざまな押さえ込み戦法・戦術を駆使しながら脳データを次々に取って行く卑劣なやり方が目立ちます。

脳「被験者」の選定、脳の捕獲作戦展開中期間は家宅侵入しては個人情報を盗み取って行く行為も被害者の多くの方が経験しているところです。

5．隣家からの振動操作被害

＊当項目は電磁波被害に加わる形で二重の苦しみを受けている為、特記する事にしました。

＊被害期間：２０１１年04月28日～現在も継続中！

■振動行為発生の経緯

ゴールデンウイーク前（4月下旬）から突然のように隣家から強力な振動が地盤を伝わって拙宅のほうに向かってくるようになった。体に感じる以外に、家の構造物に耳を当てると人工的振動音が聞こえる！　又、庭の地盤にても振動を感じる！　寝場所を変えるごとに振動がついて回る！

隣家とは日頃の付き合いもなく、当然会話などもなくこうした状態でこのような行為を受けること自体、思いもかけない出来事だった。

このテク犯罪の世界で言う脳データをとる為の手法の一つ、地震波攻撃であると解釈する。強烈な振動を受ける夜は車の中で寝る事を余儀なくされている。

■車内に寝るも狙われ村外へ駐車

〈自宅駐車場にて〉自家用車内に寝るようになってから（タイヤを狙い）駐車位置にも地盤を伝わって強烈な振動が伝わるようになる。これではストーカー行為と変わらないと考えるようになる。夜間、車を自宅外に駐車させて寝る日が多くなる。

つきまとい・いやがらせ班の警察への通報によるものと思われるタイミングで巡回パトカーが駐車後7〜8分から15分後に現れる時もあった（横須賀警察署管内）。

■振動行為の目的

目覚めた瞬間（タイミング）に合わせて隣家より強烈な振動が地盤を伝わってくる！

地震波を脳波にてデータを取る為と相手方は言っている。

寝場所を毎回変更しているのだが、電磁波にて脳を覗いている監視チームが隣家に伝えている為、振動のあて先が正確に自分の寝場所に向かって来ている。

■隣宅に関する目撃情報

２００５年引っ越してきた当時、世帯主と思われる方（男性）は黒ぶちめがねをかけ片足を不自由にされていた60代半ばの男性。脳梗塞を患ったと聞いている。杖などは使用せず機敏な速い歩き方をしていた。現在、見かける男性は片足を不自由にされているが杖を使用しており、歩き方も機敏ではなくゆったりしている。年齢も70代半ばと推定、別人と思われる。当時見かけた60代半ばの男性は路上で見かけることは殆どなく、時々路上にて見かける男性は70代半ばの方です。他、見知らぬ女性の入れ替わりも頻繁で、隣家と間違えて拙宅を訪れた時もある。隣家の世帯主名に変更はない。

（考察）

1．この振動を浴びせる行為を考察すると、「隣家は当該犯罪組織関係者・協力者である」という音声を送信して来るグループの話と、「被害者本人の近くに加害組織の関係者が居る・住んでいることが多い」と言う他の被害者の話・証言が一致しており、私の場合も例外ではないということを実感する。

2．また、音声を送信してくる相手方は隣宅から当該組織に勤務している人がいる、とも言っており２００５年６月の出来事と考え合わせると、隣家は関係者ないし協力者であるとの思いを強くする。

3．隣家の中で誰が振動操作をしているかは特定出来ておりません。とにかく隣家から伝播してくる事に間違いない！（敷地境界線、隣家前の路上にて振動を確認済み）

（被害）家屋関係に被害が出ています。

1．振動を浴びせられた先のフローリングがきしみ、床板が若干たわむようになってしまった。

2．１階・２階の外壁、内壁に多数のクラックが発生している。

発生個所や発生時期を考えると先の東日本大震災を含め地震等によって出来たものではなく自宅の横方向から揺さぶられて発生したものと推定している。

（これらの被害は、建造物等損壊罪＝刑法第２６０条に該当しないか警察に相談する予定です）

（被害を受けての感想です）

1．隣家は同じ町内会（隣家は自治会の同班グループ）、同じ生活圏に有りながら何故、毎日昼夜に亘って振動を執拗に浴びせ続けるのか。どのような考えを持って生活をしているご家庭なのかさっぱり分からない。とにかく行為はきわめて悪質であるというほかない。

6．健康被害、つきまとい行為

■健康被害

〈口腔関係〉

口内に色素沈着、粘膜の荒れがひどい、これは口内を電磁波の通りみちにされたと思われる。時には口内を充血で真っ赤にされた日もある。

〈視力〉

視覚データを取られ始めてから視力が落ちてしまい、パソコンの文字がボケて見えなくなってしまった。

（行為の安全性の確認は出来てないのだろうか）

〈血液、疫学関係〉

白血球数が異常に増加しています。

長期間の超長波電磁波による曝露が根底にあるのではないかと推測しています。

２０１０年度　定期健診時　標準範囲　３９００～９８００
　　　　　　　　　　　　　実際値　　１万２００

２０１１年度　定期健診時　標準範囲　３９００～９８００
　　　　　　　　　　　　　実際値　　１万２６００

■つきまとい行為

駐車中に寝入っていると、加害組織関係者と思われる車が様子見に脇を通り抜けて行くことが頻発しています。

7．終わりに

日本は比較的治安の良い国とされて来たが、今やその安全神話は昔の事。日本国民の多くがこの国でこのような人権蹂躙、非人道的、非人間的な人体実験的行為を数千人単位で行っている実情があるとは誰もが思っていなかったのではないだろうか。電磁波（電波）によって人間の脳がまるで電子機器のように扱えるようになった今日、監督官庁及び立法府の皆様には電波利用目的の制限、規制をする為、電波法や電気通信事業法の改正をお願いしたい。

人を対象に電波を使用する場合は、必ず人権を侵す事がないように本人の同意を得た上でないと違反、罰則の対象になる事を明文化すべきです。

当被害の苦しみ、辛さは本人にしか分からないものであり被害を受けてない者にはかかわりたくない傾向になりがち、是非とも皆様に関心を寄せて頂き、悲劇をこの世から追放出来るようお願いしたいと思います。

定年退職後に霞が関や国会周辺にてチラシ配りの生活をする事になるとは全く思ってもみなかった。思えば7年前の入院生活そして隣家からの振動行為を受ける日々、住み替えた場所に災難が待ち受けているとは思いもよらなかった。私の人生にて現在が最も困難な時期であり、一刻も早くこの災難を脱却し自分の暮らしを立て直さなければならないと感じています。

最後に、当被害報告集を執筆中は相手からの加害行為（思考部位や脳幹への電波操作）が酷く全く文章が書けない日の連続で原稿の提出が遅れ、編者であるＮＰＯテクノロジー犯罪被害ネットワークの内山治樹氏にはご迷惑をお掛けしてしまった事を心よりお詫び申し上げたい。

〈参考文献、引用文献〉

1　『電子洗脳』（ニック・ベギーチ博士著、成甲書房）
2　『テクノロジー犯罪被害者による被害報告集』（内山治樹編、講談社出版サービスセンター〈現・講談社ビジネスパートナーズ〉）
3　『武器としての電波の悪用を糾弾する！』（石橋輝勝著）
4　『早すぎる？おはなし』（内山治樹著、講談社出版サービスセンター〈現・講談社ビジネスパートナーズ〉）

付録

被害者８１５名アンケート集計結果

各省庁へ提出された法整備への要望書・陳情書

被害者815名アンケート集計結果

当特定非営利活動法人テクノロジー犯罪被害ネットワークは、テクノロジー・嫌がらせ両犯罪による被害実態を明らかにするためにアンケート調査を実施してまいりました。このアンケートは、①個人情報を問う部分、②テクノロジー犯罪被害を問う部分、③嫌がらせ犯罪被害を問う部分、④声・音・映像被害、不眠・睡眠妨害、身体攻撃等、12項目についてより詳しく被害内容を問う部分、⑤犯罪主体およびこれまでの対応方法等を問う部分で構成され、全体で15ページにわたる詳細な被害内容を問うものとなっております。このアンケートの提出は入会条件としているため被害者の増加に伴って回答数も増えてきております。そしてその集計によって自信をもって両犯罪を訴えることができるようになりました。霞が関・永田町での街頭活動の実施、それに合わせて関係各省庁の大臣（長官）、総理大臣、衆参両議院議長、政党代表、オバマ大統領にまで陳情書・要望書を提出できるようになったのはその自信によるものであります。ここではその中で、野田総理大臣、森本防衛大臣、横路衆議院議長、安藤警察庁長官（いずれも当時）にあてたものを添付致します。またアンケート集計結果で表にできる項目のみ掲載しました（65項目）。被害報告集と併せてご覧頂くことで両犯罪への理解をより深めて頂けるものと思います。

特定非営利活動法人テクノロジー犯罪被害ネットワーク　理事長　石橋輝勝

1. テクノロジー犯罪被害および被害者数

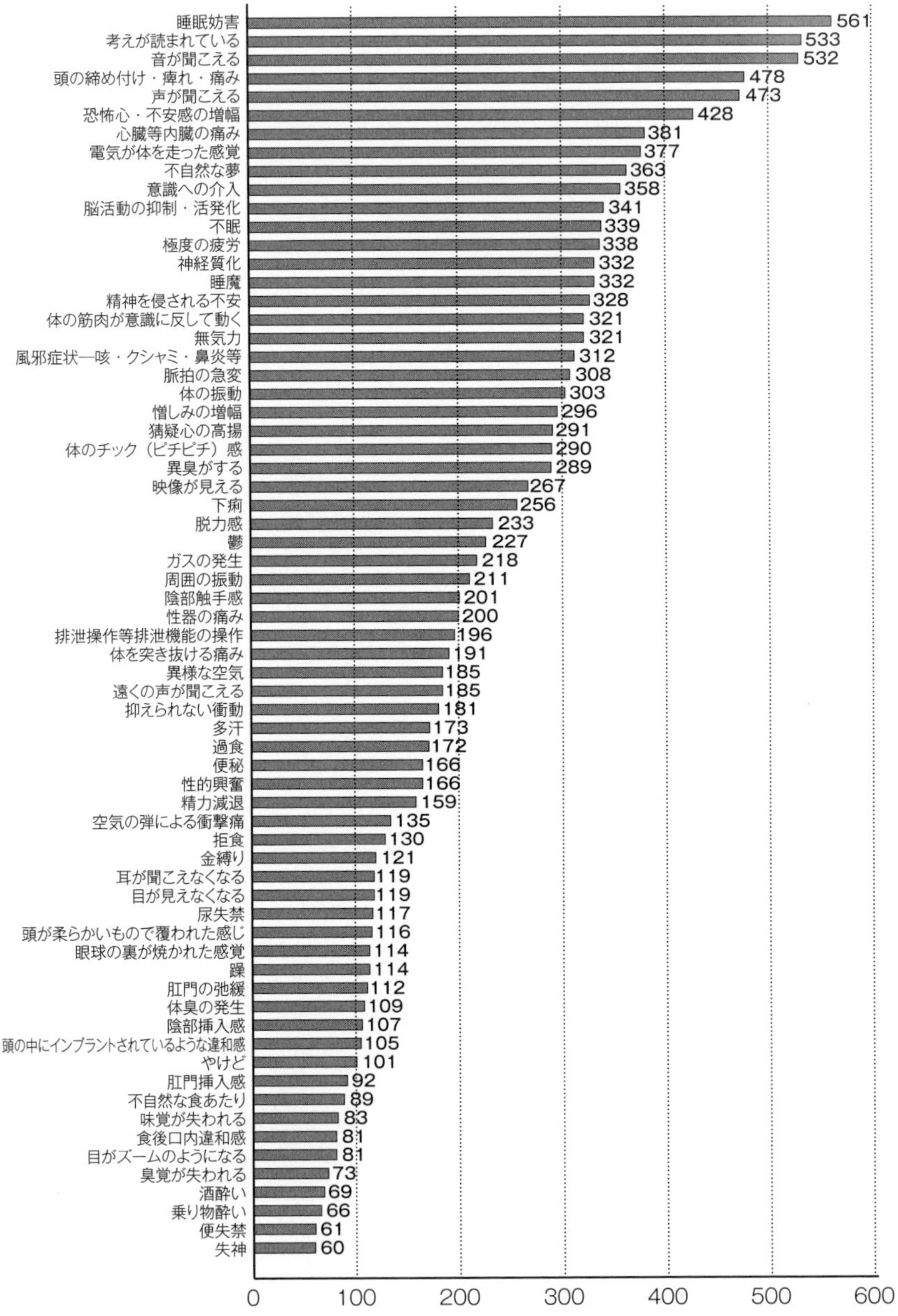

2. 嫌がらせ犯罪被害および被害者数

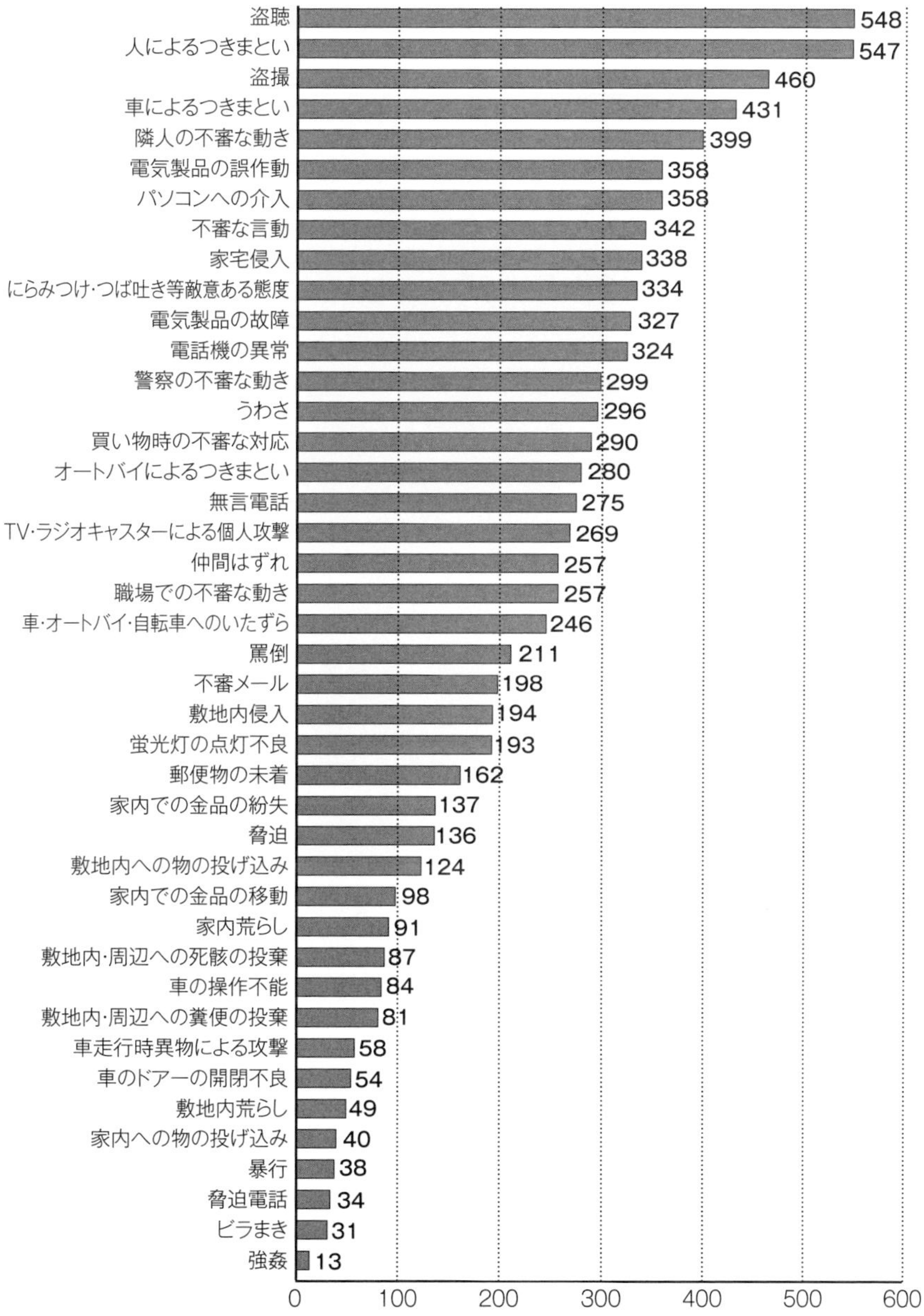

3. テクノロジー犯罪被害認識年表（815 名）

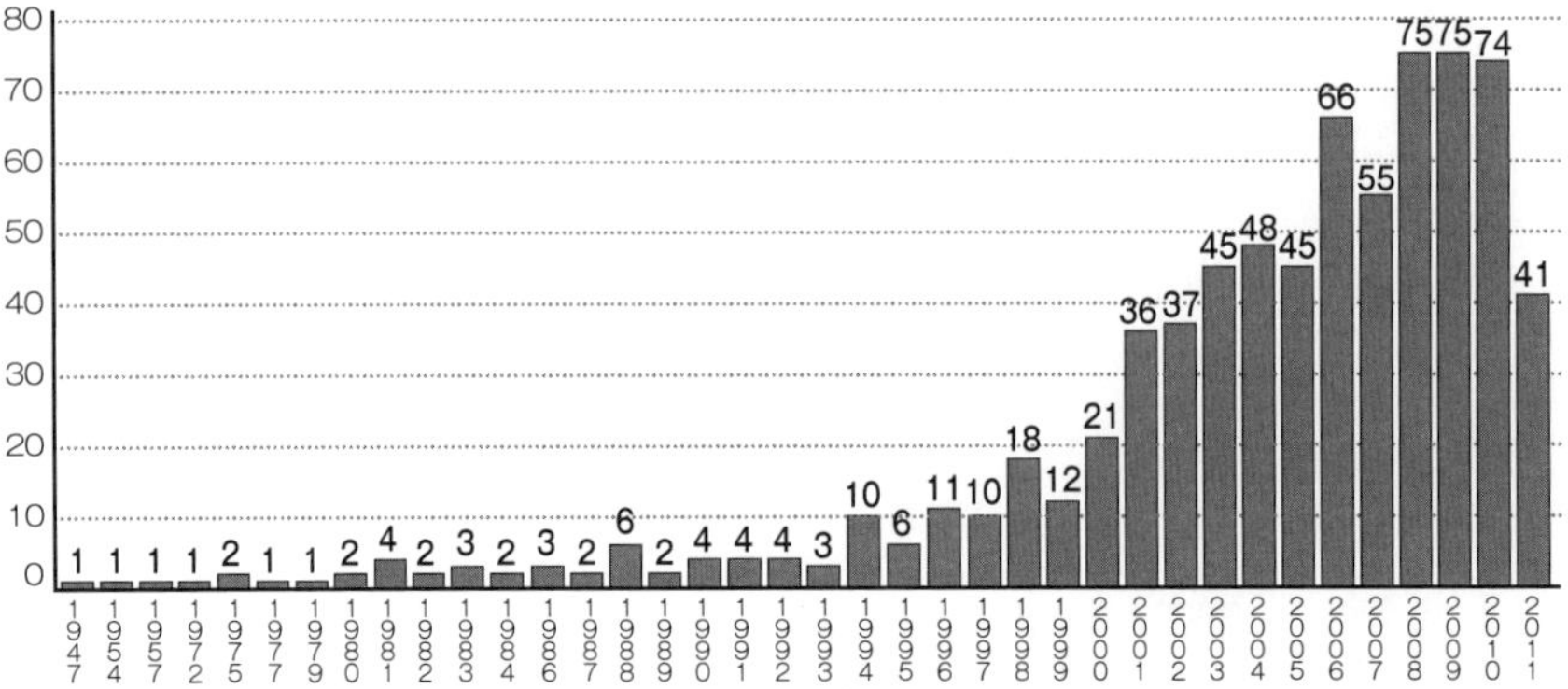

4. 嫌がらせ犯罪被害認識年表（815 名）

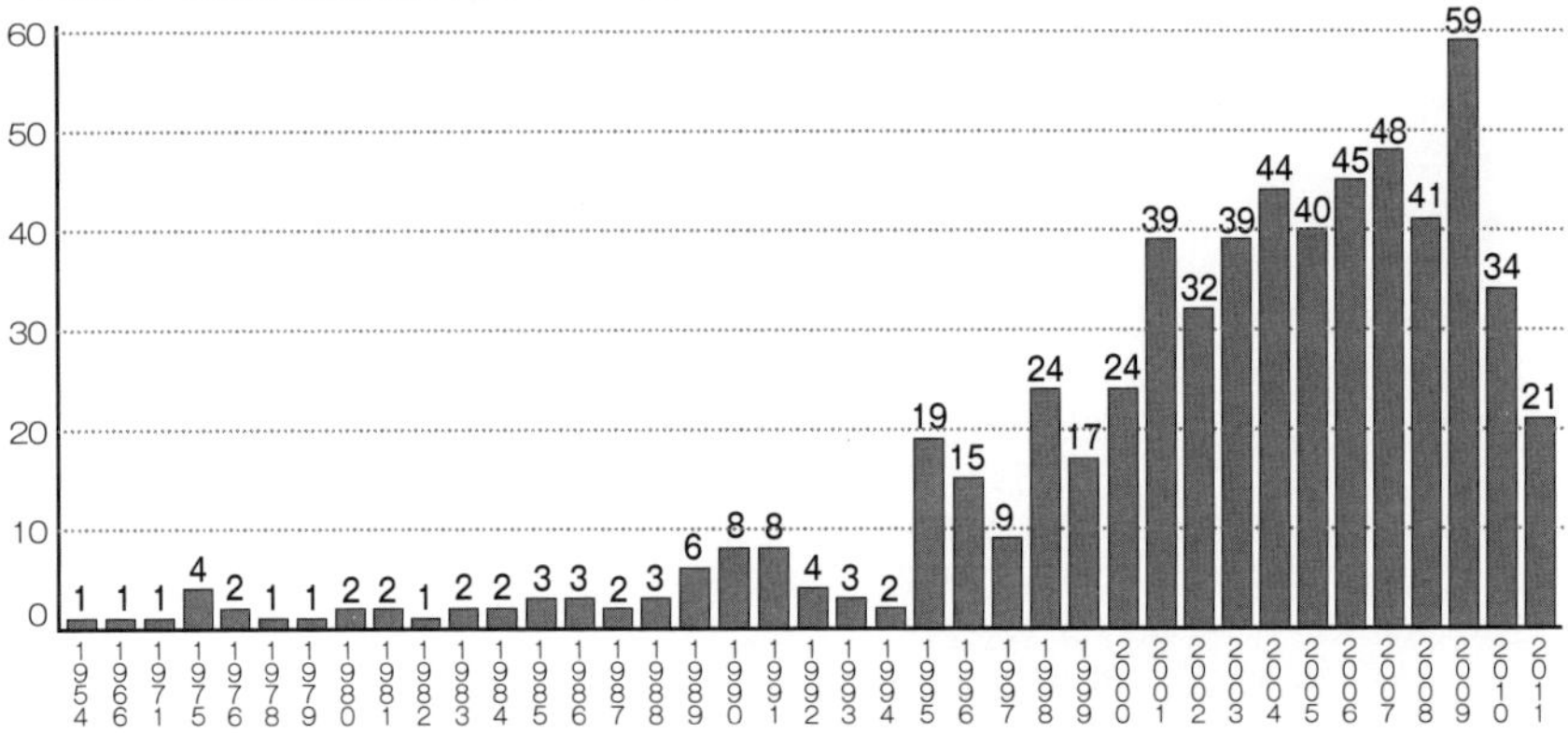

5. 聞こえる声の数は（声被害者 473 名）

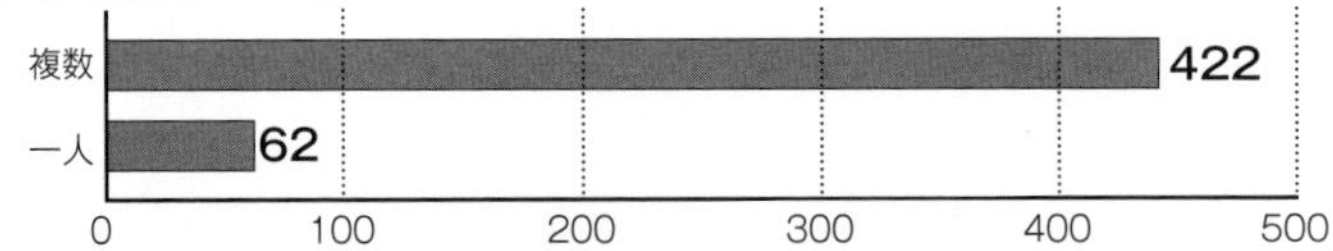

6. 声の内容（声被害者 473 名）

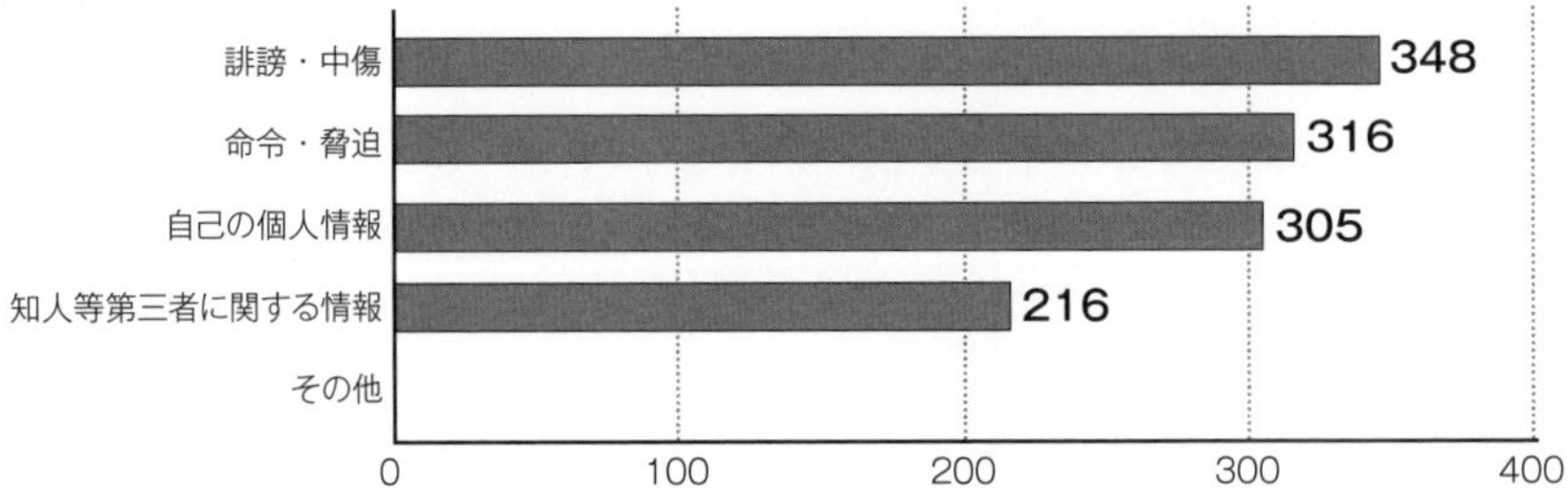

7. 声はどこで聞こえますか？（声被害者 473 名）

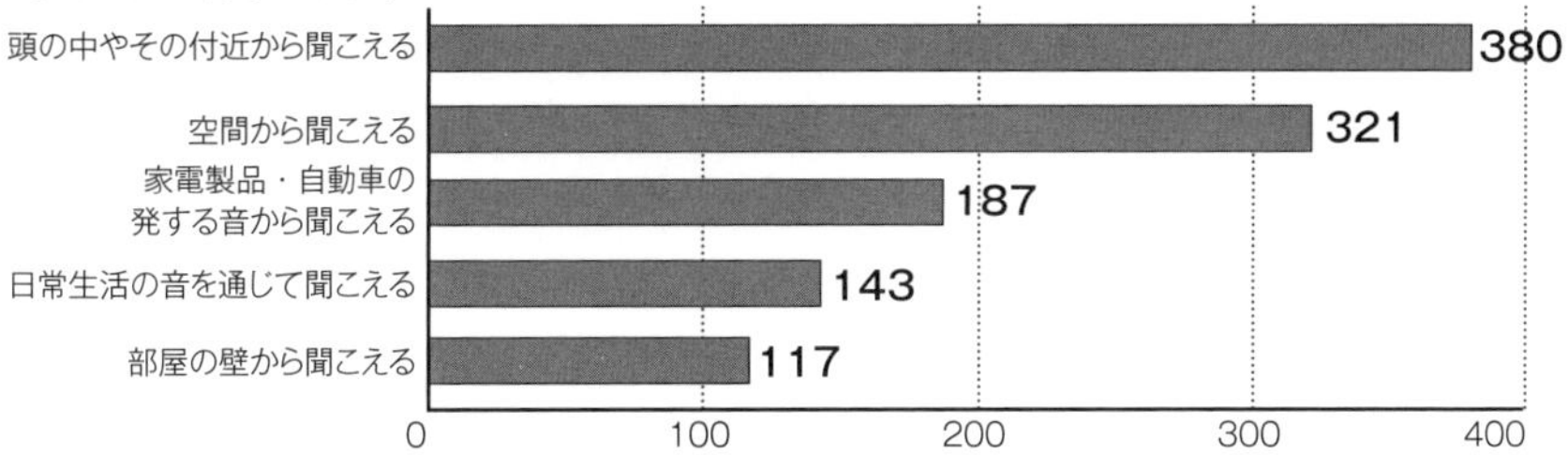

8. 声が聞こえる頻度は？（声被害者 473 名）

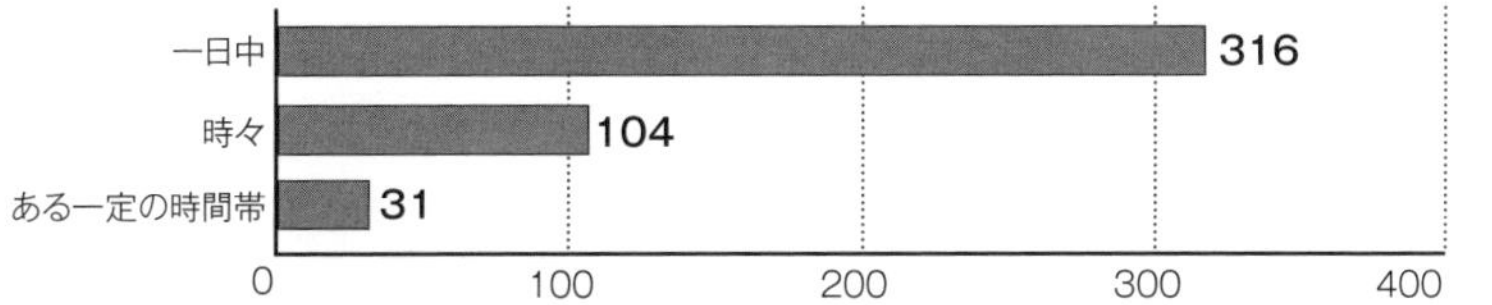

9. 五感で感じたこと・頭で考えたことが声の主体に伝わっていますか？（声被害者 473 名）

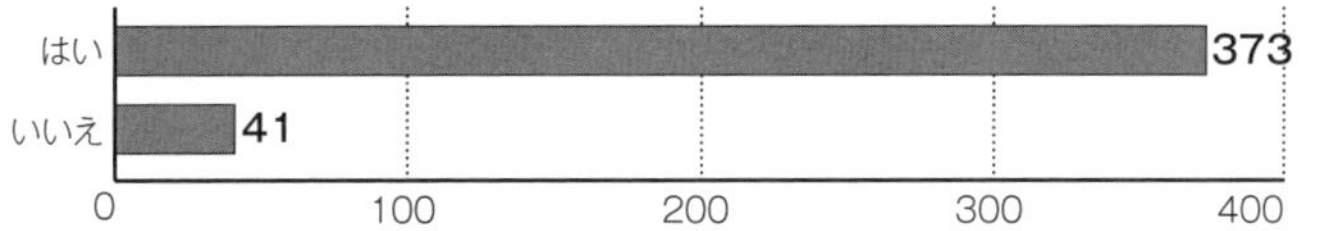

10. 声の主と会話が成立しますか？（声被害者 473 名）

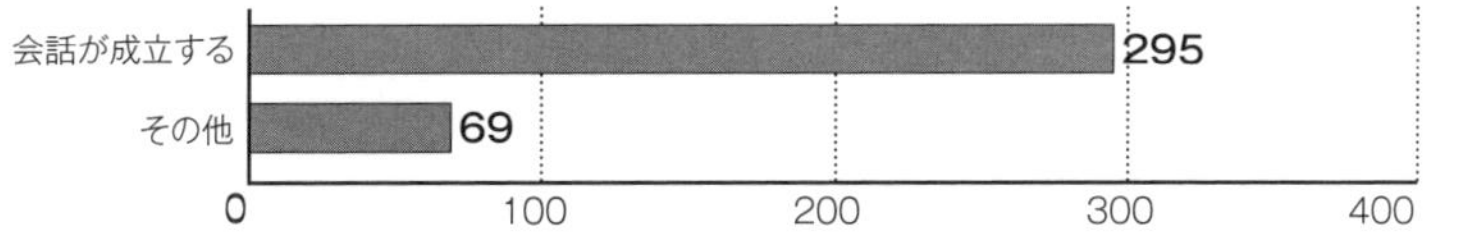

11. 会話の返答の早さは？（声被害者 473 名）

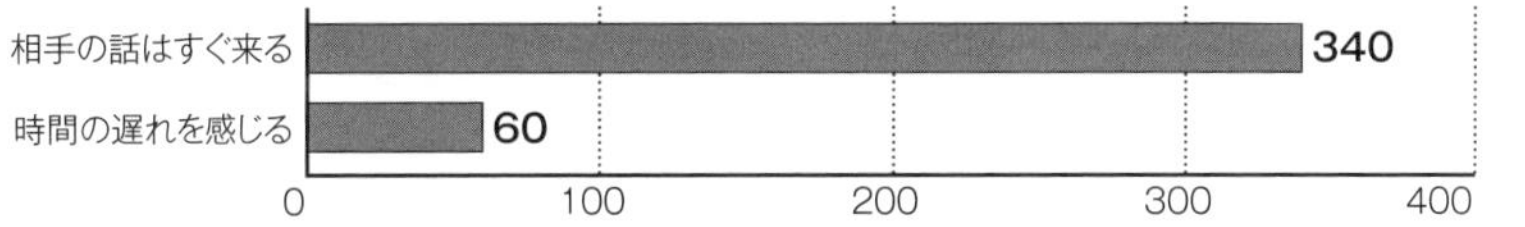

12. どのようなことが声主体に伝わっていますか？（声被害者 473 名）

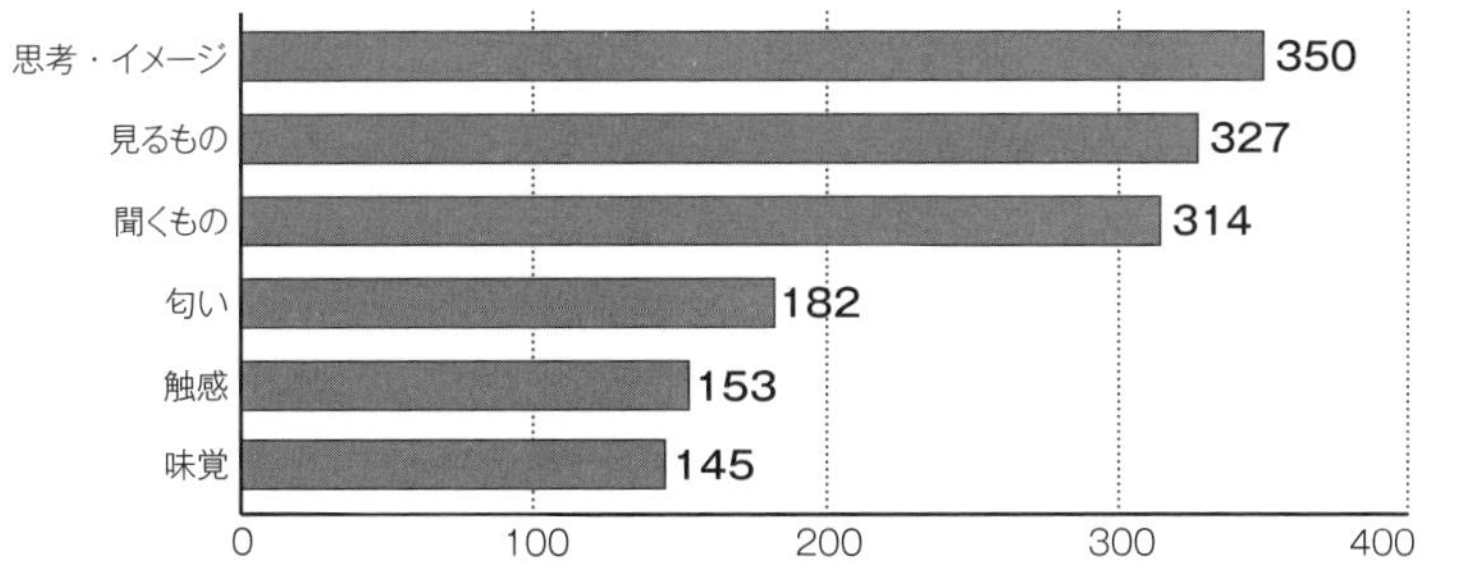

13. 声はどこで聞こえますか？（声被害者 473 名）

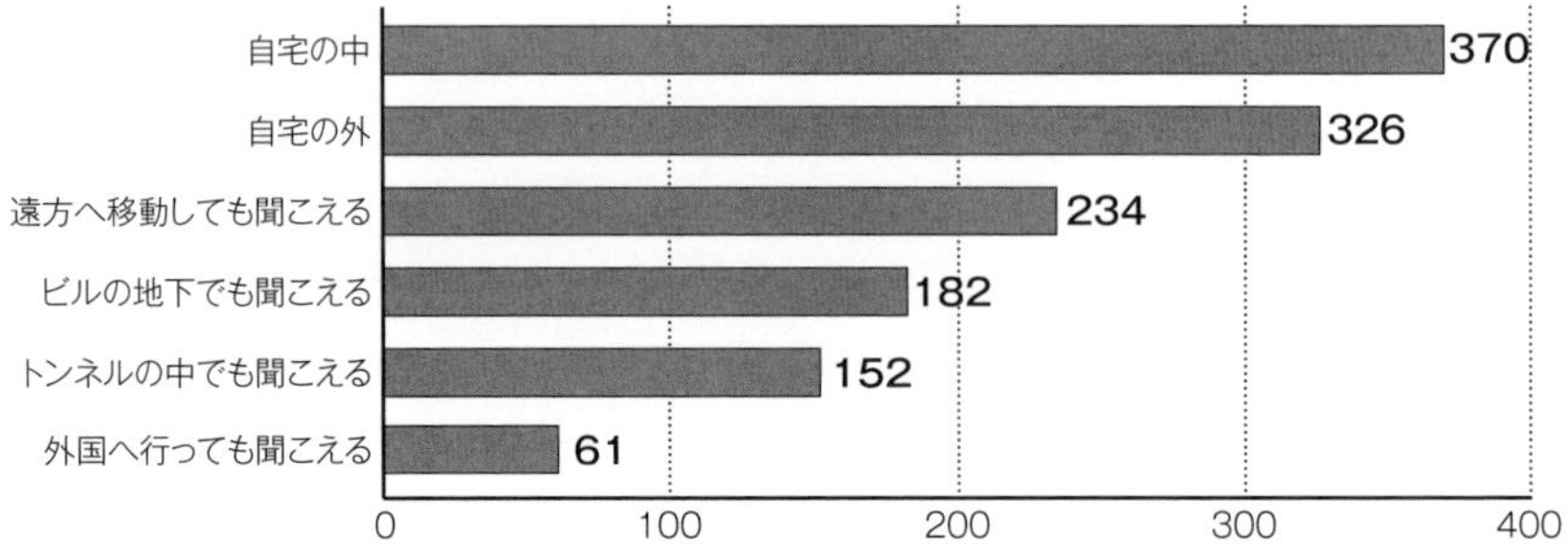

14. 音はどこで聞こえますか？（音被害者 532 名）

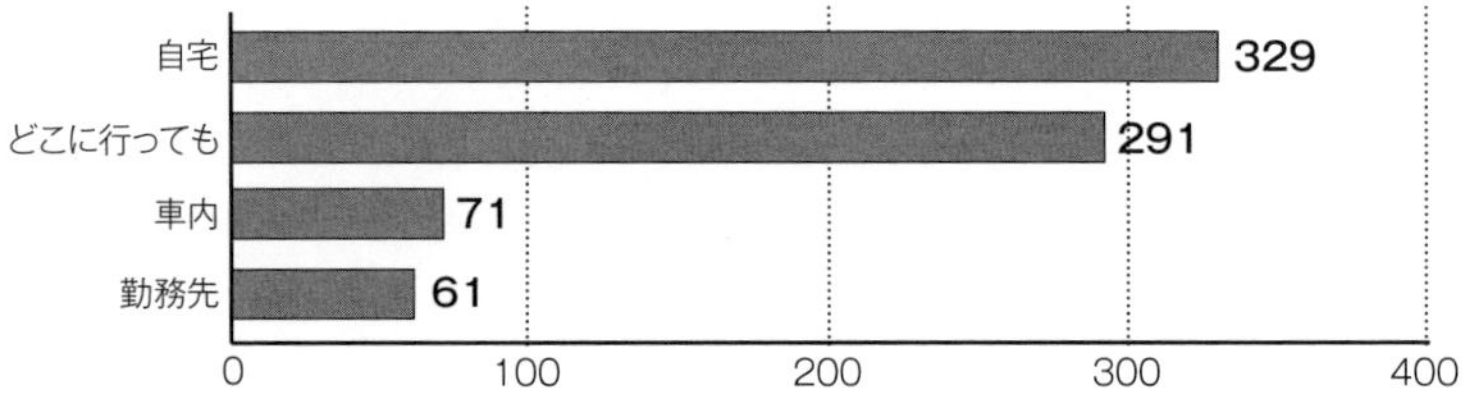

15. 音はどこから聞こえますか？（音被害者 532 名）

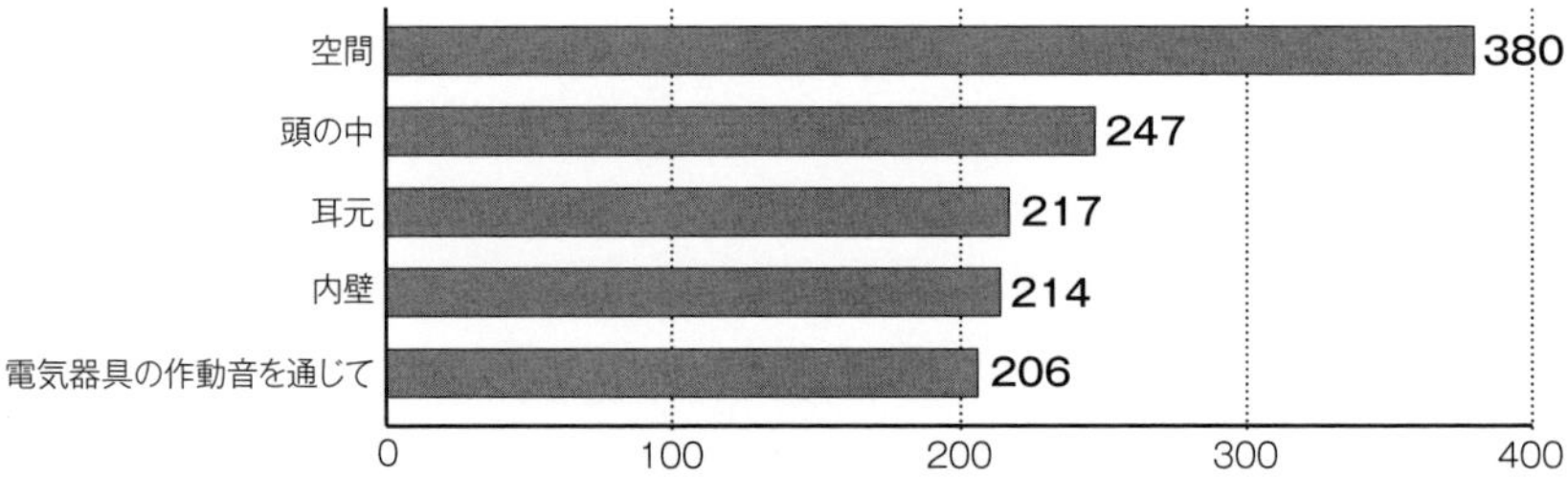

16. 頭の中で聞こえる場合どのような音が聞こえますか？（音被害者 532 名）

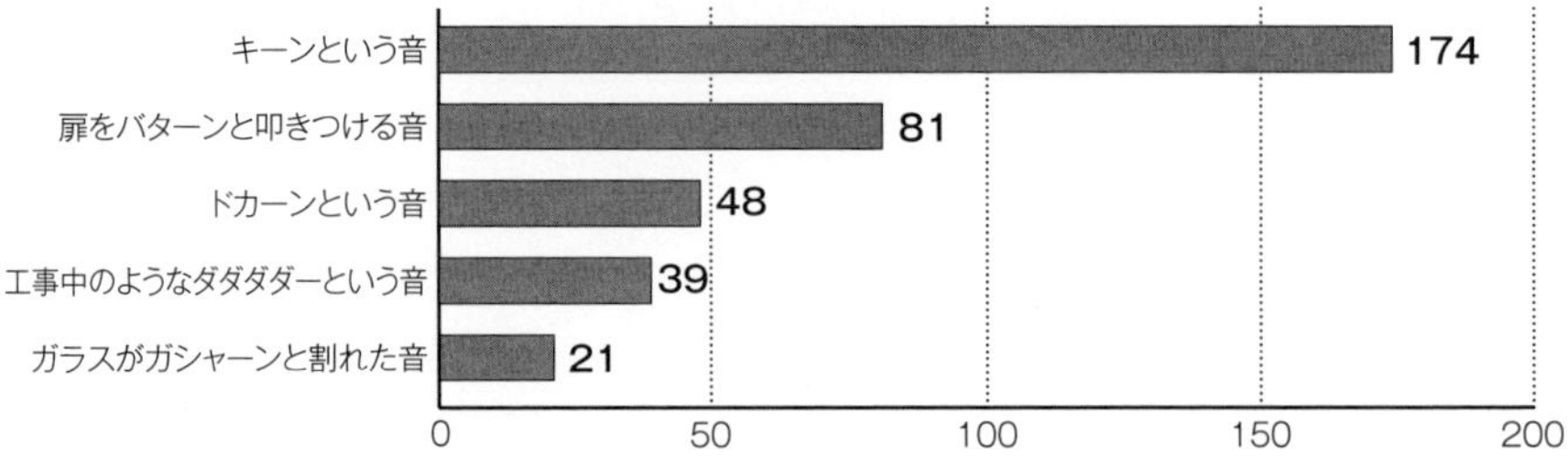

17. 空間で聞こえる場合どのような音が聞こえますか？（音被害者532名）

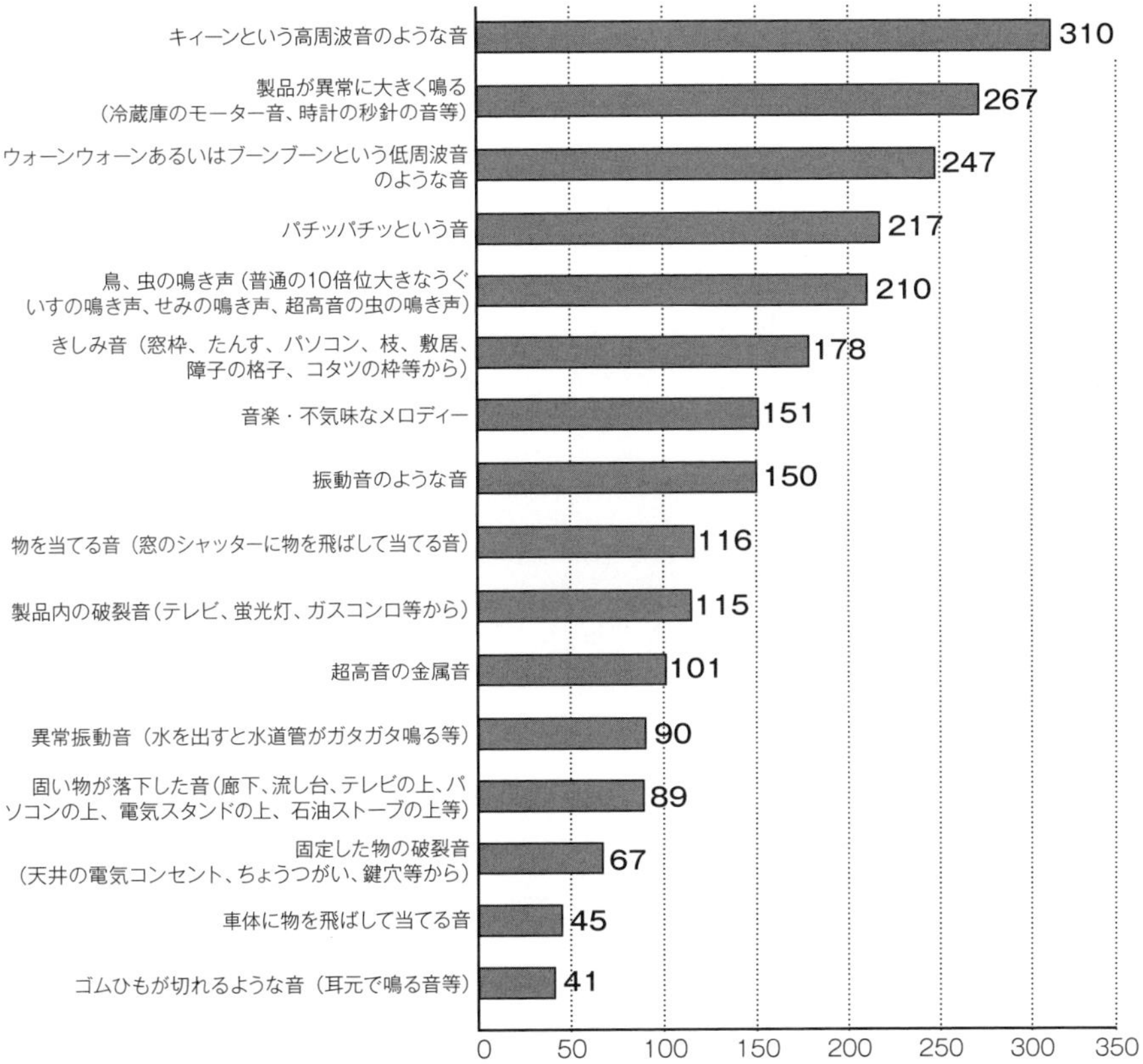

18. 音が聞こえる場所は？（音被害者532名）

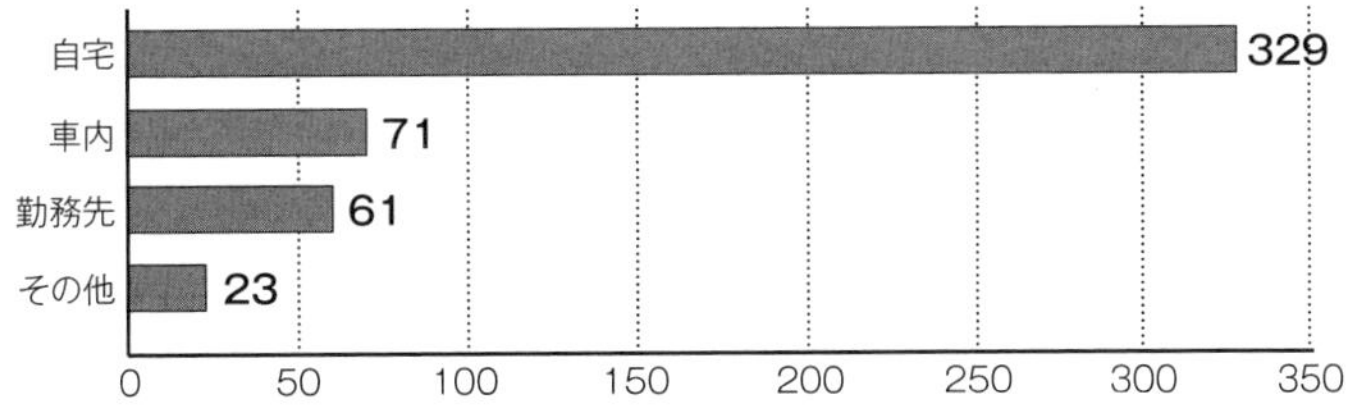

19. 映像と体調との関係は？（映像被害者267名）

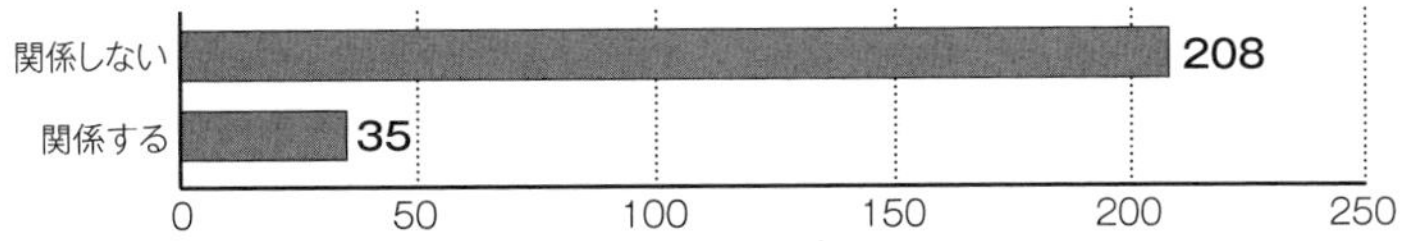

20. 映像が見えるときの状態は？（映像被害者 267 名）

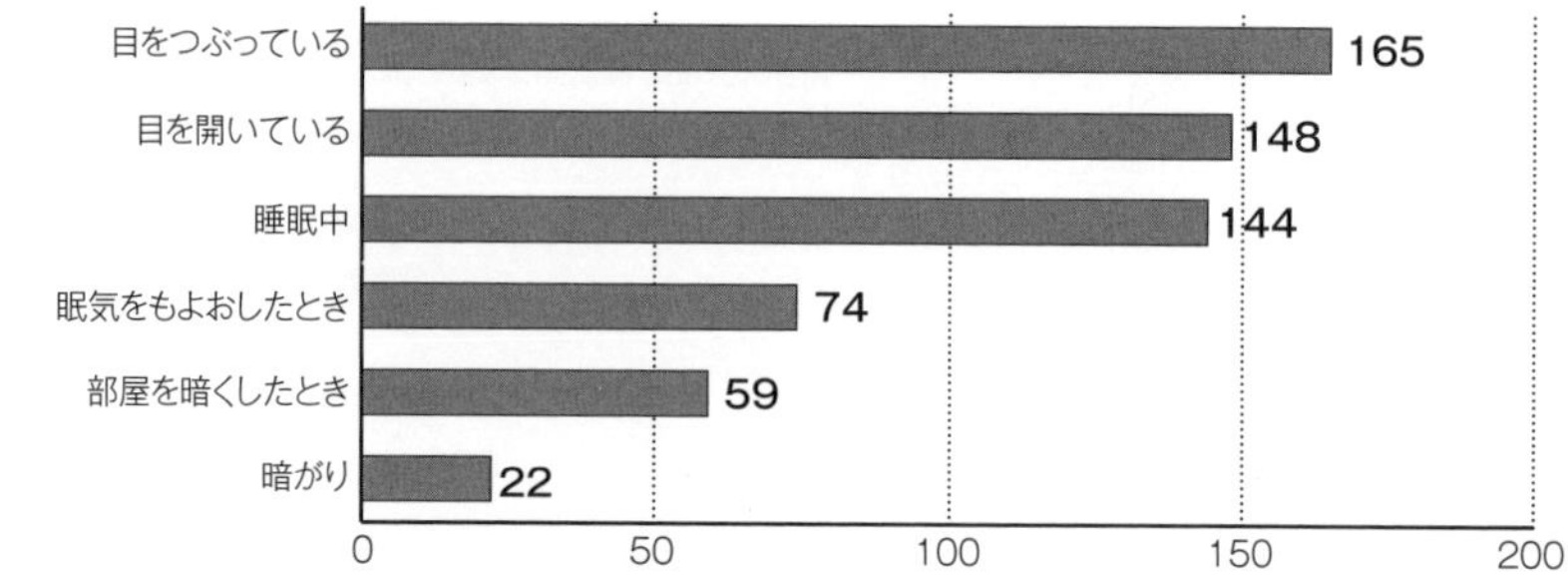

21. 映像が見える頻度は？（映像被害者 267 名）

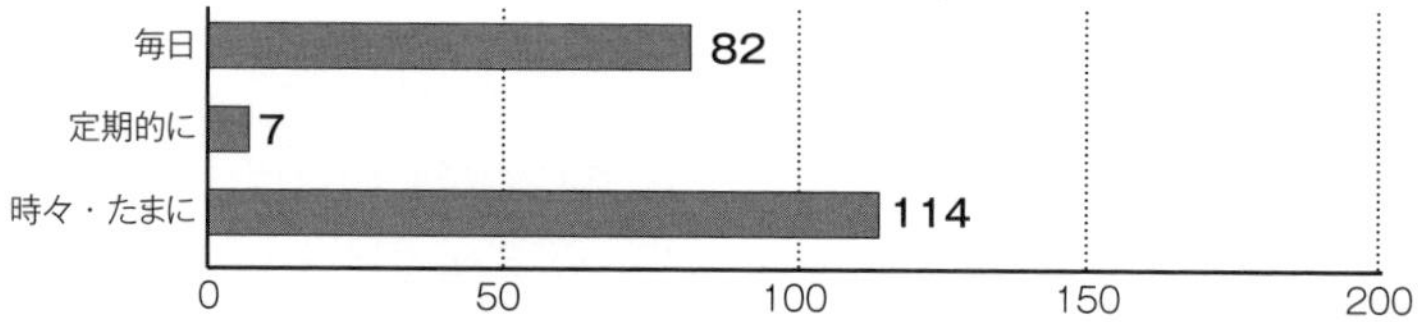

22. 映像に色がついていますか？（映像被害者 267 名）

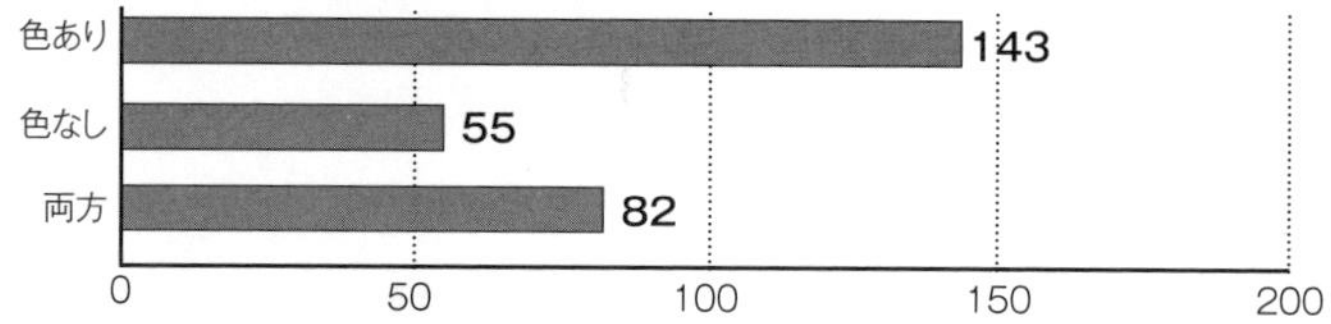

23. 映像の内容は？（映像被害者 267 名）

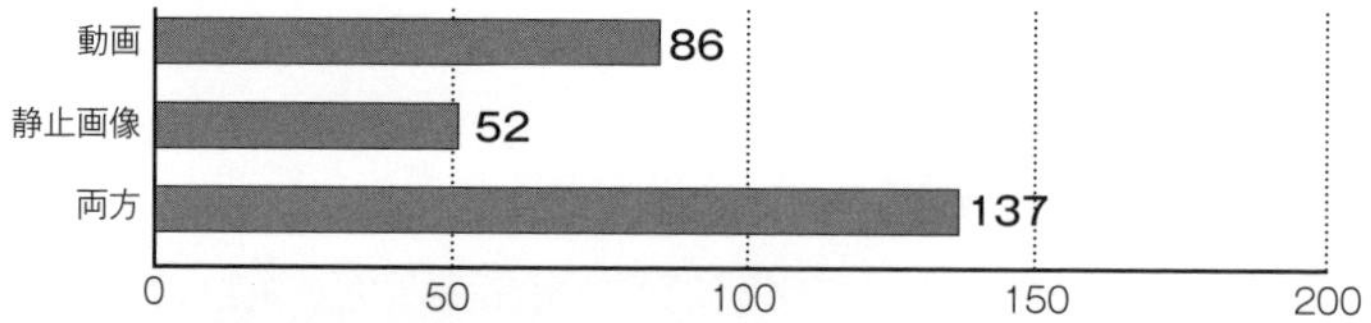

24. 映像が見える場所は？（映像被害者 267 名）

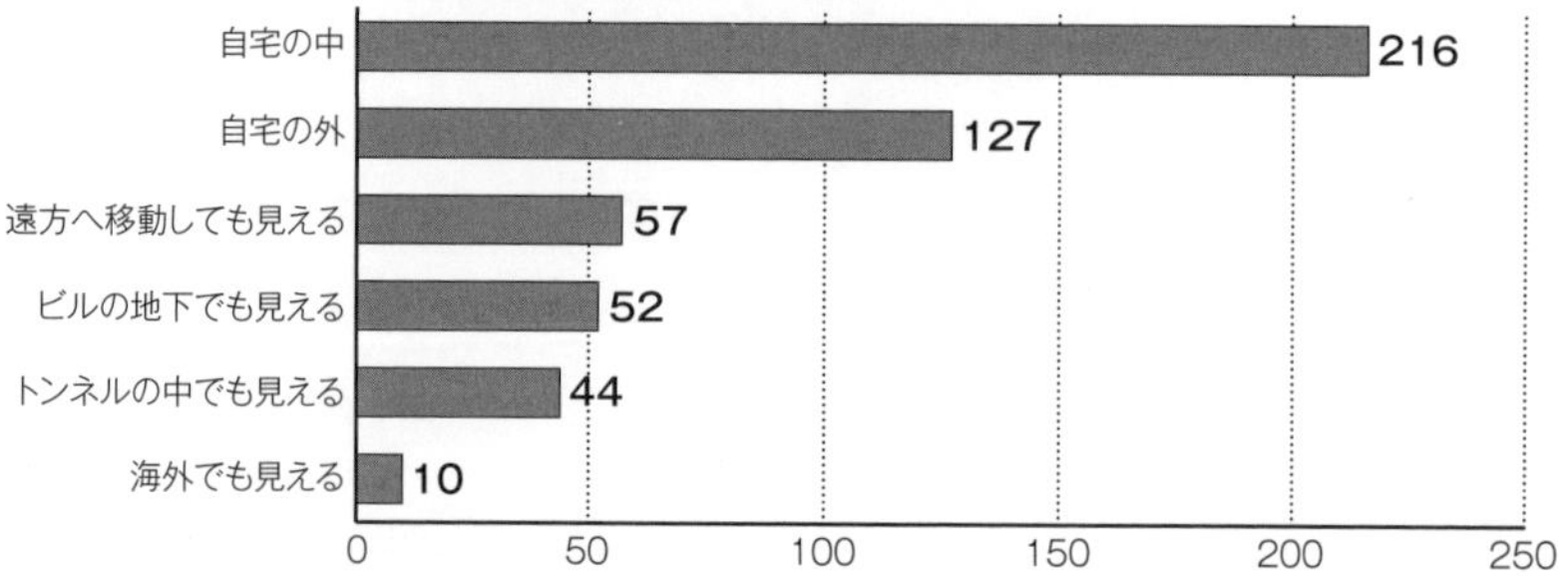

25. 不眠・睡眠妨害の原因は？（睡眠妨害被害者 561 名）

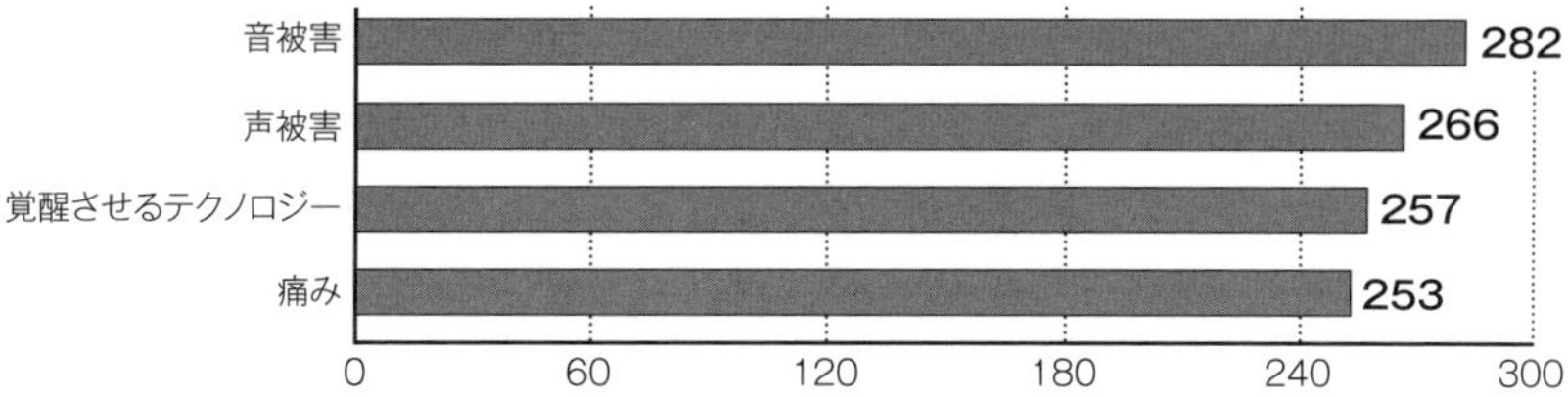

26. 睡眠時間は？（睡眠妨害被害者 561 名）

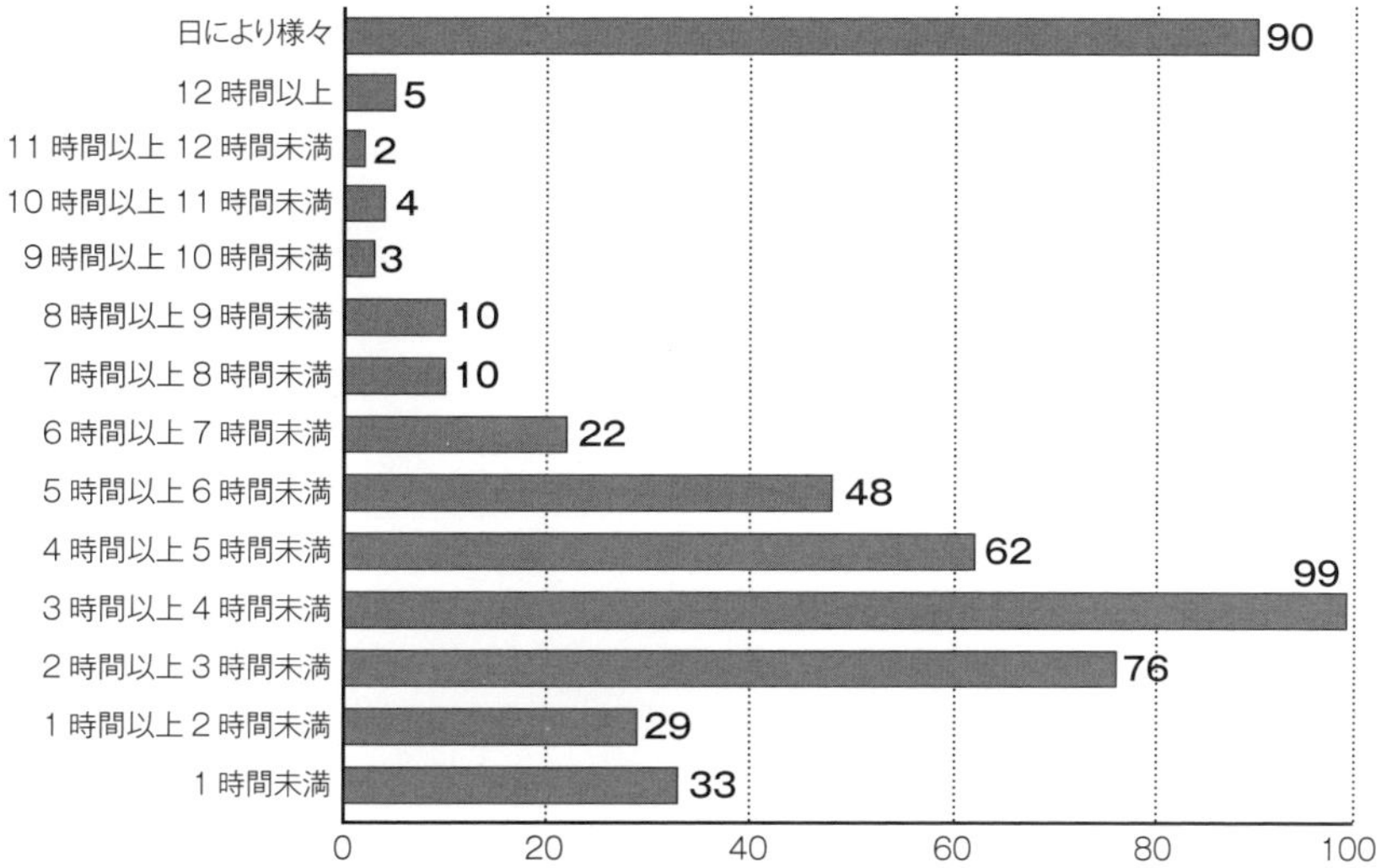

27. 何分間隔で起こされますか？（睡眠妨害被害者 561 名）

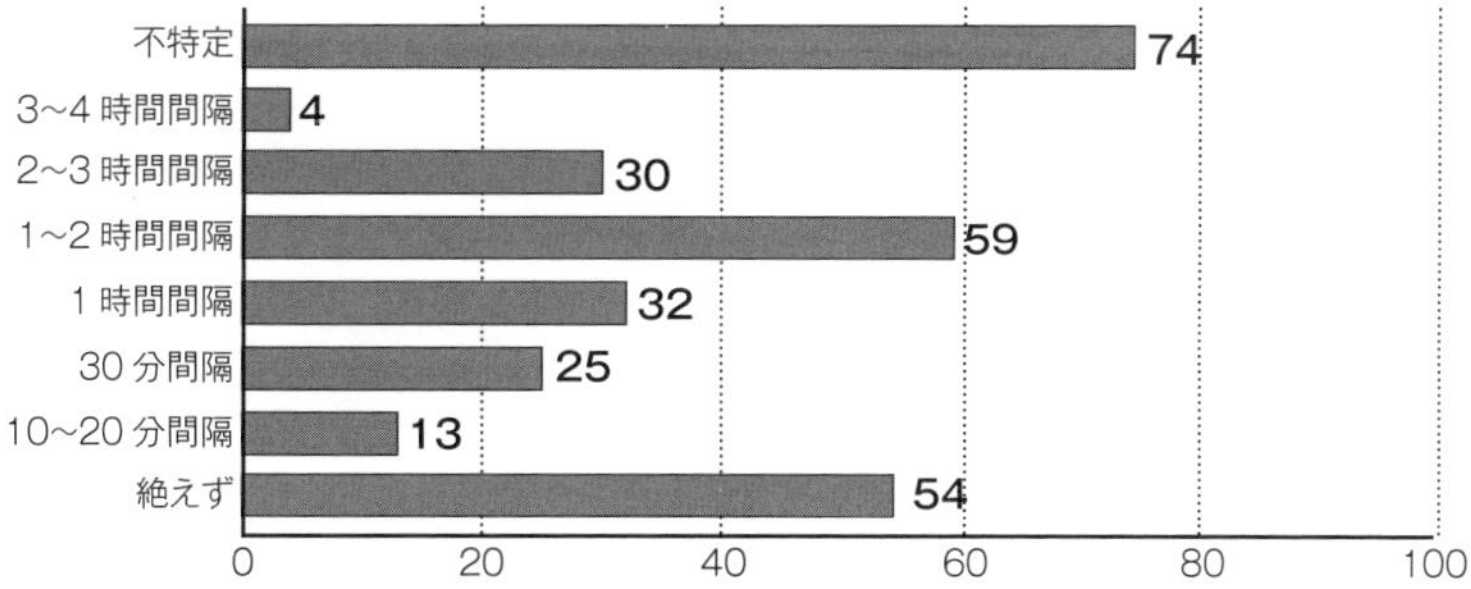

28. 加害者が夜中交代していることが分かりますか？（睡眠妨害被害者 561 名）

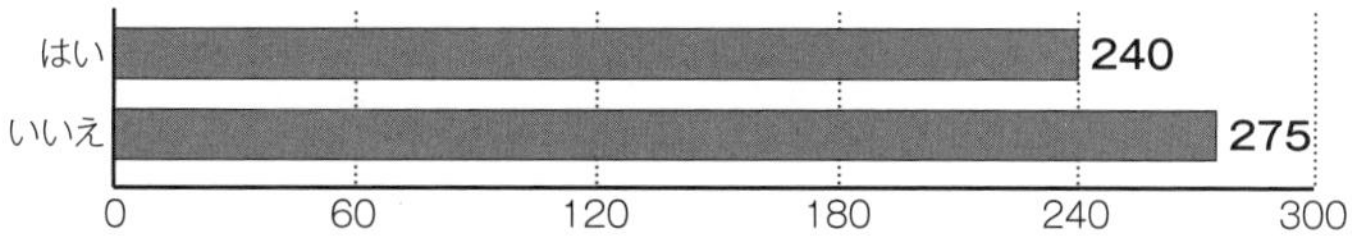

29. 睡眠妨害される日は？（睡眠妨害被害者 561 名）

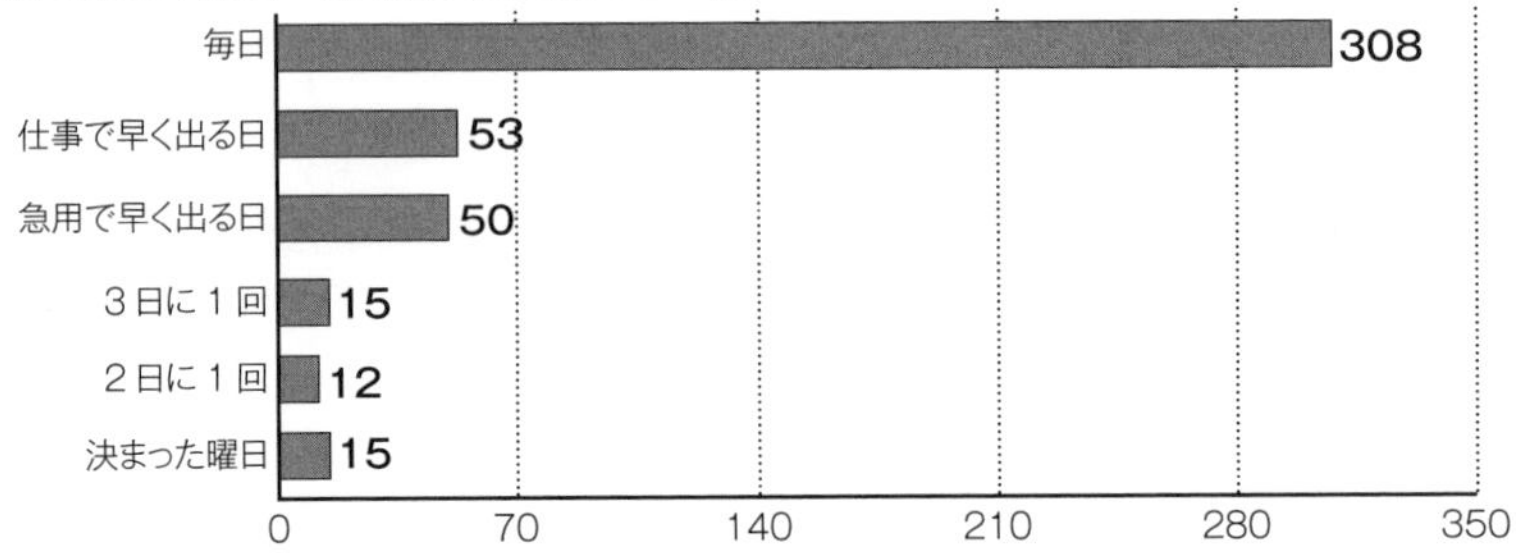

30. 睡眠妨害の日に仕事ができますか？（睡眠妨害被害者 561 名）

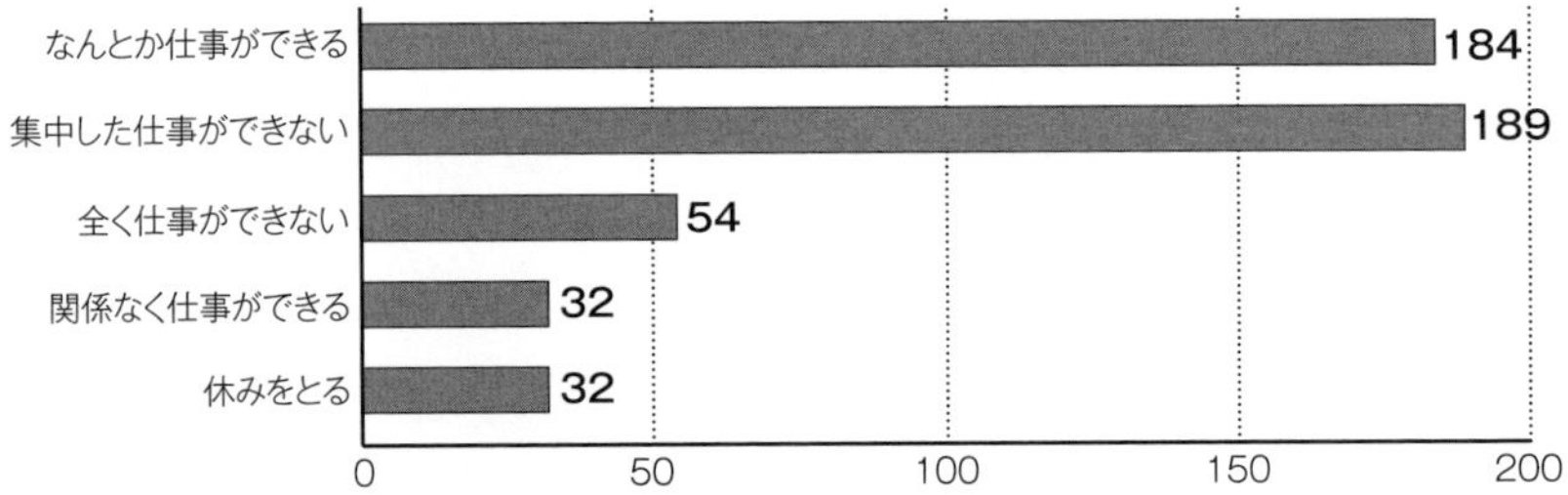

31. 身体攻撃を受ける部位は？（被害者 815 名）

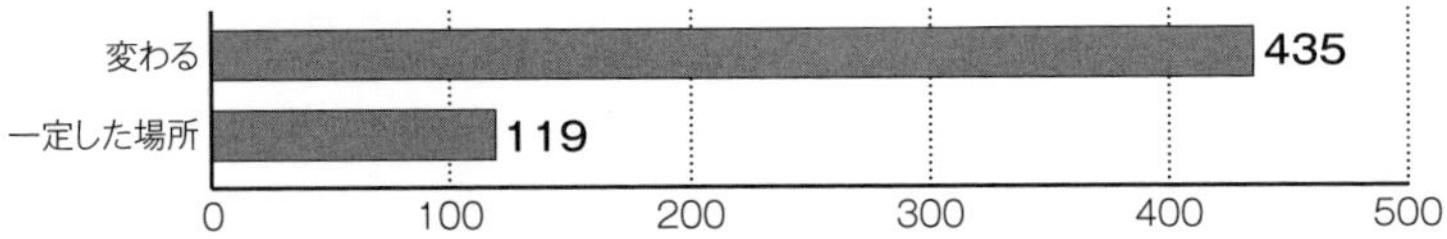

32. 被害を受けている時の体調・精神状態は？（被害者 554 名）

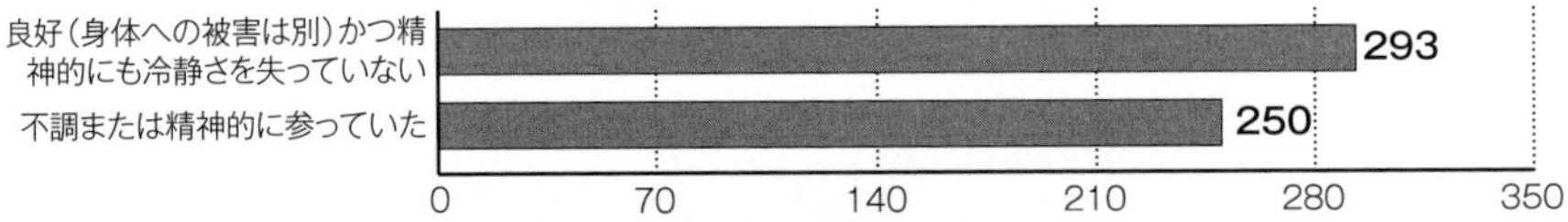

33. 被害によって始まった精神的被害は？（被害者 815 名）

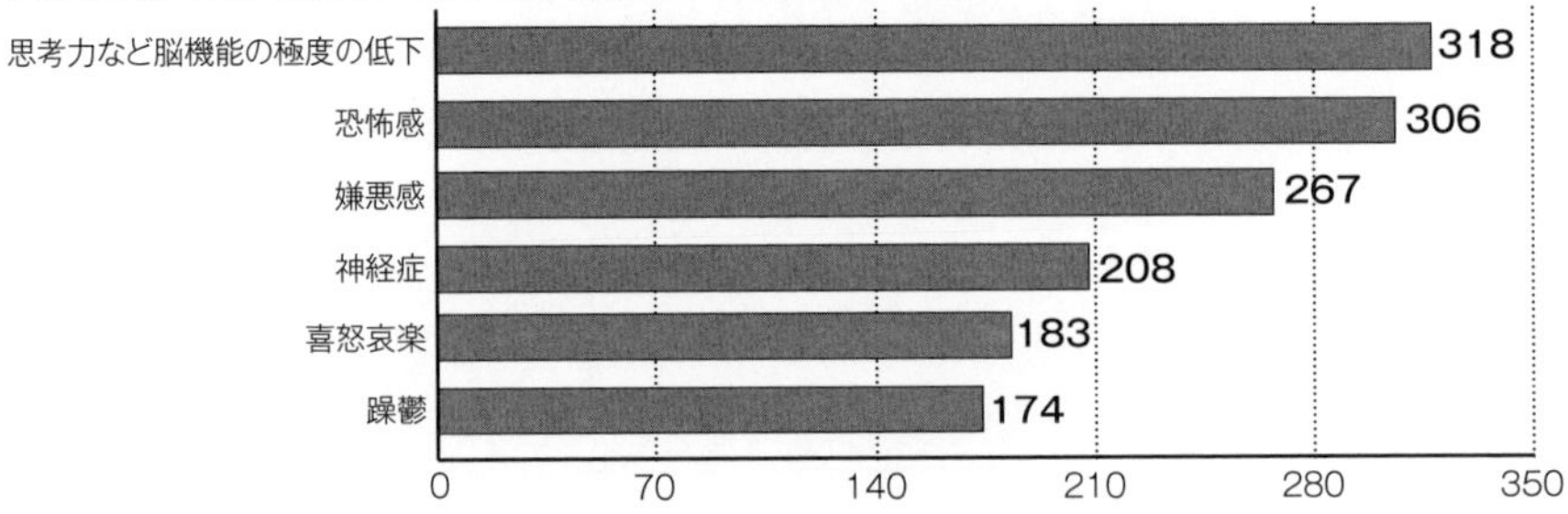

34. 異物の混入について（被害者 815 名）

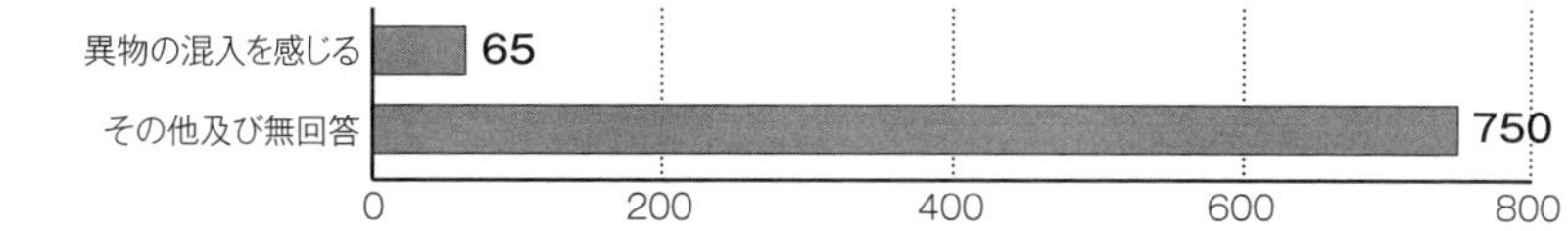

35. 異臭がする（被害者 815 名）

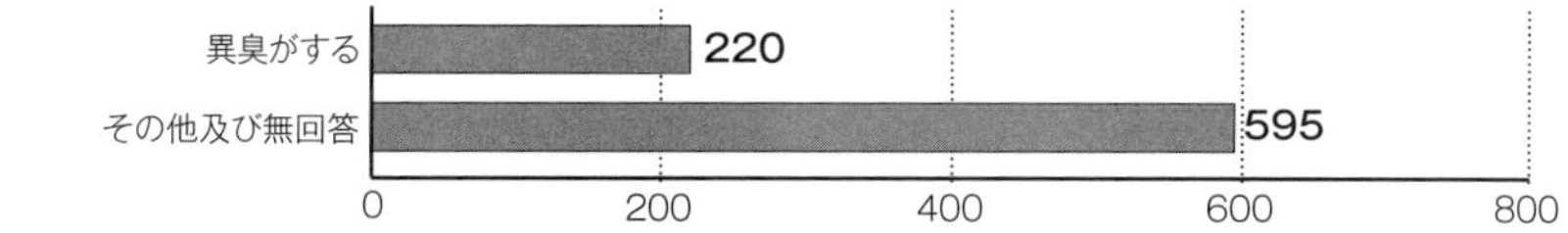

36. 嫌がらせ被害を受けていますか？（被害者 815 名）

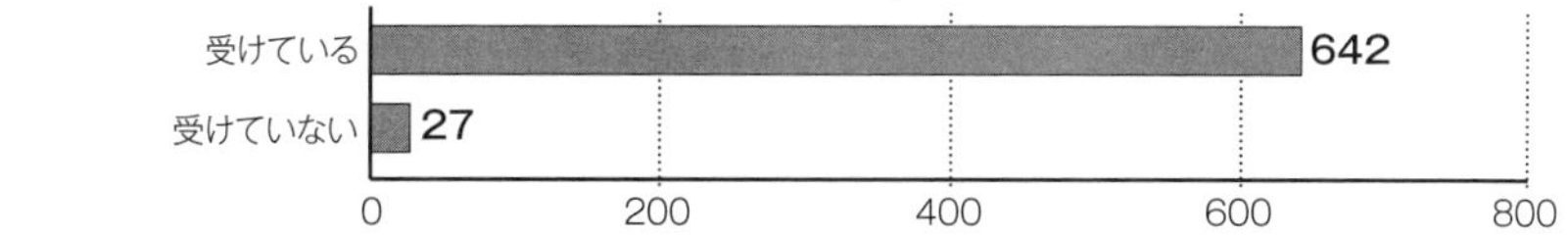

37. 嫌がらせを受ける場所は？（嫌がらせ被害者 642 名）

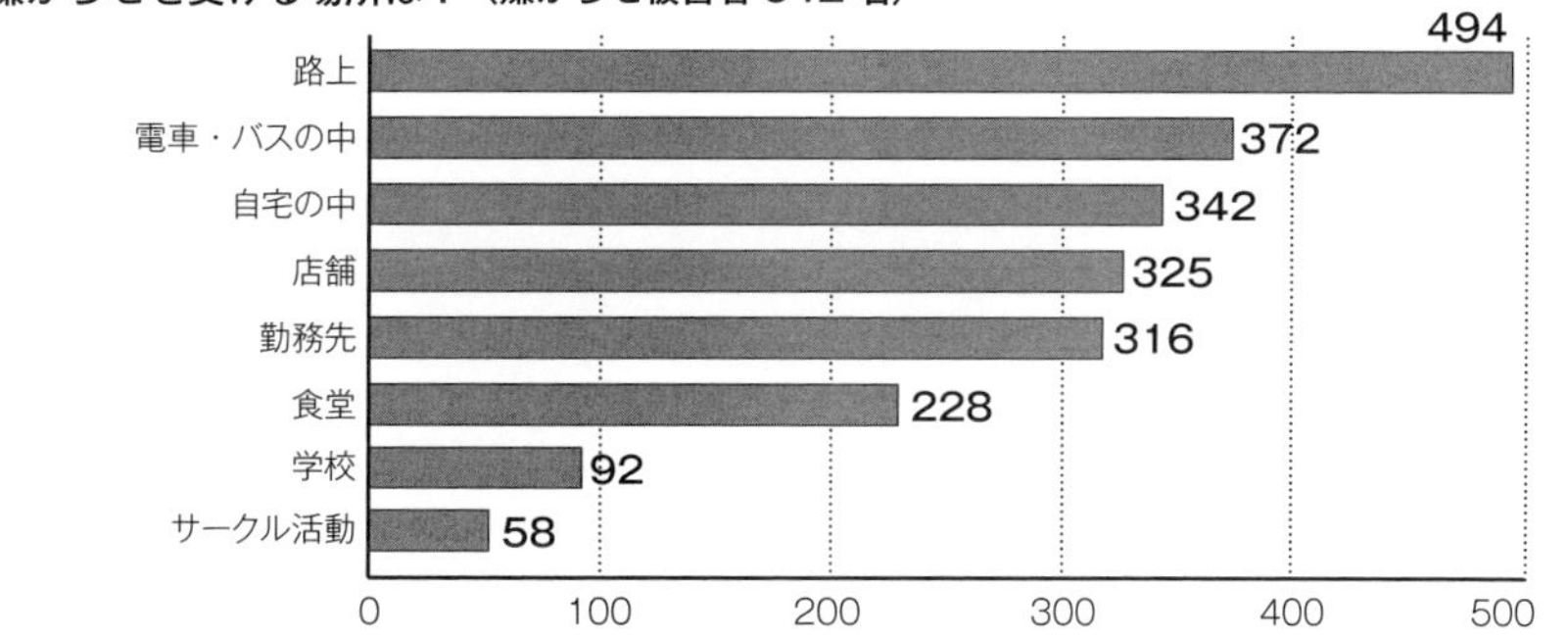

38. 嫌がらせは他地域でも同じですか？（嫌がらせ被害者 642 名）

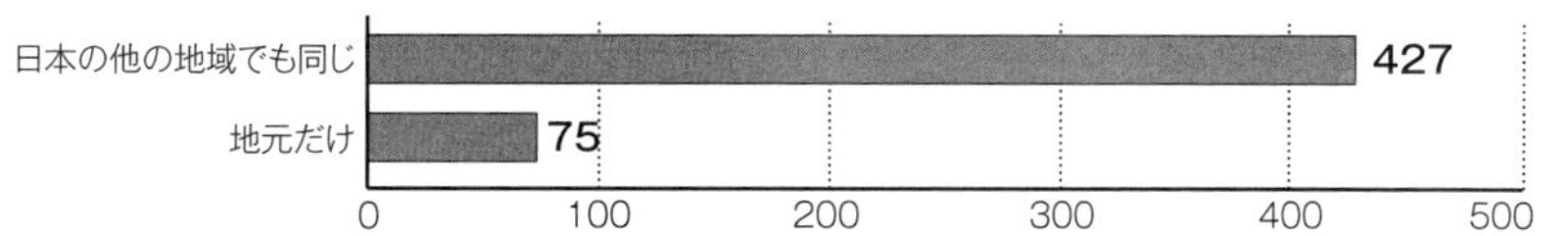

39. 嫌がらせは外国でも同じですか？（嫌がらせ被害者 642 名）

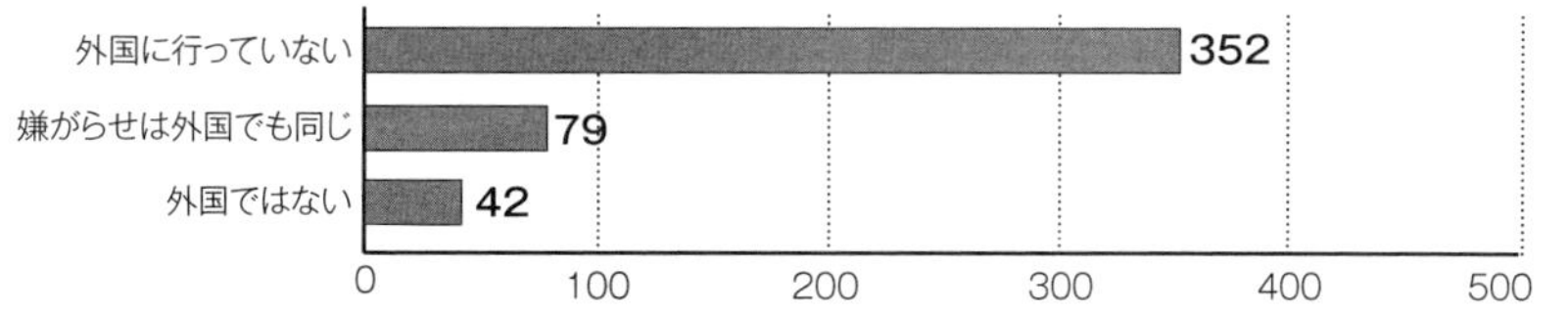

40. 電気製品の故障・不具合：その電気製品は？（被害者 642 名）

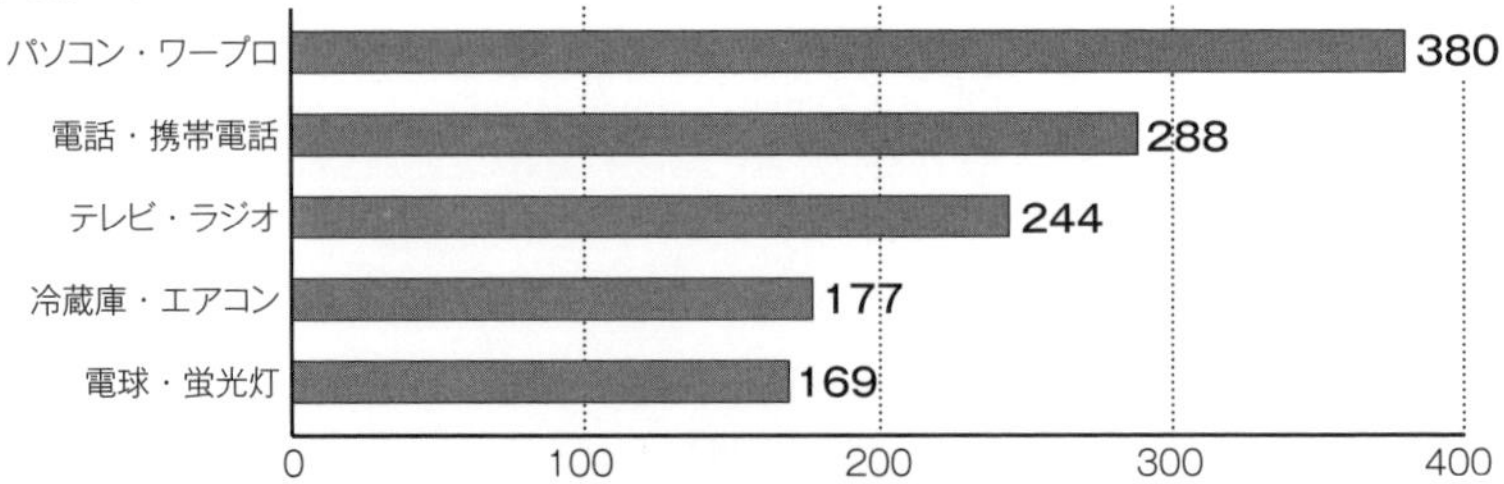

41. 電気製品の故障・不具合相談の有無（被害者 642 名）

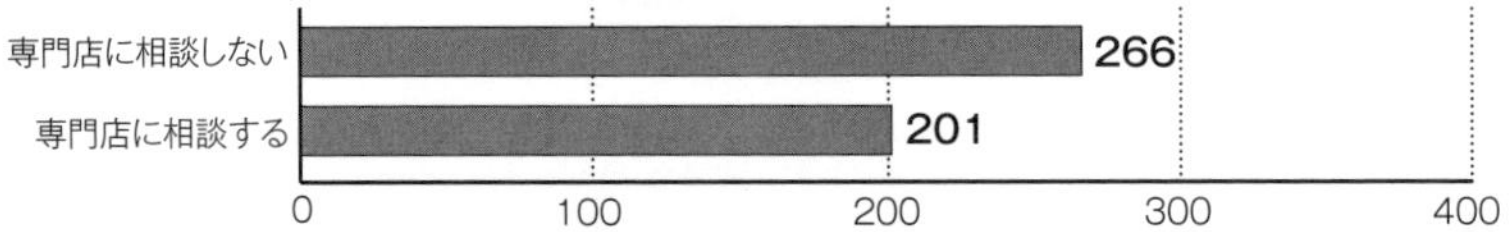

42. 自動車事故時の証拠写真・保険資料の有無（被害者 246 名）

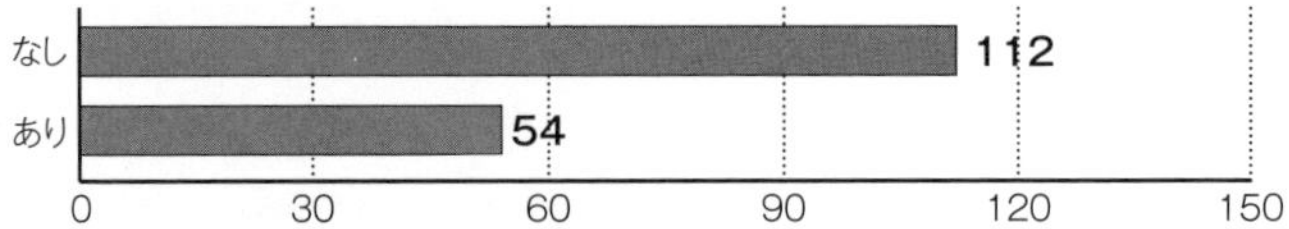

43. 自動車のタイヤの空気を抜かれましたか？（被害者 246 名）

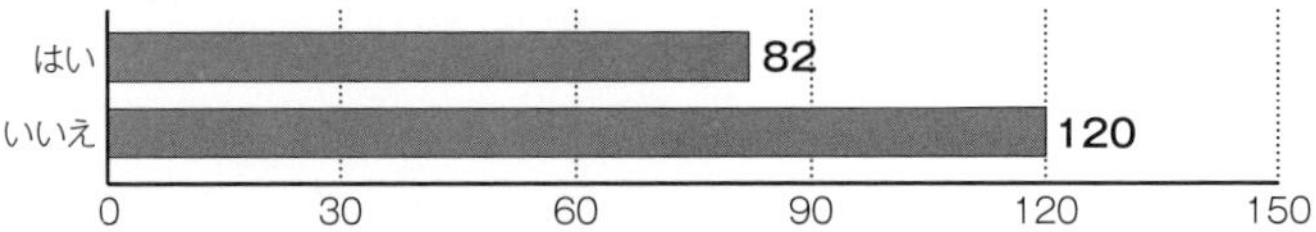

44. 自動車事故後の運転は？（被害者 166 名）

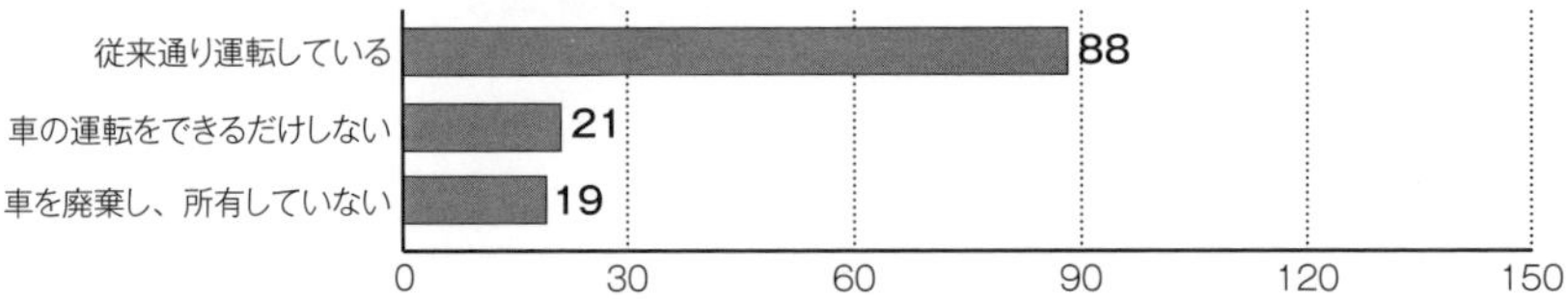

45. 室内を盗聴・盗撮されていますか？（被害者 815 名）

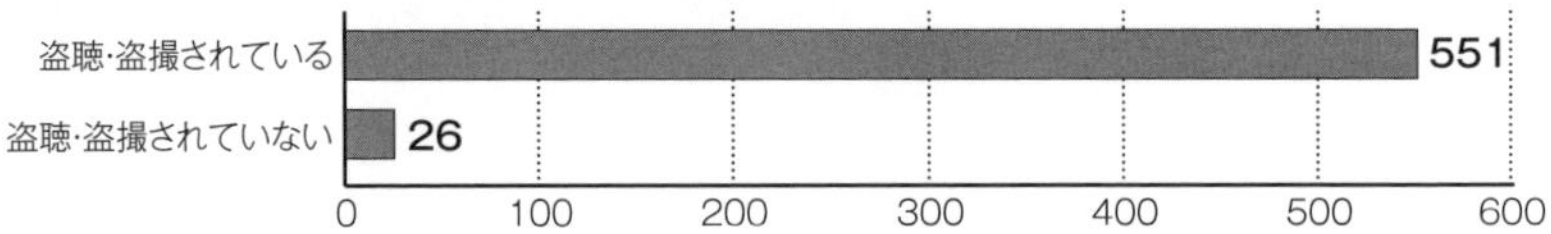

46. 盗聴・盗撮：雨戸を閉めても盗聴・盗撮されていますか？（盗聴・盗撮被害者 551 名）

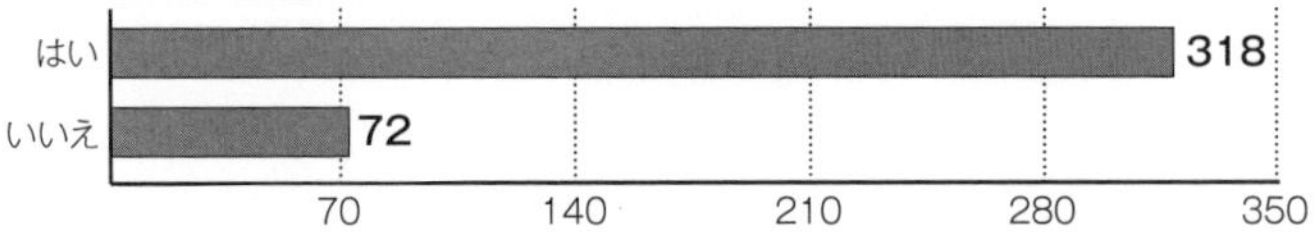

47. 盗聴・盗撮：押し入れの中でも盗聴・盗撮されますか？（盗聴・盗撮被害者 551 名）

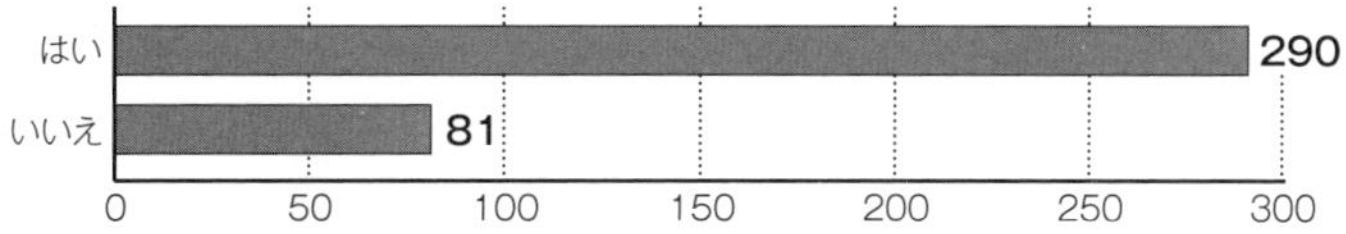

48. 盗聴・盗撮：ふとんに入っても盗聴・盗撮されていますか？（盗聴・盗撮被害者 551 名）

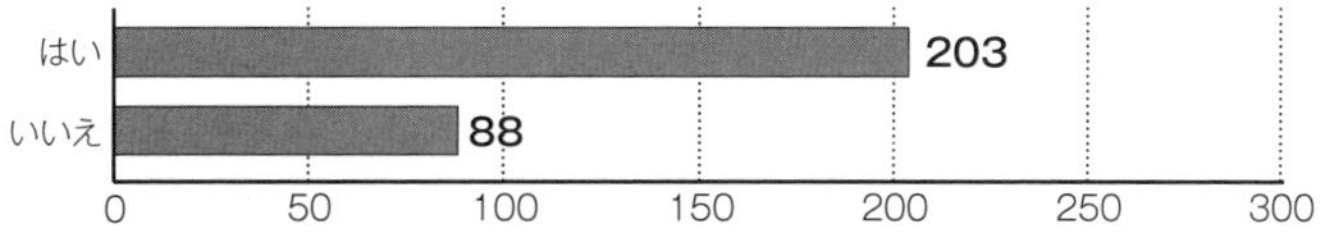

49. 盗聴・盗撮：盗聴・盗撮に使われている機械は？（盗聴・盗撮被害者 551 名）

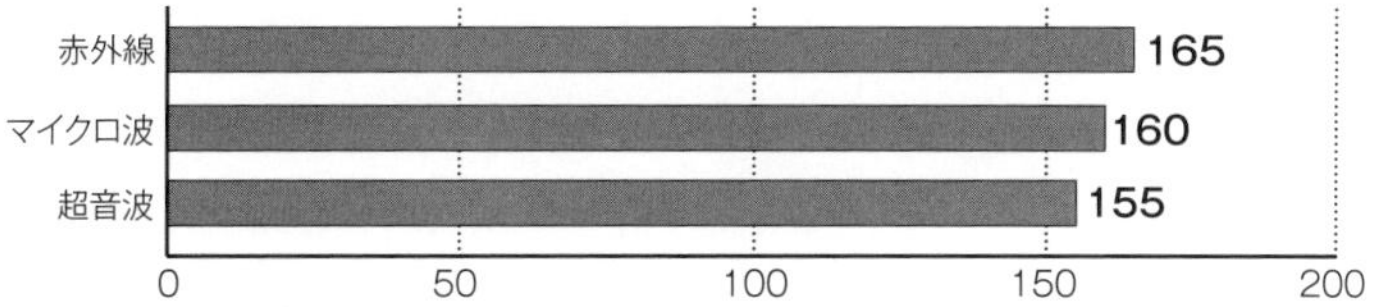

50. 盗聴・盗撮：盗聴・盗撮する動機は？（盗聴・盗撮被害者 551 名）

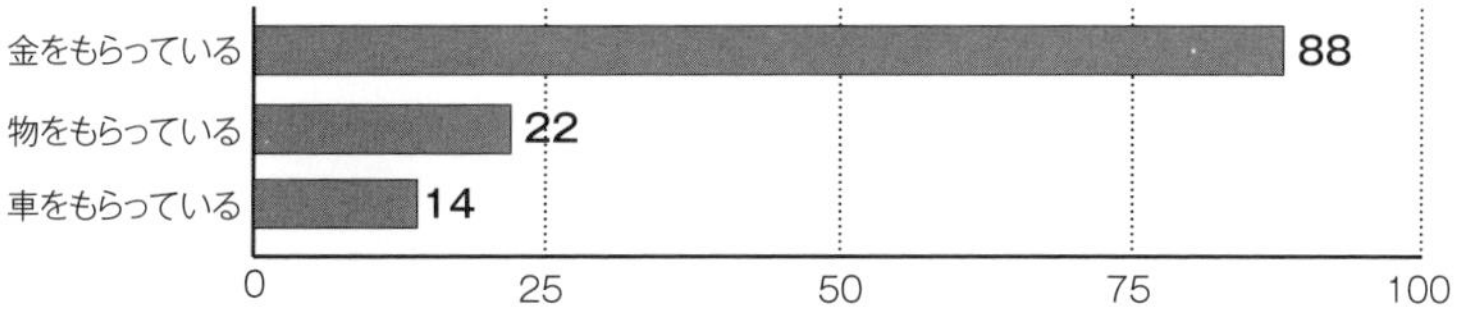

51. 盗聴・盗撮：盗聴・盗撮機械を見ましたか？（盗聴・盗撮被害者 551 名）

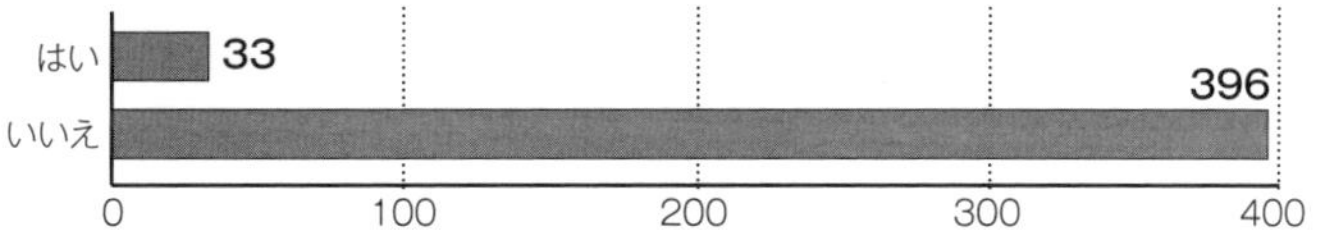

52. 電磁波・超音波探知：測定器で測定しましたか？（被害者 815 名）

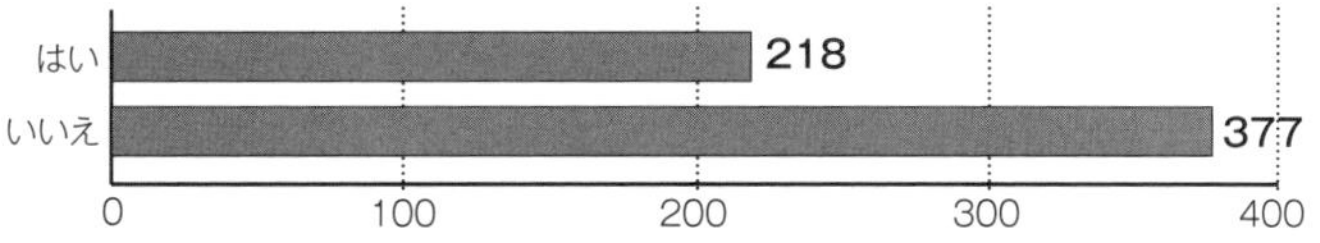

53. 電磁波・超音波探知：測定器で信号を検出しましたか？（被害者 815 名）

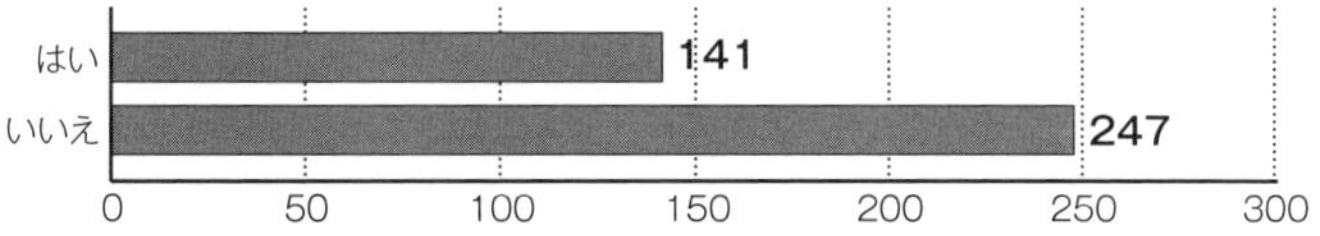

54. 個人情報：流出先は？（被害者 815 名）

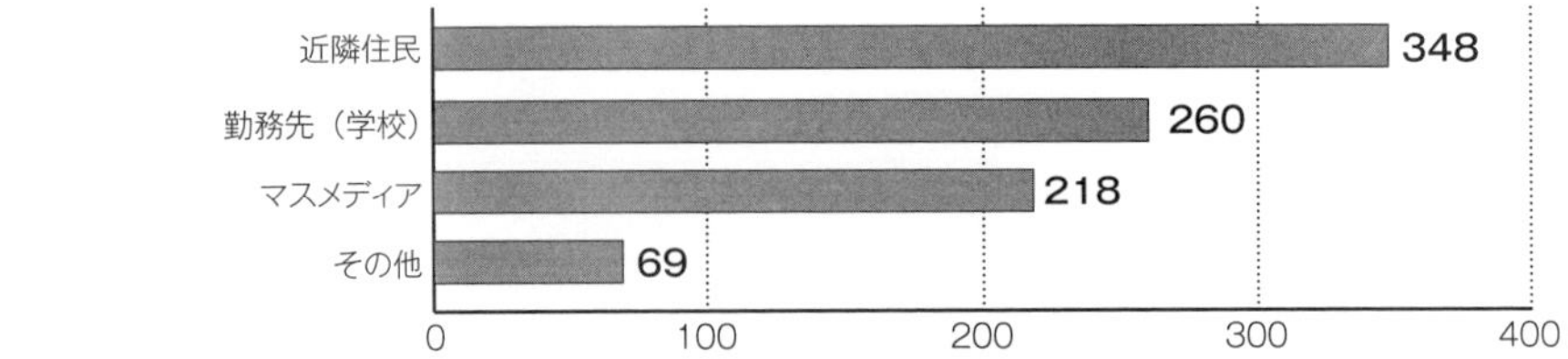

55. 個人情報：流出していると気づいた理由は？（被害者 815 名）

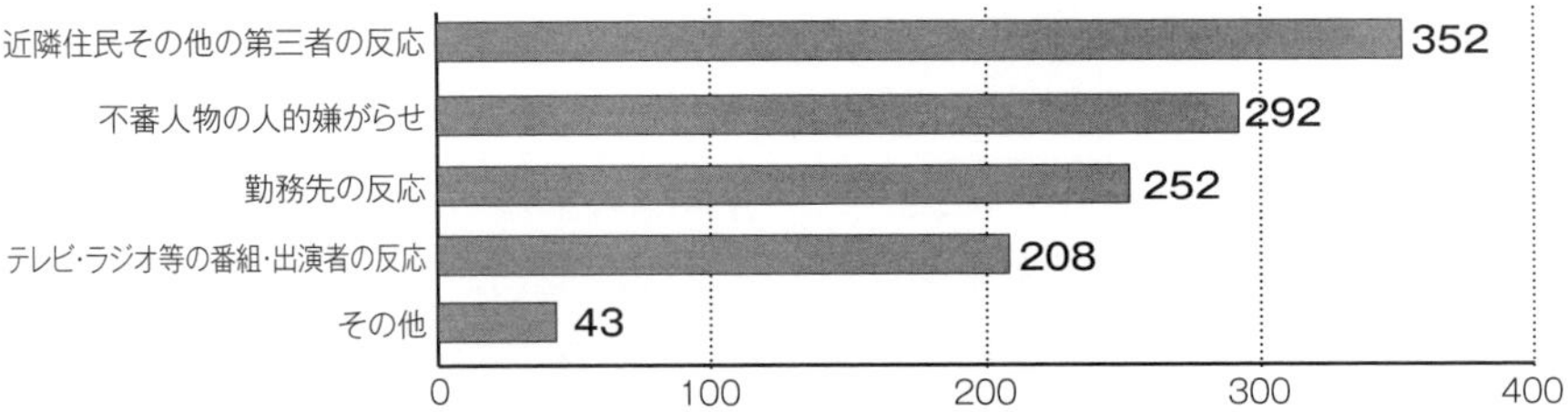

56. 個人情報：どのような情報が流出していますか？（被害者 815 名）

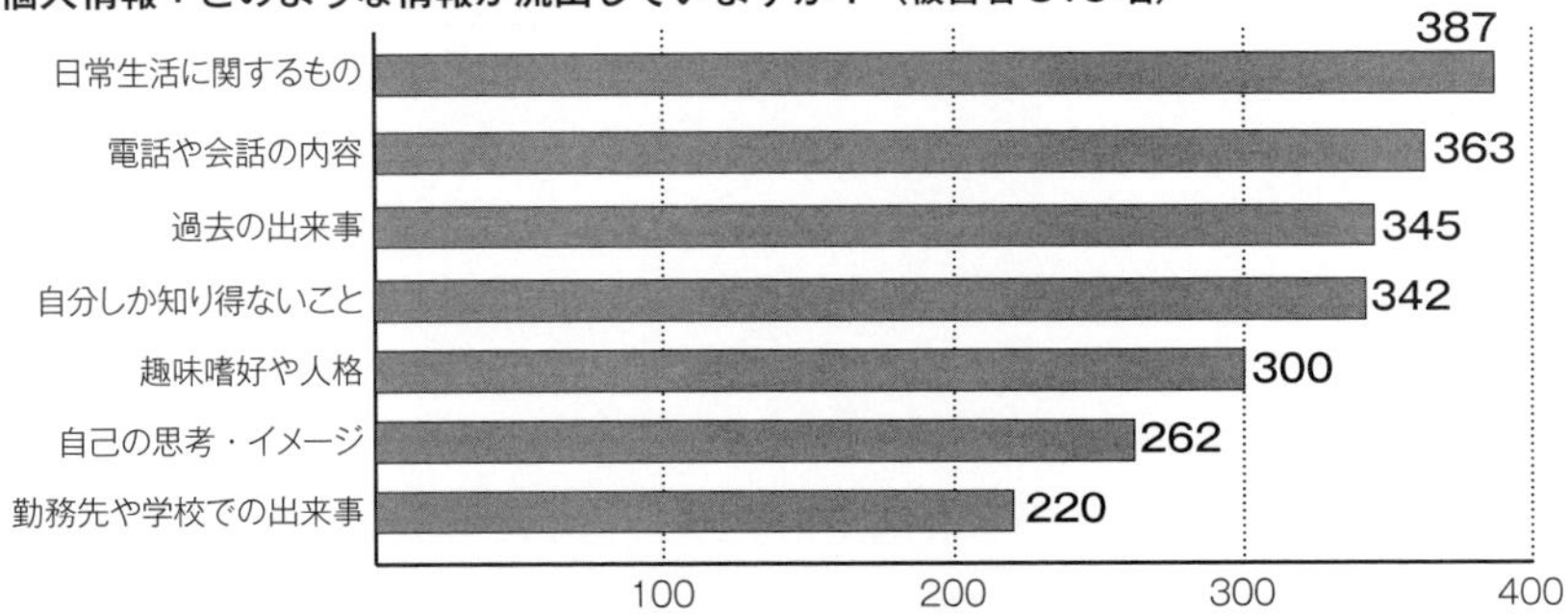

57. 個人情報：流出している個人情報はどのように得られましたか？（被害者 815 名）

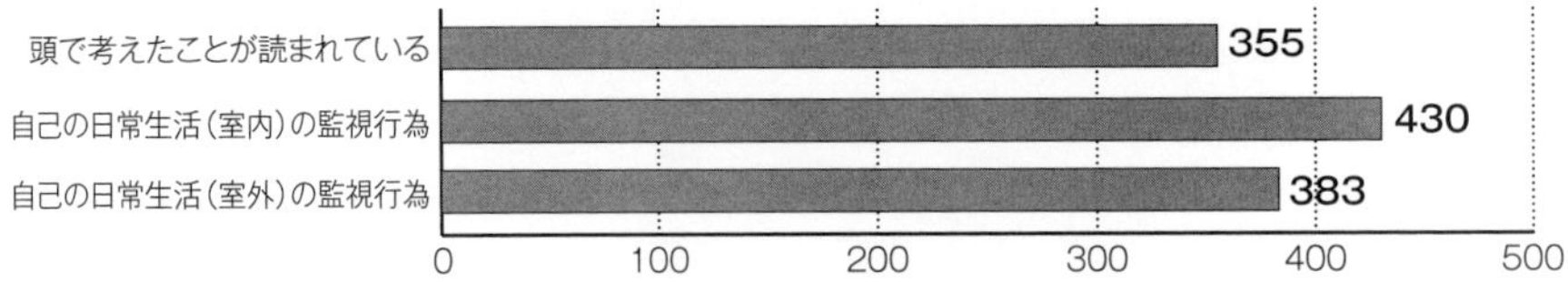

58. 思考盗聴：考えが読まれた時の状態は？（思考盗聴被害者 533 名）

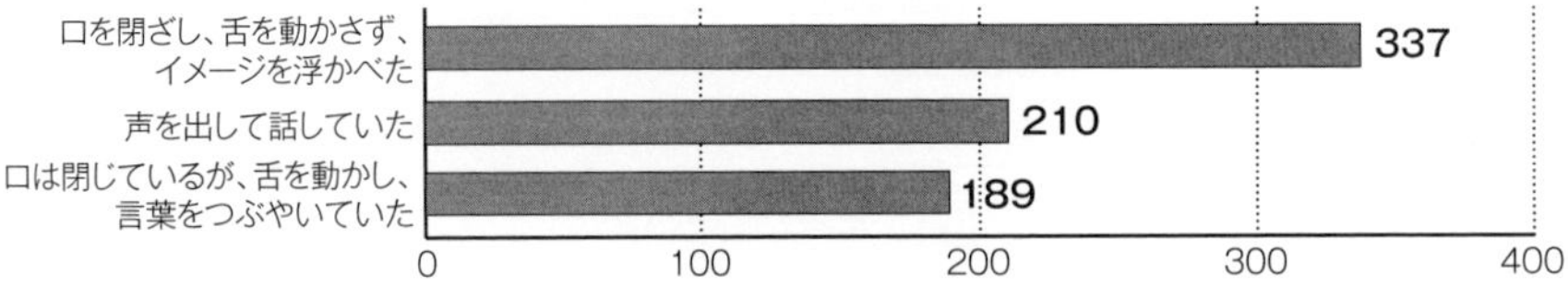

59. 犯罪主体は？（被害者 815 名）

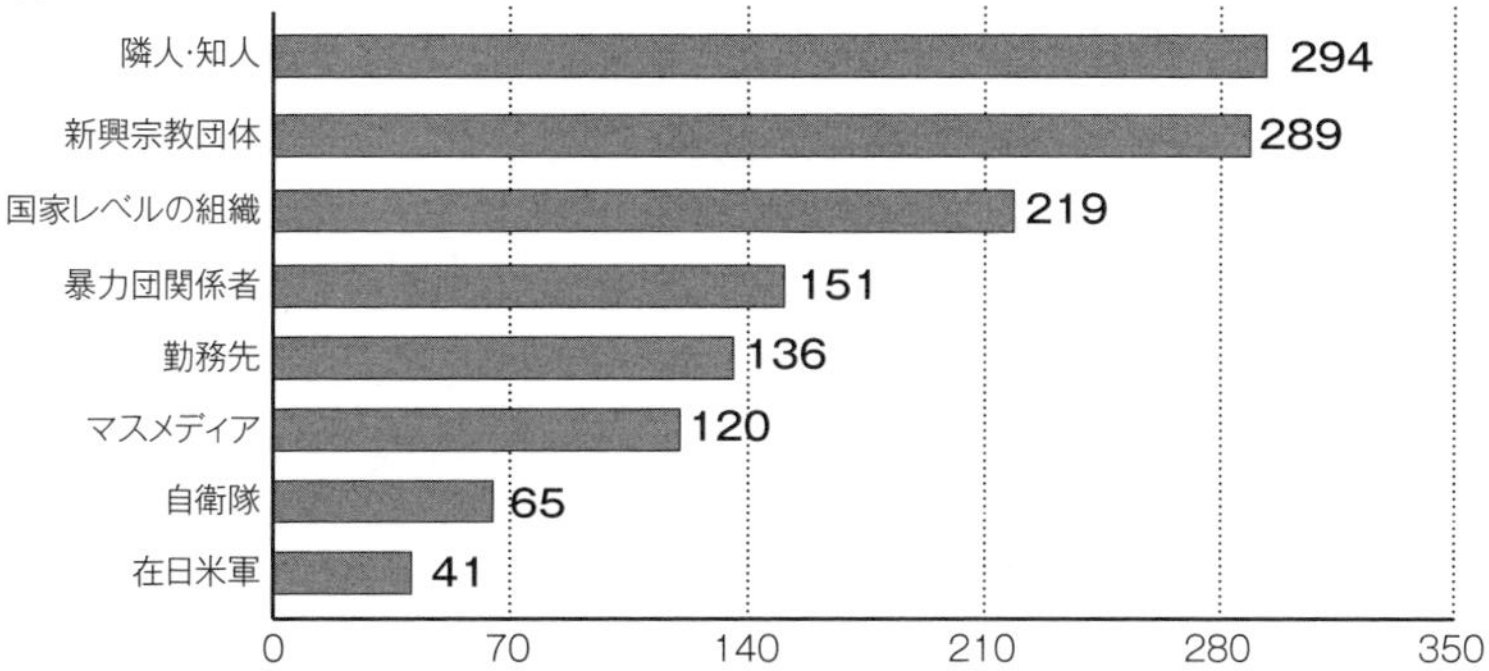

60. 自己の受けている被害や加害方法をどのように知りましたか？（被害者 815 名）

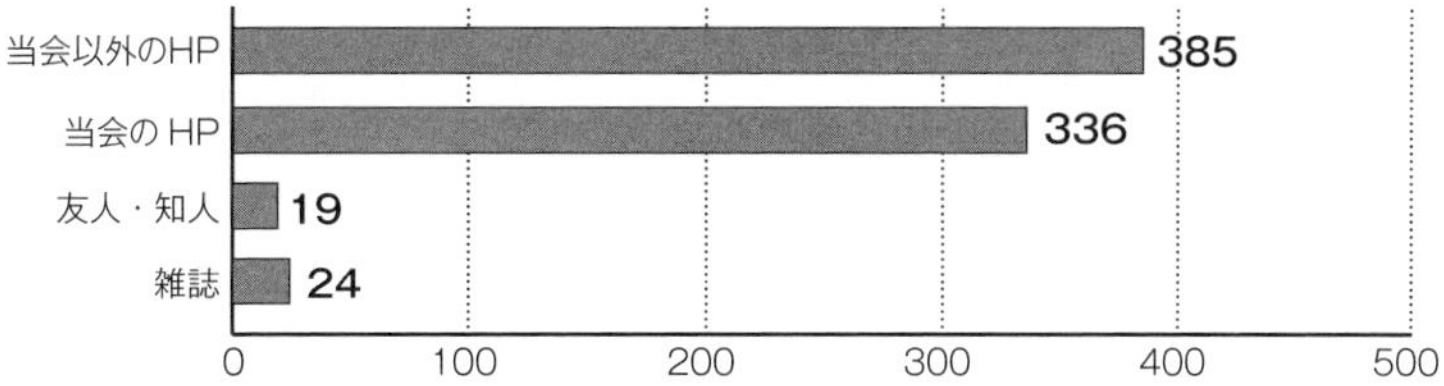

61. これまでの相談場所は？（被害者 815 名）

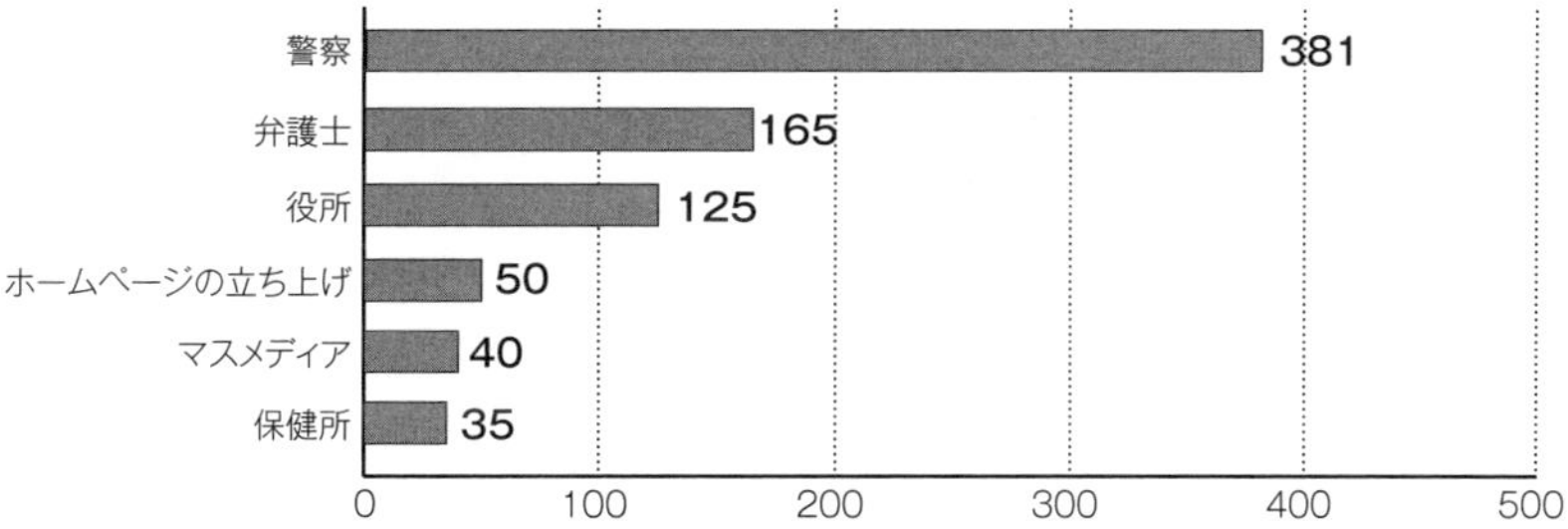

62. 医師の診断を受けたことがありますか？（被害者 815 名）

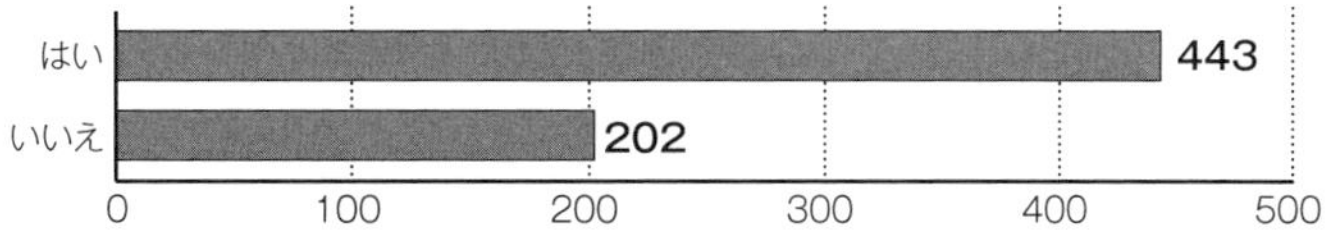

63. 薬を服用していますか？（被害者 815 名）

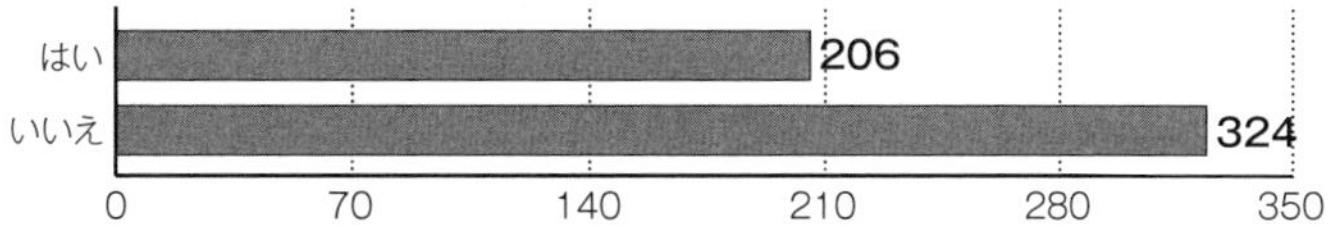

64. 医師から薬の説明を受けましたか？（被害者 815 名）

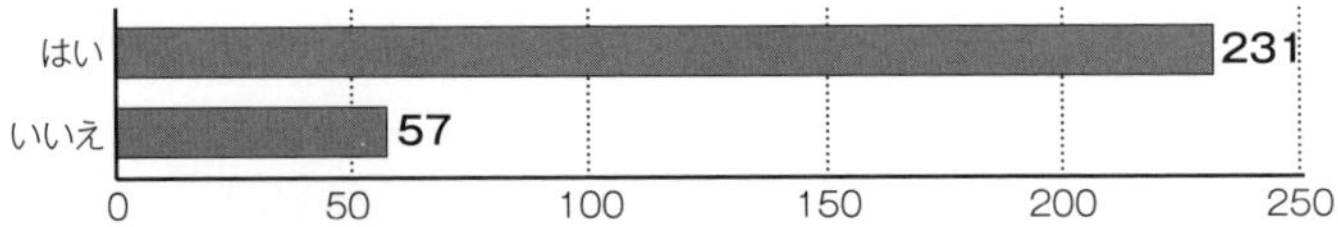

65. 薬服用後の体調の変化は？（被害者 815 名）

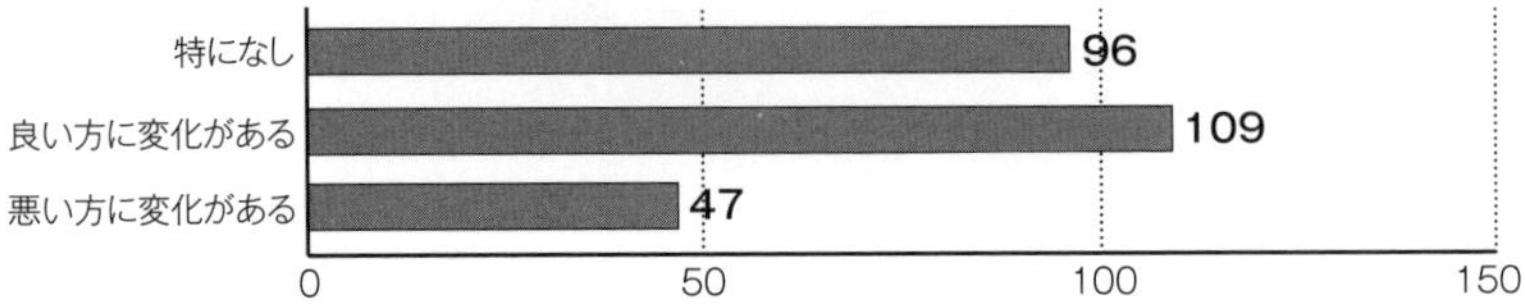

各省庁へ提出された法整備への要望書・陳情書

野田総理大臣あて要望書（2012年9月26日）

テクノロジー犯罪と嫌がらせ犯罪を撲滅するための要望書

陳情趣旨

当特定非営利活動法人テクノロジー犯罪被害ネットワークは、2011年12月21日野田総理に宛て「テクノロジー犯罪と嫌がらせ犯罪を撲滅するための要望書（犯罪被害者としての認定を目指して）」を提出して、テクノロジー犯罪・嫌がらせ犯罪撲滅に関する19項目の要望をしてまいりました。その副題を「犯罪被害者としての認定を目指して」としましたのは、テクノロジー・嫌がらせ両犯罪で拷問状態に置かれている被害者が一刻も早く犯罪被害者として認定されることを願ってのものであります。

当NPOが主張するテクノロジー犯罪とは、電磁波や超音波など目に見えない媒体を用いた武器によって、特定個人を遠隔からピンポイントで攻撃し、人間の様々な機能をコントロールするもので、具体的には、脳内への音声・映像送信、身体諸機能の操作（生理操作、運動機能の操作、五感操作、感情操作、三欲操作）、思考への介入、健常者に病気症状を誘発する疑似疾病の演出、針で刺された感覚や衝撃痛、周囲の振動、身体の振動など攻撃方法は多種多様であります。しかも四六時中つきまとい、逃げ場所がないほど追い込んでくることから、高度な追尾システムを含めた人間コントロールテクノロジーを悪用する組織犯罪と断定できます。さらに嫌がらせ犯罪が加わってダメージを倍化させる手法が採られていることも重要であります。それを全国規模で実行でき、非常識極まる嫌がらせを強固に意思統一して行ってくることもこの犯罪を知るポイントであります。そのような犯罪が40年以上行われているのです。

この組織犯罪の標的とされた被害者は居ながらにして拷問状態に置かれ、どれほど苦しんでいても理解されず、その周囲の無理解に二重に苦しめられているのが実情であります。そのため家族や友人関係は破壊され、就業できないことから生活苦に陥り、追い込まれた先にあるのは、自殺か、精神病院への収容か、緊急避難的対処であります。そこまで追い込む悪質な犯罪でありながら、今の社会はそれを犯罪として捉えようとせず、内的要因と判断して対処する態勢が整えられています。これは現実を秘匿できる存在であってできることであります。被害者が追い込まれる先と社会問題となっている自殺・精神疾患・凶悪犯罪の増加が合致していることから、犯罪主体は両犯罪を仕掛けて世相を演出していることが考えられます。このように考えますと国民的問題であることが分かってまいります。このことからテクノロジー・嫌がらせ両犯罪を知ることは、今日の世相を形作る一要因を知ることであり、政治家は絶対に知らなければならないことであります。よって野田総理には是非とも本犯罪の本質をご理解頂きまして、情報を秘匿して国民をたぶらかし、誤った方向に社会を動かす悪しき犯罪主体と断固として戦って頂きますようお願い申し上げます。

具体的には、吉村博人・安藤隆春両元警察庁長官に提出致しました陳情・要望項目（安藤隆春元長官には2度提出）を下記致しますので、片桐裕現警察庁長官に即刻実行するよう再度ご指示頂きますとともに、片桐長官が全項目を執行できるようお力添えをお願い申し上げます。

また、防衛大臣にも3度陳情書を提出してまいりました。民主党政権になってようやく大臣にまで回覧されるようになったことを確認しておりますので、政権交代の価値を大いに感じているところであります。3度目の陳情書は先般森本防衛大臣に宛て提出したばかりですので（2012年9月19日提出）、これにつきましても森本大臣が全陳情項目を執行できますようお力添えお願い申し上げます。

尚、森本防衛大臣に提出しました陳情書の中で重要な点は「サイバー」という用語の捉え方であります。「サイバーという言葉は、1947年、プリンストン大学の科学者の間で造語され、コントロールとコミュニケーション技術、特に人間の脳、生体系、コンピューターの連結に関する技術のあらゆる物事を表す言葉となった」とありますように、人間に直結する技術であります。一般にはインターネットに関係する技術を考えますが、人間の脳とコンピューターをつなぐ技術という意味でこそ使われなければならないということであります。高度情報化時代とはこの技術の高度化がみられる時代であります。そのようにサイバーを捉えることによってテクノロジー・嫌がらせ両犯罪が理解できるようになります。サイバーが造語されてから60年が経過しております。その間のサイバー技術の発展が今日のテクノロジー・嫌がらせ両犯罪を可能にしているのです。そのためサイバー技術の情報公開が望まれるのです。サイバーがそのように理解されることによって警視庁および各道府県警に設置されたサイバー犯罪対策室はテクノロジー・嫌がらせ両犯罪を担当しなければならない部署になります。また防衛省はサイバー兵器の存在を認めそれによる侵略行為から国民を守らなければならなくなります。今日の防衛はこれがないためにザル防衛と陳情書では表現しました。日本の防衛の穴を埋める新しい防衛体制を構築して頂きますようお願い申し上げます。

サイバーが人間の脳とコンピューターをつなぐブレイン・マシン・インターフェイスに係るあらゆる技術と理解されますと、そのような技術開発には人体実験が不可欠であることも理解されます。当会会員はその実験の対象になっていることも考慮に入れなければなりません。サイバー技術は先進各国が競って開発していると考えられますので、この面からの調査も必要であります。防衛大臣宛て陳情書・陳情項目12にありますように、人間を強化するのも廃人にするのも紙一重であることをよく分からせてくれたのがこの技術であります。研究者の頭を冷やすためにもサイバー技術開発に係る軍産官学医共同体に手を入れることは大いに有効と考えます。軍事技術が先導する経済社会の構築を見直すためにも有効であります。野田総理にはそのように将来を見据えた政治を断行して頂きますようお願い申し上げます。当会会員が訴えていることはそれほど大きな広がりを持っているのですから、一刻も早く公にして、国民的問題として議論される状態にして頂きますよう総理のお力添え方々お願い申し上げます。また本要望書に対します政府の見解を書面にてお知らせ頂きますよう合わせてお願い申し上げます。

要望項目

1. テクノロジー犯罪、嫌がらせ犯罪の実態をご理解いただき、全警察官が認識できるよう教育体制を整えて下さい。
2. テクノロジー犯罪被害者、嫌がらせ犯罪被害者が警察窓口に相談に来た場合の受け入れ態勢を確立して下さい。被害者の訴えをよく聞き、全国的な被害状況を把握できるよう態勢を整えて下さい。
3. 科学警察研究所において、テクノロジー犯罪に利用される武器、装置、システムの調査研究およびそれらが利用された場合探知できるようにするための調査研究を徹底して下さい。
4. 警察大学校、管区警察学校において、テクノロジー犯罪、嫌がらせ犯罪を捜査できる人材を育成して下さい。

5. テクノロジー犯罪を捜査の対象とできるよう法を整備して下さい。
6. テクノロジー犯罪を捜査する専門の部署を県警単位で設けて下さい。
7. 嫌がらせ犯罪を捜査できるよう法を整備して下さい。
8. 嫌がらせ犯罪を捜査する部署を警察署単位で設けて下さい。
9. テクノロジー犯罪における第一の基礎テクノロジーとしてある特定個人を追尾（つきまとい）するテクノロジーを握っているのは限られた人間と考えます。これを各省庁協力して情報収集して突きとめて下さい。テクノロジー犯罪の捜査はこれまでの方法では労多くして益少ないものとなります。そのことから捜査の必要が生じないようにすることが肝要で、テクノロジー犯罪を発生させないことであります。それには特定個人を追尾（つきまとい）するテクノロジーを掌握している犯罪主体を確定することであります。そしていつでも捜査できるよう速やかに法を整備して下さい。
10. 第一の基礎テクノロジーを掌握している犯罪主体を突きとめることが音声・映像送信の解明にも必要であります。加えて国民に知らされていない通信の最先端技術である、端末なしで特定個人の脳内に音声・映像を送信できるテクノロジーを掌握している犯罪主体を各省庁が協力して調査して確定して下さい。そしてその犯罪主体をいつでも捜査できるよう速やかに法を整備して下さい。
11. 第一の基礎テクノロジーを掌握している犯罪主体を突きとめることが人間コントロールテクノロジー解明のためにも必要であります。加えて国民に知らされていない人間の生理機能・運動機能・五感・感情・三欲・思惟活動をコントロールするテクノロジーを掌握している犯罪主体を各省庁協力して情報収集して確定して下さい。そしてその犯罪主体をいつでも捜査できるよう速やかに法を整備して下さい。
12. 第一の基礎テクノロジーを掌握している犯罪主体を突きとめることが身体攻撃テクノロジーを解明するためにも必要であります。加えて国民に知らされていない各種身体攻撃テクノロジーを掌握している犯罪主体を各省庁協力して調査して確定して下さい。そしてその犯罪主体をいつでも捜査できるように速やかに法を整備して下さい。
13. 第一の基礎テクノロジーを掌握している犯罪主体を突きとめることが、日本中どこへ移動しようがテクノロジー犯罪の影響下に置けるように設備されたシステムおよびネットワークを解明するために必要であります。このシステム・ネットワークを掌握している犯罪主体を各省庁協力して調査して確定して下さい。そしてその犯罪主体をいつでも捜査できるように速やかに法を整備して下さい。

14. 上記テクノロジー犯罪に使われている高度なテクノロジーを解明して、それが国内の技術によるものか、外国の技術によるものか、はっきりと選り分けて公表して下さい。

15. 非常識に徹するという強固な意思で嫌がらせ犯罪を行っている組織およびその意思の出所を解明して公表して下さい。

16. テクノロジー・嫌がらせ両犯罪主体の構成員の身元調査を実施して公表して下さい。特に他国の工作員が入り込んでいないか徹底的に調査して結果を公表して下さい。

17. テクノロジー・嫌がらせ両犯罪の背後にある、被害者を自殺・精神病院への収容・緊急避難的対処に追い込む構図、それは今日の世相でもあることから、犯罪主体は世相を演出していると考えられます。そのように強力に社会を導く非民主主義の元凶でもある意思の所在を特定して公表して下さい。

18. テクノロジー犯罪に使われている技術を警察・防衛省が善用すれば治安は改善されます。警察・防衛省はその技術を本当に知らないのか、知っているならなぜ使わないのか明確にして公表して下さい。

19. 警察・防衛省が利用すべき監視システムが何者かに利用されていないか、その何者かに警察官・自衛官が動かされていないか、全警察官・自衛官を対象にした内部調査を実施して、その結果を公表して下さい。

森本防衛大臣あて要望書（2012年9月19日）

テクノロジー犯罪と嫌がらせ犯罪を撲滅するための陳情書その3

要望趣旨

当特定非営利活動法人テクノロジー犯罪被害ネットワークは、2008年11月1日、浜田元防衛大臣に宛て「電磁波・超音波等見えないテクノロジーを使った犯罪と組織的な人的嫌がらせ犯罪を撲滅するための陳情書」を、また2011年4月26日には北澤元防衛大臣に宛て同陳情書（その2）を提出してまいりました。前者は、次官および各部課に回付され、その後保管状態にあること、また大臣が読んでいないことを確認しております。後者は大臣に渡ったことを確認致しました。当NPOが主張しておりますテクノロジー犯罪・嫌がらせ犯罪には最先端の軍事技術が使われていることが考えられますので、これに対処するには高度な政治判断が求められます。そのため、北澤元大臣には受け止めて頂けたということで、政権交代の意味を大いに感じているところであります。現代の問題を正確に認識できて国民を守ることができます。情報化時代にあってはテクノロジー犯罪を認識できないようでは政権を担う資格がありません。それができないならば政権を去るべきでありますから、民主党への政権交代は当然であったと考えます。しかし未だ陳情項目に対するはっきりした対応がみられませんし、何ら回答も頂いておりません。そこで3度目となりますが同じ内容の陳情書を提出することにした次第です。

テクノロジー・嫌がらせ両犯罪には、被害者を四六時中つきまとい、考えを読み、精神・身体をコントロールできるほど高度な監視技術が使われており、それは軍事技術の範疇に入るものと考えられます。そのため防衛省はどこよりもその技術に精通していなければならない部署であります。万が一、当NPO会員が訴える被害の一つでも理解できないものがある場合、速やかに研究に着手して解明するのが貴省の任務であります。そのためこれまでの陳情書には被害者アンケート集計結果を添付して被害の詳細をお知らせしているところであります。

当NPOの調査の結果、テクノロジー・嫌がらせ両犯罪を理解するには「サイバー」という言葉が重要な意味をもっていることが分かってまいりました。「サイバーという言葉は、1947年、プリンストン大学の科学者の間で造語され、コントロールとコミュニケーション技術、特に人間の脳、生体系、コンピューターの連結に関する技術のあらゆる物事を表す言葉となった」とあるように、人間に直結する技術であります。高度情報化時代とはこの技術の高度化がみられる時代であります。

そのような高度情報化時代の危険について増田米二は『情報社会（1985年刊）』のなかで、「現代の通信技術の危険性、また国境を越えて人間の脳をコンピュータにつなぐことが可能になる先端的技術利用の危険性について――人々がこのような神経学的な通信システムを学習せずに、その用途への影響力を掌握すれば、新しい種類の専制君主が出現する恐れがある」と警告しており、そのような事態が現実化していることを当会被害者が訴えているのです。

そのことから国民を守るために内外からの「サイバー」攻撃に備えるのが国防上重要な任務となっていることが分かります。そのサイバー攻撃とは「コントロールとコミュニケーション技術、特に人間の脳、生体系、コンピューターの連結に関する技術」による攻撃であります。インターネット上の攻撃だけではないということであります。そのため人間を対象としたサイバー攻撃への対策が為されていなければならず、それがない防衛はザル防衛であります。日本ザル防衛大綱の見直しが急務であります。

増田米二が言うように、日本国民の脳が外国のコンピューターと、あるいは国内のコンピューターとつながれてしまう危険性があるのが高度情報化時代であります。当NPOが訴えているテクノロジー・嫌がらせ両犯罪はその技術がなければできない犯罪でありますから、我々被害者だけの問題ではなく、国民全体の問題であることは明らかであります。

人間とコンピューターの接続によるコントロールを目指すのがサイバー技術でありますから、その開発には人間を被験者とした実験が不可欠であります。どのような製品も実際に試してその結果が明らかでなければ価値を定めることはできません。実験データは多ければ多いほど信頼性が増します。そのことからテクノロジー犯罪に使われている装置は長年月にわたるおびただしい数の人体実験の結果としてあるものと考えられます。

そのようにして得られた技術を最も欲しているのが軍部であります。軍部の最も重要な仕事としてある情報収集、そのための盗聴・盗撮技術、他国の指導者の考えを読み動かす技術、これこそサイバー技術そのものであります。軍部が最先端の技術を握っていることは誰でも知っていることで、それがサイバー技術であり続ける限り、それを後追いしてできる経済社会は、国民を監視しコントロールする技術の生産とそれを使用する社会で、増田米二が危惧した社会となります。そうならないためには軍部の理性が求められます。

ロシアのプーチン大統領は就任直前に人間の中枢神経を冒す兵器の開発を指示しました。制御も破壊も紙一重でありますのでこれもサイバー技術と考えられ、サイバー兵器と言うことができます。またロシア下院では地球物理学兵器が使用された場合の危険性を警鐘して国連や各国議会に教書を送る決議をしております。軍事テクノロジーは人間だけでなく地球環境をもコントロールしようとする恐ろしい段階に達しているということであります。このような現実を直視して、また真正面から捉えて、国際的な議論の場が不可欠な時代であります。そしてその議論の意味を国民がよく理解しなければなりません。それによって一般人もテクノロジー・嫌がらせ両犯罪被害者と同じ立場に置かれることになります。森本防衛大臣は国民が一体となって本問題に取り組める態勢へと導ける立場にあるのです。国民は安心できる情報化社会を求めています。それには以下の陳情項目に堂々と応えられなければなりませんので、各陳情項目の速やかなる実施を方々お願い申し上げます。またこれで3度目の同じ内容での陳情書提出となります。陳情項目の中には調査が進んでいるものもあると思いますので、途中経過で結構ですので、文書でのご回答お願い申し上げます。

陳情項目

1. 特定個人を四六時中つきまとい監視するテクノロジーの技術的解明とその悪用対策に即刻着手して下さい。
2. テクノロジー犯罪には、遠距離から、見えない方法で、人間の生理機能・運動機能・五感・感情・三欲・思惟活動に影響を及ぼすテクノロジーが使われています。これら人間の身体と精神をコントロールするテクノロジーの技術的解明とその悪用対策に即刻着手して下さい。

3. 特定個人に声・音・映像を送信するテクノロジーの技術的解明とその悪用対策に即刻着手して下さい。
4. 非殺傷兵器（ノン・リーサル・ウェポン）によると思われる見えない方法による身体各部位のピンポイント攻撃の技術的解明とその悪用対策に即刻着手して下さい。
5. 落下物を自由に操作して標的に命中させるテクノロジーの技術的解明とその悪用対策に即刻着手して下さい。
6. 人為による地震・個人への振動攻撃の技術的解明とその悪用対策に即刻着手して下さい。
7. 防衛省所有、電磁波の生体・生物・地球環境に及ぼす影響を情報公開して下さい。
8. 人的・物的被害が甚大である人為による気象操作を、気象テロと捉え、その徹底した技術的解明とその悪用対策に即刻着手して下さい。
9. ロシアでは2001年にマイクロ波・超音波・超低周波・光が武器に相当することを認める法案が可決され、プーチン大統領が署名しておりますことから、わが国でも同様の法整備を速やかにして下さい。
10. 平和憲法の趣旨に沿って全方位外交に徹し、テロの対象とならないように図り、結果としてテロ対策として必要とされるテクノロジーを情報公開できるようにすることによりその悪用を阻止する、そのような循環へ大転換をして下さい。
11. テクノロジー犯罪には嫌がらせ犯罪が伴います。両犯罪の密接性からテクノロジー犯罪が解明されれば嫌がらせ犯罪も解決に向かいます。その第一歩としてソフトキルの時代になっていることを情報公開して防衛白書で謳い、その媒体として電磁波・超音波が使われていることを国民周知のところとして下さい。
12. 人間の精神・身体をコントロールするテクノロジーへの依存は、もしそれが途切れた場合、廃人の群れの出現となることから、国防を名目にして極秘裏に同様のテクノロジーが開発されているとしたら時間と経費の無駄になりますので、一刻も早く公にして下さい。

陳情項目個々の説明

1. テクノロジー犯罪には、遠距離から、見えない方法で、特定個人を四六時中つきまとうテクノロジーが使われておりますが、これは軍事面で必要とされるテクノロジーと考えます。仮想敵国の指導者の動きを四六時中監視することは国防上重要で、冷戦時代には軍事衛星を使っての米ソの監視活動がよく知られているところであります。その行き着く先は、盗聴・盗撮の究極にある、指導者の考えを読むことであり、さらには思考に影響を与えてコントロールすることでありますことから、その面での研究も相当進んでいることが考えられます。当会被害者に生じている、どこに行っても声・音・映像につきまとわれる被害、考えていることを即座に声が言ってくることから、考えが読まれていると思わざるを得なくなる被害、イメージ・思考の挿入などは、そのテクノロジーの存在を証明するだけでなく、すでに悪用されていることを証明するものであります。わが国の軍事テクノロジーの最先端を預かっている貴省として、世界の動きに追随することは国防上当然で、極秘裏に同様の技術を開発していて不思議はありませんし、少なくとも多くの情報をお持ちであると確信致します。そしてそのようなテクノロジーが無実の国民に悪用されていることを示唆する当NPOの訴えは、国民を守る立場にある貴省として無視できないことと考えます。このことからつきまといテクノロジーを含めた監視テクノロジーの技術的解明とその悪用対策に即刻着手して頂きますようお願い申し上げます。

2. テクノロジー犯罪には、遠距離から、見えない方法で人間の生理機能・運動機能・五感・感情・三欲・思惟活動に影響を及ぼすテクノロジーが使われておりますが、これも軍事面で垂涎のテクノロジーと考えます。戦場で兵士の健康と意識管理ができることは望まれることでありますことから、米国では兵士にICチップを埋め込んでの管理を検討しているとも伝えられるところであります。また宇宙で活動する宇宙飛行士の健康管理を地球上から行えることは望まれるところでありますから、それも当然行われているものと考えます。そのように遠隔から無線によって身体・精神をコントロールする技術に関して防衛省は相当の知識をお持ちであると確信致します。当NPO被害者はそのようなテクノロジーが悪用されていると考えざるを得ない状況にありますことから、これも国民を守る立場にある貴省として黙認できないことでありますから、人間の身体と精神をコントロールするテクノロジーの技術的解明とその悪用対策に即刻着手して頂きますようお願い申し上げます。

3. テクノロジー犯罪には、遠距離から、見えない方法で声・音を聞かせ、映像を見せるテクノロジーが使われておりますが、これも軍事面で大いに使えるテクノロジーであります。前記のように、戦場で、各兵士の身体・精神の管理をするだけでなく、的確に指令を与えられることは望まれるところであります。声だけでなく、指令者の映像を伴っていればより信頼できる指令となります。音に関しては、ベトナム戦争の際、カムフラージュ用の音を作って敵兵士をだます戦法が採られたと聞いております。このように遠距離から無線によって声・音を聞かせ、映像を見せるテクノロジーは軍事面で使えるテクノロジーと考えますことから、防衛省としても相当の技術と情報をお持ちのことと思います。その豊富な知識を基に当NPOが訴えている声・音・映像被害の技術的解明とその悪用対策に即刻着手して頂きますようお願い申し上げます。

4．テクノロジー犯罪には、遠距離から、見えない方法で身体の各部位をピンポイントで攻撃できるテクノロジーが使われておりますが、これは特定個人をとらえるだけでなく、各臓器や部位を確実にとらえて攻撃できるほどのピンポイント性をもった武器の存在を証明するものであります。非殺傷兵器という言葉がありますが、実際にそのような兵器が存在し、すでに悪用されていることを窺わせる犯罪事実であります。非殺傷兵器（ノン・リーサル・ウェポン）は欧米の軍事関係資料ではいくらでも散見できる言葉でありますことから、国防を担当される貴省としても熟知していることと思います。また国防上諸外国の動きに遅れを取ってはならない立場にある貴省としては、研究開発でも遅れを取っていないことはもちろんでありましょうから、これに対する深いご認識をお持ちのことと判断致します。そこでその豊富な知識に基づいて非殺傷兵器によると思われる見えない方法による身体各部位のピンポイント攻撃の技術的解明とその悪用対策に即刻着手して頂きますようお願い申し上げます。

5．テクノロジー犯罪には、遠距離から、見えない方法で、落下した異物を操作して標的に命中させるテクノロジーが使われておりますが、このテクノロジーは自衛隊にとっても大変脅威になることが予想されます。それは戦闘機の離着陸時これによって事故を起こすことができるからであります。一般市民に対しては航空機事故、自動車事故の演出が可能であります。この犯罪には、異物を落とす仕掛け人とそれを操作する人間、操作するには人工衛星とスーパーコンピューターの力を借りなければ不可能な仕事でありますことから、犯罪主体は相当絞られると考えます。貴省では国防上、軍事衛星の活動も相当研究されていると考えますので、その知識を基に異物を標的に命中させるテクノロジーの技術的解明とその悪用対策に即刻着手して頂きますようお願い申し上げます。

6．テクノロジー犯罪が可能にしている個人攻撃は多様で、プログラム次第でいかようにもアレンジできると考えられますが、そのうち振動被害は貴省で知って頂きたい被害の一つであります。周囲の振動や体の振動でありますが、周囲の振動を巨大にすると地震になります。お亡くなりになった軍事評論家、江畑謙介氏の著書に、「もし強力な低周波を地面の自然波と同調させて発生させられるなら、局地的な地震を発生させることすら可能である（『殺さない兵器』p106）」と記されておりますことから、それが改良されて個人に悪用できる段階にあることが想像されます。地震大国日本でありますからいつ自然地震が起こってもおかしくないのですが、人為による地震は別であります。被害者への人為による振動攻撃は人為による地震の発生を想起させるものであります。これはテロ行為そのもので、人的・物的被害が甚大でありますことから、人為による地震対策はテロ対策の一つに加えられるべきであります。それは個人攻撃にも適用できることですから、大いに研究され、人為による地震・個人への振動攻撃の技術的解明と、その悪用対策に即刻着手して頂きますようお願い申し上げます。

7. テクノロジー犯罪が可能にしている個人攻撃は多様で、プログラム次第でいかようにもアレンジできると考えられますが、これまでの被害経験から、自分の体が極めてデリケートに見えない力に反応してしまっていることが分かります。相当微弱な電磁波で動かされていると思われ、規制レベルのはるか下で反応してしまっているような体感があります。このことから人間は電磁波に対して極めてデリケートな存在であるとつくづく思うようになっている次第です。そしてこれは人間だけでなく全ての生物が同じであると考えます。このデリケートさは地球環境も同じであると思われます。電磁波が地球温暖化要因としてクローズアップされないのが不思議でなりません。現行電磁波規制は、それに大変デリケートな人間、生物、地球環境を救う規制になっていないと思われます。防衛省が外敵から国を守っている裏で、国民も国内の生物も息絶えようとしている状況を考えますと、一体何のための防衛か分からなくなります。これをザル防衛と申し上げるわけで、高度情報化社会を見据えた隙間のない新たな防衛大綱の作成が不可欠であります。また電磁波環境で覆うユビキタス社会はこのデリケートさが分かれば空想のまま終わること必然でありましょう。取り返しがつかない段階で反省するより、一刻も早い対応が望まれます。次代のことを考え、無駄な時間・予算をこれ以上使わないために、貴省がお持ちの電磁波の生体、生物、地球環境に及ぼす影響の情報公開を切にお願い申し上げます。

8. 電磁波に対してデリケートな地球環境でありますが、その中で当NPOは人為による気象操作を疑っております。個人に対してまで気象操作ができるということは信じがたいことですが、それを疑わせる現象が生じていることから述べるもので、相当細かい気象操作が可能となっていることを窺わせるものがあります。昨今のゲリラ豪雨、台風の巨大化及びその進路の変更、夏の異常な照りつけ、豪雪、四季の喪失等、大いに人為を疑うべきと考えます。この気象操作でも人的・物的被害が甚大でありますことから、これを気象テロと捉え、国防上の重要課題と位置づけて、徹底した技術的解明とその悪用対策に即刻着手して頂きますようお願い申し上げます。

9. 電磁波・超音波は人間・生物・地球環境に甚大な影響を及ぼす媒体であることから、それを武器として使えるものであるという認識を国民共有の認識とすることは大事で、法ではっきりと明示して頂きますようお願い申し上げます。軍事情報誌では「ソフトキル」という言葉を使ってこれまでの「ハードキル」と区別して説明されるようになっておりますが、ソフトキルの媒体として使われるのが電磁波・超音波であります。ロシアでは2001年にマイクロ波、超音波、超低周波、光が武器に相当することを認める法案が可決され、プーチン大統領が署名しております。わが国でも同様の法整備が速やかに為されますようお願い申し上げます。

10. 天然資源が乏しく、海に囲まれ、また第二次世界大戦までの戦争の反省を踏まえて、平和憲法を持ち、平和国家として生きることがもっとも国益となるわが国としては、全方位外交が外交の基本であるべきであります。それをしっかりと憲法で謳ってわが国の独自の外交スタンスを確立すべきであります。これを徹底することによって諸外国からのテロの脅威にさらされる危険性が相対的に少なくなります。テロの心配を軽減できればテロ対策として秘密にされている技術情報を減らすことができます。テロ対策は国民の徹底管理とほぼイコールであると考えますので、これまで述べてきた、つきまといテクノロジー、盗聴・盗撮テクノロジーの究極にある、考えを読み、コントロールするテクノロジーが必要不可欠となります。そのために それらテクノロジーは守秘義務のなかに置かれ報道管制が敷かれることになります。そのようななかでそれが悪用された場合被害者は救われるすべがなくなるのです。ですから平和憲法の趣旨に沿って全方位外交を徹底し、テロの対象とならないように図り、結果として国民監視体制の徹底化を阻止し、それに必要なテクノロジーを公にできるようにして、その悪用を阻止する、そのような循環へ大転換して頂きますようお願い申し上げます。

11．テクノロジーの発達によってハードキルからソフトキルの時代に変化している今日、莫大な投資をしてハードキルのための武器を装備しても国民を全く守ることができない時代にあります。国内ではソフトキルで無実の国民がバタバタと倒れている現状にあるからであります。しかし防衛省がその存在を認めていないために、ソフトキル被害者は、精神異常とみなされ、病院に収容されたり自殺に追い込まれたりしております。また疾病としてかたづけられる場合もあります。まさにソフトキルし放題なのが日本の現状であります。しかもそこに嫌がらせ犯罪が伴うことはアンケート調査で明らかになっているところであります。両犯罪は密接な関係にありますのでテクノロジー犯罪が解明されれば嫌がらせ犯罪も解決に向かいます。その第一歩としてソフトキルの時代になっていることを情報公開して、防衛白書で謳い、その媒体として電磁波・超音波が使われていることを国民周知のところとして頂きますようお願い申し上げます。

12．防衛省として、非殺傷兵器の存在を認めず、ソフトキルの時代になっていることも教えない状況では、自衛隊員は迷妄の中に置かれ、上からの指示でICチップがインプラントされ、身体・精神面の管理が遠隔から無線でなされ、声や映像送信による指示で動かざるを得ない存在になる可能性があります。その場合なんらかの要因で指示が送れなくなった場合どうなるか。それはなにもできない廃人の群れの出現であります。有事で全く戦えない隊員になってしまうのです。また子供のころからそれが当たり前となっていたら、その中断は、完全な廃人状態であることを確信致します。テクノロジーは両刃の剣とはよく言ったもので、テクノロジーへの依存は廃人の群れの創造と同じであります。国防を名目にして、極秘裏に開発されているテクノロジーがその類のものであったら、時間と経費の全くの無駄ですので、一刻も早く公にして頂きますようお願い申し上げます。

横路衆議院議長あて陳情書（2011年10月28日）

テクノロジー犯罪と嫌がらせ犯罪の撲滅に関する陳情書

要望趣旨

当特定非営利活動法人テクノロジー犯罪被害ネットワークは、1998年1月25日、任意団体「電波悪用被害者の会」として発足以来、一貫して電磁波・超音波等見えないテクノロジーを使って特定個人の精神・身体を攻撃する犯罪（テクノロジー犯罪）、および不特定多数あるいは特定少数による人的嫌がらせ犯罪（嫌がらせ犯罪）を解決すべく取り組んでまいりました。この14年間で931名の被害者を確認し、その居住県から、全国的広がりがあることが分かってまいりました。また、定例会、相談会、アンケート調査を実施して被害実態の把握に努めてまいりました。

その結果、テクノロジー犯罪には、遠距離から見えない方法で特定個人を四六時中つきまとい、生理機能・運動機能・五感・感情・三欲・思惟活動に影響を及ぼし、声・音・映像を脳内に送信するとともに、身体の各部位をピンポイントで攻撃できるテクノロジーが使われていることが明らかになってまいりました。

一方、嫌がらせ犯罪は、相当数の人間が四六時中つきまとい、行く先々で嫌がらせを働く。自宅では絶妙のタイミングで嫌がらせを仕掛けてくることから、被害者の行動を正確に把握できる監視テクノロジー、それはまた被害者の動向に合わせて何らかの攻撃をするようにプログラムされた監視システムでなければできない嫌がらせであります。これらは遠方に移動しても行われることから、全国的に組織化され、連絡網が完備していることも明らかになってまいりました。

しかもテクノロジー・嫌がらせ両犯罪の内容が外国の例と照らして同じであることからマニュアルがあること、40年を超える歴史があること、一般には信じ難い非常識な内容で貫かれており、そこに大きな意味があることも分かってまいりました。それは、非常識であればあるほど一般人は話を聞かなくなり、被害者を孤立させることができます。さらに追い込んでその先にあるのは自殺か精神病院への収容か自己防衛的対処であります。そしてこれが犯罪主体の描く構図と考えられ、今日社会問題化している自殺者の増加、うつ病・統合失調症など精神疾患の増加、異常な殺人事件等重犯罪の増加がそれと合致していることは注視されるべき点であります。

テクノロジー犯罪は全く感知されずに仕掛けることができる犯罪であります。そのため被害者でありながら被害を認識できないでいる被害者の存在が考えられます。口外できない恥ずかしい被害を受けている被害者、精神疾患と誤解されるのを恐れて表に出せないでいる被害者の存在も考えますと、相当数の潜在的被害者がいることが想像できるようになります。また老若男女を問わず子供の頃からの被害者がいることからも国民的問題と捉えて対処されるべき問題と考えます。

さらには両犯罪が組織によって行われていることは間違いないことですから組織犯罪対策法が適用できる犯罪であります。これによって個人破壊・家族破壊・組織破壊・社会破壊・国家破壊が可能でありますから破壊活動防止法が適用されるべき犯罪でもあります。今世界的にテロ対策が重要な課題となっておりますから真っ先にその対象とされてしかるべき犯罪でもあります。それほどの極悪犯罪でありますから、議員特権であります国政調査権を十二分に活用して、以下の陳情事項を国政の場で糾明して頂きますよう陳情致します。

陳情事項

1. テクノロジー犯罪には、遠距離から、見えない方法で、特定個人を四六時中つきまとうテクノロジーが使われています。このテクノロジーの開発の経緯と現状を国政の場で糾明して下さい。
2. テクノロジー犯罪には、遠距離から、見えない方法で、人間の生理機能から運動機能、五感、感情、三欲、さらには思惟活動まで影響を及ぼせるテクノロジーが使われています。これには長年月をかけた人体実験を含めた研究開発があって可能なことですので、その研究開発の経緯と現状を国政の場で糾明して下さい。
3. テクノロジー犯罪には、遠距離から、見えない方法で、脳内・空間・電気製品から声・音を聞かせるテクノロジーが使われています。また声被害者の多くが声の主と会話ができる、あるいは考えたことに対してすぐ返事が返ってくると証言しており、これは人間とコンピューターをつなぐテクノロジーがあって可能な現象と考えます。この面でのテクノロジーの開発の経緯と現状を国政の場で糾明して下さい。
4. テクノロジー犯罪には、遠距離から、見えない方法で映像を見せるテクノロジーが使われています。これは上記声被害と同様に、頭の中に直接送り込まれる映像送信でありますことから、脳研究、映像送受信技術の最先端の技術があって可能な現象と考えます。その面での開発の経緯と現状を国政の場で糾明して下さい。

5. テクノロジー犯罪には、遠距離から、見えない方法で身体の各部位をピンポイントで攻撃できるテクノロジーが使われています。これには動いている特定個人の各部位まで把握できていなければできないことであります。さらにはどのような痛みを与えるか、痛みを与える技術、言い換えると拷問テクノロジーがなければできないことでもあります。そのようなテクノロジー開発の経緯と現状を国政の場で糾明して下さい。

6. テクノロジー犯罪が可能にしている個人攻撃は多様で、プログラム次第でいかようにもアレンジでき、しかも24時間365日、日本中どこへ移動しようがその影響下に置くことができるようにシステム化・ネットワーク化されていると考えられます。このことから各地にテクノロジー犯罪を行うために設けられた設備やそれを扱う実行拠点があり、本部と連絡を取って犯行に及んでいることが考えられます。この全国的に施設された設備とそれを扱う実行拠点、および全国を取りまとめる本部機能設立の経緯と現状を国政の場で糾明して下さい。

7. 上記テクノロジー犯罪から国民を守るための法を早急に整備して下さい。

8. テクノロジー犯罪には嫌がらせ犯罪が伴っています。嫌がらせ犯罪は、詳細な打ち合わせがなければ行えないことから、それを計画し、実行する組織が被害者の周辺に存在しなければできない犯罪であります。また、嫌がらせ犯罪は他地域に移動しても行われることから、同様の組織が各地に存在していなければなりません。そして全国の組織を取りまとめる本部組織がどこかになければなりません。嫌がらせ犯罪を実行する全国の組織とそれを取りまとめる本部組織設立の経緯と現状を（テクノロジー犯罪実行拠点および本部と同一か?）国政の場で糾明して下さい。

9. 嫌がらせ犯罪を実行するには、監視システムや連絡網が完備していなければできない犯罪であります。その監視システムと連絡網の実態を国政の場で糾明して下さい。

10. 上記嫌がらせ犯罪から国民を守るための法を早急に整備して下さい。

11. テクノロジー犯罪、嫌がらせ犯罪の対象者は老若男女を問いません。子供の頃からの被害者も多く存在します。無実の人間、しかも子供にまで手が出せる意思は恐ろしいもので、この意思の発露は断固として糾明され絶たれるべきであります。この意思の所在を国政の場で糾明して下さい。

12. テクノロジー犯罪、嫌がらせ犯罪、どちらも突然畳み掛けられた場合、パニックに陥っておかしくない攻撃であります。それがむしろ人間の自然であります。そのような被害者の受け入れ場所として精神病院が位置づけられ定着しようとしています。これは正しい対処の仕方ではありません。この精神病院への位置づけにも作為が働いていることが考えられます。テクノロジーで作られた現象と理解していながら病人扱いするシステムづくりをしている強力な勢力があるように考えます。この点を国政の場で糾明して下さい。

13. 上記両犯罪により、個人破壊はもちろん、家族破壊、組織破壊、社会破壊、国家破壊が可能であります。この点から両犯罪は破壊活動と捉えることができ、破壊活動防止法の適用が適切であります。また、組織犯罪であることも確かですから組織犯罪対策法の適用も可能であります。さらには、テロ行為とも捉えられる凶悪犯罪でありますことから、テロ対策法も適用できる犯罪であります。これら三法が両犯罪に適用されますよう衆議院を挙げて政府に働きかけて下さい。

安藤警察庁長官あて要望書（2011年5月19日）

テクノロジー犯罪と嫌がらせ犯罪を撲滅するための要望書（その3）

陳情趣旨

当特定非営利活動法人テクノロジー犯罪被害ネットワークは、これまでに2度、テクノロジー・嫌がらせ両犯罪を撲滅することを目的とした陳情書および要望書を提出してまいりました。２００８年5月13日付吉村博人元警察庁長官宛て陳情書では、テクノロジー・嫌がらせ両犯罪をご理解頂いて、それに適切に対処できる法整備と、速やかに両犯罪を捜査できるようにするための警察官の教育体制の確立をお願いしてまいりました。また、２０１０年9月16日付安藤隆春長官宛て要望書では、見えないテクノロジー犯罪の捜査が困難を極めることは明らかであることから、要らぬ労力を省くために、その元を絶つ観点からの要望をしてまいりました。その内容は、テクノロジー犯罪に使われている高度な技術を掌握している部署は限られておりますので、その特定と、悪用した場合速やかに捜査できる法整備の要望でありました。つまり一方では、テクノロジー・嫌がらせ両犯罪が行われている現実を直視してそれに対処できる体制の確立であり、一方では犯罪の元を見極めて犯罪を抑止する体制確立の要望でありました。今回はさらに両犯罪の本質を理解することによる対策を要望することに致します。

テクノロジー・嫌がらせ両犯罪の本質を理解するには次の5つのポイントを理解することが肝要と考えます。

①非常識に徹する犯罪主体の強固な意思：２０１０年9月16日付要望書で、嫌がらせ犯罪にある11の特徴をお知らせして、その11番目にある非常識性で全てが貫かれていることから、非常識に徹するという犯罪主体の強固な意思が読み取れるようになったことをお知らせしました。常識の範疇の嫌がらせでは必ず被害者を助ける人が現われます。非常識に徹することによって、誰も話を聞かなくなり、被害者を孤立させることができます。

②**犯罪主体が意図する構図**　被害者が孤立してその先にあるのは、自殺か、精神病院への収容か、緊急避難的対処であります。テクノロジー・嫌がらせ両犯罪の背後にあって犯罪主体が意図する構図が明瞭になってまいりました。

③高度なテクノロジーの悪用　嫌がらせ犯罪と同時にテクノロジー犯罪を仕掛けて被害者を確実に追い込む手法が採られております。そこで使われるテクノロジーは人間のあらゆる機能を遠隔からコントロールできるほど高度でありますことから、それを掌握している部署は限られていると考えられます。

④社会現象との酷似　目を社会に転じて、自殺者が毎年3万人を超えていること、そのうちの約4分の1が精神疾患要因であること、信じがたい凶悪犯罪が頻発していること、これは②に記した犯罪主体が意図する構図と酷似していることが分かります。このことからそれは犯罪主体が演出した世相であることが考えられます。国民主権を憲法で謳っている国で犯罪主体が世相を演出しているというのは非民主主義の極みであります。

⑤世界的規模で発生している問題　テクノロジー・嫌がらせ両犯罪は世界的規模で行われており、被害内容の類似性から、マニュアルをもって行われていることが考えられるようになりました。これに関してアメリカではオバマ大統領諮問「生命倫理問題に関する委員会」が本年2月28日と3月1日に開催され、その第10セッション『パブリックコメント』で多くの被害者が証言をしております。その翻訳文をここに添付致しましたので参照願います。

上記5つのポイントは犯罪主体を特定するためにも重要であります。①犯罪主体にみられる非常識に徹するという強固な意思から、相当な意思統一をもって行われている組織犯罪であることが分かります。②犯罪主体が意図する構図を、全く無実の人間に堂々と仕掛けていることから、並みの組織犯罪ではないことも分かります。③人間をコントロールできるほどの高度なテクノロジーを掌握して巧みに悪用していることから、犯罪主体の実力が理解され、特定もしやすくなります。④世相まで演出していることから非民主主義の元凶的存在であることも分かります。⑤そのような犯罪が世界的規模で行われていることから世界をリードするほど強力で巨大な存在であることも分かります。

しかし、我日本国は、いやしくも主権在民を唱える一つの国家でありますから、国防・治安対策には万全を期しているはずであります。当然③にある高度なテクノロジーの存在も把握していなければならず、自国のものならそれを掌握していなければなりません。そのような重責を担う部署を国家以外の何者かに握られているとしたら許し難い怠慢であります。そのように考えますと、国家レベルの犯罪であるか、国家の中枢を何者かに牛耳られているか、他国による侵略行為という見方ができてまいります。そのいずれであるかを確定するには、国内の技術でできることとできないことをはっきりと選り分けなければなりません。できないことがあるとしたら侵略行為を疑わなければならなくなります。国内の技術でできる場合にはそれを掌握している部署の特定とそこにいる人間を洗い直す必要があります。

そして無実の人間に仕掛ける理由も解明する必要があります。ほとんどの被害者がこれを善用すれば治安は相当改善されると考えております。なぜ無実の人間に仕掛けて悪人に仕掛けないのでしょうか。このテクノロジーは、四六時中監視でき、悪い考えを起こしたらそれを読み取り音声送信で叱責をすることができます。悪いことをしようとしたら瞬時に生理操作で下痢症状を起こしてトイレに駆け込ませることができます。悪事を企んだ瞬間にそれを忘れさせることができます。人に手を出そうとするやいなや力を萎えさせることもできます。このように悪人に仕掛けたら完璧なまでに抑えることができます。治安を司る警察垂涎のテクノロジーでありながら、なぜそれを利用しないのかであります。警察がこれを知っていてそれをしないとしたら警察が犯罪主体に加担していることになります。本当に知らないとしたら、怠慢で、別の部署で行っていることが明らかになります。これについては安藤長官が見解を示すべきであります。

警察の関与について被害者証言から付け加えておかなければならないことがあります。テクノロジー・嫌がらせ両犯罪被害者が身を守るために足を運ぶのは警察であります。にもかかわらず犯罪として受け入れてもらえないというのが実際のところであります。それだけでなく被害者が来るのを知っていたかのようにおかしな態度で応対されたという証言がかなりあります。このことから被害者の行動が監視され、その情報が警察にも及んでいることが考えられます。警察が利用すべき監視システムが何者かに利用されていないか、その何者かに警察官が動かされていないかを調査することは、テクノロジー・嫌がらせ両犯罪を解明する一番の近道と考えます。これは警察の内部調査でできることですのでこれほど容易なことはありません。警察内の本来の指示ではない外部の指示で動かざるを得なかったことがあるか、それはどのような指示であったのか、是非とも全警察官を対象に調査して頂きますようお願い申し上げます。

尚、これまでに提出した陳情書・要望書の扱いに付いて、法と証拠に基づいて誠実に対処していることを文書で回答を頂いておりますが、上記しましたテクノロジー・嫌がらせ両犯罪の性質から、それだけでは全く足りないことがご理解頂けると思います。国民主権を大きく揺るがす強固な意思に基づいた組織犯罪であり、無実の人間、しかも子供も対象として行われている憎むべき犯罪であります。善用すれば人類に計り知れない福をもたらすテクノロジーを悪用ばかりしている犯罪主体は一刻も早く白日の下に晒されるべきであります。よってこれは法と証拠に基づく捜査以前に国家が動くべき巨大犯罪と考えます。その観点から以下要望致しますので、速やかに実行して頂きますよう方々お願い申し上げます。またその進捗状況を随時お知らせ頂きますようお願い申し上げます。

要望事項

要望事項1. 非常識に徹するという強固な意思で嫌がらせ犯罪を行っている組織およびその意思の出所を解明して公表して下さい。

要望事項2. テクノロジー犯罪に使われている高度なテクノロジーを解明して、それが国内の技術によるものか、外国の技術によるものか、はっきりと選り分けて公表して下さい。

要望事項3. 上記テクノロジーを掌握している部署を特定して公表して下さい。

要望事項4. 上記部署にいる人間の身元調査を実施して公表して下さい。

要望事項5. テクノロジー・嫌がらせ両犯罪の背後にある、被害者を自殺・精神病院への収容・緊急避難的対処に追い込む構図、それは今日の世相でもあることから、そのように強力に社会を導く非民主主義の元凶でもある意思の所在を特定して公表して下さい。

要望事項6. テクノロジー犯罪に使われている技術を警察が善用すれば治安は改善されます。警察はその技術を本当に知らないのか、知っているならなぜ使わないのか明確にして公表願います。

要望事項7．警察が利用すべき監視システムが何者かに利用されていないか、その何者かに警察官が動かされていないか、全警察官を対象にした内部調査を実施して、その結果を公表して下さい。特に当ＮＰＯ会員が相談に行った時どうだったのかを集中的に調査してその結果を公表願います。

要望事項8．２００８年5月13日付吉村博人元警察庁長官宛て陳情書にある陳情項目を即刻実施して下さい。

要望事項9．２０１０年9月16日付安藤隆春長官宛て要望書にある要望事項を即刻実施して下さい。

あとがき

特定非営利活動法人テクノロジー犯罪被害ネットワーク　副理事長　内山治樹

第2巻発行に当たってまずここに記さなければいけないことは、第1巻に参加された2名の被害者の方のご冥福をお祈りさせて頂くことである。第1巻の8番目で「芸能界の電磁波犯罪」という報告を残された茨城県の当時34歳であられた男性被害者のKさんと、16番目で「絶対にあってはならぬこと！　テクノロジー犯罪被害」という報告を残された千葉県の当時60歳であられたワーカーさんである。

Kさんは第1巻発行後のわずか半年後、この技術の恐るべき悪用の被害に追い詰められ、自殺を遂げられた。公開すべき機関がこの技術を無断で悪用・乱用し続け、公開という最も肝心な行いをいつまでも怠り、犯罪の垂れ流しばかりに夢中になっているという現状が、Kさんご本人の周囲の方々の無理解を増幅させ、成るべくして成った結果であるといえる。我々被害者は再三に亘り、この技術が存在し、悪用・乱用されているという事実を必死に認知・広報し続けているのにもかかわらず、次々とこういう悲惨な事実が起きてしまうことに対し、憤りを隠すことができない。この第2巻発行という行いが、それを口先だけではなく、実証していると思っていただければと思う。要するにこういう残酷で残念な書籍がまた世に出たのである。その礎になっているのが、こういう犠牲者の方々の尊い命であることは間違いない。

ワーカーさんは癌で亡くなられたのだが、闘病中もこの技術の悪用・乱用による被害は一切衰えなかったという。被害者の体のことについては、被害者本人以上に技術力でキャッチできるのは動かし難い事実ということから、この女性被害者のそのときその時の状況や、少し先の状況など、容易に予測ができていたはずだ。即ち近々に他界されることを分かったうえで、病人である被害者を苦しめ続けたということだ。考えようによっては癌による苦痛や苦しみを遠くから疑似体験していた非人道的な行いも察しがつく。
こういう現実に対し、私たちはどう対処すればよいのか、ただただ戸惑い続けるだけだ。今はただ、ご冥福をお祈りする以外にない。

改めて記させていただくが、たかだか33名の被害者の間だけでも2年間に2名亡くなっているのだ。我々被害者の常套句になっている言葉の代表として、「いつ殺されるか分からない」というのがある。心身にあまりにダイレクトに影響する技術なのだ。それを無断で悪用・乱用されているのだ。電気の力で被害者の心臓を停止させることなど、赤子の手をひねるようなものだろう。さらに誰が、技術の向こう側にいるのかが、一切不明のままなのである。死亡しなくともその不安から生じる強迫観念がどれだけひどいものであるかは、容易に想像できるに違いない。我々被害者はそういう日常を「自然」として生きているのである。まさに悪夢のようではないか。しかしこれは「夢」ではない「現実」なのだ。

己の手を汚さずに対象を自殺という手段で殺害する、新たな最悪の時限がすでにここにはあるのだ。そこまで完全なものでなくとも私も含めた重度の被害者は、触覚操作により身体の動きを制限され、本来の半分ほどの能力しか発揮できない状態を普通に強いられ続けている。これは見事に生殺しという行為になるであろう。人間など身体のある1ヵ所を刺激するだけで、日常・社会生活を無事に営めなくなるのだ。それを確信のうえで耐えていなければいけないのだ。理由も目的も期限もさっぱり不明なままにである。強制的に身障者にさせられているということになる。どこ一つ悪くなくピンピンとしているのに、人為的にそれを強要されているということを確信していながらの生殺し人生というものが、どれだけ不本意で無念なものであるのかを思い知らされ続けているのだ。これが拷問でなく、一体何なのだろうか。

第2巻発行の要望は、第1巻発行の直後から始まった。徐々にそれを望む方の数が増え、その熱意に高まりを感じ、制作を決定するまでに僅か2年ほどの時間しかなかった。自分でもここまで早く続刊の制作を決定するとは思っていなかった。さらに、第1巻の反響が予想以上に大きく、初版の800冊が1年に満たないうちに完売してしまい、増刷待ちの状態が発生したほどである。2010年5月に初版が発行され、2011年4月には500冊の増刷である。その後も順調に売れ続けていて、さらなる増刷もほぼ間違いなく実現するであろう。ハードカバー600ページの分厚い書籍がである。

その実績も第2巻制作の大きな要因となった。とにかく一日でも早く、こういうただならぬ事態についての実態報告を、世に正式な販売経路で、商品として残すことは絶対に有意義なことである。その確信の下、引き続いて第2巻が発行された。

テクノロジーで行われている犯罪ということで、時間が経過するほど、より推測や推論の信憑性や、分析は進む。でなければ我々被害者の苦労や不条理な苦しみが、全く報われないことになってしまうのだ。ということもあり、被害者の方々が書かれる被害報告文の、この大変な遠隔技術についての見解もその時間の分だけ進んでいる。それは実際にお読みになっていただき、了解していただいたことではないかと思う。すなわち意志の力による継続の力が生み出した、大きな蓄積ということである。この蓄積の山をより大きく不動なものにしていくのは、将来の私たち被害者のために絶対に必要なことなのだ。

これは私の報告文でも触れたことだが、この期に及んで（我々被害者にとっては）精神疾患と被害者を断定される事実があるのは否めない。これも技術公開の遅れが巻き起こしているトラブルに直結する見解なのだが、この技術が公開されるべき機関より公開されない限り、我々は被害者として認定されないわけだし、それは世の中に我々を受け入れてくれる正式な受け皿がないということなのである。ということは我々は自警、自衛の道を選ばざるを得ず、そういう不便の中を生きているまっただ中でもある。さらにこういう非道で非常識極まりない事実を黙認できず、被害者でない人々に注意を呼びかける必要性から、無償で多くの時間とお金を費やし、半ば警察の肩代わりを引き受けているような現状でもある。

それがもう一体何年続いているだろうか。明日には、来月には、来年にはといった感じで、先を信じ続け、世の中や社会の現在と将来のために身を切り続けている。

であるにもかかわらず多くの同様の善良で正常な人々が差別され、病人・変人扱いされている現実がいつまでも続いているという現状、さらに、未だに、「病」としか判断できないご家族により、通院や入院を余儀なくされている方々、最悪のケースとしての自殺。これらが積み重なっている負の現実の膨大な蓄積、もし今この遠隔技術が公開されたら、家族を失った、或いは誤解から通院・入院させてしまった側の人々は、どこにその責任の所在を求めるのだろうか。（自殺で家族を失った方々は未だに病が原因だと本気で信じておられるのだ）これを考えるといつも背筋が寒くなったり、ゾッとしたりするのだ。

であるから、とにかく公開を一日でも早く実行されることを望む。今でも最悪かもしれないが、その最悪がただただ上塗りされていくだけなのだ。未知の技術なのだから事態を予想などできはしない。新たな最悪の次元が設定され、それに人類が恐れ戦くのを我々被害者は一足先に体験してしまっているのである。

再度に亘って述べるが、「核技術」同様、技術そのものに罪は皆無だ。それをいかに使いこなすか、それを実行できる人間という生き物にすべて責任があるのである。私は自らの報告文でも述べたが、この技術は、「核技術」とはまったく対照的な場所で同じほどの力を発揮できると改めて述べておく。

福島の第一原発の事態で明るみになってしまったが、登場し1世紀を経た「核技術」すら、使いこなせていない人類に、それと同様の影響力のある技術がすでに存在しているのである。

これがどういうことなのか、冷静に考え、より一層の安定性と慎重さをもって対応しないことには、世の中は大きくバランスを崩しかねない。


いずれにせよ21世紀は目に見えない技術の時代になる。すでに核技術の利用でそうなっているのであるが、それと同様に安易に利用してはならない技術がすでに動き始め、世界の至るところでトラブルをバラまき続けている。第1巻で示したようにいつまでもナイフやピストルが凶器なのではなく、新たなる凶器が目に見えない領域に核兵器に加え、世に現れ始めたのである。もう核だけが目に見えない技術ではないのだ。

自らの報告文でも述べたが、技術というものは人間の体や脳の延長（体）であるという点、それが電気資源で生命を持つというところまで、実は原初からのシステムの一環であったということ。本来は自然も技術も、有機も無機も、そして人間も機械も合致したものであったということ。それが自然に創造されてしまう材料と条件が外界に全て揃っていたこと。それらを現代に生きる私たち人類が、日常レベルで当たり前に実感できる日がすぐそこに来ていることを、世の中の、より多くの人たちに早く知って欲しい。それが私の今の心からの望みである。壮大なことを述べているようだが、体にこの技術を反応させられれば、誰もがそのようなことを実感できることをここに改めて記しておく。

本当は犯罪等という物騒な領域からではなく、もっと明るい領域からそれが行えたらどんなに良かったかとも思っている。しかし犯罪という領域はインパクトという点で、健全な領域に比べ上を行くことは間違いない訳で、そういう意味合いにおいてこの書籍の力は速効性のあるものであると確信している。

この書籍がすでに被害者以外の方々に注文され、購読されていることも私は知っている。もし、この技術について関心や興味があるのならば、また、法律、医療、政治、自然科学方面の方がその中にいらしたら、ぜひ、われわれに連絡をとって欲しい。そして被害者と称している人たちが、どういう人たちであるのかを、ご自分の目で確認なさって欲しい。恐らくご自分とまったく何も変わらない、普通の人々と出会うことになり、少しがっかりなさるかもしれない。

しかしここには国境線以上の大きな境目があり、その境目の大きさと深さについては今更述べる必要もないだろう。それを理解して頂くのがこの書籍であり、我々が「被害者」であることの証がこの書籍でもあるのだ。

結局、前巻と同じ締めくくりになってしまう。

「人体に反応する遠隔技術があり、それが未だに世界的規模で悪用されています」

最後に、再々に亘り、このような先行した、同時代では理解し難い内容の書籍発行を請け負ってくださった講談社ビジネスパートナーズに、度重なる被害に耐えきれず気の毒にも他界された同志であった被害者の方々に、さらにまだ未知の存在ではあるが、この恐るべき凶器を乱用している危険因子の的にされ、過酷な人生を強要され続けている多くの世界の被害者の方々に、そして被害者ではなくても、何とか歩み寄りを示してくれる数少ない理解者の方々に心から感謝の意を表し、ここに筆を擱かせていただく。

２０１３年1月16日

本書は、２０１３年6月に講談社ビジネスパートナーズから発行されたものを改訂のうえ、小社より新たに刊行するものである。

NPO テクノロジー犯罪被害ネットワーク

当会は、1998 年に発足し、電磁波・超音波等、目に見えない媒体を用いたテクノロジーによって、特定個人を狙い、身体・精神に影響を及ぼす犯罪行為、また不特定多数によるつきまといなど、様々な人的嫌がらせを受けている被害者を救済するための活動を行っております。具体的には、アンケート調査・相談会・定例会等による被害実態の把握、被害者間の連携強化、また調査の結果を HP やフォーラムの開催等で公開し、この犯罪が社会で認知されるための活動、関係各機関・政治家への訴えによりこの犯罪を取り締まる法整備を促すとともに、実行犯の処罰、この犯罪の撲滅、ひいては被害者を救済するための諸活動を行っております。

詳細は下記事務所にお問い合わせ下さい。

〒102-0072 東京都千代田区飯田橋 2 丁目 9 番 6 号
東西館ビル本館 47 号室
TEL & FAX : 03-5212-4611
E-mail : techhanzainetinfo@ybb.ne.jp

テクノロジー犯罪《はんざい》被害者《ひがいしゃ》による被害報告集《ひがいほうこくしゅう》 2
遠隔《えんかく》技術悪用《ぎじゅつあくよう》を告発《こくはつ》する 29 名《めい》による実態報告《じったいほうこく》

2015 年 11 月 13 日　第 1 刷発行　2021 年 11 月 30 日　第 2 刷発行

編　者　NPO テクノロジー犯罪被害《はんざいひがい》ネットワーク　内山治樹《うちやまはるき》
発行者　堺 公江
発行所　株式会社 講談社エディトリアル
〒112-0013　東京都文京区音羽 1-17-18　護国寺 SIA ビル 6F
電話　03-5319-2171
ブックデザイン　内山治樹
印刷・製本　株式会社 東京印書館

定価はカバーに表示してあります。
落丁本・乱丁本は、ご購入書店名を明記のうえ、講談社エディトリアル宛てにお送りください。
送料小社負担にてお取り替えいたします。

ISBN978-4-907514-35-8